절
대
검
감

1

절대검감

1

絶對 劍感

한중월야

장편소설

시공사

작가 한중월야입니다.

이렇게 책으로써 독자님들께 인사드리게 되어 무한한 영광입니다.

예전에는 스스로를 소개할 때 글쟁이라고 썼었습니다. 특별히 글을 쓰는 법을 배운 것도 아니었고, 문예창작과나 국문학과를 나온 것도 아니었기 때문입니다.

여전히 저는 배울 게 많고 더욱 실력을 갈고닦아야 하는 사람입니다. 그럼에도 불구하고 저는 이제 스스로를 작가라고 말합니다.

작가(作家)란 글, 사진, 그림, 조각 등을 창작하는 사람을 명칭합니다. 저는 이야기를 창작하는 사람입니다. 제 머릿속에 있는 수많은 고민과 흥미로운 이야기들을 풀어나갑니다. 그로 인해 제 이야기를 좋아해주시고 즐겁게 봐주시는 독자님들이 생겨나면서 스스로에 대한 자부심이 생겨났습니다.

사람은 누군가가 알아줄 때 비로소 그 가치가 빛을 발합니다.

저는 여러분들 덕분에 생기와 빛을 얻었습니다.

그래서 늘 감사드립니다.

《절대 검감(絶對 劍感)》은 《나노 마신(喇勞 魔神)》, 《마신 강림(魔神 降臨)》에 이은 세 번째 작품입니다. 하지만 〈마신〉 2부작은 같은 주인공인 천여운의 이야기이기에 실질적으로는 두 번째 작품이라 할 수 있습니다.

《나노 마신》의 주인공은 다소 냉철하면서 완벽주의자에 가깝습니다. 그래서 후속작을 적는다면 좀 더 인간 냄새가 강하고 주변 인물들 역시도 잘 어우러지는 글을 적고 싶었습니다. 해서 탄생하게 된 것이 《절대 검감》입니다.

캐릭터들이 각자의 개성을 가지고 살아가게 되면 이야기를 의도하지 않아도 저절로 흘러나가게 됩니다. 제게 《절대 검감》은 한 사람, 한 사람이 숨 쉬며 살아가는 그런 작품입니다. 그렇기에 작품을 쓰는 내내 너무 즐거웠습니다.

주인공 소운휘와 재잘거리는 수다쟁이 소담검과 함께하는 이야기 여정이 독자님들께도 웃음과 즐거움을 가져다주었으면 합니다.

마지막으로 이 책을 읽어주시는 독자님들께 다시 한 번 감사드립니다.

한중월야

Special Thanks

사랑하는 와이프 박수정 | 사랑하는 어머니 신희숙 | 사랑하는 아버지 정세연 | 사랑하는 여동생 | 문피아 대표 김환철(금강) | 네이버 웹툰 대표 김준구 | 문피아 이사 이경수 | 문피아 부장 김향주 | 역대 담당자들(김태현, 이종식, 임주리, 이정협) | 현 담당자(권혁중 PD) | 친구들(한신, 김종현, 정교수, 정기명, 윤성한, 장영규, 박희규, 김영민, 고종대) | 작가들(취룡, 디다트, 한유림, 이블라인, 한산이가, 요비, 글쟁이S, 백수귀족, 목마, 코리타, 산천, 오늘도요, 갈드)

등장인물 소개
—

소운휘　　　호남성 삼대 명문 무가인 익양 소가의 삼남. 어릴
　　　　　　　적 주화입마를 입고 혈교에 납치되어 삼류 첩자의
　　　　　　　삶을 살다가 허무한 죽음을 맞았다. 〈검선비록〉과
　　　　　　　의 기연으로 다시 태어난 삶에서 '검'과 교감할 수
　　　　　　　있는 능력을 얻게 되고, 회귀 전과는 다른 삶을 만
　　　　　　　들어 나가기 위해 노력한다.

아송　　　　익양 소가 소운휘의 하인.

송좌백　　　무림연맹 조항 송가의 자제이자 쌍둥이 형제의 형.

송우현　　　무림연맹 조항 송가의 자제이자 쌍둥이 형제의 동생.

소담검　　　소운휘 어머니의 유품인 단검.

남천철검　　한때 운남성의 패자로 명성이 드높았던 남천검객
　　　　　　　호종대의 검.

기기괴괴 해악천　혈교를 이끌어가는 사존자 칠혈성 중 사존. 괴팍하
　　　　　　　고 어디로 튈지 모르는 성정 때문에 '기기괴괴'라
　　　　　　　는 별호로 불린다.

도장호　　　혈교를 이끌어가는 사존자 칠혈성 중 사혈성.

혈수마녀 한백하	혈교를 이끌어가는 사존자 칠혈성 중 육혈성.
구상웅	혈교의 패혈단 단주.
노성구	혈교의 혈랑대 대주.
오충	혈교의 마호대 대주.
해옥선	패혈단주 산하의 여자 대주.
백위향	무림연맹의 제사장로.
모용수	무림연맹 모용 세가의 장남이자 황룡당의 당주.
만사신의	당대 무림 최고의 의원.

차
례
—

일러두기

- 무협 자체의 재미와 개성을 살리기 위해 의도적으로 속어, 비속어, 은어 등의 표현이나 일부 한글 맞춤법 규정에 어긋나는 표현도 그대로 실었습니다.

- 검의 대화의 경우 앞에 '—' 표기를 넣었고, 전음은 앞뒤 [ ] 표기, 검선의 말은 앞뒤 [ ]를 표기하되 고딕으로 서체를 달리하여 표기하였습니다. 또한 본문 내 강조나 인용 등으로 들어가는 내용은 고딕체로, 본문에 나오는 대화 중 과거형은 다른 명조체로 구분하여 표기하였습니다.

- 한 장짜리 비서는 홑꺾쇠표〈 〉, 서책의 경우 겹꺾쇠표《 》로 표기하였습니다.

첩자의 끝은 죽음이다

매캐한 먼지들로 가득한 어두운 밀실. 오랫동안 사람의 손길이 전혀 닿지 않았다는 증거다.

"켁."

입과 코로 들어간 먼지로 기침이 나왔다. 그런데도 나는 기대감에 부풀어 있었다. 제발 여기이기만을 간절히 바랐다.

등을 비춰가며 밀실을 조심스럽게 뒤지던 나는 이윽고 낡은 목함 하나를 발견했다. 조심스럽게 먼지로 뒤덮인 목함으로 다가가는데, 그때 공기가 빠지는 듯한 소리와 함께 무언가 튀어나왔다. 쉭!

"헉!"

놀란 나는 다급히 뒤로 물러났다. 거리가 벌어지자 보인 것은 다름 아닌 뱀이었다. 쉭쉭! 그런데 특이하게도 뱀은 설원을 담은 것처럼 새하얀 눈을 가지고 있었다. 그 새하얀 눈을 쳐다보니 모골이 오싹해지는 느낌이었다. 여태껏 동굴 안에 쥐새끼 한 마리도 없던 것은 이놈이 먹어치워서일지도 모른다는 생각이 들었다.

뱀이 쉭쉭 소리와 함께 혀를 날름거리며 나를 위협했다. 마치 목함에 다가가는 것을 막으려는 것처럼 말이다.

"에라이!"

뱀을 향해 나는 공격할 것처럼 횃불을 휘저었다. 횃불의 뜨거운 열기와 함께 주황빛 불똥이 튀자 뱀의 새하얀 눈동자가 일렁였다. 화륵화륵! 그런데 이렇게 횃불을 휘젓는데도 뱀은 꿈쩍도 하지 않았다. 오히려 그 새하얀 눈동자는 내 눈을 응시하고 있었다.

무슨 뱀이 불꽃을 겁내지 않지?

결국 나의 손이 허리춤에 있는 검병으로 향했다.

쉭쉭! 그때 뱀이 위협하듯이 들어 올렸던 기다란 몸을 숙였다. 그러고는 싱겁게도 빠른 속도로 바닥을 헤엄치듯이 스멀거리며 어딘가로 사라졌다.

"하아."

내 입에서 안도의 숨이 흘러나왔다. 사실 뱀을 잡는 것은 크게 어려운 일이 아니지만, 그 오묘한 백색 눈동자 때문에 왠지 모를 불안함을 느꼈었다. 혹시나 뱀이 다시 돌아올까 싶어 얼른 목함을 열었다.

"아!"

목함 안에 무언가 들어 있었다. 금방이라도 찢어질 것만 같은 누렇게 변색된 종이였다. 계산해보면 근 육백 년은 되었을 터인데, 특수한 약품 처리라도 한 건지 색이 바랬어도 아직 글씨가 고스란히 남아 있었다. 눈물이 날 것만 같았다. 종이에는 수많은 문구가 적혀 있었다.

"〈검선비록〉."

육백 년 전 검(劍)의 일인자라 불리던 검선이 남겼다는 보물이 내 손에 들어왔다. 하지만 안타깝게도 나는 이것의 주인이 되지 못한다. 두 가지 이유가 있다. 첫 번째, 나는 어릴 때 주화입마로 인해 단전이 손상되어 내공을 익힐 수 없는 삼류 무인의 신세였다. 두 번째, 내가 처한 상황 때문이다. 슥! 내가 만지고 있는 이 가슴 쪽에는 혈고(血蠱)가 있다.

혈고는 혈교(血敎)에서 만든 독벌레이다. 그들이 원하는 즉시 이 망할 독벌레를 폭주시켜 숙주를 죽일 수 있다. 이딴 게 왜 내 가슴속에 있냐고 묻는다면 내 정체가 혈교의 첩자이기 때문이다. 으득! 이가 갈렸다. 그때 납치만 당하지 않았어도 이런 일은 없었을 것이다.

꽉! 〈검선비록〉을 잡은 내 손에 힘이 들어갔다. 종이가 꾸겨지는 것에 놀란 난 심장이 오그라들어 얼른 손에서 힘을 뺐다. 무림인들, 아니 검을 갈고닦는 검객에게 있어 천고의 보물이라 불리는 〈검선비록〉은 나를 혈교의 주구에서 벗어나게 해줄 유일한 동아줄이었다.

"흠."

그런데 이게 정말 〈검선비록〉이 맞나 모르겠다. 내용이 뭔가 괴이하기 짝이 없다. 검심을 알기 위해 칠성의 북두성의 현기를 주저리주저리…. 이게 정말 비급인가? 게다가 약간 소름이 돋는 게 무슨 좌도방문의 술법처럼 붉은 먹으로 종이 군데군데에 이상한 문양들을 그려놓은 것이 왠지 께름칙했다.

알게 뭐람. 어차피 내 목적은 가슴속에 있는 혈고를 제거하고 첩자가 아닌 다시 정파 명문가의 자식으로 돌아가는 것이다. 가문에서 쓰레기 취급을 받아도 시시각각 가슴 졸이고 사는 첩자보다는 낫다. 다른 곳을 뒤지고 있을 백위향 장로와 황룡당주 모용수만 부르면 된다.

그 전에 할 일이 있다. 나는 품속에서 무언가를 꺼내 들었다. 특수 처리가 된 손가락 마디 두 개 정도 되는 원통이었다.

"젠장."

순간 짜증이 났다. 원통에 살짝 금이 가 있었다. 아무래도 절벽을 내려올 때 앞으로 고꾸라져서 그런 모양이다. 그나마 깨지지 않은 게 다행이었다. 나는 〈검선비록〉의 종이를 조심스럽게 접고 또 접어서 원통에 집어넣었다.

"후…."

이거 삼킬 수 있으려나 모르겠다. 이럴 줄 알았다면 물이라도 준비할걸. 입을 벌리고서 원통을 넣고 꾸역꾸역 억지로 삼켰다. 토할 것 같았지만 별수 없었다.

"끄엑."

썩은 고목나무 뿌리를 말려서 먹는 느낌이다. 이걸 이렇게 삼키는 이유는 간단하다. 내 나름의 대비책이다. 아무리 나를 도와준다고 했다지만 저들도 무인인 이상 〈검선비록〉을 탐낼지 알 수 없는 노릇이다.

드르륵! 밀실의 돌문을 열고 나간 나는 동굴 중앙에 있는 공동으로 가서 벽을 두드렸다.

똑! 똑! 똑똑똑! 똑똑! 똑!

무림연맹의 암호였다. 작게 두드려서 범인에겐 안 들릴 수도 있지만, 무림연맹에서 서열 오위라 불리는 백위향 장로나 후기지수 중에서 쌍룡의 일인인 모용수의 내공 수위라면 이를 들을 수 있을 것이다. 아니나 다를까, 얼마 후에 두 사람이 모습을 드러냈다.

"찾았나?"

어깨가 쩍 벌어진 성골에 멋들어지게 수염을 기른 중년인. 그는 무림연맹 제사장로인 백위향이었다. 그 옆에 누가 봐도 눈매가 날카롭고 콧날이 높게 서 있는 청년은 명문가로 정평이 난 모용 세가의 장남 모용수였다.

호흡을 가다듬은 내가 빙그레 웃으며 말했다.

"네, 장로님. 여기에 있었습니다."

그 말에 두 사람의 얼굴이 활짝 폈다. 다른 것도 아니고 천고의 보물이라 불리는 〈검선비록〉을 찾아냈으니, 그 기분을 굳이 말로 표현하지 않아도 알 법했다.

황룡당주 모용수가 내게 조용히 물었다.

"어디에 있나, 〈검선비록〉은?"

"그 전에 약조하신 것을 지켜주십시오."

약조는 혈고를 제거하는 것이었다. 백위향 장로의 심후한 내공이라면 체내의 혈고를 진기로 태울 수 있다고 들었다. 나를 믿어준 두 사람에게는 미안하지만, 첩자로 온갖 고생을 한 나로서는 확실한 보장이 필요했다.

백위향 장로가 웃으며 말했다.

"허허허, 그렇군. 자네 말이 맞네. 계산은 확실히 해야지."

그러고는 황룡당주인 모용수에게 눈짓을 보냈다.

그러자 황룡당주 모용수가 허리춤에 있던 검집에서 서슬 퍼런 예기의 보검을 뽑았다. 스릉! 모용 세가의 명검이라 불리는 예단검(瞥端劍)이었다.

갑자기 검을 뽑자 당황한 내가 뒤로 물러서며 말했다.

"무슨 짓입니까?"

"죽기 싫으면 내놓아라."

모용수가 검 끝으로 나를 겨냥하며 말했다. 〈검선비록〉을 내놓지 않으면 당장에라도 나를 찌를 기세였다.

날카로운 살기에 심장이 벌렁거렸지만 늘 혈고의 불안함에 사로잡혀 살아왔던 내가 이런 협박에 순순히 '예, 드리겠습니다'라고 하겠는가.

"…드리면 혈고를 제거해주실 겁니까?"

"글쎄. 자네를 살려둘 필요가 있을까?"

아아, 미치겠다. 혹시나 했는데 들어맞았다. 저 두 사람은 〈검선비록〉에 눈이 멀었다. 보물을 얻은 뒤에 곧바로 살인멸구를 할 기세였다.

"무림연맹 임무에 사적인 감정을 내세우거나 탐욕을 부리면 안 된다는 율령을 어기실 겁니까?"

내 말에 백위향 장로가 비웃음을 담아 말했다.

"누구도 모를 터인데 율령이 무슨 소용인가?"

"제가 죽으면…."

"혈교의 첩자 하나 죽었다고 문제 될 게 무언가. 오히려 첩자를 찾아낸 우리의 공로를 맹주께서 치하하시겠지."

빌어먹을! 이래서 믿을 놈이 없다는 것이다. 이들을 마지막 희망 삼아 강제로 첩자가 된 것을 밝혔는데 이런 식으로 이용하다니.

"제가 끝까지 입을 다물면 어쩌시려고요? 우리뿐만이 아니라 혈교에서도 이곳에 고수들을 파견했다는 걸 잊으셨습니까? 촌각을 다투는 상황입니다."

그들이 절벽 근방을 수색하고 있었다. 시간을 끌게 되면 검선의 보물이 있는 동굴이 절벽 아래에 있다는 사실을 곧 알아차릴 것이다.

그 말에 황룡당주 모용수의 눈동자가 흔들렸다.

그런데 백위향 장로는 아니었다.

"잔머리를 굴리고 싶은 모양인데, 촌각을 다투는 상황인 것은 우리뿐만이 아니라 네놈도 마찬가지지 않나."

"…"

"네놈이 이런 상황에 수많은 밀실 중 한 곳에 보물을 숨겼다고? 잔수작 부리지 말거라. 네놈이 숨길 장소라고 해봐야 그 몸뚱어리 속이겠지."

나는 할 말을 잃고 말았다. 머리를 굴린 것이었는데 단번에 맞혀 버렸다. 그 이유도 너무나 간단했다.

"네놈의 소지품을 본 장로가 뒤져보지 않았을 것 같나?"

백위향이 회심의 미소를 지었다.

아아, 망했다. 이럴 때 내공 없는 삼류라는 것이 천추의 한이다. 누군가 작정하고 방을 뒤져도 그 기척을 감지할 만한 내공이 없다. 물론 백위향 장로 같은 엄청난 고수가 뒤진다면 어쩔 수 없겠지만 그래도 억울하다.

"그럼 놈의 배를 갈라보면 되겠군요, 장로님. 후후후."

모용수가 여유롭게 웃어 보였다. 지금 그의 모습은 정파 후기지수가 아니라 그저 탐욕자에 불과했다.

별수 없었다. 털썩! 무릎을 꿇은 내가 손발이 닳도록 빌었다.

"제발 살려주십시오. 평생 입을 다물고 살겠습니다. 저같이 내공도 익히지 못한 삼류 무인을 죽인다고…."

"읽었지?"

"네?"

"읽었잖느냐, 〈검선비록〉."

할 말이 없었다. 그 종이가 〈검선비록〉인지 안 읽고 무슨 수로 알겠는가. 억울한 것은 그 안에는 특별히 비급이라고 할 만한 내용도 전혀 없었다.

"그게 네가 죽어야 할 또 다른 이유다."

"비, 비록에는 특별한….'

푹! 그 순간 가슴이 화끈거렸다. 모용수의 예단검이 너무도 쉽게 내 가슴을 꿰뚫었다. 애초에 이 녀석들은 나를 살려둘 생각 자체가 전혀 없었던 것이다.

"쿨럭."

입에서 피가 흘러나왔다. 그리고 나는 실이 끊어진 인형처럼 바닥에 쓰러졌다. 애초에 혈교와 무림연맹 양측에서 이 임무가 하달되는 순간부터 내 운명은 정해져 있었던 것이다. 몸에 힘이 들어가지 않고 정신이 혼미해진다. 이렇게 죽는 건가.

"배를 갈라라."

백위향 장로가 아무렇지도 않게 말했다. 이놈은 내가 무슨 식육을 위한 돼지도 아니고 배를 가르라는 말을 어찌 저렇게 쉽게 하지?

"알겠습니다."

모용수가 가슴에서 검을 뽑아 배에 꽂았다. 푹!

"끄윽!"

그때 배 속에서 뭔가 으스러지는 소리가 들렸다.

"이런."

하필 꽂아도 정확하게 배 속의 원통에 검을 꽂아버린 모용수다.

그도 그것을 느꼈는지, 당황해서 얼른 검을 뽑고 그 부위를 중심으로 빠르게 배를 가르려고 했다. 혹시나 원통에 위산이나 이물질이 들어가서 종이가 손상될까 봐였다.

바로 그때였다. 화르르륵!

"엇?"

기이한 일이 벌어졌다. 배 속에서 뜨거운 기운이 일어나더니, 이내 파란 불꽃이 치솟았다.

당황한 모용수가 뒤로 물러났다.

"뭐 하는 짓이야! 빨리 배 속에서 그걸 꺼내!"

"네, 넵!"

백위향 장로의 외침에 그가 다시 배를 가르려고 했지만 소용없었다. 어느새 내 몸 전체를 파란 불꽃의 화마가 집어삼켰다. 그런데 이상했다. 몸이 타게 되면 고통스러워야 하는데 그렇지가 않았다. 이미 죽어가는 몸이어서 그런가.

"젠장! 불이 왜 안 꺼지냐고!"

모용수의 호들갑스러운 목소리가 점점 엷게 들린다. 막상 죽는다고 생각하니, 모든 게 후회된다. 어째서 이런 인생을 살게 된 걸까. 참으로 원통하다.

눈앞이 점차 푸른 불길에 잠식되면서 흰빛으로 환해져 갔다. 그 순간, 무언가 내 몸을 적셨다. 촥! 불을 끄기 위해 물을 끼얹기라도 한 건가. 나도 모르게 깜짝 놀라서 벌떡 일어났다.

"으악!"

일어나자마자 정신을 차린 나는 푸른 불꽃에 뒤덮였던 것이 떠올라 내 손과 발을 쳐다보았다.

그런데 멀쩡하기 그지없었다. 심지어 모용수의 검에 찔렸던 배마저도 멀쩡했다. 대체 무슨 영문인지 알 수 없었다.

"키득키득."

귓가에 들리는 비웃음 소리.

이에 고개를 들어 올렸더니, 십오, 십육 세쯤 될 법한 화려한 비단옷을 입은 소년 두 명이 비웃음을 흘리며 내려다보고 있었다.

2화

회귀

"바보."

"멍청이."

키득거리던 소년들이 나를 보면서 한 마디씩 던졌다. 푸른 옷과 붉은 옷을 입은 두 소년의 얼굴은 거울을 보는 것처럼 많이 닮아 있었다. 이들은 쌍둥이였다.

내 입에서 나도 모르게 헛말이 튀어나왔다.

"…꿈인가."

그런 내 말에 쌍둥이 중 푸른 옷을 입은 소년이 고개를 절레절레 저으며 말했다.

"물을 끼얹었어도 술이 안 깨나 봐, 율랑현 망아지."

오랜만에 듣는 말이었다. 율랑현 망아지. 십 년 전에 시도 때도 없이 들어왔던 별명이었다.

"딸꾹."

내 입에서 딸꾹질이 튀어나왔다. 술을 마시지도 않았는데 술독에 빠진 것처럼 숙취가 느껴졌다. 대체 무슨 영문인지 알 수 없었다.

그때 푸른 옷의 소년이 몸을 숙이며 내 머리채를 세게 움켜잡았
다. 꽉!

"이 호남쌍쾌도의 송좌백 님께서 말씀하시는데 술이 아직도 안
깨냐?"

그 순간 정신이 번쩍 들었다.

"송좌백? 송우현?"

"이제 술이 좀 깨나 보네. 어디서 술 취한 척하면서 슬그머니 넘어
가려고 해."

"그래, 그래. 우리 호남쌍쾌도는 내기에서 이겼다."

와… 미치겠다. 지금 이 상황이 어처구니가 없었다. 눈앞에 있는
푸른 옷의 소년은 송좌백이라고, 쌍둥이의 형이었다. 그리고 추임새
를 넣으면서 약간 어눌하게 말하는 붉은색 옷을 입은 소년은 동생
송우현이었다. 꿈이라도 꾸는 것만 같았다. 십 년 전이라고 해도 이
순간만큼은 그림으로 그릴 수 있을 만큼 생생하게 기억한다.

짤랑! 송좌백이 다른 한 손으로 붉은 주머니를 흔들어 보이며 씨
익 웃었다.

"네가 한 입으로 두말할까 봐 미리 챙겨놨다. 우리 호남쌍쾌도의
무림 출사를 위한 자금으로 요긴하게 쓰일 거야."

"그래, 요긴하게 쓰일 거다."

송우현이 어눌한 말투로 추임새를 넣듯이 따라 말했다.

대체 이게 무슨 일인지 알 수 없었다. 분명 나는 모용수의 검에
찔리고 이상한 푸른 불꽃이 온몸으로 번지면서 정신을 잃었다. 그런
데 눈을 떠보니 소년 시절의 백흑쌍귀가 보였다. 이 시절을 제외하

고는 말조차 붙여보지 못한 녀석들이었다. 잠깐 설마….

"오늘이 언제냐?"

"뭔 개소리….."

"언제냐고!"

나의 윽박질에 놀란 송좌백이 인상을 찡그리며 중얼거렸다.

"갑술년 계유월 아흐레였나."

말도 안 돼. 갑술년이라고 하면 딱 십 년 전이다. 꿈이라고 하기에는 너무 생생했다. 녀석이 잡은 머리채 때문에 통증도 느껴졌기에 거짓이 아니었다.

"진짜… 진짜 갑술년 계유월이야?"

"아니, 갑자기 무슨 소리를 해대는 거야. 그럼 오늘이 갑해년이라도 되는 줄 알았냐? 술을 하도 많이 마셔서 머리가 어떻게 된 거 아냐?"

녀석이 도통 이해할 수 없다는 표정으로 쳐다보았다.

그런데 이 재수 없는 얼굴마저도 너무나 반가웠다.

"어어. 너 지금 뭐 하냐? 설마 우는 거야?"

녀석의 말대로였다. 눈시울이 붉어지고 눈앞이 흐릿해졌다. 나는 내 머리채를 잡은 송좌백을 왈칵 끌어안았다.

"야, 야, 이 새끼 미친 거 아냐?"

"미친 거 같다."

머리채를 잡고 있는데 끌어안으니 녀석이 당혹스러워했다. 하지만 상관없었다. 지금 기분이 좋아서 날아갈 것만 같았다. 혈교에 납치되어 첩자로 이용만 당하다가 죽기까지의 모든 일이 거짓말처럼 없었던 일이 되었다. 하늘에 절이라도 하고 싶은 심경이었다.

꽉! 송좌백이 거칠게 나를 밀쳐냈다.

그런데 녀석의 손에 넘어진 내 입에서 웃음이 터져 나왔다.

"하하하하하하핫."

기분이 너무 좋았다. 대(大) 자로 뻗어 미친 듯이 웃어대는 나를 녀석들이 실성한 사람처럼 쳐다보았다. 상관없었다. 그렇게나 다시 옛날로 돌아가고 싶었다. 가문의 쓰레기니 율랑현의 망아지니 불리던 이 시절마저 너무나 그리웠었다. 다시는 그 빌어먹을 혈교와 절대로 엮이…

"…계유월… 아흐레?"

웃음을 뚝 그치고 갑자기 심각한 목소리로 중얼거리는 내 모습에 송가 쌍둥이 형제가 진심으로 뒤로 슬금슬금 물러났다. "진짜 돌았나 봐" 하는 소리도 하나 신경 쓰이지 않았다. 중요한 건 지금이었다.

"씨바아아아아아아알!"

내 입에서 터져 나오는 거친 욕설에 두 소년이 허리춤에 차고 있는 도병으로 손을 가져갔다.

그러거나 말거나 나는 벌떡 자리에서 일어났다. 그러고는 주위를 두리번거렸다. 늦은 밤 객잔 일층에는 어떤 손님도 보이지 않았다. 왜냐하면, 지금 시각은 늦은 새벽 축시였으니까.

"빌어먹을! 아송? 아송?"

객잔 이층의 사람들이 깰 수도 있지만 그게 중요한 게 아니었다. 내 외침 소리에 객잔 한구석에서 잠이 반쯤 덜 깬 삼십 대 초반으로 보이는 눈 처진 남자가 걸어 나왔다.

"도련님, 사람들 다 깨잖아요. 에구머니나. 물벼락이라도 맞으셨습니까?"

녀석은 내가 집에서 쫓겨날 때 따라온 하인이었다. 어렸을 적부터 망나니 같던 나를 충실하게 모셔온 유일한 측근이라 할 수 있었다.

"아송, 내 짐은?"

"이층 방에 있는뎁쇼."

그 말을 듣자마자 나는 서둘러 이층 계단으로 뛰어 올라가려 했다. 그때 자칭 호남쌍쾌도인 쌍둥이 형제가 가로막았다.

"인마, 너 미치기라도 한 거야?"

"그래, 미친 거냐?"

지금 녀석들을 상대할 시간이 없었다.

"하. 젠장… 너희들… 내가 미쳤다고 생각할 수 있지만 지금 당장 너희들 짐 챙겨서 객잔에서 도망치는 게 좋을 거야. 그렇지 않으면 평생 개처럼…."

살 수도 있다고 이야기하려 했는데, 이 녀석들은 나와 상황이 조금 다르다. 어찌 되었든 두 사람의 인생을 살리는 셈 치고 말했다.

"그냥 도망쳐."

"뭐라는 거야? 이 새끼가 진짜 술이 덜 깼나? 나 호남쌍쾌도의 송좌…."

퍽!

"억."

기습적으로 날린 주먹에 녀석이 자신의 코를 붙잡았다.

"혀, 형! 너 이 녀석!"

송좌백의 옆에 있던 송우현이 도를 뽑으려고 했다.

나는 재빨리 몸을 날려 녀석의 다리를 걸어찼다. 다리가 걸린 녀석이 바닥으로 넘어지자, 나는 녀석의 배를 팔꿈치로 찍어버렸다.

"끄엑."

녀석의 입에서 돼지 멱따는 소리가 나왔다.

"도… 도련님."

하인인 아송이 눈이 휘둥그레져서 나를 쳐다보았다. 그럴 만도 한 것이 이 시절의 나는 명문 무가 출신인데도 무공은커녕 박투술마저 할 줄 모르는 애송이에 불과했다. 그런 내가 나름 무술을 배웠다는 녀석들을 쓰러뜨리니 놀랄 만도 했다.

의기양양해할 일은 아니었다. 그 시절, 아무리 삼류에 불과했다고 해도 나름 혈교의 무사들이 익히는 기본 외공과 박투술 등을 익혔었다. 몸이 그 시절만은 못 해도 당장 이 어리숙한 쌍둥이 정도는 쓰러뜨릴 수 있었다.

"이… 이 새끼… 언제 무술을 익힌 거냐?"

송좌백이 코피가 나는 코를 부여잡고서 위축된 눈빛으로 물었다.

"됐고, 사람답게 살고 싶으면 빨리 도망이나 가!"

그 말과 함께 나는 얼른 계단을 뛰어 올라갔다.

기세가 눌린 녀석들은 나를 붙잡을 수 없는지 영문 모를 표정만 지었다.

이층으로 뛰어 올라온 나는 방을 찾아 헤맸다.

"왼쪽이에요!"

일층에서 아송이 소리쳤다. 십 년 전의 일이다 보니, 묵었던 방을 기억할 수 없었다.

아송의 말대로 방에 들어가 보니, 짐 보따리와 함께 검병에 푸른 실을 감아놓은 가죽 단검 하나가 침상에 올려져 있었다.

"아…."

오랜만에 보는 단검에 내 입에서 감격의 탄성이 흘러나왔다. 그냥 도망칠 수도 있지만 이걸 가지러 온 것은, 이 단검이 어머니의 마지막 유품이기 때문이다. 그날 유품을 잃어버린 것이 천추의 한이었다. 빨리 챙겨서 도망쳐야 한다.

슥! 단검을 붙잡았다.

그 순간, 고막이 찢어질 듯한 날카로운 비명에 놀란 내가 단검을 떨어뜨렸다.

—끼야아아아아아아악!

"헉!"

모골이 송연해질 만큼 괴이한 일에 심장이 두근거렸다. 나는 괴물을 쳐다보듯이 바닥에 떨어진 단검을 내려다보았다. 우연일까 싶어 다시 단검을 주우려고 손을 뻗었다.

—끼야아아아아아아악!

"으악!"

놀라서 어머니의 유품이고 뭐고 단검을 냅다 패대기쳐버렸다. 무슨 귀신 곡소리도 아니고 대체 이게 무슨 괴성인지 알 수가 없었다.

"헉헉."

소름이 끼쳐서 식은땀마저 흘렀다. 단검을 주우면 또 그 괴성이 들릴까 봐 겁이 나서 망설여졌다.

찌익! 혹시나 하는 마음에 침대보를 찢어서 여러 겹으로 접은 뒤에 단검을 덮었다. 그러고 나서 주워보았다. 그러자 아무 소리도 들리지 않았다. 무슨 일인지는 알 수 없지만 이렇게 해서라도 들고 가야 할 듯싶었다.

얼른 방에서 나와 계단을 뛰어 내려갔다. 아직 쌍둥이 형제가 그 자리에 그대로 있었다.

"도망가랬잖아!"

"아직 코피도 안 멎었어, 인마! 그리고 무슨 소리를 하는 거야? 우리가 왜 도망쳐야 하는데?"

형인 송좌백이 도통 이해할 수 없다는 듯이 되물었다.

아, 더는 모르겠다. 어차피 내 몸 하나 구제하기도 바쁜데 이 녀석들을 챙기고 자시고 할 틈이 없다.

"됐다. 알아서들 해라."

"뭐?"

"가자, 아송. 서둘러….'

내 말이 미처 끝나기도 전에 객잔 바깥에서 비명이 들려왔다.

"끄악!"

'…!'

비명을 듣는 순간 나는 심장이 덜컥 내려앉는 듯했다. 십 년 전으로 회귀했던 환희는 사라진 지 오래였다. 하필 회귀해도 죽어도 다시는 겪고 싶지 않던 그 순간으로 돌아온 것일까?

"이, 이게 무슨 소리야?"

비명에 놀란 쌍둥이 형제를 보며 내가 의미심장하게 말했다.

"…혈교."

"히익!"

내 말에 두 형제가 기겁하고 말았다. 우는 아이도 뚝 그치게 할 만큼 악랄한 명성을 자랑하는 사파 최악의 단체 혈교. 명색이 무가 출신인 쌍둥이들이 혈교를 모를 리가 없었다.

"빌어먹을….'

내 입에서 절망스러운 목소리가 터져 나왔다. 하고많은 날 중에서 왜 오늘인가?

갑술년 계유월 아흐레. 내가 이 망할 혈교에 납치되었던 그날이
었다.

3 화

검이 말한다 1

"혈교라니? 그게 무슨 개 같은 소리야?"

"그, 그래. 개 같은 소리다."

"야! 그만 좀 따라 해! 아무튼 혈교는 오래전 무림연맹에 패해 뿔뿔이 흩어졌잖아!"

세간에 알려진 혈교에 대한 사실이다. 이십여 년 전 혈교는 정사대전에서 무림연맹과 무쌍성 연합에 패해 그 수장인 교주 혈마가 죽으면서 와해되고 말았다. 하지만 워낙 수많은 악명 덕분에 지금까지도 무림인들은 혈교 소리만 들어도 치를 떨다 못해 두려워할 정도다.

"그리고 밖의 저 소리가 혈교인지 아닌지 네가 어떻게 알아?"

당연히 알지. 이미 한 번 경험했던 일이니까. 하긴 이 녀석들 입장에서는 내가 헛소리하는 것처럼 느껴질 수도 있겠다.

"끄악!"

"컥!"

못 믿겠다며 따져대던 송좌백의 얼굴이 굳었다. 밖에서 연이어

들려오는 비명 소리들은 혈교를 떠나서 뭔가 심상치 않은 일이 벌어졌음을 말해주고 있었다. 쾅! 이층 문들이 열리며 객실에 머물던 사람들이 뛰쳐나왔다. 그들도 비명을 들은 모양이었다. 근방에서 뭔가 사건이 터졌다고 짐작한 사람들이 부랴부랴 계단을 내려왔다.

나도 이러고 있을 틈이 없었다.

"아송, 따라와!"

"네… 네! 도련님."

비명 소리에 넋을 놓고 있던 아송이 나를 따랐다. 그런데 내가 향하는 곳은 객잔을 나가는 문이 아니었다.

송좌백이 소리쳤다.

"야! 망아지! 거기로 가면 어떡하겠다는 거야?"

설명해봐야 믿지도 않을 테니, 나는 아무 대답도 하지 않고 객잔 뒷문으로 향했다.

"멍청이, 그러다 죽을 거다."

송좌백이 나를 비웃더니, 동생인 송우현을 데리고 객잔의 여관방에서 나온 사람들을 따라 나가버렸다. 어차피 지금 상황에서는 누구를 챙기고 할 틈이 없었다. 각자가 살아남아야 했다.

"도련님, 도망가려면 밖으로 가야 하는 거 아닙니까요?"

아송 역시도 의아했는지 따라오면서 물었다.

나는 고개를 저었다.

"늦었어. 놈들이 이 마을 전체를 둘러싸고 있는데 무슨 수로 도망간다는 거야."

어렸을 적 단전이 손상된 나나 무공을 전혀 익히지 않은 아송이나 그 많은 혈교의 무사들 손에서 도망칠 수 있는 확률은 극히 낮았다. 적어도 반 시진 전으로 회귀했다면 그나마 생존율이 높았겠지만 지금은 무리였다.

"그, 그럼 어쩌시려고요?"

"숨어야지."

"네? 대체 어디로요? 뒤쪽 마당에는 측간이랑 마구간밖에 없는 걸요."

나는 아무 대답도 하지 않았다.

그러자 아송이 일그러진 얼굴로 중얼거렸다.

"아으… 이런."

안타깝게도 아송의 불길한 짐작은 정답이었다. 내가 향하고 있는 곳은 다름 아닌 측간이었다. 뒤쪽 마당에는 측간과 마구간이 있어서 온갖 역한 냄새로 가득했다.

"도련님, 설마 아니죠?"

"안됐지만, 이 수밖에 없어."

무공을 익힌 악랄한 혈교인들을 상대로 숨어서 살아남을 방법은 더럽지만 측간에 숨는 수밖에 없다고 나는 확신했다. 그들도 사람이기에 더러운 것은 기피할 수밖에 없다.

끼익! 아송이 측간 문을 열더니, 절망스러운 눈으로 그곳을 바라보았다. 살아 있는 지옥을 보는 기분일 것이다.

"도, 도련님, 똥물이 꽤 깊어 보이는데요. 꼭 여기에 숨어야 합니까? 숨도 못 쉬고 죽으면 어쩌죠?"

아송의 물음에 주위를 둘러보았다. 아마도 술을 만들기 위한 것인지 대나무 묶음이 눈에 띄었다. 벽에 있던 도끼를 집어서 그것을 하나 잘라냈다. 그리고 아송에게 넘겼다.

"이거 물고 입으로 숨 쉬면 버틸 수 있을 거야."

"네에? 이 굵다란 걸요?"

대나무가 좀 많이 굵었다. 입을 큼지막하게 벌리고 물어야 했다.

"지금 찬밥 더운밥 가릴 처지야? 저승보다 개똥밭이 낫다는 말도 몰라? 아송, 혈교 놈들이 얼마나 잔인한 줄 모르나 본데, 네 사지를 전부 절단해서…."

"히익!"

내 말에 잔뜩 겁먹은 아송이 들어가겠다고 했다. 더럽고 힘들겠지만 이것만이 녀석이 살 방법이었다. 아송이 측간으로 들어갔다.

"저 똥독 오르면 어떡하죠?"

"나도 들어가 본 적 있는데, 비름나물을 찧어서 바르면 싹 나으니까 걱정 말고 들어가."

"네? 도련님이 똥독에 들어가 본 적이 있다고요?"

들어가기만 했을까. 근 한 시진이 넘게 버티느라 똥독에 죽을 뻔했다. 근데 더 이상 대답할 시간이 없다. 나도 숨어야 하니까 말이다.

"아송, 어떻게든 버텨. 그래야 살 수 있다."

"넷? 헉!"

팍! 냅다 아송을 측간 구멍으로 밀어 넣었다.

"도련니이이임!"

풍덩! 나는 재빨리 뒤로 물러났다. 측간 구멍으로 검은 똥물이 튀어 올랐다.

'미안하다, 아송.'

전생에 죽었던 네 녀석을 살리자면 이것 외에는 달리 방법이 없다. 억울해하진 마라. 나도 곧 들어갈 거니까. 옆 측간에….

"젠장."

이건 또 뭐야? 옆 측간은 똥통 안이 거의 비어 있었다. 이래서는 몸을 숨길 수가 없다.

'억지로 들어가야 하나.'

아송이 들어간 측간의 똥통에 비집고 들어갈까 싶었지만, 그러기에는 너무 협소했다. 괜히 이 녀석을 먼저 살리려다가 내가 곤란해졌다.

'어떡하지?'

두리번거리던 내 눈에 마구간이 띄었다.

히이잉! 낯선 내가 다가가자 마구간의 말 한 마리가 경계심을 보였다. 급하긴 했나 보다. 대부분의 객이 말을 가지고 도망쳤는데, 이 귀한 걸 두고 가다니.

나는 얼른 줄을 풀어 말을 밖으로 내보냈다. 여기에 말이 없어야 혈교의 무사들이 관심조차 보이지 않을 거다. 말의 먹이를 담은 통에 건초들이 수북하게 담겨 있었다.

'몸을 가리기에 충분하겠어.'

제발 객잔에 고수들이 오지 않기를 바랐다. 삼류나 이류 무인이라면 모르지만 일류 고수는 귀가 밝고 기감(氣感)이 뛰어나기에 까딱하면 들킬 수가 있었다. 부디 예전과 같은 일이 벌어지지 않기를 바랐다.

통에 들어가 짚으로 몸을 가린 나는 품속에 천으로 감싸놓은 단검을 매만졌다. 고민이 되었다. 만약 들킨다면 저항이라도 해야 하지 않겠는가. 다만 조금 전에 단검을 만졌을 때 그 소름 끼치는 괴성이 마음에 걸렸다. 하지만 목숨이 달린 일인데, 그런 것이 무서워 있는 무기를 활용하지 않는 것도 우스운 일이었다. 결국, 나는 고심 끝에 단검의 천을 벗겨냈다. 그리고 단검을 만지는 순간….

―끼야아아아아아아악!

'젠장. 대체 이게 무슨 소리야.'

억지로 버텨가며 놀란 채로 있는데….

―만지지 마. 진짜 싫어.

'…?!'

나는 순간 내 귀를 의심했다. 괴성을 내던 목소리가 자신을 만지지 말라고 했다.

'설마… 이 단검에서 난 소리는 아니겠지?'

당황해하고 있는데 갑자기 그 목소리가 또 들려왔다.

―설마 내 소리가 들리는 건가?

진짜로 단검이 말을 하고 있었다. 정확히 말한다면 이 소리는 귀에 들리는 것이 아니라 내 머릿속을 울렸다. 마치 환청처럼 들린다고 해야 할까.

'…어떻게 이런 일이.'

어처구니없어하는데 또다시 목소리가 들렸다.

―말도 안 돼. 어떻게 이런 일이….

단검이 도리어 놀라고 있었다.

―인간이 내 말을 들을 수 있다니!

미치겠군. 그건 내가 하고 싶은 말이다. 살아 있지도 않은 단검이 말한다는 게 있을 수 있는 일인가.

―뭐야? 단검은 말하면 안 된다는 법이라도 있어? 세상에나. 그럼 길쭉길쭉한 장검만 말해야 하는 거야?

이제는 신경질도 낸다. 나는 순간 머릿속이 복잡해졌다. 심하게 긴장해서 스스로 환청을 떠올린 건가 하는 생각이 들었다.

—와… 멀쩡한 단검 말을 환청으로 만들어버리네.

투덜거리는 소리에 나는 머리가 멍해졌다. 처음 겪어보는 기이한 일을 어떻게 받아들여야 할지 당혹스러웠다.

그때였다.

저벅! 발걸음 소리가 들려왔다.

나는 숨을 죽이고서 속으로 안도의 숨을 내쉬었다. 발걸음 소리를 내가 들을 수 있을 정도라면 고수는 아니었다.

—야, 야, 대답 좀 해봐.

머릿속을 울리는 목소리에 순간 짜증이 울컥 치밀어 올랐다. 안 그래도 긴장돼서 죽겠는데 미치겠다.

'환청이야, 환청. 잡념아 물러가라, 훠이, 훠이.'

—…이게 돌았나. 지금 날 잡귀신 취급하는 거냐?

'하!'

이쯤 되니 나도 확실하게 알 수 있었다. 이건 환청이라고 할 수 없었다.

그때 귓가로 들려오는 불길한 소리. 저벅저벅! 입이 바짝 말라왔다. 바람과 달리 발걸음 소리가 가까워지고 있었다. 빈 마구간에는 관심이 없을 거라고 생각했는데 예상을 벗어났다.

'젠장.'

—심장 소리가 커지네. 두려운가 봐?

'좀 닥쳐.'

안 그래도 심란해죽겠는데 재잘대는 소리에 정신이 흐트러졌다.

발걸음 소리가 점점 마구간 가까이로 다가왔다. 단검을 쥐고 있는 손에 힘이 들어갔다. 건초 더미를 파헤치려고 한다면 단숨에 놈이 소리를 낼 수 없게 목을 찔러야 했다.

저벅! 놈의 발소리가 바로 코앞까지 다가왔다. 건초 더미를 건드리는 소리가 들리는 순간, 나는 재빨리 건초 더미에서 일어났다. 팍! 일어나자마자 보인 것은 복면을 쓴 사내였다.

"헉!"

갑자기 튀어나와 놀란 복면인이 뒤로 피하려 했지만 이미 늦었다. 그것을 예상하고 있던 나는 용수철처럼 몸을 날려 놈의 목에 단검을 찔렀다. 푹!

"컥!"

단말마의 비명과 함께 복면인이 그대로 즉사했다. 오랜 첩자 활동으로 다져진 기습 능력만큼은 발군이라고 해도 과언이 아니었다. 애초에 이 녀석이 삼류에 불과했기에 가능한 일이었다.

―이야. 허구한 날 어린놈이 망나니처럼 술만 퍼마신다고 생각했는데 제법이다. 오랜만에 피 맛 좀 보네.

머릿속을 울리는 단검의 목소리.

나는 쓰러지려 하는 복면인의 멱살을 붙잡았다. 잡음 소리를 최대한 줄여야 했다. 이 녀석이 여기까지 왔다면 객잔 내에 다른 혈교의 무사들이 있을 확률이 높았다. 삼류나 그 이하의 실력을 갖춘 무사들은 못해도 세 명 이상이 한 조로 붙어 다닌다.

'하아.'

계획이 엉클어져버렸다. 혈교에 납치가 아니라 죽을지도 몰랐다. 이렇게 된다면 목숨을 걸고 도망을 시도할 수밖에 없다.

슥슥! 나는 피가 묻은 단검을 죽은 복면인의 옷에 닦아냈다. 얼마나 오랫동안 관리를 하지 않았는지 단검이 녹슬어 있었다.

'역시다.'

날과 날 끝이 무뎌져서 찌를 때 힘을 많이 주어야 했다. 날을 갈지 않으면 쓰기 힘든 상태였다.

―그걸 아는 놈이 여태껏 날 방치한 거냐.

단검이 조잘거렸다. 그러나 녀석과 말할 틈도 없었다.

'칫.'

객잔의 뒷문 쪽에서 검은 인영이 걸어오는 모습이 보였다. 죽은 녀석과 한 조일 것이다.

나는 멱살을 잡고 있던 복면인을 살짝 내려놓고 몸을 숙인 상태로 마구간을 나와 기척을 최대한 죽이고서 객잔의 뒷문 옆에 바짝 붙었다.

'멍청이. 실수했어.'

죽은 녀석의 몸을 뒤져서 다른 무기를 챙겼어야 했는데, 적이 온다고 긴장한 나머지 미처 챙기지 못했다. 어쩔 수 없이 이 망할 귀신들린 단검을 써야 했다.

―또! 또!

'시끄러워.'

지금 나오는 녀석을 죽이고서 무기를 빼앗는 편이 나았다. 최대한 몸을 바짝 붙이고서 집중했다.

"이봐. 뒷마당 쪽에서는 뭐라도 나온 게 있나?"

'지금이다!'

문밖으로 다리가 보이는 순간, 나는 있는 힘껏 그 다리를 걷어찼다. 그 순간 예측 밖의 일이 벌어졌다. 걷어차려고 했던 놈의 오른 다리가 슬그머니 뒤로 빠졌다.

'앗!'

그러고는 도리어 내 다리를 걷어차버렸다. 뻑 소리가 나며 강한 통증과 함께 내 몸이 옆으로 굴렀다.

"크윽!"

"문 옆에 왜 숨어 있나 했더니 역시였나."

여유로운 목소리와 함께 한 복면인이 뒷문으로 나왔다.

'이런…'

그것을 본 나는 놀랄 수밖에 없었다. 당연히 먼저 죽인 녀석과 마찬가지로 하급 무사일 거라 여겼다. 한데 이 복면인은 하급 무사가 아니었다.

'밤색 허리띠.'

허리를 감고 있는 밤색 띠는 혈교의 중급 무사를 뜻했다. 그저 외공만 쓸 줄 아는 삼류 무사들과 다르게 내공 역시 익힌 자였다. 훗날 단련한 몸으로도 기습이 아니고는 무작정 정면으로 붙을 수 있는 자가 아니었다.

'어떡하지?'

난감해하고 있는데 녀석이 중얼거렸다.

"보아하니 내공도 익히지 않은 녀석 같은데, 제법 깡다구가 있구나. 살려고 눈알을 굴릴 줄도 알고."

이런 칭찬은 하나도 고맙지 않았다. 무가의 자식으로 태어나 내공 한 번 익혀보지 못한 것은 첩자 생활을 할 때조차도 천추의 한이었다.

"그럭저럭 중등품 정도로 쓸 수 있겠군."

'중등품?'

그 말에 예전이 떠올랐다. 그때도 납치당할 때 녀석들은 등급을 매겼다. 당시에는 나를 최하등품으로 품평했었다. 살려달라고 애원하는 모습에 무공은커녕 바닥을 기어가며 도망쳤으니, 녀석들 눈에는 버러지만도 못하게 보였을 것이다.

"기회를 주지. 어차피 네 녀석은 여기서 벗어나지 못한다. 살고 싶으면 곱게 투항해라."

"어차피 죽일 생각도 없었잖아."

"네가 죽을지 안 죽을지 어떻게 아나?"

"그럼 등급을 매길 이유가 없지."

등급을 매겼다는 것부터가 납치할 생각이었다.

"애송이가 영리하구나. 머리를 굴리는 것만큼 몸도 잘 쓰면 중상에서 상등품은 되었을 텐데 말이야."

눈빛에 살기가 도는 것이 빈정이 상했나 보다. 탓! 더 이상 말을 섞을 생각이 없는지 녀석이 나를 향해 몸을 날렸다.

이제는 별수 없었다. 납치당하기 싫으면 죽으나 사나 덤벼보는 수밖에.

퍽! 녀석이 내 머리 쪽을 향해 발차기를 했다.

몸을 일으키지 못했던 나는 추하지만 다급히 옆으로 몸을 굴렸다. 퍽!

"딱 어울리는구나."

녀석이 비웃음을 흘리며 가지고 놀려는 것처럼 바닥에 넘어져 있는 내게 도를 휘둘렀다. 그냥 빈정만 상한 게 아니라 정말 죽일 작정인 듯했다.

'빌어먹을.'

그때 내 머릿속을 울리는 목소리.

—왼쪽으로 살짝만 상체를 틀었다가 놈의 팔을 찔러.

생각할 겨를도 없이 나는 그대로 살짝 몸을 틀어 도를 피해냈다. 그 상태에서 단검으로 도를 들고 있는 오른팔을 있는 힘껏 찔렀다.

"헛?"

녀석이 다급히 피하려 했지만 살짝 단검에 찔렸다. 날이 무뎌서 제대로 찌르진 못했다.

—뭐 해. 일어나지 않고.

나는 얼른 몸을 일으켜 세우고 경계하듯이 단검을 쥐고서 자세를 취했다.

"이 새끼가!"

그 모습에 복면인이 다급히 도를 휘둘렀다.

—왼발로 크게 좌 일 보.

나는 시키는 대로 크게 왼쪽 다리를 벌렸다. 슉! 아슬아슬하게 복면인의 도가 내 등 쪽을 스치고 지나갔다. 최소한의 동작만으로 공격을 피한 것이다.

"아닛?"

—허벅지 찔러!

그 상태에서 허벅지를 찔렀다. 이번에는 힘이 제대로 실렸기에 단검이 허벅지에 박혔다. 푹!

"끄악!"

—몸으로 밀어!

몸통 박치기를 하자 복면인의 균형이 무너지면서 뒤로 넘어졌다. 그다음에는 시키지 않아도 나는 넘어진 복면인의 머리를 향해 단검을 찍어버렸다.

"켁!"

얼굴을 관통당한 복면인이 몸을 파르르 떨더니, 이내 숨을 거뒀다. 그저 시키는 대로 한 것이지만 어처구니없는 결과에 할 말을 잃었다. 그런 내 머릿속에 의기양양해하는 단검의 목소리가 들려왔다.

—너 나한테 제대로 목숨 빚졌다.

검이 말한다 2

'너… 대체 뭐야?'

단검이 시키는 대로 한 덕분에 위기를 넘겼다. 처음에는 환청이나 혹은 단검이 귀신에 씐 것인가 싶었는데, 처음 겪어보는 생소하면서도 기이한 일에 너무 놀라웠다.

—나 소담검.

기고만장해진 단검이 자신의 검명을 말했다.

단검의 이름은 소담검. 검집에 새겨진 이름이었다.

—혹시 곁에 새겨진 한자에서 소(小) 자를 대(大) 자로 바꾸고 싶지 않니? 짧은 것도 서러운데 소가 뭐니.

이 녀석 이상하게 자신이 단검인 것에 열등감을 느끼는 듯했다. 그런데 눈도 없는 녀석이 무슨 수로 이류 무사의 공격을 파악하고 대처법까지 알려준 건지 알 수 없었다.

—보이니까 알려준 거지. 기껏 살려줬더니 시비 거네.

'그런 거 아니거든.'

─아니긴. 의심만 많아서.

'너 같으면 쉽게 받아들이겠어?'

─그건 그렇네. 나도 인간인 네가 내 목소리를 듣는 게 신기하다.

이 녀석 내 말에 납득했다. 단검이랑 대화하는 게 아니라 사람과 대화하는 것 같다.

─에고. 검생(劍生) 사십칠 년 만에 인간이랑 대화를 나누게 되었는데, 그게 모지리나 다름없는 네 녀석이라니.

'모지리? 이게 미쳤나?'

순간 울컥했다. 멀쩡한 사람을 모지리 취급하고 있다. 단검 주제에.

─웃기네. 내가 이래 보여도 보고 들은 게 많거든. 너같이 술이나 퍼마시던 애송이보다는 무공을 더 잘 알걸.

'하! 무공을 잘 아셔?'

─서당 개 삼 년이면 풍월을 읊는다고 전전 주인이 휘두르는 검로만 이십 년 가까이 봐왔는데, 모를 거 같냐?

'전전 주인?'

전 주인이라 하면 돌아가신 우리 어머니일 거다. 그렇다면 전전 주인은 이 단검을 어머니께 넘긴 사람일 텐데… 설마 외할아버지?

─외할아버지는 무슨 개 풀 뜯어먹는 소리. 네 엄마가 지나가던 장물아비한테 사서 선물한 걸 벌써 잊은 거냐? 추억 보정이야?

…이놈 은근히 촌철살인이 심하다. 검한테 심적 타격을 받을 줄은 몰랐다. 하긴 여시종이었던 내 어머니께서 부친에게 단검을 받았을 리가 없다.

'어렸을 때라 잘 기억나지 않는 거야.'

─네네, 그러시겠지요. 어려서 기억 안 나고, 술 마셔서 기억 안

나고. 참 편한 인생이네.

이 자식 말이 엄청 많네. 계속 티격태격 대화를 나누다가는 한도 끝도 없겠다.

삼인 일조 중 아직 한 명이 남았기에 그자를 처리하고 빨리 도망가야 한다.

—바쁜가 보지?

더 대화가 나누고 싶은 단검이다. 그런데 나는 시간이 없다.

'빨리 여기서 벗어나야 해.'

—야, 그 전에 고맙다는 말 정도는 좀 해라. 기껏 도와줬더니….

아오, 시끄러워.

'그래, 그래. 고맙다.'

—오냐아아아아.

뭔가 말리는 기분이다. 어쨌거나 무기가 필요했던 나는 죽은 복면인의 도를 챙겼다. 단검이 말을 해서 혹시나 하는 마음에 머뭇거렸는데, 다행인지 아닌지 모르겠지만 이 도는 내게 말을 걸지 않았다.

'역시 이 녀석이 특이한 건가.'

—그 도가 하는 말은 들리지 않는 거냐?

'뭐?'

전혀 안 들린다. 그런데 단검 소담검이 키득거리며 말했다.

—그 도가 널 엄청 욕하고 있다. 약해빠진 게 자기 주인을 죽였다고. 어… 이 자식 나도 욕하네. 모지리 놈 좀 도와준 게 뭐 그리 큰 죄냐! 앙!

대체 무슨 소리를 하는 건지 알 수가 없다.

'아….'

그보다 도가 예상외로 많이 무거웠다. 수련이라고는 조금도 하지 않던 시절이다 보니, 이 도는 내가 원활하게 휘두르기에 맞지 않아 보였다.

'젠장.'

—그러게 누가 놀라디. 수련 좀 하지 그랬어. 근력이라도 길렀어야지.

'알고 있거든.'

역시 무겁다. 두 손으로 들고 휘두르면 그럭저럭 가능할 것 같지만, 만약 운이 없게도 죽은 녀석과 비슷한 수준의 실력자를 만난다면 도리어 당할지도 몰랐다. 내공도 없고 실력이 달리면 민첩하기라도 해야 한다. 도를 드는 것을 포기하고 죽은 복면인의 몸을 뒤져보니, 암기인 쇠살 다섯 개가 나왔다. 나도 혈교에서 이걸 쓰는 법을 배웠다. 다만 내공이 없는 내가 이걸 던져서 활용하려면 정말 가까이서 던져야 한다.

'일단 챙기자.'

—그거 쓸 줄은 아니?

'알거든.'

—언제 배웠담?

단검 소담검이 의아해했다. 이 녀석은 현재의 나에 대해서만 아는 듯했다. 하긴 과거로 회귀한 나조차도 믿지 않는다.

—야, 뒤에!

'뭐?'

순간 놀란 나는 앞으로 몸을 굴렸다. 팍! 뒤에서 뭔가 둔탁한 소리가 들려왔다. 겨우 자세를 잡고서 뒤를 보니, 복면인이 뾰족한 가시들이 박힌 쇠몽둥이를 바닥에 찍고 있었다.

"젠장."

녀석의 입에서 거친 소리가 튀어나왔다. 기습을 노렸던 모양이다. 쇠몽둥이가 무거웠는지 녀석의 동작이 굼떴다.

'지금이다.'

나는 앞으로 몸을 날려 단검으로 녀석의 가슴을 찌르려고 했다. 그런데 녀석이 몽둥이에서 손을 떼더니, 뒤로 보법을 펼치며 나의 공격을 피해냈다. 불길한 예상이 들어맞았다. 이 녀석도 이류 무사 정도의 실력을 갖췄다. 게다가 각법을 익혔는지 보법으로 피했다가 발차기로 반격해왔다. 파팍! 쾌속하게 머리를 노리는 놈의 오른발.

—고개 숙여.

머릿속으로 소담검의 목소리가 들려왔다. 나는 재빨리 머리를 숙였다.

—발등 찍어!

녀석의 말이 떨어지기 무섭게 복면인의 축이 되는 왼쪽 발등을 단검으로 찍으려 했다. 그런데 녀석이 그것을 피해버렸다. 그러고는 경각심을 느꼈는지 뒤로 몸을 날렸다. 놈을 놓칠 수 없다고 판단한 나는 거리가 멀어지지 않도록 따라붙었다.

—안 돼!

소담검의 외침이 머릿속을 울렸다. 그 순간 나의 복부로 복면인의 발차기가 작렬했다. 픽!

"끄억!"

배 속이 뒤집히는 통증과 함께 뒤로 넘어지고 말았다. 수련을 했거나 내공을 익혔다면 복부에 힘을 줘서 견딜 수 있겠지만 나는 아니었다. 평범한 사람은 복부를 맞으면 숨도 쉬기 힘들다.

"컥컥."

호흡 곤란이 온 사람처럼 난 기침을 하며 괴로워했다.

그 모습에 복면인이 눈살을 찌푸렸다.

"뭐야? 이것도 피하지 못하다니."

녀석은 내가 자신의 발차기를 피할 수 있을 거라 여겼던 모양이다.

—멍청이, 저런 저급한 유도에 넘어가나?

소담검이 나를 비난했지만 너무 아파서 제대로 들리지도 않았다. 눈물마저 나려는 상황에 복면인이 나를 향해 신형을 날리는 모습이 눈에 들어왔다.

—피해! 피하라고!

소담검이 외쳤지만 소용없었다. 내공이 실린 발차기를 맞아서 숨조차 쉬기 힘든 판국에 몸이 움직일 리가 만무했다.

픽!

"억!"

타격과 함께 그대로 정신이 희미해졌다.

다시는 이 녀석들한테 잡히지 않으려고 그렇게 발버둥을 쳤는데… 전생과 마찬가지로 객잔을 벗어나지조차 못했다.

* * *

얼마나 시간이 흘렀는지 모르겠다. 귓가로 들려오는 목소리에 점차 정신이 돌아왔다.

"고작 애송이 놈한테 두 명이나 죽어? 조장이란 놈이 조원들 관리가 똑바로 안 되나."

주위에서 웅성거리는 소리.

기절하고 나서 아무래도 결국 저들 손에 붙잡힌 듯했다. 정신이 들었지만 일단 상황을 파악하기 위해 눈을 뜨지 않고 소리에 집중했다.

"송구합니다. 벌을 내려주십시오."

"흥!"

픽! 콧방귀를 뀌는 소리와 함께 둔탁한 소리가 들려왔다. 벌을 내려달라고 한 자가 한 대 맞고서 바닥에 넘어진 것 같았다.

"엄살 부리지 말고 일어나."

"네넵."

"이놈 정체가 뭐지?"

"녀석이 가지고 있던 소지품들입니다. 호패와 낡은 단검, 은전 여섯 개가 다입니다."

"어디 출신이야?"

망했다. 눈을 감고 있는 나는 속으로 한탄했다. 결국 이렇게 또 저들에게 내 출생 신분이 알려지게 생겼다.

"율랑현 소가(昭家)이고 이름은 운휘입니다."

"율랑현의 소가라고…. 잠깐, 율랑현이면 익양시가 아닌가."

"익양시? 익양 소가!"

익양 소가(益阳 昭家). 무림에는 무가(武家)로 정평이 난 여러 가문들이 있다. 그중 내 집안 익양 소가는 호남성에서 세 손가락에 꼽히는 삼대 명문 무가이다.

"뭐야? 그럼 그 익양 소가에서 내놓은 쓰레기가 이놈이었나?"

기절한 척하고 있지만 대놓고 쓰레기라고 하다니. 속이 부글부글 끓었다. 그런데 사실 부정할 수도 없었다. 지금의 난 무가의 자식이라고 볼 수 없는 쓰레기이니 말이다.

"얼추 나이를 보면 맞는 것 같습니다."

"내공도 익힐 수 없는 쓰레기라고 하더니, 무가의 자식은 자식인가 보군. 하급 무사를 둘이나 처리하고 말이야."

상급자로 판단되는 자가 나를 칭찬했다.

그 말이 별로 달갑지는 않았다. 저들의 사람을 둘이나 죽였다. 정말 위태로운 상황이라 할 수 있었다.

"고작 이런 녹슨 단검으로 일을 저지른 건가. 내공을 익혔다면 꽤 쓸 만했겠군."

아쉬워하는 목소리. 전과는 많이 다른 상황이었다. 그때는 집에서와 마찬가지로 쓰레기 취급만 받았었다. 그래도 이렇게 높게 평가했다면 전처럼 일단은 죽이지 않을 확률이 높아 보였다. 그런데⋯.

"아쉽지만 죽여라."

'⋯!'

죽이라는 말에 나도 모르게 움찔했다. 회귀 전과는 완전히 다른 상황으로 이어지고 있었다.

"네? 이 정도면 그래도 중등품일 텐데요."

"내 밑에서 일하던 녀석들을 두 명이나 잃었는데, 이런 놈을 데려가서 쓴다고? 필요 없다. 빨리 처리해라."

하필 이놈이 그 두 복면인의 상관인 듯했다. 당혹스럽기 짝이 없었다. 겨우 살아나 과거로 돌아왔는데, 그 당일에 죽게 생겼다.

그때였다.

딱! 뭔가가 날아와 내 머리를 가격했다.

"악!"

골을 울리는 통증에 나도 모르게 신음성을 내면서 눈을 뜨고 말았다. 주위에 열 명 정도 되는 복면인들이 나를 쳐다보고 있었다. 그들 중에 파란 허리띠를 매고 입술 부근에 긴 흉터가 있는 중년인이 고개를 절레절레 흔들었다.

'대주!'

파란 허리띠는 혈교에서 대주의 신분을 뜻한다. 혈교에서 상급 무사, 즉 일류의 무공 실력을 지녀야만 오를 수 있는 직책이다. 대주의 손가락을 보면 그가 내게 뭔가를 날린 듯했다.

"깼으면 눈을 떠야지. 쥐새끼처럼 엿듣기나 하고 말이야."

들키고 말았다.

대주가 손으로 목을 긋는 시늉을 했다. 스릉! 그러자 내 근방에 있던 복면인 두 명이 도와 검을 뽑았다. 당장이라도 내 목을 벨 듯했다. 팍!

'젠장.'

몸을 밧줄로 감아놓았다. 도망칠 수도 없고 꼼짝없이 죽게 생겼다. 형장의 이슬이 되어 사라져갈 죄수처럼 목을 베는 것을 그대로 지켜봐야 할 상황이었다.

그때 내 두 눈에 무언가가 띄었다. 대주 뒤쪽에 서 있는 한 복면인. 정확하게 말하면 그 복면인의 허리춤 검병 끝에 달린 흰 가죽 묶음이 눈에 선명하게 들어왔다.

"고통은 한순간이다."

내 목을 베기 위해 복면인이 도를 드는 순간, 나는 바닥에 이마를 강하게 찧으며 악에 받친 듯이 크게 소리쳤다. 쿵!

"혈마앙복! 혈세천하! 미천한 자가 위대한 혈교의 사혈성을 배알합니다!"

웅성웅성! 그 말이 끝나기가 무섭게 복면인들이 내가 머리를 조아리고 있는 방향을 쳐다보았다. 흉터 있는 대주 역시도 마찬가지였다.

이에 뒤쪽에 조용히 서 있던 복면인이 난처하다는 눈빛을 하다가 이내 자신의 복면을 벗었다. 한 자루의 검을 보는 듯한 날카로운 기세를 지닌 미남자였다.

"헛?"

그의 얼굴을 본 순간 화들짝 놀란 대주와 복면인들이 다급히 한쪽 무릎을 꿇고서 예를 취했다.

"사혈성을 배알합니다!"

사혈성이라 불린 자가 입을 열었다.

"흥미롭군."

그 흥미롭다는 대상은 바로 나였다.

내 발로 들어간다

고개를 슬며시 들어 올렸다.

무릎을 꿇고 예를 취하는 이들 중에 대주가 나를 이해할 수 없다는 표정으로 쳐다보고 있었다. 그도 그럴 것이 자신들도 눈치채지 못한 존재를 내가 알아보았다.

사존자(四尊子) 칠혈성(七血星). 혈교를 이끌어가는 열한 명의 간부들이다.

사혈성은 칠혈성 중 서열 사위에 해당하는 자였다. 대주급이라도 어지간한 일이 아니고는 직접 알현하기 힘든 존재가 모습을 드러냈으니, 그가 저런 반응을 보이는 것도 당연했다.

사실 나는 나대로 당혹스럽기 그지없었다.

'미치겠군.'

혹시나 하는 마음에 저질렀는데 정말 사혈성이었다. 내가 무슨 짓을 한 거지. 목숨을 부지하기 위해서라고 하지만 사실상 오늘 처음 본 사혈성에게 혈교의 간부에게 취하는 예를 취했다.

'멍청이.'

이들이 뭐라고 생각하겠는가. 완전히 의심받기 좋은 행동을 해버린 셈이었다.

그나저나 나도 이렇게 가까이서 사혈성을 본 것은 처음이다. 사혈성 도장호. 혈교뿐만이 아니라 사파를 통틀어서도 명성이 높은 초절정 고수였다.

"사혈성께서 어인 일로 이런 누추한 곳까지 행차하셨는지?"

대주가 고개를 들어 사혈성에게 아뢰었다.

"오 대주."

"네, 말씀하소…."

대주가 하던 말을 잇지 못하고 사색이 되었다. 공포에 억눌린 사람처럼 일그러진 얼굴로 천천히 고개를 숙였다. 그러고는 말했다.

"소, 송구합니다."

"자네의 임무에나 충실하게나."

그 말과 함께 사혈성 도장호가 내가 있는 쪽으로 걸어왔다. 한 걸음 한 걸음 다가올 때마다 압박감으로 숨이 턱턱 막혀왔다.

'답답하다.'

솔직히 말하면 두려웠다. 전생에서도 대주급을 앞에 두고 있으면 긴장이 되고 심장이 두근거렸는데, 혈교의 최고위직에 있는 간부가 눈앞에 있으니 차원이 달랐다.

"소 형제."

"네넵!"

얼른 머리를 조아리고 답했다. 본능적으로 여기서 어떻게 대답하느냐에 따라 생사가 결정된다고 여겼다.

"본좌를 어찌 알아보았나?"

도장호는 자신의 정체를 알아차린 내게 관심을 보였다.

나는 떨리는 것을 최대한 참고서 말했다.

"검입니다."

"검?"

"사혈성의 검병에 달린 흰 가죽 묶음을 보았습니다."

"호오. 눈썰미가 좋군."

사혈성 도장호는 말을 좋아하는 애마가였다. 그는 애지중지하던 보마(寶馬) 백향이 죽고서 이를 기리기 위해 자신의 검병에 백향의 가죽으로 만든 장신구를 달고 다녔다. 혈교인들에게는 꽤 유명한 일화였다.

"흥미로워. 자네의 비밀이 점점 궁금해지는군."

쿵! 쿵! 쿵! 심장이 미친 듯이 뛰었다.

"자넨 누구지?"

본론으로 들어가자 말문이 막혔다.

머뭇거리자 복면인들 중 한 사람이 소리쳤다.

"빨리 대답하지 못할…."

하지만 그는 말을 다 끝내지 못했다. 사혈성 도장호가 손을 들어 올리고서 관여치 말라는 표시를 보냈기 때문이다.

"마호대의 규율이 느슨해졌군. 언제부터 혈성이 하는 말에 끼어들 만큼 대단한 배짱을 지니게 된 건지?"

위엄 넘치는 목소리에 복면인이 몸을 파르르 떨었다. 혈성이란 존재가 얼마나 혈교인들에게 두려움과 경외의 대상인지를 보여주고 있었다.

사혈성 도장호가 다시 내게 물었다.

"소 형제, 부담 갖지 말고 말해보게."

'후우….'

이젠 별수 없었다. 여기서 잘못돼봐야 죽거나 혈교에 납치되거나 둘 중 하나였다. 어차피 그리될 거라면 내 손으로 상황을 좀 더 원활하게 바꾸는 게 나았다. 나는 천천히 고개를 들어 올리며 결의가 담긴 얼굴로 입을 열었다.

"저는 혈교인의 피를 이었습니다."

"혈교인?"

나의 그 말에 도장호의 눈매가 가늘어졌다. 명백히 의심 가득한 눈초리였다.

"하!"

마호대의 오 대주가 어처구니없다는 표정으로 나를 노려보았다.

여기서 쫄리면 뒈지는 거다. 명색이 첩자 경력만 칠 년이 넘었다. 거짓말이라면 신물이 날 만큼 쳐왔기에 눈빛조차 흔들리지 않을 자신이 있었다.

"익양 소가라면 정파의 명문가일 텐데…."

"명문가이지요. 하지만 제 외조부께서는 혈랑대의 하급 무사셨습니다."

"혈랑대?"

사혈성 도장호가 관심을 보였다. 그럴 만도 한 것이 혈랑대는 실제로 혈교에 존재하는 무력 부대 중 하나였다.

오 대주가 믿을 수 없다는 표정을 지었다.

"외조부께서는 혈랑대주 노조만 밑에 있었다고 들었습니다."

노조만이라는 이름에 복면인들의 반응이 달라졌다. 전대 혈랑대주의 이름이었기 때문이다.

'이게 여기서 도움이 될 줄이야.'

내가 혈교에 납치되어 훈련받았던 부대가 혈랑대였다. 그 당시 혈랑대주가 정사 대전 때 죽은 자신의 부친에 관한 이야기를 시도 때도 없이 꺼냈기에 기억했다.

사혈성 도장호가 빙그레 웃으며 말했다.

"그 정도는 정사 대전에 참여했었던 자네 부친도 알 수 있는 정보일세."

당연하겠지. 이 정도에 속을 거라고는 기대도 하지 않았다. 비장의 무기는 바로 이것이었다.

"외조부께서는 당시 노조만 대주께서 자식 교육에 엄하셔서 그 자제인 노성구도 어린 나이임에도 혈랑대 훈련에 참여시켰다고 말씀하셨습니다."

노성구라는 이름에 복면인들은 서로를 힐끔 쳐다보았다.

이때 혈교는 아직 무림에 모습을 드러내지 않았다. 그런데 내 입에서 당대 혈랑대주의 이름이 거론되었으니 저런 반응도 당연했다.

정작 사혈성 도장호는 생각을 읽기 힘들었다. 무표정한 얼굴로 내게 물었다.

"한데 어쩌다 익양 소가로까지 흘러들어 간 건가?"

"정사 대전에서 겨우 살아남으신 외조부께서는 어떻게든 살고자 하는 의지로 유일한 혈육인 제 어머니를 이끌고 정처 없이 떠돌다가 율량현까지 가게 되었습니다."

"흐음."

"외조부께서는 정사 대전에서 입은 내상으로 많이 약해지셨고, 그때 어머니께서 약값을 벌기 위해 익양 소가에 시종으로 들어가셨습니다."

임기응변으로 지은 이야기이지만 그럴듯했다. 익양 소가의 삼남인 나 소운휘가 시종의 소생이라는 것은 공공연하게 알려진 사실이었다.

도장호가 궁금했는지 물었다.

"외조부께서는 아직 안녕하신가?"

나는 최대한 애절한 목소리로 고개를 숙이며 말했다.

"시종의 몸으로 벌어봐야 얼마나 벌겠습니까? 외조부께서는 장수하지 못하셨습니다."

"저런, 안타깝게 되었군."

위로의 말을 건넸지만 전혀 안타까워 보이는 얼굴이 아니었다. 내 이야기에서 허수를 찾아내려는 것처럼 느껴졌다.

"외조부께서는 임종하시는 그 순간까지도 혈교를 잊지 못하셨습니다."

거짓말을 할 때 가장 효과적인 방법 중 하나가 감성을 자극하는 것이다. 몇몇 복면인들은 내 말에 넘어갔는지 안타까운 눈빛을 보이고 있었다. 정작 목숨 줄을 쥐고 있는 도장호는 여전히 무표정한 얼굴로 나를 응시하고 있었지만 말이다. 그게 나를 불안하게 했다.

"본교의 충성스러운 교인의 후손이 익양 소가의 그늘에 숨어 있었다라…."

반신반의하는 느낌이었다. 확실하게 지표를 찍기 위해 배웠던 혈교의 기본 권각술이라도 보여줘야 하나 망설여졌다.

그때 나를 물끄러미 쳐다보던 도장호가 한바탕 크게 웃어댔다.

"하하하하하하핫."

'들킨 건가.'

불안해하고 있는데 그가 말했다.

"외조부가 본교의 사람이면 소 형제도 우리의 형제나 다름없지."

"하아…."

식은땀까지 흘리며 긴장하고 있던 내 입에서 안도의 한숨이 흘러나왔다. 거의 도박이나 마찬가지였다.

"이렇게 자네의 뿌리를 밝혔다는 것은 다시 돌아오겠다는 의중이 아닌가?"

"그, 그렇습니다."

'아아….'

납치가 아니라 내 발로 혈교에 들어가게 생겼다. 목숨을 건지기는 했다만 점점 꼬여만 갔다. 어쨌든 목숨을 부지해야 앞으로 벌어질 일들을 바꿔나갈 수 있지 않겠는가.

"풀어줘라."

사혈성 도장호의 명령에 내 목을 베려고 했던 복면인이 달려와 밧줄을 풀어주었다.

풀려나자마자 나는 바닥에 머리를 조아리며 외쳤다.

"혈마앙복! 혈세천하!"

사혈성 도장호가 흡족한 목소리로 말했다.

"다시 돌아오게 된 것을 환영하네. 이렇게 집을 나갔던 늑대의 후손이 다시 본교와 연을 맺게 되었는데, 혹 본좌에게 바라는 것은 없는가?"

도장호의 입에서 나온 그 말에 복면인들이 놀란 듯했다. 다른 사람도 아니고 혈교의 고위 간부 중 한 사람인 사혈성이 뜻밖의 제안을 했으니 부러워하는 것도 당연했다. 하지만 절대로 부러워할 일이 아니었다.

'…시험하고 있다.'

그를 처음 만났지만 사혈성 도장호는 변덕이 심한 인물이라 들었다. 기분에 따라서 처우가 완전히 달라졌다. 그런 자가 하는 제안을 곧이곧대로 받아들였다간 무슨 사달이 날지도 몰랐다.

"아닙니다. 어찌 미천한 이가 혈성께 무언가를 바라겠습니까?"

"하하하하하. 본좌의 기분이 흥해서 그런 것이니 개의치 말고 이야기하게."

두 번째 제안. 여기서 거절하면 분명 그 흥이 식을 것이다.

"하면 제 모친께서 남기신 유품을 돌려받아도 되는지요."

"유품?"

고개를 조심스럽게 들어 올린 나는 오 대주가 들고 있는 단검을 가리켰다.

자신의 수하를 둘이나 죽인 단검을 달라는 요청에 오 대주가 불쾌함을 감추지 못했다.

도장호가 손을 내밀었다.

"사혈성, 아무리 그래도 아직 무기까지 주는 것은…."

"두 번 말하게 하지 말게나, 오 대주."

"추, 충!"

별수 없이 오 대주가 도장호에게 단검을 갖다 바쳤다.

스릉! 단검을 검집에서 뽑아 녹슨 검신을 확인한 도장호가 알 수

없는 미소를 지었다. 그러고는 단검의 검 끝을 검지와 중지 사이에
끼웠다.

'엇?'

뽀각! 단검의 검 끝이 부러지고 말았다. 그렇지 않아도 녹슬어 있
는데, 찌를 수 있는 부분을 저리 부러뜨리면 단검의 활용도가 떨어
질 수밖에 없었다.

사혈성 도장호가 빙그레 웃으며 말했다.

"이건 단검에 우리 교인들의 피를 적신 대가일세. 소중한 유품 잘
보관하게나."

팍! 도장호가 손가락을 가볍게 튕기자 단검이 내 머리 앞의 땅바
닥에 꽂혔다. 여파가 남아 있는지 단검의 검병이 띵 소리를 내며 흔
들거렸다. 대단한 공력이었다.

오싹! 온몸에 소름이 돋았다. 공력이 놀라워서가 아니라, 마치 내
게 경고를 하는 듯해서였다.

정말 무서운 사람이었다.

* * *

복면인들이 전부 철수한 자리.

사혈성 도장호가 마호대의 오 대주에게 남으라 한 후 따로 명을
내렸다.

"익양시에 있는 율랑현으로 사람을 보내 소운휘의 외가 쪽을 조
사토록 하고, 놈을 계속 예의 주시하도록."

"충!"

도장호의 결정에 불만스러워했던 오 대주의 입꼬리가 비릿하게 올라갔다.

* * *

역시 예상대로였다. 혈교가 그렇게 멍청한 집단도 아니고 무조건 내 말을 신뢰할 거라고 여기진 않았다.

'의심하고 있군.'

복면인들의 눈빛에는 불신이 가득했다. 그래서 그런지 나를 계속 예의 주시하고 있었다.

"그 마차다."

내가 타야 할 마차는 혈교인들이 납치한 소년 소녀들을 태운 짐 마차였다. 겉보기에는 평범한 짐마차였지만 그 내부는 탈출할 수 없 도록 쇠창살로 막아놓았다.

자발적으로 들어와도 결국 크게 다를 바가 없었다.

'일단 목숨을 부지한 것만으로도 다행으로 여겨야 하나.'

"빨리 타라."

복면인이 짐마차에 오르라고 나를 종용했다.

"허튼 짓거리 하지 말고 조용히 있어라."

나는 조용히 고개를 끄덕였다.

그나마 전생에 비하면 출세(?)한 것이나 다름없었다. 안에 있는 녀석들처럼 밧줄에 동동 묶여서 짐짝같이 내팽개쳐지지는 않았으 니 말이다.

"읍읍!"

참 질긴 인연이다. 짐마차 안에는 송좌백, 송우현, 자칭 호남쌍쾌도가 밧줄에 묶여 끙끙대고 있었다. 입을 틀어막은 것도 아닌데, 저렇게 말하지 못하는 것은 아혈(啞穴)을 점해놓았기 때문이다. 아혈을 점하면 말할 수가 없게 된다.

"읍읍!"

마차에 오르는 나를 발견한 두 형제가 커다래진 눈으로 소리를 냈다. 자신들과 달리 아무런 구속도 없이 마차에 타는 것이 의아했던 모양이다.

"하. 저놈들 아혈을 점해놓아도 저 지랄이네."

복면인이 짜증을 내며 마차 안으로 들어가 두 형제의 훈혈(暈穴)을 점해버렸다. 훈혈을 점하면 기절하게 된다. 그들이 기절해서 잠잠해져서야 복면인은 만족스러워하며 나갔다.

밖에서 문이 잠기자마자 마차가 출발했다. 다그닥! 다그닥!

짐마차의 한구석에 앉은 나는 깊은 한숨을 내뱉었다. 기절한 쌍둥이 형제들 말고도 납치당한 소년 소녀들이 두려움에 젖어 몸을 오들오들 떨고 있었다. 이 상황에서 태연한 게 더 이상하긴 했다.

슥! 품속에서 천으로 감싸놓았던 단검을 꺼냈다. 그래도 이 와중에 어머니의 유품은 챙길 수 있었다. 천을 벗긴 후에 단검을 쥐자 아니나 다를까 귀가 찢어질 듯한 비명이 들려왔다.

—끼야아아아아아아악!

'윽!'

이래서 천으로 감싸놓은 것이었다. 비명을 지르던 소담검이 악에 받쳐서 소리를 질렀다.

—내 머리! 내 머리 돌려줘어어어!

검 끝이 부러졌다고 이 난리를 치는 것이었다. 이해는 하지만 너무 시끄러웠다.

'제발 좀 조용히 해. 그래도 완전히 안 부러진 게 어디야.'

그런 내 말에 소담검이 정색하면서 말했다.

—네 머리털도 전부 밀어버리면 그 소리가 나올까?

천추

짐마차를 타고 갔던 기억이 어제 일처럼 떠올랐다. 그때 내 상태는 짐마차 안에 있는 이 녀석들과 다를 바가 없었다. 나야 이들의 정체를 안다지만 이 녀석들은 아무것도 모른 채 강제로 납치당했다. 앞날을 알 수 없는 상황은 사람을 끝도 없이 두렵게 한다.

'앞으로 지옥 같은 나날이 시작될 테니까.'

이 두려움은 곧 현실이 된다. 내가 그 산증인이다.

─뭐가 지옥 같은 나날이라는 거야?

소담검의 목소리가 머릿속을 울렸다. 밤새 검 끝이 부러졌다며 울며불며 난리를 친 소담검이다. 이제 좀 진정된 모양이다.

'곧 그렇게 된다는 거지.'

─앞으로 벌어질 일들을 네가 어떻게 알아?

'알아서 뭐 하게.'

퉁명스러운 나의 말에 소담검이 뾰로통해진 목소리로 말했다.

─치사하네. 너 나한테 빚졌잖아.

'그건 나중에 대장간에서 수리해주는 걸로 퉁치기로 했을 텐데.'

—그게 목숨보다 소중하냐?

'네 머리는 목숨보다 소중하다며?'

—되게 빡빡하네. 너와 나는 운명 공동체잖아. 네가 힘들 때 내가 돕고, 내가 힘들 때 네가 날도 좀 갈아주고 그러는 사이지.

이놈 언변술 보소. 단검이 아니라 사람이라면 말로 뭐라도 했겠다.

'설득하는 거냐?'

—에이, 설득은 무슨. 그러지 말고 이야기해줘라. 응? 궁금하잖아.

이 녀석은 은근히 궁금하면 못 참는 체질인 듯했다. 계속 나를 설득하려고 들었다.

"후우."

사실 나도 지금까지 벌어진 일들이 답답하던 참이다. 〈검선비록〉을 찾았을 때부터 지금까지 정신없이 사건이 터지느라, 생각을 정리할 시간도 없었다. 나는 소담검을 뚫어지게 쳐다보았다.

'너 아무한테도 얘기하지 않을 거지?'

—야, 어떤 미친놈이 검한테 말을 거냐?

'그럼 나는 미친 거냐?'

—에이, 미치긴. 너는 좀 특별한 거지.

많이 궁금한가 보다. 내 비위마저 맞춰주는 걸 보면 말이다.

'아아…'

그래. 하긴 단검이 무슨 수로 소문을 내겠는가. 살다 살다 답답한 마음을 단검에게 하소연하게 되리라 누가 알았겠는가. 잘됐다는 생각은 들었다. 어차피 혈교의 은신처에 도착하려면 보름 가까이나 짐마차 안에서 이러고 있어야 했다.

'너도 내가 가문에서 쓰레기라 불렸던 건 알고 있지?'

―응. 쓰레기 삼공자.

하… 이놈 진짜 배려심 없네. 단검한테 뭘 바라겠나. 나는 넋두리 하듯이 녀석에게 내 삶을 이야기하기 시작했다. 처음에는 간단하게 이야기할 생각이었다. 그런데 하다 보니 달라졌다. 평생 첩자로 살면서 누구에게도 내 비밀을 털어놓은 적이 없었다. 그래서인지 울컥한 마음에 봇물이 터진 것처럼 모든 걸 이야기했다. 시종의 태생으로 태어나 가문의 쓰레기라 불리게 된 사정부터 집을 나와 방황을 하다 혈교에 납치되어 첩자로 일했던 모든 순간을 말이다.

'…그러다 눈을 떠보니 십 년 전으로 돌아와 있었다.'

장장 반나절에 걸친 일대기였다. 내가 겪은 삶이지만 나도 참 파란만장하게 살아왔다.

이 모든 걸 들은 소담검이 말했다.

―너 말주변이 없구나.

'뭐?'

―그냥 과거로 회귀했다고 말하면 짧게 요약이 될 이야기를 뭘 그렇게 구구절절 나열하나? 이야기꾼이 그렇게 장사하면 손님들 다 떨어져 나갔어.

순간 욕이 튀어나올 뻔했다. 이야기할 때는 재미있다고 맞장구까지 치며 들어놓고는 고작 한다는 소리가…. 아오! 그냥 확 부러뜨릴까 보다.

―그러지 마. 나 네 엄마 유품이잖아.

'…그래, 유품인 걸 다행으로 여겨라.'

안 그랬으면 단박에 부러뜨렸다. 녀석의 반응이 못마땅했지만 어쨌든 처음으로 속에 담아두었던 모든 것을 털어놓고 나니, 기분이 한결 나아졌다. 다만 앞으로 벌어질 일들이 녹록지 않았다.

걱정하는 내게 소담검이 말했다.

—야, 그렇게 빠삭할 정도로 앞으로 벌어질 일들을 안다면 너한 테 유리한 거 아냐?

'뭐?'

—그렇잖아. 그럼 네게 일어날 안 좋을 일들을 미리 아는 거니까 피해갈 수도 있고…. 아니면 좋게 만들 수도 있잖아.

'…!'

—내 말 맞지?

'…하!'

내가 멍청했다. 그저 또다시 겪어야 할 일들을 어떻게 감당해야 하나 걱정만 했던 나였다. 그런데 사고를 달리하니 전혀 다른 답이 있었다.

'똑똑하네.'

—응. 그건 맞는데, 그냥 네가 바보인 걸로 하자.

녀석의 빈정거리는 말에도 나는 웃음이 터져 나왔다.

"하하하하하핫."

쿵쿵! 내 웃음소리에 바깥에서 마차를 주먹으로 치는 소리가 들려왔다. 조용히 하라는 경고였다. 순간 나도 모르게 기분이 들떠서 실수했다. 소담검의 말이 맞았다. 나는 앞으로 내가 겪을 일도 알고 있었고, 무림에 벌어질 큰 사건들도 많이 기억했다. 이것은 내게 큰 자산이나 마찬가지였다. 이런 깨달음을 준 소담검이 갑자기 기특하게 보였다.

―부담스럽다. 그렇게 쳐다보지 마라.

녀석이 정색했다.

아무튼 잘됐다. 소담검의 말대로 앞으로 벌어질 일들을 내게 유리하게 만든다면, 모든 상황이 달라지게 할 수도 있을 것 같았다.

―어떻게 할 거야? 탈출해서 집으로 돌아갈 거야? 쓰레기라 불려도 그게 낫다며.

소담검의 물음에 나는 고개를 저었다. 탈출은 사실상 무리였다. 짐마차 안이 쇠창살로 덮여 있는데 무슨 수로 나가겠는가. 게다가 바깥은 수십 명의 혈교인들이 지키고 있었기에 무리였다.

―그럼 어쩌려고? 그냥 혈교로 갈 거야? 걔들 무서운 애들이라며.

'무섭지.'

―근데 왜 혈교로 가?

'도망치면 거짓말이 탄로 나잖아.'

이미 혈교의 고위 간부 중 한 사람인 사혈성이 나라는 존재를 인식했다. 그런 상황에 도망을 친다면 과연 무사할 수 있을까? 오히려 나뿐만이 아니라 가문인 익양 소가도 위험해질 거다.

―너 은근히 호구구나.

'뭐? 호구?'

―쓰레기라고 무시당했는데, 그깟 가문 망해도 상관없잖아.

'…망하게 할 거면 내가 망하게 한다.'

―엥?

혈교의 손에 망하게 둘 순 없다. 비록 가주인 아버지란 작자가 내가 주화입마를 겪은 후로 내놓은 자식 취급을 했지만 말이다.

―…알겠다. 네 누이동생 때문이구나.

나는 아무 대답도 하지 않았다. 그 말이 정답이기 때문이다. 누이 동생은 가문에서 유일하게 남은 나의 혈육이었다.

―그럼 이대로 혈교로 가는 거네. 너 대체 무슨 생각인 거야?

녀석의 물음에 내가 콧방귀를 뀌면서 말했다.

'살면서 제일 억울했던 게 뭔지 알아?'

―쓰레기인 거?

'…부러뜨린다, 진짜.'

―그럼 뭔데?

'삼류 무사로 개같이 휘둘린 거!'

단전이 손상되지 않았다면 내 삶은 달라졌을 수도 있다. 내공조차 익힐 수 없는 삼류 무사라는 삶이 가문에서 내쳐지게 했고, 납치당했던 혈교에서는 고작 첩자로 이용당하게 했다. 나는 여태껏 휘둘리는 삶을 살아왔다. 이제는 그렇게 살고 싶지 않았다.

―그래, 그래. 다 좋은데 어떻게 하려고?

'바꿔야지, 지금부터.'

―일어날 일이야 바꿀 수 있겠지만, 정말 휘둘리지 않고 네가 원하는 대로 살고 싶다면 무공도 익혀야 하잖아. 그런데 무슨 수로 내공을 익힐 건데? 단전도 부서졌으면서.

'방법이 있어.'

―방법이 있다고?

혈교에 들어갔을 때 한 가지 사건이 있었다. 그때 그 기회만 놓치지 않았어도 어쩌면 나는 단전을 살릴 수 있었을지도 몰랐다.

'운이 좋다면 내공을 다시 익히게 될지도.'

―오, 정말?

'몰라. 일단 도전은 해봐야지.'

쉬운 일이 아니었다. 까딱 운이 없으면 실패할 수도 있었다. 그래도 단전을 회복할 유일한 기회를 놓칠 수는 없었다.

―흠흠. 있잖아. 만약 네가 내공을 익힐 수 있게 된다면 내가 전전 주인님의 무공 좀 가르쳐줄까?

'뭐?'

―내가 말했지. 서당 개 삼 년이면 풍월을 읊는다고.

녀석이 무공을 가르쳐준다는 말에 나는 기분이 묘해졌다. 생각해보면 이 녀석 덕분에 목숨을 부지할 수 있었다. 어째서 그렇게 잘 아는가 싶었는데, 녀석의 전전 주인이 무공을 익힌 무림인이라는 것이 그 해답이었다.

'참말이냐?'

―하! 속고만 살았나. 내가 가르쳐주겠다는데 뭐가 문제람.

그 말과 함께 시키지도 않았는데, 소담검이 어떤 무공의 구결을 읊어대기 시작했다. 그것은 단검을 활용한 무공이었다. 놀라워하며 구결을 듣고 있는데 기이한 일이 벌어졌다. 화르륵! 갑자기 내 오른손에서 푸른 불꽃이 피어났다.

'헉!'

크게 피어난 것은 아니었는데, 갑자기 벌어진 일에 놀라서 손을 막 휘저었다. 한데 불꽃은 꺼지지 않았다.

'뭐, 뭐지?'

더 신기한 것은 불꽃이 전혀 뜨겁지가 않았다.

그때 내 머릿속에 목소리가 울려 퍼졌다.

[검심(劍心)을 얻었으니, 천추(天樞)가 열리리라.]

소담검의 목소리가 아니었다.

그러고는 손에서 활활 타오르던 푸른 불꽃이 수그러들었다. 순간 화상이라도 입었나 싶어 손등을 바라보는데, 수그러들고 있는 불꽃이 어딘가로 빨려 들어가고 있었다. 치이이익!

'엇?'

불꽃이 스며든 손등 위로 푸른 점이 생겨나 있었다. 그런데 푸른 점만 있는 것이 아니었다. 미처 몰랐었는데, 내 손등에 일곱 개의 점이 있었다. 평범한 점이라 하기에는 일곱 점의 위치가 꼭 밤하늘의 별자리 북두칠성을 보는 듯했다.

'대체 이게 무슨 일이지?'

손등에 생겨난 일곱 점들 중 하나가 푸른색을 띠고 있었다.

'천추?'

그 위치가 북두칠성 중 첫 번째 별에 해당하는 천추였다.

갑작스럽게 벌어진 일에 나는 영문을 알 수가 없었다.

'대체 뭐지?'

어째서 이런 일이 일어난 건지 짐작하기 어려웠다. 그때 문득 머릿속에 〈검선비록〉이 떠올랐다. 그러고 보니 〈검선비록〉에 분명 북두성의 현기 어쩌고 하며 적힌 글귀가 있었다. 설마 그것과 관련이 있는 것일까?

—야!

그때 소담검의 신경질적인 목소리가 들려왔다.

—집중 안 할래? 기껏 선심 써서 무공 구결을 알려주고 있는데, 정신 사납게 손은 왜 흔들어대.

'너 방금 그거 못 봤어?'

―뭘 말이야?

'내 손에 푸른 불꽃 같은 게 붙었던 거.'

―…어디 아프니?

소담검은 내 손에 붙었던 푸른 불꽃을 전혀 모르고 있었다. 그저 미친놈처럼 손을 흔들어댄 줄로만 알았다.

7화

육혈곡

 푸른 불꽃이 일어나면서 생겨난 북두칠성과 닮은 점들. 나는 이 점들이 〈검선비록〉과 관련 있다고 확신했다. 생각해보면 모용수의 검에 죽었을 때도 푸른 불꽃이 내 몸을 타오르게 하면서 십 년 전으로 회귀할 수 있었다. 대체 〈검선비록〉에는 어떤 비밀이 담겨 있는 것일까? 지금 이 시기에는 누구도 〈검선비록〉을 찾아내지 못했을 테니, 기회가 된다면 찾아봐야 할 것 같았다.

 짐마차 생활을 한 지도 벌써 보름이 다 됐다. 원래라면 보름이 채 되기 전에 도착했어야 하지만, 도중에 마찰이 있었는지 이틀 정도 지연되었다. 밖에서 들리는 소리만으로 추정컨대 산적들과 조우한 듯했다. 얼핏 예전 기억을 되짚어보면 혈교의 은신처로 한 부대가 늦게 도착했던 것 같기도 하다.

 달그락! 끼이익! 짐마차의 문이 열렸다. 미세한 빛이 흘러들어와 눈살을 찌푸리게 했다. 밧줄에 묶여 있는 열대여섯 살의 소년 소녀들이 두려움으로 몸을 떨었다.

슥! 한 인영이 빛을 등지고 마차 입구에 섰다. 마호대의 대주인 오대주였다. 그가 나를 무서운 얼굴로 노려보고 있었다.

'제대로 찍혔네.'

꽤 변수로 작용할 것 같았다. 하지만 당장은 상관없었다. 어차피 여기서부터는 오 대주가 아닌 그 윗선이 통제할 테니 말이다.

―도착한 거냐? 안 보인다.

품속에 있는 소담검이 자신을 빼달라고 졸라댔다.

'그럴 상황이 아니야.'

―답답해.

'참아.'

여기서 단검을 빼냈다가 무슨 의심을 받으라고. 어림도 없는 소리였다.

오 대주가 마차 안에 있는 소년 소녀들을 스윽 훑어보고는 입을 열었다.

"당장 나와라."

오 대주의 그 말에 소년 소녀들이 쭈뼛거리며 눈치를 보았다. 이에 내가 먼저 마차 밖으로 나갔다. 그러자 사방이 큰 산봉우리 벽으로 둘러싸인 공간이 모습을 드러냈다.

'오랜만에 오네.'

영혼에까지 각인되었는지 이곳을 보는 순간 온몸에 닭살이 돋았다. 정말 지옥 같은 시간을 보낸 곳이었다. 이곳은 새로운 혈교도를 육성하는 육혈곡(育血谷)이라는 혈교의 은신처였다.

정사 대전에서 무림연맹에 패한 후, 혈교는 모든 전력을 중원 전역에 뿔뿔이 흩어지게 했다. 점조직처럼 운영된다고 봐도 무방했다.

"어이, 소운휘."

오 대주가 나를 불렀다.

"충!"

꼬투리를 잡히지 않기 위해 고개를 숙이며 예를 취했다.

그러자 녀석이 내게 나지막한 목소리로 경고했다.

"계속 지켜볼 거다."

역시 제대로 찍혔다.

그러는 사이 짐마차 안에 있던 소년 소녀들이 강제로 끌려 나왔다. 그중에는 송좌백, 송우현 쌍둥이 형제들도 포함되어 있었다. 식사할 때를 제외하고는 거의 대부분 기절해 있던 녀석들은 정신이 없어 보였다.

우르르! 우리가 탔던 짐마차 이외에도 두 대의 마차가 더 있었는데, 그 안에서도 소년 소녀들이 겁에 질린 얼굴로 밖으로 나왔다. 그중 하나가 내 눈에 띄었다.

'아!'

아직 어려서 앳되었지만 저 얼굴을 잘 알았다. 백지장같이 새하얀 피부에 오목조목한 이목구비를 가진 소녀는 그 악명 높은 혈수마녀(血手魔女)의 제자가 될 담예화였다. 혈수마녀는 칠혈성 중 서열 육위인 육혈성이다. 선천적으로 차가운 신체를 가진 담예화는 혈수마녀의 눈에 띄어 제자로 발탁될 운명이다.

'운도 좋지.'

누구는 삼류 첩자로 생을 마감했는데 말이다. 하긴 운이 좋다고 해야 할지 아니라고 해야 할지 판단 내리기가 어렵다. 그 제자로 발탁되는 것조차도 자신의 의지와는 전혀 무관하게 적용됐으니까.

"저곳이 보이나?"

오 대주가 어딘가를 손으로 가리켰다. 그가 가리킨 곳에는 단상이 하나 있었고, 그 위에 뒷짐을 진 회색 무복의 사내가 서 있었다.

"다섯을 주지. 뛰어."

갑자기 뛰라는 말에 모두가 머뭇거리며 어쩔 줄 몰라 했다.

그러는 와중에 내가 가장 먼저 그곳으로 뛰었다.

"뭐, 뭐야?"

눈치를 보던 송좌백, 송우현 쌍둥이 형제가 얼떨결에 내 뒤를 따라서 뛰었다. 한번 된통 당하고 나니까 은근히 눈치가 빨라졌다.

"죽고 싶지 않으면 뛰어!"

뒤에서 오 대주의 윽박지르는 소리가 들려왔다. 이럴 걸 알기에 먼저 달린 것이다.

우르르르! 그제야 소년 소녀들이 단상을 향해 내달렸다.

가장 먼저 단상 앞에 도착한 나는 곧바로 한쪽 무릎을 꿇고서 자세를 취했다.

"호오."

단상 위에 뒷짐을 지고 있던 사내가 흥미로워했다. 사실 이게 여기서 가장 먼저 배우게 될 혈교의 기본자세였다.

"젠장, 이게 뭐 하는 짓인지."

"그래, 뭐 하는 짓인지."

쌍둥이 형제가 멀뚱멀뚱 서 있다가 나와 똑같은 자세를 취했다. 일단 내가 하는 건 무조건 따라 하고 보는 쌍둥이였다. 옳은 선택이긴 했다.

우르르 달려오는 소년 소녀들이 눈치를 보다가 우리 세 사람과 같은 자세를 취했다.

"처음 겪는 일이로군."

단상 위의 사내가 중얼거렸다.

나는 그가 누군지 잘 알았다.

'패혈단주 구상웅.'

대주라는 직위 위에 존재하는 것이 단주라는 직위이다. 한 단주는 다섯 개의 대(隊)를 이끈다.

패혈단주 구상웅은 새로운 혈교도를 선별하고 훈련하는 일을 도맡고 있었다.

탓! 그때 단상 옆으로 네 명의 사내들과 한 명의 여인이 나타났다. 척 봐도 높은 자들로 보이는 그들의 모습에 위압감을 느낀 소년 소녀들이 움찔거렸다. 여인이 입꼬리를 올리며 말했다.

"처음 있는 일이로군요. 가르치기도 전에 알아서 먼저 자세를 취하다니."

나한테 고마워해라. 너희들에게 윽박지르면서 몇 명을 본보기 삼기 전에 이렇게 만들어줬으니.

—이런 거로 자부심을 느끼냐?

소담검이 나를 비웃었다.

'그냥 몸에 밴 대로 한 것뿐이야.'

—예, 예, 그러시겠죠.

그래. 자랑할 거리도 아니다.

소담검과 아웅다웅하는 사이, 주변 혈교인들이 단상 앞에 자세를 취하고 있는 우리들 주위를 포위하듯 둘러쌌다. 도망가지 못하도록 막는 것이었다.

"어떡해?"

"죽일지도 몰라."

소년 소녀들이 불안한지 서로를 쳐다보며 웅성거렸다.

"조용!"

구상웅의 외침에 모두가 귀를 틀어막았다. 어찌나 쩌렁쩌렁한지 고막이 울려서 아플 지경이었다.

조용해지자 패혈단주 구상웅이 거만하게 웃으면서 입을 열었다.

"기뻐해라. 너희들은 선택받았다."

선택은 무슨 개뿔! 납치가 언제부터 선택이 된 거지?

"위대하신 혈마의 의지가 너희들을 충성스러운 혈교로 인도했다."

"혀, 혈교라니!"

웅성웅성! 혈교라는 말이 들리기가 무섭게 소년 소녀들이 조용히 하라는 경고도 잊었는지 소란스러워졌다. 그도 그럴 것이 무림인이 아니더라도 혈교를 모르는 자는 없었다. 그들을 상징하는 대표적인 말이 잔악무도였다.

푹!

"컥!"

누군가의 비명 소리에 다시 정적이 찾아왔다. 혈교를 직접 입 밖으로 내뱉으며 가장 크게 반응했던 소년이었다.

"조용히 하라고 했지."

그 소년을 죽인 것은 바로 오 대주란 사내였다. 그가 비릿하게 웃으면서 죽은 소년의 목에서 검을 뽑자, 주변에 있던 모든 이들이 사색이 되고 말았다.

—뭐야? 누가 죽은 거야?

보이지도 않는데 용케 누가 죽은 걸 알아차린 소담검이다.

'본보기야.'

―와, 살벌하네. 본보기로 누굴 죽여?

이게 혈교의 방식이었다. 이들은 납치한 자들 중에 쓸 만한 옥석만을 가려내는 것이 목적이다. 물론 옥석의 가장 기본은 혈교에 대한 절대적인 충성이다.

―너 이런 데서 어떻게 십 년이나 버텼나?

'개처럼 복종하면 돼.'

―에고, 쓰레기로도 모자라 개처럼 지냈다니. 개쓰레기로구나.

'부러뜨려달라고 고사를 지내라.'

미치겠다. 이 녀석 말을 요상하게 조합시키는 능력이 날로 진화하고 있다.

그때 혈교인들 몇 명이 목함을 들고 와서 단상 앞에 내려놓았다.

쿵!

아, 올 게 오고야 말았다.

모두가 저 목함이 뭔가 싶어 의아해했다. 패혈단주 구상웅이 손짓하자 혈교인들 중 한 사람이 목함의 뚜껑을 열었다. 뚜껑을 열자마자 꿈틀거리는 붉은 무언가.

"히익!"

"버, 벌레?"

목함 안을 가득 메운 징그러운 붉은 벌레들은 바로 혈고였다. 혈교가 교인들을 통제하기 위한 수단이다. 십 년 만에 보는 혈고의 실체에 절로 인상이 찡그러졌다. 저런 걸 십 년 동안이나 몸속에 지니고 살았다.

"어이, 거기. 그래, 너."

패혈단주 구상웅이 나를 불렀다. 그가 씨익 웃더니 내게 물었다.

"그게 뭔 것 같냐?"

"혈고입니다."

"호오, 과연 본교의 피를 이은 후손답구나."

구상웅의 칭찬에 주위의 시선이 집중되었다. 저자의 말 한 마디로 나는 원래부터 혈교인이 되어버렸다. 내가 뿌린 씨앗이지만 파급력은 굉장했다. 모두가 나를 무슨 악마의 자식을 보듯이 쳐다보고 있었으니 말이다.

"이 자식 어쩐지."

옆에 있는 송좌백이 눈이 휘둥그레져서 그럴 줄 알았다며 중얼거렸다.

이미 엎질러진 물을 어쩌겠는가. 이게 조금이라도 득이 된다면 최대한 이용하는 수밖에.

구상웅이 다시 모두를 쳐다보며 말했다.

"선택받은 이들이여, 들어라. 진정한 혈교인이 되고 싶다면 너희들 스스로 저 혈고를 받아들여라."

불길한 예감이 들어맞았다는 듯이 모두의 동공에 지진이 났다. 도망을 갈 수도 없고 소리를 지를 수도 없었다. 나는 이들의 심정을 누구보다 잘 알았다.

그때 누군가 조용히 손을 들었다.

'아…'

나의 입에서 나지막한 탄식이 흘러나왔다. 십 년 전에도 그랬다. 인원이 많으면 그중에는 상황 파악을 못 하는 자가 끼어 있기 마련이었다.

"마, 만약 거부한다면요?"

역시나 예상은 빗나가지 않았다. 그의 말이 떨어지기가 무섭게 근처에 있던 혈교인이 성큼성큼 다가가 그의 머리에 도를 내리쳤다.

효과는 빨랐다. 더 이상 누구도 이견을 제시하지 못했다. 죽고 싶지 않다면 누가 여기서 입을 열겠는가.

―본보기 보이다가 다 죽이겠다.

'…아직 많이 남아 있으니까 저러는 거야.'

두 명이 죽었는데 아직 오십여 명 정도가 남아 있었다. 잔인했지만 두 명을 죽여서 나머지를 효과적으로 굴복시킬 수 있다면 저들로서는 절대로 손해 보는 장사가 아니었다.

―너 이런 데서 버틴 게 참 용하다.

'이제 시작이야.'

혈고는 기본적인 통제 수단에 불과했다. 사상을 주입시키고 지옥같은 훈련을 받게 되면서 점차 그들이 원하는 충성스러운 혈교인으로 변모하게 된다.

"자, 누가 먼저 받아들이겠는가."

구상웅이 목함을 가리키며 말했다.

모두가 머뭇거리며 망설였다. 겁을 먹었다고는 하나 저 징그러운 독물을 누가 선뜻 먹을 수 있겠는가.

'하아.'

다른 건 몰라도 당장 이 혈고를 먹는 것만큼은 도저히 피할 수 없었다. 매도 먼저 맞는 게 낫다고 자리에서 일어났다. 또다시 이목이 집중되었다.

"제게 먼저 그 영광을 하사하여주십쇼."

"오, 역시."

내가 지원하자 구상웅이 마음에 들었는지 흡족한 표정을 지었다. 반면, 오 대주는 못마땅하다는 눈빛으로 나를 노려보았다. 계속 의심해봐라. 내가 빈틈이나 보이나.

슥! 자리에서 일어난 내게 혈교인이 혈고 한 마리를 긴 젓가락으로 집어서 가져왔다. 젓가락 사이로 혈고가 발버둥 치고 있었다.

"벌려라."

"혹시 물이랑 같이 먹는 건…."

"벌려라."

진짜 싫다.

쏙! 비릿한 맛과 함께 꿈틀거리는 혈고가 내 입으로 들어왔다. 이 빌어먹을 감각이 너무 싫어서 물이랑 같이 마셔도 되냐고 물은 것이었다.

꿀꺽! 혈고가 기다렸다는 듯이 내 혀를 타고 목구멍 안으로 들어갔다. 식도를 타고 내려가는 이물감에 오만상을 찌푸리고 싶었지만 애써 태연한 척 주먹을 들어 보였다.

"과연 본교의 피를 이은 후손다운 기개로다. 보았는… 응?"

구상웅이 나를 칭찬하다가 이상한 눈으로 바라보았다. 그뿐만이 아니었다. 내게 혈고를 넘겼던 혈교인의 반응도 비슷했다.

"왜 그러시는… 억!"

그때 갑자기 가슴에서 쓰라린 통증이 났다. 뭔가 몸속에서 난리가 난 것 같았다. 내 상태가 이상하자 단상 옆에 있던 여자 대주가 급히 달려왔다.

"왜 이 녀석의 얼굴이 파래진 것이냐? 혹시 젓가락으로 혈고를 세게 누르기라도 했느냐?"

"아, 아닙니다. 항상 해왔던 대로 살며시…."

그들이 하는 말에 나는 순간 절망감을 맛보았다. 설마 혈고가 잘 못된 것일까? 가슴에서 느껴지는 통증에 숨 쉬는 것조차 힘들었다.

"헉…. 헉…."

마치 불로 지지는 듯한 통증이었다.

"칫!"

여자 대주가 다급히 내 등에 양손을 얹었다. 아무래도 진기를 불 어넣어 혹시나 독기가 퍼지는 것을 막기 위함인 듯했다. 그녀가 손 을 대고 있는 등 쪽에서 따뜻한 기운이 퍼져 들어왔다.

"억!"

그런데 뭔가 이상했다. 가슴에서 느껴지던 불 같던 통증이 점차 밑으로 내려갔다. 배를 타고 내려가는데… 이건 설마….

"왜 그러느냐? 이쪽이 아픈 것이더냐?"

"으윽… 대주님! 잠깐만 기다리십…."

나의 만류를 듣지도 않고 여자 대주가 기운을 배 쪽으로 보냈다. 필사적으로 참아보려고 했지만… 뿌우우우웅!

"헛!"

진기를 불어넣고 있던 여자 대주가 다급히 손을 떼면서 코를 틀 어막았다.

─푸하하하하하하핫.

소담검이 얼마나 즐거운지 목청이 터질 듯이 웃어댔다.

"너어!"

코앞에서 당한 여자 대주가 얼마나 불쾌했는지, 얼굴까지 빨개져서 앙칼지게 노려보았다.

방귀를 바로 앞에서 맞은 터라 뭐라 할 말이 없었다. 아… 쪽 다 팔았다.

'응?'

그런데 방귀가 터져 나온 후로 배 쪽까지 내려갔던 통증이 가라앉으며 속이 편안해졌다. 오히려 원기가 돋는 기분이었다.

'뭐지? 이상하네.'

─뭐가 이상하다는 거야. 방귀 뀐 게? 푸하하하하핫.

'하아…. 그거 말고.'

─그럼 뭐가?

'통증이 완전히 멎었어.'

─잘됐네. 안 그래도 많이 걱정했거든.

'…네가?'

─당연하지. 우린 운명 공동체잖아.

'웃기네. 지나가는 벼룩을 믿는 게 낫겠다. 아무튼, 그런 게 아니라 느낌이 달라.'

─무슨 느낌인데?

'뭐라 해야 하지? 속에 이질감이 없어. 오히려 상쾌한 기분이랄까.'

전생에는 그랬다. 혈고를 받아들인 후에 특유의 이질감이 있었다. 손가락 한 마디 크기의 벌레가 몸속에서 꿈틀거리다 보니, 그 거북한 느낌이 처음에는 적응하기 힘들었다.

"으으…."

혈고를 먹고서 제자리로 돌아오는 저 녀석들만 봐도 알 수 있다.

송좌백, 송우현 쌍둥이 형제들은 똥이라도 씹은 얼굴로 가슴을 움켜잡고서 거북해하고 있었다.

—넌 저렇지 않다는 거네? 적응돼서 그런 거 아냐?

'전혀.'

저런 게 적응될 리가 없다. 신기하게도 적응은 둘째 치고 몸이 상쾌해지면서 원기가 돋는 것이 의아했다.

'설마…'

내 몸속의 혈고에 이상이 생긴 것일까? 사실 이런 의문을 풀 수 있는 간단한 방법이 있기는 했다.

—그게 뭔데?

'내공으로 혈고를 살짝 자극해보면 돼.'

—그렇게 하면 알 수 있는….

바로 그때였다.

"끄게게게…"

옆에 있던 송좌백이 경련을 일으키며 거품을 물고 쓰러졌다.

놀란 송우현이 형을 붙잡고서 난리 쳤다.

"형! 형!"

나는 속으로 혀를 찼다.

'쯧쯧, 딱 저렇게 돼.'

어설프게 내공으로 혈고를 어찌해보려 하면 벌레가 날뛰고 만다. 그럼 기절할 정도로 아프다.

심후한 내공을 지닌 내가고수가 아니면 체내의 혈고를 건드리거나 제압하려는 짓은 수명을 단축하는 지름길이다.

단상 위의 패혈단주 구상웅이 마침 잘됐다며 말했다.

"보았느냐? 혈고에 괜한 허튼수작을 부리면 저렇게 된다. 알겠나?"

"충!"

나의 외침 소리를 들은 소년 소녀들이 얼른 따라서 외쳤다.

"충!!"

그 모습에 구상웅의 한쪽 입꼬리가 올라갔다. 아마도 내가 본보기가 되어 알아서 분위기를 이끌어가기 때문에 그럴 것이다. 저들을 돕는 게 목적은 아니었지만 내가 먼저 나서주는 편이 희생도 줄이고, 내 입지도 높일 수 있을 것이다.

―뭐야? 너 혹시 저 녀석들한테 잘 보이는 게 목적이야?

'그래.'

이번 생에는 삼류 첩자가 될 생각이 없었다. 위로 올라가서 날 가지고 놀던 놈들에게 제대로 갚아줄 거다. 그러려면 내가 버리는 패가 아니라 충분히 써먹을 수 있는 대박 패라는 것을 증명해야 했다.

모두가 혈고를 먹는 것이 완료되자, 패혈단주 구상웅이 작은 호리병에서 손톱만 한 크기의 환단 하나를 꺼내 들고서 말했다.

"이게 보이나. 이건 생단이라는 것이다. 이것을 열두 시진 내로 한 번씩 복용하지 않으면 죽는다."

그 말을 들은 소년 소녀들의 얼굴이 어두워졌다.

무림연맹에 패한 혈교가 지금까지 그 명맥을 이어가는 방법은 강제로 교인을 늘려가는 것뿐이었다. 그 가장 효과적인 수단이 바로 혈고였다. 열두 시진을 넘기게 되면 혈고가 폭주해 숙주의 심장을 뜯어먹는다.

"지금부터 나눠줄 호리병 안에는 네 개의 환단이 있다. 제때 생단의 보급이 이뤄지지 않는다면 결과는 짐작할 거라 생각한다."

구상웅의 시선이 단상 앞에 거적때기로 덮어놓은 시신으로 향했다. 소년 소녀들의 눈동자에 절망이 서렸다. 공포를 통한 통제야말로 가장 혈교다운 방법이었다.

"뭐, 본교를 향한 충성만 증명된다면 제때 보급이 이뤄질 것이다. 그리고 본교는 철저히 능력을 중시하지."

그가 단상 앞의 대주들을 가리키며 말했다.

"여기 대주들 허리의 띠가 보이나?"

상급 무사인 대주들은 파란 허리띠를 차고 있었다.

"저 띠는 본교의 상급 무사를 의미하지. 능력과 공을 인정받아 상급 무사가 되면 몸속의 혈고를 제거해준다."

그 말을 들은 소년 소녀들의 표정이 묘해졌다. 혈고의 압박에서 벗어날 방법을 제시해주었기 때문이다. 일종의 당근이었다. 무조건 채찍만으로 조직을 운영할 수는 없다. 저렇게 일말의 희망을 심어줌으로써 철저하게 혈교인이 될 수 있도록 유도하는 것이다.

"인정받고 위로 올라가라. 그렇다면 보상받을 것이다."

헛된 희망을 불어넣고 있다. 결국, 나나 이들이나 조삼모사(朝三暮四) 속 원숭이나 다름없었다.

탁! 구상웅이 모두를 향해 포권을 취하며 말했다.

"본 혈교에 입교한 것을 진심으로 환영하는 바이다. 너희들은 오늘부로 본교의 수련생도가 되었다."

그의 말이 끝나기가 무섭게 내가 소리쳤다.

"혈마앙복! 혈세천하!"

눈치를 보고 있던 소년 소녀들이 따라서 외쳤다.

"혈마앙복! 혈세천하!"

내가 본보기가 되어준 덕분에 자신들이 나서서 혈교의 충성 예법을 설명할 필요가 없어지자 대주들은 편했는지 만족스러운 표정을 하고 있었다. 딱 한 사람을 제외하고 말이다.

오 대주는 내가 무슨 짓을 해도 못마땅해할 사람이었다.

"지금부터 수련생도들의 등급 편성을 시작하겠다. 대주들은 준비하도록."

"충!"

단주의 명을 들은 대주들이 단상 뒤로 향했다. 단상 뒤쪽에는 산봉우리 절벽 안으로 들어가는 동굴의 입구가 있었다. 입구는 모두세 개였는데, 세 명의 대주가 한 명씩 그 안으로 들어가고 오 대주와 여자 대주가 앞에 남았다.

끼이이이익! 혈교인들이 단상을 치우고 수련생도들을 동굴 입구쪽으로 유도했다. 그들이 앞으로 다가가자 동굴 앞에 선 단주가 품속에서 나무로 만든 호패 비슷한 것을 보여주며 말했다.

"너희들의 자질을 확인할 것이다. 좋은 등급을 받도록 최선을 다하는 게 좋을 거다."

단주의 손에 쥔 나무 호패에는 상(上), 중(中), 하(下)가 새겨져 있었다. 전생에 내가 받은 패는 '하'였다. 그건 최악의 패이다.

─왜 최악이라는 거야?

'저걸 받으면 무조건 하급 무사부터 시작하게 돼.'

그냥 하급 무사가 아니라 혈교에서 언제든지 버리는 패로 활용한다. 못해도 '중' 패를 받아야 위로 올라갈 수 있다.

─그런데 괜찮겠어? 자질을 확인해본다는데, 넌 단전이 부서졌잖아.

소담검이 웬일로 우려를 보였다. 운명 공동체라고 하더니 걱정은 되는 모양이다.

"반대편에서 기다리겠다. 좋은 패를 받기를 바라마."

그 말을 마지막으로 패혈단주 구상웅은 동굴 안으로 들어갔다. 그 뒤를 두 대주도 따라 들어갔다. 그런데 동굴로 들어가는 오 대주가 뒤를 힐끔 쳐다보더니, 나를 향해 의미를 알 수 없는 미소를 보였다.

'꿍꿍이가 있군.'

뭔가 수작을 준비한 듯했다.

대주들까지 들어가자 혈교의 중급 무사들이 수련생도들을 통제 했다. 수련생도들이 입은 옷에는 표식이 그려져 있었는데, 납치당할 때 그들이 남겼던 등품 표식이었다. 내 옷에도 표식이 있었다. '중'등 품이라 적혀 있었는데, 가운데 동굴로 들어가야 했다.

가장 앞 열에 있던 내가 맨 먼저 동굴로 들어가기 위해 자리에서 일어나자, 혈교의 중급 무사가 이를 막았다.

"너는 맨 마지막이다."

"네?"

일부러 가장 먼저 뛰어왔는데 마지막이란다. 아무래도 오 대주가 손을 쓴 듯했다.

—오 대주인가 개 되게 피곤하게 군다.

'…동감이다.'

변수가 될 거라고는 여겼지만 꽤 빨리 움직였다. 덕분에 다른 수 련생도들이 전부 들어가는 것을 지켜봐야 하는 처지가 되었다.

자기 순서가 된 송좌백이 나를 향해 결의에 찬 목소리로 말했다.

"에이! 이왕 이렇게 된 이상 상급 무사가 된다. 네 녀석보다 먼저 될 거다!"

"그래, 먼저 될 거다."

"야, 아직 네 차례 아니야. 앉아 있어."

"어어."

자연스럽게 뒤따라 들어가려 하는 동생 송우현을 앉힌 송좌백이 콧김을 뿜으며 동굴로 씩씩하게 들어갔다. 내가 무슨 자신의 호적수도 아니고 쓸데없이 열의를 불태운다.

'부럽네.'

—왜, 쟤는 '상'을 받아?

'그래, 확정이지.'

겉보기에는 어수룩해 보이는 녀석들이지만 자질은 뛰어난 것 같다. 그렇지 않고서야 그 악명을 떨치는 백흑쌍귀가 될 리 없었다. 그때 분명 단주라 불렸던 거로 기억한다.

근 반 시진 정도가 지나서야 모든 수련생도가 동굴로 들어갔다. 드디어 내 차례였다.

"잠시 기다려라."

그런데 곧바로 들어가지 못하게 했다. 약간의 시간을 두고서 기다리게 한 다음에야 동굴로 들어가라 하였다. 뭘 준비했기에 그런 건지 이제 곧 알 수 있을 거다.

저벅저벅! 횃불로 밝혀놓은 동굴 안에는 공동이 있다. 그 공동 안에 대주 한 명이 상주하며 수련생도들의 자질을 파악한다. 아까 가운데 동굴로 들어간 대주는 해겸이라는 자로 다른 대주들에 비해 그나마 후한 성격의 소유자였다.

'어?!'

그런데 공동에는 전혀 뜻밖의 인물이 기다리고 있었다. 한쪽 눈에 안대를 착용하고 콧수염을 기른 삼십 대 중후반으로 보이는 이 사내는 바로 혈랑대주 노성구였다.

'아아⋯. 이걸 준비했구나.'

어쩐지 득의양양한 표정을 짓는 이유가 있었다. 전생에서 보았을 때보다 훨씬 젊어 보이는 그의 모습이 반갑기는커녕 당혹스러웠다.

바로 그 순간이었다. 팟! 혈랑대주 노성구가 번개처럼 신형을 날리며 내 목을 움켜잡았다.

"켁!"

피할 틈도 없었다. 무슨 인간이 이렇게 빠른지 모르겠다.

—야, 너 혼자 감당할 수 있겠어? 빨리 나를 꺼내.

소담검이 자신을 품속에서 빼내라고 소리쳤다. 한데 빼낸다고 한들 이자를 감당하기에는 역부족이었다. 상급 무사인 그는 일류 고수였다. 소담검이 나를 돕는다고 해도 내 몸이 이자의 움직임을 따라잡는 것 자체가 불가능했다.

팍! 혈랑대주 노성구가 내 다리를 발로 걸어찼다. 당연히 넘어질 수밖에 없었다. 쫘당!

"크윽!"

허리가 부서질 것 같았다.

스릉! 그때 혈랑대주 노성구가 도를 뽑아서 내 목에 겨냥했다. 그러고는 노기 서린 목소리로 말했다.

"네놈의 외조부가 내 부친 밑에 있었다고?"

"⋯그렇습니다."

슥! 그 말이 끝나기가 무섭게 노성구의 도가 내 목을 살짝 파고들었다.

"우악! 무, 무슨 짓입니까? 설마 죽이려는 겁니까?"

당황해하는 내게 노성구가 기가 찬다는 듯이 콧방귀를 뀌며 말했다.

"하! 네놈이 죽고 싶어 환장했구나. 혈랑대의 훈련을 받았던 본대주가 부친 밑에 있던 무사들 이름 하나 기억 못 할 것 같으냐?"

'…!'

나는 순간 할 말을 잃고 말았다. 너무 빨리 들통나버렸다.

푹!

"억!"

노성구가 더욱 도날을 짓누르며 말했다.

"네놈 정체가 뭐야?"

사실을 밝히지 않으면 당장에라도 나를 죽일 기세였다.

심장이 미친 듯이 뛰었다. 쿵! 쿵! 쿵! 그때 무슨 용기가 생겨난 것일까? 한 번 죽어봤기에 오기라도 생긴 것일까? 팍! 내가 노성구의 도 날을 거칠게 움켜잡았다. 손가락이 도 날에 베이는 것조차 개의치 않고 그에게 말했다.

"나와 거래합시다."

"뭐?"

뜬금없는 내 말에 노성구의 한쪽 눈썹이 치켜 올라갔다.

"거래? 하!"

혈랑대주 노성구가 어처구니없어했다. 하긴 주도권을 쥔 쪽은 자신인데, 내가 뜬금없이 거래하자고 하니 같잖아 보일 수도 있었다.

"네놈, 정신이 나갔구나."

"제정신입니다."

사실 반쯤 정신이 나갔다. 여기서 노성구의 손에 조금만 힘이 들어가면 내 목은 뎅강 하고 몸통과 안녕이었다. 그런 상황에서 뭔들 말하지 못할까.

"진심으로 하는 말입니다."

팍!

"컥!"

노성구가 내 가슴을 발로 밟았다. 누가 혈교 출신이 아니랄까 봐 정말 가차 없었다. 얼마나 세게 밟았는지 목구멍으로 비릿한 맛이 올라왔다.

"네놈 따위 죽이는 것은 일도 아니다."

"…그러시겠죠."

"조금이라도 목숨을 연명하고 싶다면 무슨 목적으로 본 대주의 부친을 팔아가면서 본교에 접근했는지 밝혀야 할 거다."

쫘악! 노성구의 발에 힘이 들어갔다. 더 세게 밟으면 가슴이 아작 날 것 같았다. 나는 다급히 소리쳤다.

"노세화."

"…뭐?"

가슴을 억누르던 노성구의 발에 힘이 빠졌다. 그가 굳은 얼굴로 말했다.

"네놈이… 그 이름을 어찌 아는 것이냐?"

그가 이런 반응을 보이는 이유는 간단했다. 노세화는 노성구의 누이다. 정확히는 십오 년 전쯤 행방불명된 누이였다.

"말해라! 네가 그 이름을 어찌 아는 것이더냐!"

노성구가 나를 다그쳤다.

두렵기는 하나, 패를 여기서 전부 깔 수야 있나.

"계속 이렇게 밟고 계실 겁니까? 아니면 저와 거래하실 겁니까?"

"이놈!"

나를 노려보던 노성구가 가슴에 올려놓았던 발을 뗐다. 하지만 여전히 그의 도는 내 목에서 떨어지지 않았다.

"내가 네놈 따위와 거래를 할 것 같으냐?"

"적어도 한 번 뱉었던 말에는 끝까지 책임지시는 분으로 알고 있습니다."

내가 아는 혈랑대주 노성구는 다른 혈교인들과 달리 자신의 수하들에게 너그럽고 신의가 넘치는 사내였다. 그리고 한 번 뱉었던 말을 번복하지 않는 남자이기도 했다.

―목소리가 많이 떨리는데.

'애타게 찾고 있는 누이거든.'

원래라면 적이라고 판단한 자에게는 가차가 없는 노성구였다. 하지만 오매불망 찾아 헤매던 유일한 혈육의 이름을 거론하니, 그 철심이 흔들릴 수밖에 없었다.

'어떻게 나올 겁니까, 혈랑대주.'

나는 그의 눈을 피하지 않고 뚫어지게 쳐다보았다.

이윽고 노성구가 입을 열었다.

"뭘 원하느냐? 이대로 내가 네놈에 대해 입을 닫기를 원하느냐?"

당연히 그걸 원했다. 하지만 단순히 그것 하나만 원하기에는 이런 기회가 흔치 않을 듯했다.

"그러기에는 제가 밑지는 장사 같군요."

"목숨이 전혀 아깝지 않나 보구나."

"그럼 평생 대주님은 누이분을 찾지 못하시겠죠."

물론 이것은 거짓말이다. 노성구는 용케도 자신의 누이를 찾게 된다. 그것이 그의 인생에 있어서 불행의 시발점이 되겠지만 말이다.

으득! 노성구가 이를 갈면서 물었다.

"무엇을 더 원하는 것이냐?"

"제가 필요할 때 제 힘이 되어주십쇼."

"하! 나더러 네놈 수하라도 되라는 소리더냐? 아주 죽고 싶어…."

"그게 아닙니다. 그저 제가 혹 어려움에 처한다면 대주께서 힘이 닿는 선에서 도움을 주셨으면 합니다."

노성구는 머지않아 절정의 고수가 될 자였다. 그런 그에게 도움을 받을 수 있다면 밑지는 장사가 아니었다.

"허튼소리! 본교의 해악이 될 수도 있는 네놈을 눈감아주는 것으로도 모자라 도움을 달라고? 하마터면 네놈에게 현혹될 뻔…."

"부친의 목숨 빚을 갚기 위해 일하시는 분이 혈교에 충성을 논하실 건 아니겠죠?"

"아니, 그걸 어찌?"

노성구가 놀라움을 금치 못했다. 이 사실을 아는 자는 혈교의 윗선밖에 없었다. 대부분의 혈교인들은 그가 부친의 뒤를 따라 혈랑대주를 이었다고만 알고 있다. 하지만 실상은 달랐다.

"돌아가신 노조만 전 대주의 흉수를 찾아주는 대가로 혈랑대를 맡으시지 않았습니까."

전부 그에게 직접 들은 말이었다.

"…대체 네놈 정체가 무엇이냐?"

나라도 궁금할 것 같다. 그렇다고 '저는 십 년 후의 미래에서 회귀했습니다'라고 말할 수는 없는 노릇이다. 그의 관심사를 돌려야 했다.

"이렇게 하시죠. 대주님 누이의 행방뿐만 아니라, 부친을 살해한 흉수와 대주님의 눈을 그렇게 만든 자까지 알려드리겠습니다."

"이놈…."

파격적인 조건에 흔들리고 있었다.

어차피 나는 훗날 노성구 본인에게 들은 말이어서 딱히 손해 볼 게 없었다. 오직 그에게만 써먹을 수 있는 정보였으니 말이다.

"네놈이 이 상황을 당장 모면하기 위해 거짓을 고하는 건지 내가 어찌 아느냐?"

"혈고도 있고 만약 거짓이라면 언제든 대주께서 저를 죽이실 수 있지 않습니까?"

내 말에 수긍이 갔는지 노성구의 표정이 한결 수그러들었다. 어차피 혈고가 있는데 내가 무슨 수로 도망가겠는가. 한참을 망설이던 노성구가 결국 마음을 정했다.

슥! 그가 내 목에서 도를 거뒀다.

"하아…."

나도 모르게 안도의 한숨이 흘러나왔다. 어찌 될지 모를 도박이 겨우 통하게 되었다.

"거짓이면 죽는다."

"여부가 있겠습니까."

"내 부친을 죽인 흉수가 누구지?"

누이의 행방보다 그게 더 궁금했던 모양이다. 이걸 알고 나면 그가 보일 반응을 짐작할 수 있기에 잠시 망설여졌다. 하지만 이내 조심스럽게 입을 열었다.

"…일혈성입니다."

내 입에서 나온 뜻밖의 이름에 노성구의 표정이 싸늘해졌다. 이때의 그는 여태껏 부친을 죽이고 누이를 납치한 자가 무림연맹의 사람들이라고만 여겼었다. 그랬기에 절치부심으로 복수를 다짐하며 혈교에 들어왔다. 한데 내가 혈교의 최고위 간부 중 한 사람인 일혈성을 흉수로 지목하자 쉽게 납득할 수 없어했다.

"지금 나를 가지고 노는 것이더냐?"

"가지고 놀다니요. 전혀 그렇지 않습니다. 정정하겠습니다. 정확히 말하면 일혈성의 지시를 받은 호월단주가 저질렀지요. 부친을 죽일 때 정파의 검법으로 상흔을 남기…."

팍!

"억!"

노성구가 거칠게 내 가슴을 발로 밟았다. 내색하지 않으려고 했지만 인상이 무섭게 변하고 붉게 달아오른 것이 제대로 흔들렸다.

고통스러웠지만 나는 쐐기를 박았다.

"누, 누이분께 직접 물어보시면 되지 않습니까."

"누이에게?"

"대주님의 누이께서도 진상을 알고 있습니다."

"…내 누이가 그걸 알고 있다고?"

"누이분은 절강성 금해현에 있는 화월상단의 지부에 계십니다. 직접 움직이시면 누이분이 살인멸구를 당하실 수 있으니 믿을 만한 분을 보내시죠."

화월상단은 일혈성이 관리하고 있는 상단이었다.

전생에 노성구는 죽어가는 누이를 만나고서 진상을 듣게 되었다. 그는 분노를 이기지 못하고 일혈성을 찾아갔고, 그 후 혈랑대는 해체되어 대원들이 전부 편입되고 말았다.

"너… 대체….'

노성구가 나를 쳐다보면서 할 말을 잃었는지 입만 벌리고 있었다.

─엄청 놀랐나 보네.

'그렇겠지?'

그렇게 알고 싶어하던 것들을 한 번에 알게 되었으니 말이다. 다만 전생처럼 되지 않기를 바랐다. 그는 혈교인이었지만 타고난 성품이 여느 정파인들보다 나았기에 존경했었다. 유일한 혈육인 누이만 죽지 않는다면 아무리 부친을 죽인 범인이 일혈성이어도 자제력을 잃고 도전하는 우를 범하진 않을 것이다.

"….'

한참을 나를 쳐다보던 혈랑대주 노성구가 진정을 되찾았다. 그러더니 가슴에서 발을 떼고 손을 내밀었다. 붙잡으라는 표시인 듯했다.

꽉! 손을 잡자 그가 나를 잡아당겨 일으켜 세웠다.

노성구가 굳은 얼굴로 내게 말했다.

"네놈 말을 한번 믿어보겠다."

"아!"

"마음 놓진 말거라. 만약 이 말이 거짓이라면 혈고가 아니라 본대주가 직접 네 목을 벨 것이다."

"여부가 있겠습니까?"

"하나, 사실이라면… 네놈을 평생의 은인으로 삼겠다."

"…그 말 번복하시지 않겠죠?"

"나는 네놈을 믿었는데, 네놈은 나를 믿지 못하는 것이냐?"

내가 씨익 웃으며 말했다.

"아니요. 믿습니다."

한번 내뱉은 말은 절대로 번복하지 않는 신의가 넘치는 사내였다. 믿지 못할 리가 없었다.

다만 내가 전생에 뒤통수를 하도 많이 맞아서 버릇처럼 물어본 것뿐이다. 짐승은 믿을지언정 사람은 믿기 어렵다.

"그럼 거래가 성사되었습니다."

내 말에 노성구가 고개를 끄덕였다. 아아, 겨우 위기를 넘긴 것 같아서 눈물이 날 것 같았다.

좋아하고 있는 내게 노성구가 말했다.

"한데 네놈이 똑똑한 건지 어설픈 건지 알 수가 없구나."

"네?"

"네 외조부의 이름을 밝힌 적도 없으면서 한번 강하게 떠보니까 주절주절 다 이야기하는군."

'…?!'

그 말을 들은 나는 망치로 뒤통수를 맞은 기분이었다. 노성구의 말대로 나는 외조부의 이름을 말하지 않았다. 단지 저들이 조사할 거라고 짐작한 나머지 지레 겁먹고 넘어간 것이었다.

—네가 하는 일이 그렇지 뭐.

'내가 뭘!'

소담검, 이 녀석은 내가 곤란해하는 것을 아주 즐긴다.

그런데 생각해보면 별수가 없긴 했다. 외조부의 이름을 말하지 않았다고 해도 만약 노성구가 작정하고 물어본다면, 전 대원의 이름을 아는 그를 속일 수는 없을 것이다.

"…그건 제가 당했군요."

그의 자존심도 살려줄 겸 인정하는 모습을 보였다. 그러자 노성구도 한결 기분이 나아졌는지 인상이 풀어졌다.

이제 남은 것은 호패를 받는 일뿐이다.

"거래도 잘 체결되었으니, 제가 원하는 호패를 받아가도 될까요?"

못해도 '중'이나 '상'을 원했다. 하지만 '상'은 정말 뛰어난 자질을 지녀야 가능하므로, 단전이 손상되어 내공조차 모을 수 없는 내가 받으면 의심만 살 것이다.

그런데 노성구의 표정이 뭔가 이상했다.

"그건 그거고 이건 이거다."

"네?"

"입을 다물어주는 거야 그렇다 쳐도 아직 누이의 행방을 확인하지도 못했다. 그런데 벌써부터 많은 걸 바라는구나."

"아니, 이 정도는 그냥 해주셔도…."

"웃기는 소리. 받고 싶으면 네 자질을 증명해라."

"하아…."

돌아버리겠다. 왠지 제자리걸음을 한 기분이다.

―키키킥. 너도 당했네.

저 사람 수하로 지낼 때는 잔머리 하나 굴리지 않는 우직한 사람인 줄 알았는데, 내가 모든 면을 본 건 아닌가 보다.

"…어떻게 증명하라는 겁니까?"

이건 대주들마다 방법이 달라서 물어봐야 했다.

노성구가 내게 손을 까딱거리며 말했다.

"들어보니 주화입마로 내공을 익힐 수 없는 몸이라지. 나도 똑같이 내공 없이 맨손으로 상대해주마."

노성구가 자신감 넘치는 목소리로 말했다. 오! 의외로 공평하게 치른다.

"정말이십니까?"

"내공을 사용하지 않는다고 격차도 없다고 착각하진 않겠지? 나를 한 번이라도 건드릴 수 있다면 네가 원하는 패를 주마."

그의 말이 맞다. 일류 고수만 되어도 외공이 보통은 넘는다. 일단 육체적으로도 단련되어 있기에 내가 압도적으로 불리하다. 하지만….

"혹시 단검을 사용해도 됩니까?"

"마음대로 하거라. 무공도 모르는 네가 그깟 단검을 쓴다고 달라질 성싶으냐?"

그 말에 내 입꼬리가 말려 올라갔다.

'들었지?'

소담검이 전의 넘치는 목소리로 말했다.

—그깟 단검? 야! 빨리 안 꺼내고 뭐 하냐?

* * *

동굴 반대편.

단 한 사람을 제외한 모든 수련생도가 상, 중, 하 호패를 받았다.

마지막 한 명이 다른 수련생도들에 비해 생각보다 오래 걸리자,

패혈단주 구상웅의 표정이 점차 굳어져 갔다.

그걸 지켜보는 오 대주의 얼굴은 환희에 차오르고 있었다.

'강하게 떠보라고 했더니, 제대로 걸려들었군. 네놈을 지켜본다고 했지. 후후후.'

무리해서 혈랑대주 노성구를 불러들인 보람이 있었다. 굳이 율랑현까지 사람을 보내서 조사하는 것을 기다릴 바에야, 가까이에 있는 당사자를 불러서 떠보는 편이 수고로움을 덜 수 있었다. 이제 슬슬 분위기를 몰아가 녀석을 처리하면 될 것 같았다.

"단주님, 아무래도 제 짐작이 맞는…."

그때 패혈단주가 손을 들고서 조용히 하라는 신호를 보냈다.

왜 그러나 싶었는데 가운데 동굴 쪽에서 누군가 나오는 모습이 보였다. 바로 소운휘였다.

'엇?'

동굴에서 나온 소운휘가 당당하게 뭔가를 들어 보이는데, 그것은 등급을 나눈 호패였다.

중(中)

'하'도 아니고 '중'이라고 새겨져 있었다.

그것을 바라보는 오 대주의 얼굴이 똥 씹은 것처럼 일그러졌다.

8화

기기괴괴

—야, 너 진짜 열심히 단련해야겠다.

'…그래.'

변명의 여지가 없었다. 소담검의 도움이 없었다면 혈랑대주 노성구의 몸에 손도 대지 못했을 것이다. 내공도 안 쓰는데 움직임이 너무 빨라서 잡기가 힘들었다.

"아오."

얼굴과 전신이 멍투성이였다. 나름 거래도 성사되었는데, 손속에 자비가 없었다.

'역시 단련을 해야 해.'

그렇지 않으면 휘둘리지 않기는커녕 버티지도 못할 것 같았다.

어찌 됐든 일단 원하는 것을 얻어냈다. '중' 호패. 이로써 버리는 패에서는 한 발짝 멀어졌다. 하나, 안심할 수는 없었다. 훈련 도중에 '하'급으로 내려오는 이들도 종종 있었기 때문이다.

"아… 또야? 징글징글하네."

"징글징글하다."

송좌백, 송우현 쌍둥이 형제가 나를 쳐다보며 불만스럽게 말했다. 녀석들 분명히 '상' 호패를 받을 줄 알았는데, 의외로 '중' 호패를 받았다. 이번 생에 꽤 질긴 인연인 듯하다.

"내 참."

그런데 녀석들 불만스럽다는 듯이 투덜대면서도 꽤 반가워하는 표정이다. 하긴 연고도 없는 이런 곳에서 아는 얼굴이라고는 나밖에 없으니, 겉으론 강한 척하더라도 알게 모르게 의지가 될 것이다.

"단주님, 재고해주십쇼."

"허어, 조용히 말하게."

수련생도들에게서 이십 장 정도 떨어진 거리에서 간부들이 긴급 회의를 가졌다. 오 대주가 이견을 제시했기 때문이다. 아마도 나에 관한 이야기일 것이다.

'안 들리네.'

처음에는 언성을 높일 때마다 조금씩 들렸는데, 그들이 전음으로 대화를 나누기 시작하면서 들리지 않았다. 전음이란 전음입밀(傳音入密)을 줄인 말로 내공을 통해 원하는 이에게 목소리를 전달하는 기술이다.

'뭐, 전음으로 말해도 대충 알 것 같지만.'

오 대주가 혈랑대주인 노성구에게 항변하는지 마구 따져대고 있었다.

노성구는 철벽처럼 연신 고개를 저어댔다.

'잘해주는군.'

역시 약조는 칼같이 지키는 사내였다. 혈랑대주인 그가 보증을 서준 덕분에 트집 잡을 명분을 잃은 오 대주였다. 덕분에 패혈단주도 그렇고 다른 대주들도 대화가 진행될수록 서서히 오 대주를 과민한 사람으로 취급하고 있었다. 이 정도면 한동안 수작을 부리지 못할 것 같다.

* * *

등급 편성이 마무리되고 나서 수련생도들은 옷을 지급받았다. 확 튀는 복장은 아니고 딱 수련하기 알맞은 옷이었다. 다만 이 옷에는 겉옷이 없어서 소담검을 품속에 넣을 수가 없기에 허리춤에 차고 다녀야 했다.

—와, 살 것 같다.

녀석이 신이 나서 조잘거렸다. 물론 보이지 않아도 조잘거리고 보여도 조잘거린다.

생도들 모두가 옷을 갈아입고 나서, 각자 편성된 등급에 따라 대주들의 안내를 받아 장소를 이동했다. 우리를 안내한 자는 여자 대주였다. 해옥선이라는 대주였는데, 방귀 사건 이후로 눈을 마주치기 힘들었다. 나만 보면 표정이 마귀처럼 변했다.

—넌 적을 만드는구나.

'그러게.'

의도치 않게 적이 하나씩 늘어가고 있다. 그래도 오 대주처럼 정체를 의심하는 것은 아니라 다행이다. 그냥 날 싫어할 뿐이다.

—방귀쟁이니까.

'…'

녀석의 말을 무시하고서 나는 오와 열을 맞춰서 걸어갔다. 이제 훈련을 진행할 교관을 배정받게 되면 정식으로 수련이 시작된다.

―얼마나 하는데?

'일 년.'

―그렇게 길지는 않네?

'하급 무사는 그 정도만 하고 배치가 돼.'

일 년을 수련하고 나면 혈교 무사로서의 기본 과정이 끝난다. 그렇게 되면 더 이상 자질이 따르지 않는 자들은 하급 무사로 보직을 배정받는다. 내가 처음 배정받은 곳은 혈랑대의 말단이었다.

―거기서 뭐 했는데?

'물자 보급.'

―물자 보급?

'…그래. 짐 날랐다, 인마!'

말 그대로 말단이었다. 외공을 익혔다고 해도 평범한 사람보다 싸움을 잘하는 정도다. 그러다 보니 짐을 나르거나 하는 혈랑대의 허드렛일을 도맡아서 해야 했다. 그래도 첩자로 있을 때보다는 마음 편했던 시절이었다.

―중급 무사 정도는 돼야 허드렛일에서 벗어날 수 있겠네.

'벗어난다 뿐이겠어.'

위로 올라갈 수 있는 기틀을 마련할 수 있을 거다. 적어도 중급 무사가 되면 한 대에서 조장을 맡을 수 있다. 거기서 공을 세우거나 무위를 갈고닦아 일류 무사가 되면 대주를 노려볼 수도 있다.

―중급 무사는 어떻게 되는데?

'일 년 내로 이류 무사가 되어야 해.'

─엥? 무슨 수로? 너 단전도 아직 그대로잖아.

'다 방법이 있다고 했지.'

─무슨 방법?

궁금했는지 소담검이 말해달라며 재잘재잘 나를 보채댔다.

'딱 열 달 뒤에 기회가 생기거든.'

사실 이 이야기를 듣고 나서 정말 배가 아팠다. 물론 나중에야 알게 된 일인 데다, 하급 수련생도들에게는 전혀 기회가 주어지지 않았기에 의미가 없긴 했지만 말이다.

─무슨 기회인데?

'열 달 뒤 이곳에 중대한 귀인이 찾아올 예정이야.'

─귀인? 귀한 사람이 온다는 거야?

'그래.'

─누군데?

'몰라.'

─…지금 나랑 장난하냐? 이 방귀쟁이 개쓰레기야.

순간 단전도 없는데 주화입마에 빠질 뻔했다. 망할 단검 주제에 갈수록 사람 놀리는 데 입맛 들이고 있네. 아주 욕쟁이가 다 됐어.

'너 한 번만 더 갈구면 부러뜨려버린다.'

─에이, 화났어? 네가 먼저 실없는 소리 했잖아. 모르면서 괜히 기대감 부풀게 하고 말이야.

그래, 내 잘못이다. 그냥 본론으로 들어갈 걸 그랬다.

'그 귀인이 누군지는 몰라. 귀인이 중요한 게 아니라 그 귀인을 치료하기 위해 동행해온 사람이 중요하거든.'

─누군데?

'만사신의(萬死神醫)!'

그는 못 고치는 병이 없다고 알려진 의원이다. 정사 어디에도 속해 있지 않은 그는 자신이 정한 값어치의 대가만 지불한다면 상대가 누구이든 그 병을 치료해준다고 한다.

─오오! 그럼 네 단전도 치료할 수 있겠네.

'그래. 듣기로 만사신의는 부서진 단전도 치료한 적이 있다고 했거든.'

─그런데 그 사람이 널 어떻게 도와주는데?

'만사신의가 약초 하나를 찾게 되거든.'

─약초?

'그 귀인을 이곳까지 데려와서 치료하는 이유가, 그 약초가 뿌리를 뽑는 순간 하루도 버티지 못하고 영기가 빠져나간다고 하더라.'

약초 이름이 잘 기억 안 나는데, 하선 무슨 초(草)라 했다. 이걸 찾기 위해 중급 수련생도들이 전부 동원되었고, 그중 한 명이 이걸 발견해서 만사신의에게 한 번의 약조를 받아냈다.

'무엇이든 치료해주겠다고 말이야.'

─이야. 그럼 네가 그걸 노리면 되겠네.

'그럼!'

그 약초가 발견된 위치를 정확하게 기억하고 있다. 단전 상태도 좋지 않았지만 애써 '중'급 패를 받으려는 데엔 다 이런 이유가 있었다. 짐마차에 있을 때부터 나름대로 계획을 전부 다 세워뒀었다.

'중급 무사가 되어서 혈랑대로 전입하게 되면…'

만사형통이 되는 셈이었다. 혈랑대주인 노성구의 도움을 받아 공을 세운다면 출세하여 위로 오를 가능성이 있었다. 이왕 이렇게 혈교로 들어왔으니, 여기서 출세라도 해봐야겠다.

—푸하하하핫, 너 진짜 재밌다. 명색이 명문 정파 출신이 사파에서 출세할 생각도 다 하고 말이야.

'어차피 사람 사는 곳 다 똑같고, 정파이든 사파이든 썩을 놈들은 다 썩었거든.'

첩자로 살면서 깨달은 진리였다.

어느 곳이든 위로 올라가 살아남는 놈이 장땡이었다.

소담검과 떠드는 사이에 중급 수련생도들의 훈련을 위한 연무장이 있는 산 중턱에 다 도착해가고 있었다.

"앗?"

그때 앞장서서 생도들을 이끌던 해옥선 대주의 입에서 당혹스러운 목소리가 터져 나왔다. 뭔가 싶어서 앞을 보니, 산 중턱의 연무장 바닥에 스무 명가량 되는 이들이 쓰러져 있었다.

'뭐야?'

뜬금없이 벌어진 일에 나조차 영문을 알 수가 없었다. 이런 일이 있었다는 사실조차 들어본 적이 없었다. 그런데 연무장 단상 쪽에 누워 있던 누군가가 일어나는 모습이 보였다.

—우와, 엄청 크다.

소담검의 말처럼 굉장한 거구의 사내였다. 멀리서 봐도 굉장히 크고 우람한 체구를 가졌는데, 옷도 평범하지가 않았다. 호피를 입고 있고 얼굴 전체가 수염으로 뒤덮여서 무슨 야인처럼 보였다.

팟! 그때 야인이 질주하는 황소처럼 엄청난 속도로 이곳을 향해 달려왔다. 몇 발짝 만에 수십 장의 거리를 돌파하는데, 그것은 무공에서 빠르게 달리는 기술인 경공술(輕功術)이라는 것이었다.

"모두 물러나랏!"

해옥선 대주가 다급히 소리치며 허리춤에서 검을 뽑아 들었다. 그녀 역시도 야인의 정체를 모르는 듯했다. 일류 고수답게 그녀가 쾌속한 몸놀림으로 검을 휘두르며 야인을 저지하려고 했다. 그 순간 믿기지 않는 일이 벌어졌다.

파곽! 야인이 맨손으로 그녀의 검을 막아내더니, 이내 일 권으로 날려버리고 말았다. 퍽!

"깍!"

단말마의 비명과 함께 해옥선 대주가 오 장 가까이 날아가 버렸다. 바닥을 몇 바퀴 구른 그녀는 이내 고개를 떨구었다.

'말도 안 돼.'

일류 고수인 대주가 이렇게 허망할 정도로 상대가 되지 못하는 것은 처음 본다. 이건 단주라고 해도 불가능한 일이었다.

"주, 죽었어!"

송좌백이 기겁하면서 소리쳤다.

"아니야. 안 죽었어. 진정해!"

죽은 것처럼 보였지만 아직 몸이 꿈틀거리고 있었다.

그때 해옥선 대주를 쓰러뜨린 야인이 우리가 있는 방향을 향해 경공이 아니라 성큼성큼 걸어오기 시작했다. 한 걸음 한 걸음 걸어 올 때마다 위압감이 보통이 아니었다. 모두가 어찌할 바를 몰라 하는데, 야인이 갑자기 두 팔을 활짝 벌렸다.

"…?"

그러더니 이내 빠르게 두 손을 마주쳤다. 그 순간, 강한 풍압과 함께 고막이 찢겨나갈 것만 같은 소리가 귀를 잠식했다. 팡! 그 충격이 어찌나 강했는지, 나는 고통을 참지 못하고 귀를 틀어막고서 비명을 질렀다.

"끄아아아아악!"

이상한 잡음이 귓가를 계속 때렸다. 삐이이이이이이! 주변의 어떠한 소리도 들리지 않았다. 고통과 혼란이 뒤덮인 상태에서 주변에 있던 수련생도들이 쓰러지는 모습만 보였다. 그들은 이 소리를 버텨 내지 못한 것 같았다.

"으으윽!"

귀에서 손을 뗐는데 피가 흘러내리고 있었다. 어지럽고 속에서 토사물이 나올 것만 같은데, 또 다른 기이한 일이 벌어졌다. 두근! 가슴속에서 뜨거운 기운이 느껴지며 그것이 조금씩 위로 치솟아 오르더니, 이내 귓속이 따뜻해지며 이명이 사라졌다.

"헉… 헉…"

대체 무슨 조화인지 알 수가 없었다. 그런데 내 귓가로 누군가의 외침 소리가 들려왔다.

"씨바아아아알! 주, 죽일 테면 죽여봐! 내 동생은 못 건드려!"

그곳을 바라보니 송좌백이 귀를 틀어막고 고통스러워하는 동생 앞에 서서, 두 주먹을 쥐고서 야인과 대치하고 있었다. 저 미친놈. 차라리 쓰러지는 게 나을 텐데. 정말 의외의 모습이었다.

그러나 결과는 예상과 다를 바 없었다. 야인의 주먹질 한 방에 송좌백이 끄웩 소리와 함께 나가떨어졌다. 녀석을 쓰러뜨린 야인이 귀를 틀어막고서 괴로워하는 송우현을 지나쳤다. 그가 향하는 곳은 바로….

―도망쳐어어어!

소담검이 고래고래 고함을 질렀다. 다리가 얼어붙어 있던 나는 정신을 차리고 곧바로 뒤를 향해 달렸다.

퍽! 그러나 이윽고 내 뒤통수에서 느껴지는 둔탁한 감각과 함께 정신을 잃고 말았다.

* * *

차갑다. 입이 돌아갈 것 같다.

살갗에 닿는 차가운 느낌 때문에 깨어났다. 골이 울리는 느낌과 함께 두통이 났다. 그때 내 귓가를 울리는 투박하면서도 걸걸한 목소리.

"클클, 의외로군. 단전이 부서져서 내공도 없는 녀석이 그걸 견디질 않나, 가장 먼저 깨어나질 않나."

그 소리는 너무도 가까운 곳에서 들렸다. 놀란 내가 화들짝 깨어나 자리에서 벌떡 일어났다.

"헉!"

당황한 내가 뒤로 물러났다. 바로 앞에, 호피를 씌워놓은 큰 돌의자에 기대앉아 있는 거구의 야인이 있었다. 온몸이 부들부들 떨릴 만큼 두려웠다.

탁!

"윽!"

발에 뭔가가 걸려서 뒤로 넘어졌다.

"엇?"

돌부리보다 컸는데, 그것은 다름 아닌 송좌백이었다. 그런데 송좌백만 있는 것이 아니었다. 그 옆에는 동생인 송우현이 잠꼬대를 하듯이 음냐음냐 하며 잠을 자고 있었다.

"여, 여긴 대체?"

주위를 둘러보니, 그리 크지 않은 동굴이었다. 다른 수련생도들은 아무도 보이지 않는 것으로 보아, 아무래도 우리 셋만 납치당한 듯했다.

'빌어먹을!'

그렇게 완벽하게 계획을 세우고 또 세웠는데, 대체 이게 무슨 일이란 말인가. 황당하기마저 했다.

'아!'

순간 소담검을 떠올린 내가 허리춤에 손을 얹었다.

"클클, 이걸 찾는 게냐?"

야인의 목소리에 그를 쳐다보았다. 그의 두툼하면서 커다란 손에 소담검이 들려 있었다. 어쩐지 녀석의 재잘대는 소리가 안 들린다 했더니 제대로 인질이 되고 말았다. 달라는 말을 했다가 저 두꺼운 손으로 내 머리통을 박살 낼 것만 같다.

"재미있는 놈이로구나. 막 들어온 수련생도가 다 낡아빠졌다고는 하지만 이런 단검을 소지하고 있다니."

'뭐지?'

이 야인, 내가 수련생도라는 것을 알고 있다. 혈교의 사람도 아닌 것 같은데 대체 그걸 어떻게 아는지 모르겠다. 잠시 망설이던 내가 용기를 내서 물었다.

"어, 어르신은 대체 누구신데 저희를 이곳으로 데려온 겁니까?"

"클클클."

특유의 걸걸한 웃음소리를 낸 야인이 입을 열었다.

"나? 해악천이다."

'…!'

그 말을 듣는 순간 온몸에 전율이 일었다. 순간 내 귀가 잘못된 줄 알았다.

'말도 안 돼!'

야인의 말이 사실이라면 그는 혈교의 사존자 중 한 사람인 기기괴괴 해악천이었다. 혈교의 네 절대자 중 가장 기괴하면서 독특하다고 알려진 인물이다.

'이, 이자가 어떻게? 잠깐… 설마?'

떨리는 나의 시선이 자연스럽게 송좌백, 송우현 쌍둥이 형제에게로 향했다. 여전히 세상모르고 잠들어 있는 그들.

나는 확신할 수 있었다.

'세상에…. 이놈들한테 무공을 전수한 게 해악천이었어?'

＊　＊　＊

가파른 산봉우리를 오르는 두 명의 인영이 있었다. 그들은 절벽을 평지처럼 몇 장씩 훌쩍 뛰어오르며 범인들이 할 수 없는 기행을 보여줬다. 절벽을 오르는 와중에 두 사람 중 한 명이 입을 열었다.

"죄송합니다. 제 불찰입니다, 단주."

그 한 명은 해옥선 대주였다. 수련생도들을 이끌고 오르던 도중 제대로 봉변을 당한 그녀였다. 그녀보다 더 가벼운 신형으로 절벽을 오르고 있는 패혈단주 구상웅이 고개를 저었다.

115

"대주가 어찌할 수 있는 분이 아니오."

괘념치 말라고 말은 했지만 구상웅의 표정이 좋지 않았다. 그는 해옥선 대주에게서 중급 수련생도 연무장에 난입한 자의 용모파기를 듣고서 골치 아픈 일에 휘말렸다는 것을 알 수 있었다.

'칫. 종종 그 미친 노인네가 이곳에 오는 것은 알고 있었지만.'

설마 수련생도에게 손을 댈 줄은 꿈에도 몰랐다. 그는 혈교의 네 절대자인 사존자 중에 가장 기괴한 성격의 소유자였다. 같은 사존 자조차도 상대하기 꺼릴 만큼 미치광이였다. 어디로 튈지 모를 성격 때문에 모두가 두려워할 정도였다.

"설마 그 녀석들을 죽이진 않았겠죠? 하급도 아니고 중급 수련생 도는 구하기도 힘든데."

"모르겠네."

솔직한 심정으로 구상웅도 확신할 수 없었다. 전임자에게 듣기로 는, 기기괴괴 해악천은 워낙 괴팍해서 기분에 따라 같은 혈교인에게 조차 무슨 짓을 할지 모른다고 했다. 서둘러 산을 오르던 그들은 봉 우리의 고지에 자리하고 있는 동굴을 발견했다. 동굴 안쪽에서 인 기척이 느껴졌다.

'여기다.'

동굴 앞에 선 그들의 얼굴이 긴장감으로 물들었다.

팍! 구상웅이 한쪽 무릎을 꿇고서 포권을 취하자, 해옥선도 이를 따라 했다.

"혈마앙복! 혈세천하! 사존이시여, 올해부터 육혈곡의 생도들을 맡게 된 단주 구상웅이 인사 올립니다."

동굴 안에서는 아무런 소리도 들리지 않았다. 해옥선이 전음으로 물었다.

[어쩌죠? 들어가 봐야 하나요?]

[기다리게. 그분의 심기를 건드려서 좋을 건…]

바로 그때였다.

슉! 동굴에서 뭔가 암기 같은 것이 날아왔다.

구상웅이 엄청난 속도로 발도를 하며 그것을 막아냈다. 팍! 그 순간 이를 막은 구상웅의 신형이 뒤로 다섯 보 정도 밀려났다. 촤르르르르!

"헛!"

다섯 보 밀려난 구상웅이 발바닥으로 내공을 집중하며 겨우 균형을 잡았다. 조금만 더 밀려났으면 그대로 절벽 아래로 떨어질 뻔했다. 그런데 자신의 도를 살펴본 구상웅의 눈이 휘둥그레졌다.

"씨?"

그의 도 날에 반쯤 갈라져서 붙어 있는 것은 열매의 씨앗이었다. 놀라운 일이었다. 씨앗에 담긴 힘이 어찌나 오묘했던지, 그것을 베지 못하고 도리어 신형만 밀려난 것이다.

'괴물이로군.'

감탄하고 있는데 동굴에서 목소리가 들려왔다.

"단주라고 하더니 제법이로구나. 클클."

팍! 구상웅이 다시 무릎을 꿇고서 소리쳤다.

"과찬의 말씀이십니다. 저 같은 것은 사존의 발꿈치도 쫓아가지 못합니다."

"흥. 당연한 이야기를 하는구나."

신경질적인 목소리에 구상웅이 인상을 찡그렸다. 띄워주는 말을 했는데 저런 반응을 보일 줄은 몰랐다.

'정말 괴팍하구나.'

소문은 사실이었다. 괜히 심기를 거슬렀다가 무슨 사달이 날 것만 같았다. 하지만 여기까지 올라와서 수련생도들을 그냥 내버려두고 갈 수도 없는 노릇이었다. 구상웅이 조심스럽게 입을 열었다.

"사존이시여, 저희가 관리하는 수련…."

"본좌가 그 아이들에게 해코지라도 할까 봐 겁이 나는 것이냐?"

"아, 아닙니다."

"하면 그만 신경 끄고 하산하거라."

"하오나 사존, 그 아이들은 본교의 무사로 키울…."

슉! 팍!

"컥!"

날아온 열매가 구상웅의 가슴을 때렸다. 어떻게든 막자면 막을 수 있지만 두 번이나 그의 공격을 막아내면 일이 더 복잡해질 거라 여긴 그는 이를 감수했다. 덕분에 내상을 입었는지 속이 들끓었다.

"클클. 데려간 아이들은 자질이 그럭저럭 쓸 만한 듯하여 이곳에 머무는 동안 본좌가 몇 가지 재주를 가르쳐볼 생각이노라."

'…!'

그 말을 들은 구상웅과 해옥선이 놀라움을 감추지 못했다. 다른 사람도 아니고 사존자 중 한 사람인 해악천이 가르침을 전한다는 것은 전인으로 삼겠다는 말이나 다름없지 않은가.

'여태껏 이 늙은이는 제자를 받지 않았는데.'

사존자 중에 유일하게 세력이나 제자를 두지 않는 그였다.

"그런 뜻인 줄도 모르고…."

"착각하지 말거라."

"네?"

"그저 이곳에 머무는 동안 적적함을 달래기 위함이다."

제자로는 두지 않겠다는 말이었다. 하지만 그 같은 절세고수의 가르침은 기연이나 다름없었다. 게다가 사존자의 일인인 해악천의 가르침을 받은 자를 누가 가벼이 대할 수 있겠는가. 한데 여기서 의아한 점이 하나 있었다.

"하온데 사존, 데려가신 생도들 중에 소운휘라는 아이는 단전이 부서져서 사존께서 가르침을 내리기에는…."

"클클. 누가 이놈을 가르친다고 했느냐. 이놈은 본좌가 이곳에 머무는 동안 수발을 들게 할 것이다."

말인즉슨, 시종처럼 부리겠다는 소리였다. 구상웅이 난감해했다.

그때 해옥선이 잘됐다며 전음을 보냈다.

[괜찮지 않습니까? 단주, 어차피 녀석이 중급 패를 받았다고 해도 잘 가르쳐봐야 하급 무사에 불과합니다. 다른 생도들에게 관심을 돌리지 않게 내어주시죠.]

[흠….]

고민하던 구상웅이 살짝 고개를 끄덕였다. 그녀의 말대로 괜히 저 미치광이 늙은이가 다른 생도들에게 해코지하지 못하게 계륵이나 다름없는 소운휘를 내줘도 괜찮을 듯했다.

[녀석이 익양 소가 출신이라 나중에 무림연맹으로 보내는 첩자로 써먹어도 괜찮다 싶었는데, 별수 없군. 그렇게 하세.]

소운휘가 들었다면 화들짝 날뛸 이야기였다. 혈교에서는 이미 그를 첩자로 활용할 생각을 하고 있었던 것이다.

구상웅이 포권을 취하며 정중한 목소리로 말했다. 팍!

"알겠습니다. 하면 소인들은 물러나도록 하겠습니다."

* * *

'이런 미친!'

밖에서 들리는 구상웅의 목소리에 나는 정신이 혼미해졌다. 지금 저놈들은 나를 이 미치광이 늙은이의 수발이나 들라고 남겨두고 가는 것이었다. 망연자실해하는 내 모습에 송좌백이 키득거리며 웃었다.

'빌어먹을!'

이놈, 정신을 못 차렸다. 깨어나서 미친놈처럼 해악천에게 덤벼들었다가 죽사발이 되도록 얻어터진 그였다. 한데 제 놈에게는 재주를 가르쳐주고 나는 시종처럼 부려먹겠다는 말에 즐거워하고 있었다.

"제자가 스승님께 절을 올리겠습니다. 뭐 해?"

"어어… 저, 절을 올리겠습니다."

송좌백이 동생과 함께 해악천에게 절을 올리려 했다. 그의 대단한 정체를 알고 나니, 어떻게든 잘 보이기 위해 안달이 난 모양이었다. 그런데 어쩌나.

"누가 네놈의 스승이라는 거냐."

픽!

"어억!"

절을 하는 녀석의 머리통을 해악천이 발로 걷어찼다. 진짜 미치광이 늙은이였다. 괜히 기기괴괴라고 불리는 것이 아니었다.

'아아….'

이런 변수가 생겨날 줄은 몰랐다. 최악의 상황이었다. 해악천이 얼마나 이곳에 머무를지는 모르겠지만 만약 일 년이 넘게 머무른다면 단전을 소생시키는 계획은 완전히 물 건너간다.

'어떻게 하지?'

도망을 가자니 이 미치광이 늙은이는 너무 괴물이었다. 그렇다고 도망에 성공해도 이미 단주가 나와 이 녀석들을 해악천에게 넘기기로 한 통에 중급 훈련장으로 복귀도 할 수 없었다. 당황해하고 있는데 해악천이 뜬금없이 내게 말했다.

"두 시진 내로 먹을 걸 구해와라."

"네?"

"고기가 먹고 싶구나. 클클."

"…."

이 늙은이가 돌았나. 조금 전에 봤는데 이곳은 거의 낭떠러지 수준의 절벽 위였다. 워낙 가팔라서 경공술을 익힌 무림인이 아니고는 오르내리기도 힘들어 보였다.

"여길 무슨 수로 두 시진…."

'잠깐.'

차라리 도망치는 편이 나을까.

전생에 귀가 따갑게 들었던 말이 있었다. 기기괴괴 해악천의 괴행은 모든 혈교인조차 그를 꺼리게 할 정도였다. 어차피 이놈에게 찍혔다면 혈교에서 뭔가를 해볼 생각을 하지 말고 어떻게든 탈출을 시도하는 편이 나을지도 몰랐다.

'후우.'

진정하고 최대한 감정을 숨기고서 말했다.

"…알겠습니다. 한데 저는 무공조차 익히지 못해서 무기라도 없으면 고기는커녕 뭐 하나 잡기도 힘듭니다."

소담검을 되찾기 위해 생각해낸 잔꾀였다. 돌려줄지는 모르겠지만 말이다.

"클클."

그때 해악천이 나를 향해 손가락을 튕겼다. 콰득! 나의 뺨을 스치고 지나간 열매 씨앗이 동굴 벽에 박혔다. 피가 흘러내리는데 고개를 돌리지 못하겠다.

"잔꾀가 많은 놈이로구나. 클클. 지루하지는 않겠다만 그럴수록 네놈의 명줄이 짧아진다는 것을 명심하거라."

"…."

나는 말없이 고개를 끄덕거렸다. 진짜 거짓말 안 하고 오줌을 지릴 것 같다.

탁! 꼼짝도 못 하는 내게 해악천이 뭔가를 집어던졌다. 얼떨결에 받아 들었는데 소담검이었다. 내가 눈을 동그랗게 뜨고서 해악천을 쳐다보자 그가 이죽거리며 말했다.

"가져가라. 그깟 낡은 단검 따위는 본좌도 필요 없다."

녹슨 소담검을 그대로 방치해둔 게 정말 다행이라는 생각이 들었다. 그때 내 머릿속에 소담검의 목소리가 울려 퍼졌다.

―끼야아아아아! 저 털북숭이 야인 놈이 나를 막 만져댔어. 완전 극혐.

극혐? 그건 대체 무슨 말이야?

되찾아서 반갑기는 한데 지금 네가 투정 부리는 것을 받아줄 때가 아니다. 어떻게든 도망쳐야 한다. 내가 소담검을 허리에 차고 동굴 바깥으로 나가려 하자, 해악천의 목소리가 귀에 꽂혔다.

"혹 도망치려다 들키면 죽을 각오를 하는 게 좋을 게다."

온몸에 소름이 돋았다. 사람 마음이라는 게 참 특이하다. 도망치지 말라고 위협하니까 더 도망쳐야겠다는 생각이 들었다.

동굴 밖으로 나간 나는 밑을 내려다보았다. 침이 꿀꺽 삼켜졌다.

─진짜 가파르다. 이래서야 도망칠 수 있겠어?

'무슨 수를 내든 해봐야지!'

나는 절벽의 바위를 붙잡고 조심스럽게 다리를 내렸다. 그냥 타고 내려가기에는 너무 가팔랐다. 후들거리는 손과 발을 조심스럽게 하나씩 내리면서 밑으로 향하는데, 위쪽에서 갑자기 비명이 들려왔다.

"우와아아악!"

"으어어!"

위를 쳐다보니, 말도 안 되는 광경이 보였다.

'…!'

해악천이 쌍둥이 형제를 양 옆구리에 끼고서 가파른 산봉우리를 마치 평지 걷듯이 달리며 산꼭대기 쪽으로 올라가고 있었다. 바로 앞에서 보였던 것이 어느새 점이 되어 사라졌다.

소담검이 내게 무거운 목소리로 물었다.

─…진짜 도망칠 수 있겠어?

씨바. 의욕 상실하게 만드네.

손바닥이 전부 까져서 상처투성이였다. 중간에 한 번 발을 헛디디는 바람에 손톱 두 개가 너덜거렸다. 너무 아팠지만 어떻게든 도망쳐야 한다는 필사적인 의지가 그런 고통을 이겨내게 했다. 타타타타! 나는 미친 듯이 수풀을 파헤치며 달리고 있었다. 시간이 많지 않았다. 여기까지 내려오는 데만 거의 두 시진 가까이 쓴 것 같았다. 그나마 몸을 좀 단련한 전생이라도 이 가파른 산에서 내려오려면 큰 차이가 없을 듯했다. 이걸 두 시진 만에 갔다 오라고? 미친 늙은이! 먹을 걸 구하고 돌아오는 것만 다 쳐도 다섯 시진은 넘게 걸리겠다.

─에휴. 네가 내공을 쓸 수 없는 게 진짜 답답하다.

'젠장. 난들 없고 싶냐?'

주화입마에 빠졌던 어린 시절을 증오하고 싶을 정도다. 아직도 그때를 생각하면 의문이다. 하지만 불평불만할 때가 아니었다. 어떻게 해서든 도망쳐야 그 늙은이의 손에서 벗어날 수 있었다.

스륵! 그때 눈 깜빡할 사이에 그림자가 지면서 시야가 어두워졌다. 수풀을 헤집고 가는 터라 우거진 나뭇잎들에 잠시 햇빛이 가려졌겠거니 생각했다. 그런데 소담검이 갑자기 한숨을 내쉬었다.

─하아⋯.

'왜 그래?'

─너 잣 됐다.

'뭐? 잣?'

그 순간이었다.

슉! 거대하고 우람한 무언가가 내 앞으로 사뿐히 뛰어내렸다.

이를 본 나는 얼음이라도 된 것처럼 몸이 굳었다. 내 앞을 가로막은 자는 털북숭이 야인인 기기괴괴 해악천이었다.

"본좌의 경고를 가벼이 들었군."

"그, 그게 아니라….'

"죽을 각오는 됐겠지?"

픽!

"컥!"

눈앞에 별이 빙글빙글 돌면서 나는 정신을 잃고 말았다.

얼굴이 터져나갈 것 같은 고통에 다시 정신을 차렸다.

"끄으으."

머리가 무겁고 얼굴이 화끈거렸다. 눈을 뜬 순간 나는 기겁을 하고 말았다.

"으, 으아아아아악!"

거꾸로 펼쳐지는 산봉우리가 시야를 어지럽게 했다. 고개를 위로 살짝 들어 올리자, 밑이 까마득한 낭떠러지가 펼쳐지고 있었다.

"이런 미친!"

입에서 욕이 절로 튀어나왔다.

그 와중에 피가 안면으로 쏠릴 것 같은 고통에 괴로워 죽을 것만 같았다. 팔을 움직이려고 했는데, 등허리 쪽에 교차돼서 묶여 있었다. 더 황당한 것은 발목 쪽도 묶여 있었다. 지금 나는 절벽에 팔과 다리가 묶인 상태로 거꾸로 매달려 있었다.

"으아아아악! 사람 살려어어어!"

이 상황에서 정신을 차릴 수 있는 사람이 몇이나 될까? 아마 평범한 사람은 미쳐버릴 수도 있다. 나는 고래고래 고함을 지르면서 처음에는 살려달라고 했다가 욕도 해봤다가 했지만 메아리가 되어 돌아올 뿐이었다.

끼이이이이! 바람이 불자 내 몸이 추가 되어 흔들렸다. 그것은 공포 그 자체였다.

"으아아아아아악! 켁켁!"

살려달라고 소리를 고래고래 지르던 터라, 또다시 비명을 지르자 목이 너무 아팠다. 목이 상했는지 소리를 지르는데 쉰 목소리가 나왔다. 머리로 피는 쏠리고 밧줄은 흔들려서 심장이 터질 것만 같은 아슬아슬한 광경이 계속 펼쳐지는데 죽을 것만 같았다.

"끄으으으!"

참 신기한 일이었다. 공포가 지속되면 살고자 하는 의지가 강해지나 보다. 나는 머리와 안면에 피가 쏠리는 고통을 막기 위해 상체를 억지로 들어 올렸다.

"헉헉!"

복부가 당겼지만 개의치 않았다. 상체를 접자 피가 쏠리던 것이 내려가며 안면이 짜릿해졌다.

"아…."

다행히 밧줄을 어찌나 세게 발목에 묶어놨는지 떨어지진 않을 것 같았다.

"…빌어먹을."

문제는 두 팔이 묶여 있다는 점이었다. 풀고 싶어도 방법이 없었다. 상체를 들어 올린 채 버티려고 했지만, 대롱대롱 매달린 상태로 계속 접고 있으려니, 허리가 끊어질 것 같았다.

"하아… 하아…."

고민하던 나는 눈을 감고서 접었던 허리를 폈다. 차마 낭떠러지를 또 보고 싶진 않았다. 다시 허리와 복부가 편안해지면서 안면과 머리로 피가 쏠렸다.

"끄으으으."

반의반 각도 이렇게 있지 못하겠다. 결국, 허리를 다시 접었다. 다시 안면과 머리가 편안해졌지만, 복부랑 허리로 통증이 전환되었다.

"으윽."

덕분에 다시 허리를 펴야만 했다. 어느 순간부터 이 같은 행동을 반복적으로 할 수밖에 없었다. 거의 강제나 다름없었다. 허리와 복부가 비명을 질렀지만 안면에 피가 쏠리는 고통도 만만치 않았기에 어쩔 도리가 없었다. 이 같은 행동이 한 시진 넘게 반복되었다. 도중에 절벽 낭떠러지에 매달려서 토까지 하는 진귀한 경험도 했다.

"하아… 하아…."

너무 고통스러웠다. 이대로 죽을지도 모르겠다는 생각마저 들었다. 그러던 와중이었다.

탁! 탁! 탁! 귓가로 들려오는 소리에 허리를 접어서 위를 쳐다보았다.

"헉!"

언제 내려온 것인지 해악천이 절벽을 한 손으로 잡고서 나를 내려다보고 있었다.

너무 괴로웠던 나는 해악천에게 두 손은 묶여 있지만 빌 듯이 말했다.

"사, 살려주세요! 제발 살려주세요!"

목이 쉰 바람에 내 목소리인데도 애처로울 지경이었다.

"클클."

해악천이 특유의 웃음소리를 내더니, 이내 나를 자신의 옆구리에 끼우고서 밧줄을 다른 손에 돌돌돌 감으며 빠른 속도로 위로 올라갔다. 그의 거처가 있는 동굴로 돌아오기까지 그리 오래 걸리지 않았다.

팍! 그가 묶어놓은 밧줄을 풀고서 나를 동굴 바닥에 내팽개쳤다. 아팠지만 비명을 지를 힘도 없었다. 복부와 허리는 찢어질 것 같고 목도 쉬어서 만신창이 그 자체였다.

'시바…'

속으로만 욕을 했다. 저 망할 늙은이는 진짜 악마였다. 차라리 얻어맞는 것이 낫겠다는 생각마저 들 정도였다. 그런 와중에 내 눈에 들어온 것은 동굴 한쪽 벽면에 붙어서 오들오들 떨고 있는 송가네 쌍둥이 형제였다.

'뭐야?'

녀석들을 데리고 곱게 무공을 가르쳐주는 줄 알았다. 그런데 녀석들 상태도 만만치가 않았다. 형인 송좌백은 얻어터진 흔적부터 시작해 두 주먹에 피딱지가 엉겨 붙어 있었고, 동생인 송우현은 머리 정수리가 까져서 눌려 있었다. 송좌백이 눈물을 글썽이면서 나를 쳐다보았다. 그리고 소리를 내지 않고 입만 벙긋거렸다.

"저 새끼는 악마야."

나는 고개를 끄덕이며 마치 전우를 쳐다보듯이 녀석을 바라보았다. 이 순간만큼은 동질감에 빠질 수밖에 없었다.

'아!'

그때 나는 동굴 바닥에 나뒹굴고 있는 소담검을 발견했다. 기어가듯이 몸을 질질 끌고 가서 그것을 챙겼다.

─으아아아아앙! 너 죽은 줄 알았잖아.

검을 잡자마자 녀석이 질질 짜는 소리로 격하게 반겼다. 밧줄을 감아서 낭떠러지로 떨어뜨리는 것을 보고 죽은 줄 알았단다.

꼬르르륵! 이 와중에 뱃가죽이 달라붙는 신호가 왔다. 하루 종일 제대로 먹은 것이 없어서 너무 배가 고팠다. 그건 송가네 쌍둥이들도 마찬가지인 모양이었다.

질근질근! 그런데 호피를 씌워놓은 돌의자에 앉아 있는 해악천은 무언가를 뜯어먹고 있었다. 말린 육포 조각이었다. 속에서 천불이 일었다. 저런 게 있었는데 뭘 사냥해오라고 했던 것인가.

"배고프냐?"

해악천의 물음에 쌍둥이 형제가 격하게 고개를 끄덕였다.

그러자 해악천이 나를 한번 스윽 쳐다보더니, 피식 웃고는 말했다.

"녀석이 사냥은 하지 않고 도망치다 벌을 받았으니, 네 녀석들도 식사는 없다."

망할 책임 전가. 설마 저기에 넘어가진 않겠지.

'…'

송좌백이 좌절했는지 몸을 부들부들 떨었다. 그러고는 이글이글 타오르는 눈으로 나를 노려보았다. 진짜 단순한 놈이다. 한데 문제는 이 녀석이 아니었다.

"배… 배고파아아…. 나도 그거… 먹고 싶다."

까진 머리를 붙잡고 있던 동생 송우현이 육포를 뜯어먹는 해악천에게 배고프다고 사정했다. 당황한 송좌백이 그의 바짓가랑이를 잡아당겼다.

"멍청아, 참아!"

그때 해악천이 품속에서 무언가를 꺼내 들었다. 그것을 본 나는 당혹스러웠다.

─뭐길래 그래?

'돌겠네.'

해악천의 손에 들려 있는 것은 작은 피리였다. 문제는 그냥 피리가 아니었다. 저걸 불면 몸속에 있는 혈고가 날뛰어서 엄청 고통스럽다.

"망아지 같은 녀석들. 이게 뭔지 알겠지? 클클."

쌍둥이 형제가 그걸 알 리가 없었다. 그들이 의아한 표정을 짓자 해악천이 피리를 물고서 살짝 불었다. 삐익!

"으악!"

"억!"

그 순간 쌍둥이 형제가 가슴을 붙잡고서 자지러지며 쓰러졌다. 얼굴이 빨개져서 경련을 일으키듯이 몸을 부들부들 떠는데, 그 짧은 찰나 나는 멈칫하다가 이내 녀석들처럼 바닥에 쓰러져 비명을 질렀다.

"끄악!"

"너희 같은 녀석들은 말로 해선 안 되지. 클클."

고통스러워하는 모습을 보면서 웃어대는 것이 정말 미치광이 늙은이였다. 기기괴괴라고 불리며 모두가 꺼리는 데엔 다 이유가 있었다.

짧게 피리를 불어서 그런지, 쌍둥이 형제가 이윽고 거친 호흡을 내뱉으며 정신을 차렸다.

"헉헉!"

나 역시도 그들과 호흡을 맞췄다. 그런 내게 소담검이 말했다.

─너… 안 아파?

나와 붙어 있기에 녀석은 이를 금방 눈치챘다. 그래서 일부러 해악천이 내 얼굴을 보지 못하게 반대쪽으로 웅크리고서 비명을 지른 것이었다.

'맞아.'

입이 헤벌쭉 올라가려 하는 것을 겨우 참았다. 나는 전혀 아프지 않았다. 분명 저 피리 소리를 들으면 가슴 쪽이 격하게 아파야 하는데, 멀쩡했다.

'정말 혈고가 어떻게 된 건가?'

가슴에서 느껴지는 특유의 거북함과 이질감이 없을 때 이상하다고는 생각했다. 한데 피리를 불어도 멀쩡하자, 나는 정말 혈고가 어떻게 된 건지도 모른다고 의심할 수밖에 없었다.

'대체 뭐지?'

나의 의문에 소담검이 신이 나서 말했다.

—뭐긴 뭐야? 횡재한 거지!

제발 그랬으면 좋겠다. 아직 확답은 할 수가 없었다. 내공이 있다면 고통스러울지라도 확실하게 확인해볼 수 있을 텐데…. 아쉽다.

하지만 지금은 혈고가 문제가 아니었다.

"내일 새벽에 나가서 먹을 걸 구해와라. 두 시진을 주지."

돌아버릴 것 같다. 그나마 체력이랑 몸 상태가 멀쩡할 때도 절벽을 내려가는 데만 두 시진 가까이 걸렸다. 한데 그걸 무슨 수로 해낸단 말인가.

"혹여 또 도주를 시도하거나 시간이 늦어진다면 다시 절벽에 매달릴 각오를 하는 게 좋을 게다. 클클."

'…!'

해악천의 그 말에 소담검이 우울해진 목소리로 말했다.

—잣 됐네.

＊ ＊ ＊

둘째 날.

나는 이른 새벽에 일어나 절벽을 타고 내려가는 기행을 해야만
했다. 전날에 급하게 절벽을 타고 내려온 것과 밧줄에 대롱대롱 매
달린 것 때문에 몸이 부서질 것만 같았는데, 신기하게도 일어났을
때 전신의 통증이 씻은 듯이 사라졌다. 이상한 일이었다. 그러나 그
걸 생각해볼 겨를도 없이 나는 절벽을 내려가야 했다.

—포기할 거야?

소담검이 한 번 더 도주를 시도해보는 게 어떻겠냐고 했지만 당
장은 무리였다. 한 번 도주를 시도한 마당에 이 미친 늙은이가 나를
감시하지 않을 리가 없었다. 적어도 그를 안심시킬 시간이 필요했다.
지금은 절벽에 거꾸로 매달리지 않기 위해 최선을 다해야만 했다.

하지만 역시 두 시진 가까이 걸렸다. 사냥하기 위해 인근 숲을 헤
맨 것이 한 시진. 혈랑대에서 하급 무사로 온갖 잡일을 했던 경험 덕
분에 함정을 파고서 꿩 한 마리를 잡는 데 성공했다. 그리고 다시 절
벽을 오르면서 걸린 시간이 두 시진 하고도 반. 동굴로 돌아온 뒤
나는 곧바로 두 시진이 넘는 시간 동안 절벽에 거꾸로 매달려야만
했다. 어제와 마찬가지로 비명을 지르다 목이 더 쉬었다.

셋째 날.

둘째 날과 마찬가지로 절벽 기행은 새벽부터 시작되었다. 나는 어

떻게든 주어진 시간을 맞추기 위해 절벽을 필사적으로 내려갔다. 그러다 하마터면 떨어져서 죽을 뻔했다. 손톱이 나가고 손바닥이 다 까져서 짓이겨져도 여전히 내려가는 시간은 두 시진을 안 넘길 수가 없었다. 심지어 이날은 사냥조차 실패했다.

절벽을 올라가자마자 미친 늙은이한테 곤죽이 되도록 얻어맞은 뒤에 절벽에 매달려야만 했다. 여분의 생단을 갖다 주러 온 패혈단주 구상웅이 대롱대롱 매달려 있는 나를 보며 혀를 내둘렀다.

일곱째 날.

절벽을 두 시진 만에 주파하는 것은 어려운 일이었다. 애초에 경공을 배운 적도 없고 내공조차 없는 내게는 거의 불가능에 가까웠다. 조금씩 절벽을 타고 내려가는데, 적응은 되어갔지만 그래봐야 일각 정도 단축된 정도에 불과했다.

예상대로 또 절벽에 매달렸다. 그런데 이것도 적응되니까 무서움은 많이 가셨다. 다만 여전히 머리에 피가 쏠리는 것이 괴로워서 계속 허리를 접었다가 펴는 것을 반복할 수밖에 없다. 복부가 점점 단단해지는 느낌이다.

열흘째 되는 날.

절벽을 내려가는 일에 서서히 적응되어가고 있었다. 맨날 절벽을 타고 오르다 보니 자연스럽게 몸에 근육이 붙을 수밖에 없었다. 손바닥은 굳은살로 단단해졌다.

사냥하는 시간을 단축하기 위해 활을 만들었다. 왜 진즉에 이 생각을 못 했는지 모르겠다. 반 시진이 채 되지 않아 꿩 두 마리를 잡는 데 성공했다. 먹을 게 많아져서 기분이 좋았는지, 도착이 늦었는데도 절벽에 매달리는 것을 한 시진 만에 끝내줬다. 이게 뭐라고 엄청 기뻐서 혼자 좋아했다.

그런데 쌍둥이 형제 중 동생인 송우현의 머리 정수리에 땜빵이 크게 생겼다. 대체 무슨 수련을 하는지 매번 머리 정수리에 피멍이 들어서 오는데, 그 때문인지 머리털이 그 부위만 자라지 않고 있다.

열다섯째 되는 날. 드디어 결행의 날이 되었다.

보름 정도 고분고분하게 따랐더니, 철통같던 감시가 느슨해졌다. 미친 늙은이가 방심하고 있다고 확신한 나는 다시 한 번 탈출을 시도했다. 이번에는 도망가는 경로도 파악해뒀다. 그리고 절벽을 내려와 숲을 달린 지 일각도 되지 못해, 미친 늙은이의 손에 기절해서 끌려왔다. 죽도록 얻어터진 후 처음으로 절벽에 반나절 이상 매달려 있어야 했다.

한 달째 되는 날.

절벽을 내려가는 것이 많이 익숙해졌다. 밟고 내려가기 좋은 경로가 점점 눈에 들어왔고, 오르는 것 역시도 길이 보였다. 그래서인지 왕복을 반 시진 단축하는 데 성공했다.

여전히 사냥까지 합쳐서 왕복 두 시진의 벽을 통과하지 못해 거꾸로 매달리는 일은 피할 수 없었다. 그러나 전과 달리 단련한다는 느낌으로 내내 윗몸 일으키기를 했다. 이제는 복부에 없던 왕(王) 자까지 생겼다. 전생에 삼류 무사로 단련했을 때보다도 고작 한 달 만에 체력과 힘이 좋아진 느낌이다. 종일 절벽만 타서 그런 것 같다.

그로부터 한 달이 더 지났다.

—지긋지긋하네. 우리 노예의 하루는 오늘도 시작되는 건가.

'시비 걸지 마라.'

—예이, 예이.

소담검의 빈정대는 대답에 고개를 절레절레 흔들었다. 누군 이 짓거리를 하고 싶어하는가. 이제는 악에 받쳐서 하고 있다.

'기필코 살아남는다!'

그런데 이런 지옥 같은 고생이 의외의 득을 가져왔다. 전신의 근육이 고루 발달했다. 허벅지는 말을 연상케 할 만큼 두꺼워졌고 복부는 돌덩이를 만지는 것처럼 단단해졌다. 하급 수련생도로 훈련을 받을 때도 이 정도는 아니었다. 절벽을 타는 것이 이만큼이나 단련에 좋을 줄은 몰랐다.

—쟤 어떡하냐?

'흠….'

쌍둥이 동생 송우현의 머리가 독특한 형태가 되고 말았다. 땜빵이 너무 커졌다. 지금까지 저런 머리는 처음 본다. 이것은 대머리인가 부분 탈모인가.

'몰라. 어차피 머리에 신경도 안 쓰는 녀석인데.'

송우현의 머릿속에는 오직 제 형과 먹을 거에 관한 것뿐이다. 그 외에는 전혀 관심이 없다. 그보다는 내 인생이 우선이다. 언제까지 여기 붙잡혀서 이렇게 절벽을 오르내리며 사냥만 하고 있어야 할지 모르겠다.

'망할 미친 늙은이.'

호피를 씌워놓은 돌의자에 있는 해악천을 노려보았다. 저 늙은이는 절대로 누워서 자지 않는다. 늘 저렇게 정좌를 하고 있다.

'확 찌를까 보다.'

성질 같아서는 자고 있는 지금 단검으로 찔러버리고 싶은 심경이다. 그런데 갑자기 해악천이 눈을 떴다.

―깼다!

'헉!'

지레 겁먹은 나는 눈을 마주치지 않기 위해 황급히 고개를 돌렸다. 그때 해악천이 자리에서 일어나더니 내게 말했다.

"한 두어 달 정도 했나."

"넷?"

영문 모를 말을 하고선 그가 나를 번쩍 들어 옆구리에 끼고서 갑자기 동굴을 나가, 산 절벽 위로 경공을 펼쳐 올라갔다.

산봉우리 위에는 처음 올라와 봤다. 새벽의 산봉우리는 안개로 가득하여 마치 신선들이 돌아다닐 것만 같았다. 해악천이 내 몸을 위에서부터 아래로 훑어보았다.

"이제 겨우 갖춰졌군."

대체 무슨 말을 하는지 도통 알 수가 없었다. 무서웠다. 무슨 해코지를 하려고 저러나 불안해하고 있는데, 해악천이 내게 뜻밖의 질문을 던졌다.

"단전 없이도 내공을 다룰 방법이 있다면 어쩔 테냐?"

'…!'

9 화

도박

'단전 없이도 내공을 다룰 방법?'

해악천의 그 말에 내 머릿속에서 수많은 생각이 맴돌았다. 일단, 이 미치광이 늙은이가 대체 왜 이런 제안을 하는지 전혀 알 수 없었다. 게다가 단전 없이 내공을 다룬다는 게 말이 되는 이야기인가. 평생 처음 들어본다.

"클클. 당연히 믿기 힘들겠지."

본인도 내 생각을 읽고 있었다. 어차피 들리지도 않을 텐데 소담검이 속삭이는 목소리로 말했다.

─야. 저 늙은이한테 무슨 꿍꿍이가 있는 거 아냐.

'내 생각도 같아.'

나름 파란만장한 인생을 살면서 많은 사람들을 만나봤다. 한데 이 미친 늙은이는 도무지 무슨 생각을 하는지 짐작조차 하기 힘들었다. 지금까지 내게 강제로 시킨 것만 해도 상식을 넘어섰다.

"네 녀석에게 나쁜 이야기는 아닐 텐데. 뭘 그리 의심스러운 표정을 하는 게냐?"

미친 건지 아닌 건지 알기도 힘들다. 기가 막힐 정도로 내 생각을 잘 꿰뚫어본다. 하긴 기기괴괴라 불릴 만큼 괴팍해도 그 험난한 무림을 수십 년이 넘게 활보한 자였다. 나는 그에게 애송이나 다름없었다.

—운휘, 조심하는 편이 좋을 것 같아. 저 미치광이 노인네가 얼마나 널 고생시켰는지 알잖아.

후우. 녀석의 말이 맞았다.

그렇다면 이 노인네가 대체 내게 왜 그 방법을 가르쳐준다는 건지, 그 진의를 알 필요가 있다. 고민 끝에 내가 무릎을 꿇고서 말했다. 쿵!

"사존 어르신, 어르신께서는 저를 그저 수발이나 들게 할 목적으로 남으라고 하셨는데, 이렇게 갑자기 어르신의 귀한 재주를 가르쳐주신다는 게 어리석은 소인의 머리로는 도무지 이해되지 않습니다."

그런 내 말에 해악천이 피식 웃었다. 그러고는 뒷짐을 지고서 말했다.

"그동안 입을 다물게 해서 몰랐는데, 제법 입담이 있는 녀석이로구나."

"…그저 소인이 두려운 마음에 하는 소리입니다."

솔직하게 이야기했다. 고작 이 정도로 심기가 불편해진다면 괴팍한 걸 넘어서 진짜 미친 거다. 한데 해악천의 미간에 내 천(川) 자의 주름이 생겨났다.

"흥. 기껏 몸을 만들어줬더니."

'몸을 만들어줘?'

픽!

"억!"

해악천이 신경질적으로 내 가슴을 발로 차버렸다. 다행히 내공이 실리진 않았지만 저 우악스러운 발이 아프지 않을 리가 없었다. 컥컥대면서 괴로워하는 내게 해악천이 말했다.

"역시 네놈은 곱게 말해선 안 될 녀석 같구나."

그 말과 함께 해악천이 품속에서 피리를 꺼내 들었다. 혈고를 난리 치게 하는 피리였다. 내게는 소용없는 물건이지만 저걸 불면 연기를 해야 한다.

삐이이이이이! 해악천이 피리를 세게 불었다. 그 순간 나는 기다렸다는 듯이 몸을 웅크리고서 비명을 질렀다.

"으아아아악! 가슴이! 가슴이!"

최대한 그에게 얼굴을 보여주지 않으려 했다.

바로 그때였다.

"가슴은 개뿔이!"

픽!

"으억!"

갑자기 해악천이 내 등을 발로 걷어찼다. 덕분에 진짜로 거친 돌바닥을 수바퀴나 뒹굴어야만 했다. 고통스러워하는 내게 해악천이 고개를 절레절레 흔들면서 말했다.

"네놈의 그 어설픈 연기는 꼴도 보기 싫구나."

"네?"

"몸속에 있지도 않은 혈고를 있는 척하느라 아주 노고가 많아. 클클."

'…!'

놀란 나머지, 순간 나는 할 말을 잃고 말았다. 두 가지 점에서 놀랐다. 반쯤 확신하고 있었지만 해악천 같은 고수가 몸속에 혈고가 없다고 확인시켜줬으니, 그 감각이 거짓이 아니었던 것이다. 하지만 기뻐할 일이 아닌 게 이 늙은이가 그걸 어떻게 아는지 알 수가 없었다.

당황한 나는 변명하듯이 말했다.

"그, 그게 무슨 말씀인지."

"아서라. 네 녀석들의 몸 상태를 본좌가 살펴보지 않았을 것 같으냐?"

'아….'

생각해보면 수도 없이 그와 접촉을 하긴 했다. 가령 나를 옆구리에 끼우고서 절벽을 오르던 것부터 수많은 구타까지.

'미치겠네.'

그럼 대체 그 사실을 알면서도 지금까지 눈감아준 이유가 무엇인지 알 수가 없다. 상급 무사 이상이 아니고는 혈교인 모두가 몸속에 혈고를 지녀야만 한다.

당혹스러워하는 내게 해악천이 말했다.

"네 녀석이 무슨 수로 혈고를 없앴는지는 모르겠다만, 그것만으로도 당장에 처분할 수 있다는 것 정도는 알고 있겠지?"

"…."

머릿속이 복잡해졌다. 이 괴팍한 노인네의 속내를 도무지 짐작할 수가 없었다. 하지만 한 가지는 확실히 알 수 있었다. 혈고가 없는 것을 알았는데도 지금까지 모른 척한 것을 보면 절대 그런 이유로 나를 죽이진 않을 것이다.

'…이런 식이라면 계속 휘둘릴 거다.'

전생과 전혀 다를 바가 없어진다. 이 노인네가 시키는 대로 끌려다니다가 버림받을지 알 수 없는 노릇이다. 그렇다면 어느 정도 주도권을 가져와야 한다.

'용기를 가지자, 소운휘. 삼류 첩자 인생에서 더 위로 올라가려면 목숨을 걸고 도박도 할 줄 알아야 해.'

—혼잣말하는 거지?

소담검이 하는 말이 제대로 들리지 않았다. 녀석도 내가 중대한 내면의 변화를 겪고 있다는 것을 아는지 더 이상 말하지 않았다.

호흡을 진정시킨 내가 입을 열었다.

"…그렇다면 처분하십쇼."

"뭐?"

"처분하신다고 하지 않으셨습니까?"

"하!"

갑자기 강하게 나오는 내 태도에 해악천이 어처구니없어했다. 금방이라도 주먹을 휘두를 기세였지만 나는 여기서 멈추지 않고 말했다.

"혈고가 제 몸속에 없는 것은 제가 고의로 저지른 일도 아닙니다. 입교식 때 혈고를 받아들이고 나서 배가 아팠는데 갑자기 그리된 것이죠."

"…."

"그리고 알게 된 것도 어르신이 그 피리를 불고 나서입니다."

"본좌 덕분에 알았다고?"

"그렇습니다. 그걸 왜 알리지 않았냐고 물으신다면 저도 목숨이 아까운 인간입니다. 제 발로 혈교에 입교했는데, 그런 걸 평생 가지고 있으라면 두렵지 않겠습니까?"

"흥! 열심히 공을 쌓아서 없애면 될 일을…."

"애초에 혈고의 목적은 충성심이 없는 혈교인을 통제하기 위한 것입니다. 그걸 혈교인의 피를 잇고 스스로 입교한 제가 꼭 지니고 있어야 할 이유도 없지 않습니까?"

"하…."

몰아붙이듯이 내뱉는 내 말에 해악천의 표정이 묘해졌다. 아까 전처럼 기가 막힌다는 감정보다는 뭔가 나라는 사람에 대해 다시 보게 되었다는 느낌에 가까웠다. 갑자기 해악천이 미친 듯이 웃어댔다.

"크하하하하하하핫."

그러고는 갑자기 정색하더니, 내 목을 움켜잡았다. 꽉!

"컥!"

아무래도 도박이 실패한 모양이다.

숨이 막혀서 괴로워하고 있는 내게 해악천이 살기 어린 목소리로 말했다.

"목숨이 아깝지 않은 것이냐?"

"켁켁."

"네놈 하나 없앤다고 해도 누구 하나 본좌를 탓할 것 같으냐?"

"켁… 하아…."

"이게 힘을 가진 자의 특권이라는 것이다. 단전조차 부서져 평생 삼류 인생조차 벗어나지 못할 네놈이 무슨 배짱으로 함부로 지껄이는 것이냐?"

숨이 너무 막혀서 말하기도 힘들었다. 그런데 이상하게 정신은 또렷했다. 확실히 절벽에 매달리며 죽음에 대한 공포를 두 달 동안이

나 겪었던 것이 내 담을 제대로 키워놓은 모양이다.

나는 해악천의 눈을 또렷하게 쳐다보며 말했다.

"하아… 하아… 두렵습니다. 하지만… 이렇게 살면 저는 어르신의 말대로… 평생… 삼류 인생으로… 이용만 당하다가… 죽겠지요. 그렇게… 살 바에는 지금… 죽겠습니다."

"이놈이 정녕!"

쫘악!

"케엑…. 주, 죽이십쇼!"

눈앞이 점점 새하얗게 변해갔지만 나는 그에게서 시선을 떼지 않았다.

해악천이 속 모를 눈빛으로 나를 바라보고 있었다. 그러다 갑자기 손에서 힘을 풀었다.

"쿨럭쿨럭."

호흡이 돌아오자 나는 미친 듯이 기침을 해댔다.

괴로워하는 나를 내려다보며 해악천이 입술을 실룩거리면서 말했다.

"쭉정이는 아닌가 보구나."

"쿨럭… 넷?"

"다시는 그런 객기를 부리지 않는 게 좋을 게다. 힘도 권력도 아무것도 없는 놈이 알량한 배짱을 부려봐야 그 끝은 뻔하다."

말은 그렇게 하면서 해악천의 표정은 썩 나쁘지 않았다. 속내를 확신할 수 없지만 목숨을 걸고 객기를 부린 것을 좋게 평가한 모양이다.

"하아…."

나도 모르게 안도의 한숨이 나왔다. 도박이나 다름없었지만 뭔가 예전의 내 모습을 더욱 탈피한 느낌이었다. 하지만 이번 일을 계기로 확실히 힘이 필요하다고 느꼈다. 힘이 없는 만용은 죽음으로 가는 지름길이다.

—너 진짜 죽다가 살아났어! 왜 그런 모험을 한 거야? 네가 죽으면 난….

소담검이 뒷말을 잇지 못했다.

'걱정 마라. 안 죽어.'

—죽을 뻔했잖아.

'아니야. 처음부터 죽일 생각이었으면 혈고가 없는 걸 알았을 때 어찌했겠지.'

나는 그것에 도박을 걸었다. 분명 내게 원하는 것이 있기에 혈고를 눈감아준 것이다. 단순히 단전 없이 내공 다루는 법을 알려준다는 이유를 넘어서는 무언가가 있다고 확신했다.

어느 정도 기침이 진정되자 해악천이 말했다.

"좋아. 네놈이 흥미를 끌 만한 제안을 해주마."

"흥미라면?"

"네놈이 내가 시키는 대로 잘 따라온다면 혈고가 몸속에 없는 것을 계속 눈감아주마. 어때, 나쁘지 않은 조건이지? 클클."

확실히 내게 나쁘지 않은 조건이었다. 다시 혈고를 집어넣을 수도 있는데 그걸 눈감아준다는 것이니 말이다.

"그 대신 '그것'을 익힌 후에 본좌가 가르친 쌍둥이 녀석들과 무공 대결을 하면 된다."

"네에?"

전혀 예상치 못한 이야기에 나는 순간 당황하고 말았다. 단전 없이 내공 익히는 법을 알려주는 이유가 설마 그 쌍둥이 녀석들과 대결을 펼치기 위함일 줄은 전혀 예상하지 못했다.

"…대체 왜?"

"흥! 편의를 봐줬다고 쓸데없는 것에까지 의문을 가지지 말거라!"

그가 무섭게 인상을 쓰면서 경고했다. 궁금하기는 했지만 왠지 물어보면 안 될 것 같았다. 뭔가 그 이유라는 것 자체에 심기가 불편한 사정이 있어 보였다.

"네놈은 그냥 시키는 대로 녀석들과 대결만 하면 될 뿐이다. 알겠느냐?"

"이것도 물어보면 안 됩니까?"

"무엇을 말이냐?"

"말씀하시는 것을 들어보면 '그것'이… 혹시 사존 어르신의 재주가 아닌 겁니까?"

그 물음에 해악천이 잠시 입을 다물었다. 정곡을 찌른 모양이다. 잠시 후 그가 굳은 인상으로 말했다.

"그렇다."

이 정도면 충분했다. 정확한 이유는 알 수 없지만 확실한 것은 내게 '그것'을 익히게 해서 쌍둥이 형제들과의 대결을 통해 그 결과를 확인하려는 것 같았다.

"더 질문하면 네놈의 다리를 부러뜨릴 테다."

"…알겠습니다."

"그럼 본좌의 뜻에 따르는 것으로 알겠다. 가자!"

팍!

"어엇?"

해악천이 갑자기 또 나를 들고서 자신의 옆구리에 끼었다. 그러고
는 어딘가로 빠르게 이동했다. 산봉우리 정상의 반대편으로 넘어간
그는 절벽을 타고 내려가다, 어떤 동굴 안으로 들어갔다.

탁!

"여기다."

햇빛이 비치는 위치에 있기에 깊지 않은 동굴 안이 뚜렷하게 보였
다. 그런데 동굴 안에는 부서진 해골 조각들과 녹슨 철검 한 자루가
꽂혀 있었다.

'대체 여긴?'

영문을 알 수 없어하는데, 소담검의 목소리가 머릿속을 울렸다.

—운휘야, 저 검… 강하다.

남천철검

'검이 강하다고?'

설마 저 녹슨 철검을 보고 하는 말인가? 소담검의 말에 의아해하고 있는데, 해악천이 손가락으로 해골 조각을 가리키며 말했다.

"네 스승이 될 자다."

'…?!'

죽은 자를 가리키며 스승이 될 자라고 칭하니, 뭔가 오싹했다.

그런데 해골의 상태가 그리 좋지 않았다. 삼류 무사라고 해도 무림인으로 살아왔는데, 멀쩡한 해골 같은 것을 보지 못했을 리가 없었다.

—저 해골 한 팔이 없어.

'팔뿐만이 아니야.'

두 다리의 뼈가 부러져 있었다. 정확하게는 무릎 뼈가 거의 으스러진 수준이었는데, 저 정도라면 평생 걷지 못한다. 대체 뭘 어떻게 했기에 저 지경이 된 것일까?

"병신 같은 놈이지. 저 꼴이 되어 이런 사람 손이 닿지도 않는 동굴 같은 데서 최후를 맞이했으니."

죽은 자를 나무라는데 어쩐지 말투가 미묘하다. 비웃는다기보다는 안타까워하는 느낌이다.

"따라와라."

해악천이 앞장서서 동굴 안쪽으로 들어갔다. 도중에 해골이 쓰러져 있는 곳은 살짝 둘러서 이동했다.

'아!'

그 이유를 알았다. 입구 쪽에서 볼 때는 미처 몰랐는데 해골이 쓰러진 바닥에 글귀가 새겨져 있었다. 손가락으로 새긴 글귀 같았다. 저걸 손가락으로 새길 정도면 얼마나 대단한 힘을 지닌 걸까?

"이게 네가 배울 거다."

"이걸… 말입니까?"

"그래."

─해골이 스승이라니. 어우 소름.

소담검의 말대로 진짜 이 죽은 망자가 내 스승이 되게 생겼다. 뭔가 모르게 께름칙한 기분이 들었지만 내 눈은 자연스럽게 글귀로 향했다. 글귀의 첫 구절은 이렇게 시작되었다.

자폐내공(自斃內功)

'응?'

첫 구절부터 나오는 황당한 글귀에 인상이 절로 찡그러졌다. 잘못 읽었나 싶었는데 확실히 '자폐내공'이었다. 스스로 내공을 폐하라는 것은 결국 단전을 폐하라는 말이나 다름없었다.

'이래서 날 데려왔구나.'

이런 이유에서였다. 애초에 이것을 익히려면 자의든 타의든 단전을 폐해야 한다. 해악천의 입장에서는 굳이 그런 자를 억지로 만들 필요도 없으니 내가 최적의 인물이었을 것이다.

'불안한데.'

무공을 완전히 모르는 천치라면 모를까, 나도 무가의 출신이다. 내공이 없다 뿐이지 익양 소가의 내공심법과 혈교 무사들이 익히는 기본 심법 정도는 알고 있다.

─그럼 이론은 빠삭하겠네.

'단전을 폐하고 내공을 익힌다는 건 듣도 보도 못했어.'

만약 그게 가능하다고 하더라도 목숨을 담보로 하는 사공이거나 사술일지 몰랐다. 사공이라는 것은 일반적인 내공심법과 완전히 다르다고 들었다. 사공을 익히면 정종 내공심법보다 빠른 속도로 내공을 쌓는 대신 큰 부작용을 겪는다고 한다.

"왜? 네놈에게 사공이라도 익히라고 하는 것 같으냐?"

이 늙은이는 귀신같이 사람 속내를 읽어낸다.

내가 아무 말도 하지 않자, 해악천이 비웃음이 담긴 목소리로 말했다.

"남들은 먹지 못해 안달인 과일을 따다 줘도 의심이 가득하구나."

"그게 무슨 말씀이신지?"

"이 해골 놈이 누구라고 생각하느냐?"

무슨 호패가 있는 것도 아닌데 내가 무슨 수로 알겠는가. 그럼 처음부터 누구라고 알려주던지.

"이놈은… 칫. 아니다."

"…?"

순간 복장이 뒤집힐 뻔했다. 처음부터 말하지를 말던지, 이런 식으로 맥을 끊으면 고구마를 먹이다가 물을 주지 않는 기분이잖아.

소담검도 짜증이 났는지 중얼거렸다.

─…새로운 고문법이냐.

그걸 아는지 모르는지 해악천이 다른 이야기로 말을 돌렸다.

"정기신이 무엇인지 아느냐?"

정기신(精氣神). 무공을 익히게 되면 가장 먼저 알게 되는 말이다. 정이라는 것은 정미한 쌀 알갱이를 뜻하는 말로 가장 정미하다는 의미로도 쓰인다. 무공에 있어서 정기신의 정은….

"정은 이곳, 단전을 뜻하지."

해악천이 자신의 배꼽 아래를 가리키며 말했다.

토납법을 통해 기를 정밀하게 만들어 하나의 정을 만든다. 그것이 바로 단전이다.

"'무'를 수양하는 이들은 단전에 토납법, 혹은 심법을 통해 기운을 정으로 정제하게 된다. 그게 내공이라는 것이다."

이것은 나도 잘 알고 있는 내용이다. 이를 내가수련이라고도 한다. 내가수련을 통해 부단히 단련하여 내공을 쌓게 되면 언젠가 내가고수로 거듭날 수 있다.

"그럼 기는 무엇을 뜻하느냐?"

"…원기를 말하지 않습니까?"

내가 배우기로는 그랬다. 태어나면서부터 타고난 원기를 정기신의 기라고 한다고 들었다.

해악천이 고개를 절레절레 흔들었다.

"반쪽짜리를 배웠군."

"네?"

"원기도 맞는 말이지만, 이 가슴 한복판에 자리한 것을 선천진기라고 한다."

"선천진기?"

언젠가 들어본 적이 있는 것 같다. 한데 그때 듣기로 선천진기는 말 그대로 원기이기 때문에 이를 소진하는 것은 자살 행위나 다름없다고 들었다. 뭔가 느낌이 싸했다.

"선천진기는 정으로 쌓은 내공보다 두 배의 힘을 지녔다고 하지."

그것은 억지로 쌓은 게 아니라 타고난 원기이기 때문이다. 내가 알기로 원기의 쓰임새는 오직 하나였다. 쓰러뜨릴 수 없는 적을 상대로 동귀어진(同歸於盡)을 하기 위해서다.

'설마 내공을 다루는 법이라는 것이….'

불안해하고 있는데, 해악천이 씨익 웃으면서 말했다.

"그런 점에서 네놈은 행운아다. 그것은 선천진기를 다룰 수 있는 재주를 적어놓은 것이니까 말이다."

'아아… 진짜 예상을 벗어나지 않네.'

역시 감춰둔 꿍꿍이가 있었다. 혈교에서 다섯 손가락에 꼽히는 절세고수라는 자가 원기를 소진하면 어떻게 되는지 모를 리가 없었다.

"네놈이 지금 여기서 할 일은 하나다. 그것을 익히면 된다."

"지금 당장 말입니까?"

"누가 네놈더러 대성하라고 했느냐? 선천진기를 느끼는 것부터 시작해라."

난감했다. 원기를 소진하는 방법을 배우라니. 만약 이것을 터득해서 원기를 계속 소진하게 되면 난 그리 오래 살지 못할 것이다.

"그걸 익히지 못한다면 네놈은 더 이상 필요 없다는 것 정도는 알겠지?"

그야말로 진퇴양난의 상황이었다. 차이가 있다면 원기 소진으로 갈수록 목숨이 위태로워지거나, 혹은 저 미치광이 손에 단번에 죽는 것이었다.

그 말을 마지막으로 해악천은 볼일이 끝났다는 듯이 동굴을 나가려고 했다.

"끝입니까?"

"그럼 네놈 곁에 붙어서 계속 지켜보고 있을까?"

그 말에 나는 얼른 고개를 저었다. 저 늙은이가 붙어 있으면 그런 가시방석이 따로 없을 것이다. 아마도 쌍둥이 형제를 가르치러 가는 것이리라.

"선천진기를 느낄 수 있게 되면 어디로 돌아와야 할지는 알겠지?"

당연하다는 듯이 하는 말에 화가 났다.

단번에 대답하지 않는 나를 해악천이 무서운 눈으로 쳐다보았다.

'후우.'

나는 화를 억눌렀다. 괜히 감정을 드러내봐야 여기선 내 손해였다. 오히려 이럴 때일수록 최대한 평정심을 찾고서 내색하지 않는 것이 답이었다.

"…한 가지만 여쭤봐도 되겠습니까?"

"무엇을 말이냐?"

의아해하는 그에게 나는 물었다.

"신에 대해서는 말씀해주시지 않을 겁니까?"

정기신 중에 정, 기로만 끝났다. 그런 나의 물음에 해악천이 자신의 머리를 손가락으로 톡톡 치고는 그대로 동굴 밖으로 나가버렸다.

소담검이 말했다.

—대가리?

* * *

'멍청이는 아니로군.'

경공을 펼치며 거처로 돌아가는 해악천이 피식 웃었다. 표정을 보아하니 선천진기, 즉 원기를 소모하면 어떤 결과가 일어나는지 잘 알고 있는 듯했다. 아마 지금쯤 박 터지게 잔머리를 굴려대고 있을 것이다. 그렇다고 해도 결국은 익힐 수밖에 없으리라.

'안타깝구나. 글귀가 전부 적혀 있다면 네놈에게도 복이 되었을 텐데.'

물론 그랬다면 소운휘가 아닌 다른 적임자를 찾았을지도 모른다. 단전을 폐해야 한다고는 하나, 저것은 수많은 무림인들이 눈에 불을 켜고 탐낼 만한 비기였다.

* * *

'이게 뭐야?'

죽은 해골이 적어놓은 글귀를 읽어 내려가던 나는 당혹스럽기 짝이 없었다. 비전(秘傳)은 완성된 것이 아니었다. 적다가 힘이 다해서 숨을 거뒀는지 도중에 끊겨 있었다.

'이런 미친!'

나는 망자를 보면서 속으로 욕했다. 마지막에 그가 못 적은 글귀는 선천진기가 소진되는 것을 막는 방법이었다. 그 말은 원기가 줄어드는 것을 막을 수 있다는 소리였다. 한데 정작 중요한 부분에서 끊겼다.

'이걸 먼저 적었어야지!'

죽은 자의 마음이었지만 분통이 터졌다. 이걸 그대로 익히면 그저 선천진기를 소모하고 회복할 수 없게 된다.

그때 소담검이 내게 말했다.

—운휘야.

'잠깐만, 소담. 생각할 시간이 필요해.'

뭔가 방법을 찾아야 할 것 같았다. 언제 대결을 하는지 모르겠지만 분명 해악천은 쌍둥이가 충분히 준비됐을 때 하자고 할 것이다. 그때가 되면 내 원기는 바닥이 날지도 모른다.

—야.

'최대한 원기를 아끼는 방향으로 조절해야 할까.'

소담검이 머릿속이 쩌렁쩌렁하게 울릴 만큼 크게 불렀다.

—야, 인마!

'깜짝이야. 놀랐잖아.'

—네가 못 들으니까 그렇지. 야, 쟤한테 물어보는 건 어때?

'뭐?'

이 녀석이 대체 무슨 소리를 하는 건지 알 수 없었다.

—쟤한테 물어보라고. 저 해골의… 아, 자식이 제 주인을 해골이

라고 부른다고 엄청 뭐라 하네.

'잠깐만 너… 이 철검더러 하는 소리냐?'

—응. 재한테 물어보면 되잖아. 저 해골이랑 내내 붙어 다녔으면 그 정도는…. 아, 진짜! 뭐 이렇게 예민해. 내가 네 주인이 호종대인지 모종대인지 어떻게 알아?

'…?!'

나는 순간 녀석의 말에 귀를 의심했다.

'…너 방금 뭐라고 했어?'

—호종대인지 모종대인지 그거 말이야? 얘 말로는 자기 주인이 남천검객 호종대였다고 하는데.

'남천검객!'

—왜 놀라는 거야?

내가 아니더라도 누구나 놀랄 만한 일이었다. 한때 철검 하나로 운남성을 뒤흔들었다고 알려진 명성이 드높은 검객이었다. 어느 정도인가 하면 십오 년 전 갑자기 행방불명되지만 않았다면, 지금쯤 중원 팔대 고수에서 중원 구대 고수가 되었을지도 모른다는 설이 돌았을 만큼 대단한 신진 고수였다.

—그 정도야? 어쩐지 엄청 우쭐대더라.

진짜 이 해골이 남천검객이라면 우쭐댈 만하다. 그런데 운남성에서 행방불명되었다고 알려진 자가 어째서 여기 광동성의 이름 모를 산봉우리에서 이렇게 죽어 있는지 알 수 없었다.

'설마 해악천 저 미친 늙은이가 이렇게 만든 건가?'

—얘 웃는데.

'왜?'

155

─그 늙은이는 한 번도 호종대를 이기지 못했다는데?

'…!'

놀라운 이야기였다. 혈교의 사존자 중 한 명인 기기괴괴 해악천은 중원 팔대 고수나 사대 악인에는 미치지 못해도 중원에서 수위에 꼽히는 고수 중 한 사람이었다. 그런 그에게 알려지지 않은 패배가 있었던 것이다.

'그랬구나.'

난 그제야 해악천이 내게 왜 이런 제안을 했는지 어렴풋이 짐작할 수 있었다. 아마도 자신의 명예를 되찾기 위함일지도 몰랐다. 출신을 떠나서 무림인들 대다수는 무에 대한 자부심이 높다. 그만큼 패배를 좋아하는 자는 없다.

'진짜 호종대라면 잘된 일이잖아.'

그럼 소담검의 말대로 이 철검이 글귀에서 끊긴 부분을 알 수도 있었다. 내게는 정말 기연이나 다름없었다. 나는 소담검을 보채서 철검에게 이 선천진기를 운용하는 심법에 대해 알려달라고 부탁해 보라고 했다. 그런데….

─내가 무슨 중매쟁이냐? 코앞에 있는데 직접 물어봐.

그 말에 난 한숨을 푹 쉬었다. 녀석 말고도 다른 병장기인 도(刀)를 만져봤지만 아무 소리도 안 들렸다. 암기를 만졌을 때도 같았다. 그것 때문에 소담검 이 녀석만 특별한 존재라고 생각했던 나였다.

'말을 해야 묻든가 하지.'

당연히 될 리가 없다고 여긴 나는 별생각 없이 철검의 검병을 잡았다. 그 순간 머릿속을 울리는 목소리.

─하아, 오랜만에 느껴보는 손길.

순간 온몸이 오싹해져서 철검의 검병에서 손을 뗐다.

'바, 방금 그건 뭐야?'

그런 내 물음에 소담검이 아무렇지 않게 말했다.

—개 목소리.

조금 전에 뭔가 께름칙했던 기분은 둘째 치고 정말 소리가 들렸다. 다른 병장기를 손에 쥐었을 때는 전혀 들리지 않았는데, 왜 이 철검을 쥐었을 때 갑자기 목소리가 들린 것일까?

'철검…?'

나는 허리춤에 있는 소담검을 쳐다보았다. 짧은 단검이기는 하지만 이 녀석도 일종의 검이라고 할 수 있었다. 그리고 소담검과 이 철검의 공통점은….

'검?'

바로 검이라는 것이었다.

'검의 소리…? 소리라고? 하! 그랬어. 그랬던 거야. 검심이 그런 뜻이었어.'

나는 그제야 내가 그 말을 잘못 이해했음을 깨달았다.

검심(劍心). 나는 이것을 단순히 추상적인 말로 받아들였다. 무공비서들을 보면 단순히 직설적인 표현보다 추상적으로 그 느낌을 서술하기도 한다. 그렇게 여겼었는데….

'정말로 검심이었구나.'

천하제일의 검객이라 불리던 검선. 그 검선이 남긴 비전이기에 심오한 의미가 담겨 있을 거라 여기며, 괜히 어렵게 받아들였던 것이다.

'도나 다른 병장기들이 아닌 검의 소리만 듣게 된 건가.'

〈검선비록〉이나 지금의 정황을 보면 나는 검의 소리를 들을 수 있게 된 것이 확실했다. 결국, 소담검이 특별한 것이 아니라….

—네가 특별해진 거야.

녀석의 말에 나는 온몸에 전율이 일었다. 처음에는 그저 황당하기만 했던 것이 지금은 다르게 느껴졌다. 이런 특별한 힘을 가지게 된 것에 환희가 차올랐다.

—입 찢어지겠다. 그만 좋아하고 애한테 물어봐라.

소담검이 초를 쳤다. 힘들게 살았는데 이 정도는 만끽해도 되잖아. 어쨌든 녀석의 말이 맞긴 했다.

'이런 기회는 없어.'

검과 대화할 수 있다는 게 이렇게 유용하게 다가올 줄은 몰랐다.

—그러니까 잘 구슬려봐.

나는 다시 철검의 검병을 잡았다.

—하아….

'…!'

검에서 도로 손을 뗐다. 역시 조금 전에 소름 끼쳤던 기분은 착각이 아니었다. 마치 흥분한 여성이 교태를 부리는 것 같은 목소리가 들렸다.

—뭘 그런 것까지 신경 쓰는 거야?

'…그런 거?'

그것이 여성의 목소리가 아니라 걸걸한 중년 남성의 목소리라는 게 문제였다. 그 목소리로 귓가에 속삭인다고 생각해보라. 소름 끼치다 못해 혼미해질 지경이다. 물론 안 좋은 의미로.

'소담아.'

—왜?

'그냥 네가 물어보면 안 될까? 난 도저히 못 하겠다.'

내가 경기를 일으키듯이 몸을 부르르 떨면서 말하자 소담검이 한숨을 푹 쉬더니 알겠다며 철검과 대화를 시도했다. 그러나 이윽고 돌아온 대답은 하나였다.

―알고 싶으면 직접 교섭을 하라는데?

'교섭?'

이게 교섭까지 필요한 일인가. 소담검 이 녀석도 특이하다고 생각했지만 이 철검도 만만치 않아 보였다.

'…그 이상한 소리 안 내면 교섭한다고 전해줘.'

―알겠대.

탐탁지 않았지만 검병을 다시 잡았다.

뭔가 콧구멍을 벌렁거리는 듯한 소리가 살짝 들렸지만 억지로 참는 듯했다.

―초면에 실례했다.

'그래.'

―아아… 정말 내 목소리를 들을 수 있군?

철검이 놀라워했다. 소담검이 놀랐을 때의 반응이 떠올랐다. 하긴 검들이라고 자신의 말을 들을 수 있는 인간을 보았겠는가.

―또 실례를 범했군. 나는 남천철검이다. 임종하신 주인께서 붙여주신 검명이다.

의외였다. 검을 다시 붙잡기가 무서웠는데, 막상 대화를 나눠보니 멀쩡했다. 자신의 주인이었던 남천검객 호종대의 영향을 받은 것인지, 말투가 대협에게서나 느껴질 품격을 갖추고 있었다.

"나는 소운휘라고 한다."

―그래, 운휘. 이렇게 연을 맺게 되어 반갑다. 내 주인의 선천심법을 알고 싶다고 들었다.

이야기가 의외로 술술 풀려나갈 분위기였다. 선뜻 심법의 이름을 알려주었다. 이 기세라면 녀석에게 금방 심법을 배울 수 있을 것 같았다.

'맞아. 지금 나는 꽤 곤란한 상황에 처했어. 그래서 네 주인의 심법을 배워야만 해.'

―그건 앞에서 지켜봐서 알고 있다.

그렇다면 더 잘됐다. 기기괴괴 해악천이 가르친 쌍둥이와 겨뤄야 하는 것을 명분 삼아 설득하면 될 것 같다.

'봤다면 알겠지만…'

말을 미처 끝내기도 전에 녀석이 답했다.

―알겠다.

'…알겠다고?'

―그래, 가르쳐주겠다.

뭐야? 단번에 받아들였다.

너무 일사천리로 진행되니까 어안이 벙벙했다.

―내 주인이셨던 남천검객의 명예가 걸린 일이다. 어설프게 배운 주인의 무공으로 패한다면 주인의 명예가 더럽혀진다, 운휘.

'하…'

―왜 그러는 거지?

'아니, 정말 의외라서. 난 네가 주인에 대한 자긍심이 강할 것 같았거든. 그런데 이렇게 화통할 줄은 몰랐어.'

뭐 이럴 수도 있지 않은가. 내 훌륭했던 주인님의 무공을 너같이 단전이 부서진 녀석에게 알려줄 수 없다. 이런 식의 반응도 살짝 예상했었다.

—재미있군. 하나 나는 검이다. 애초에 나라는 존재는 쓰이기 위해 태어났다. 나 혼자서는 아무것도 할 수 없다. 주인의 명예도 중요하지만 나라는 존재가 검으로서 그 존재 가치를 잃는 것은 더더욱 원하지 않는다.

이 녀석 생각보다 멋있었다. 검이 아니라 사람이었다면 존경하고 싶어질 정도였다.

—그리고 나는 주인의 무공이 후대에 이어지길 바란다. 그게 나의 소망이다.

—크. 이 자식 너무 멋진데.

소담검도 인정했다.

일이 잘 풀려서 다행이라 여겼다. 교섭을 원한다고 해서 살짝 긴장했었는데, 그래도 남천철검이 원하는 것과 내가 원하는 것이 일맥상통한 듯했다. 기뻐하고 있는데 남천철검의 목소리가 들려왔다.

—자, 이제 교섭을 시작해볼까?

'뭐?'

기다렸다는 듯이 말하는 녀석의 태도에 당혹스러웠다.

'방금 주인의 무공이 후대에 전해지길 원한다고 하지 않았어?'

—그것은 주인을 위한 바람이다.

그럼 따로 원하는 게 있다고? 녀석의 목소리에서 콧구멍을 벌렁거리는 듯한 소리가 들렸다.

—그동안 혼자서 너무 외로웠다. 하아… 나는 원한다. 네가 새로운 주인이 되어서 매일같이 내 검병을 만져주고, 내 검신을 쓰다듬

어주기를….

팟! 소름 끼치는 녀석의 요구에 검병에서 번개처럼 손을 뗐다.

실수였다. 한순간이나마 멋있다고 여겼던 것은 나의 착각에 불과했다. 소담검도 나와 같은 생각을 했는지 중얼거렸다.

―그냥 심법 포기할래?

결국, 수많은 분쟁 끝에 교섭을 마쳤다. 내가 녀석의 새로운 주인이 되어주는 조건이었다. 나도 여기서 조건을 달았다. 그 변태 같은 콧구멍 벌렁거리는 숨소리를 내거나, 만져달라는 등 이상한 요구를 하면 그냥 심법을 포기하고 가버리겠다고 했다. 그러니까 안달이 난 남천철검이 내 요구조건을 수용했다.

'검이랑 교섭하는데 이렇게 진땀을 빼다니.'

―그러게 말이다.

소담검이 지친다는 듯이 동의했다.

어쨌든 무사히 교섭이 끝나고 나는 남천철검이 알려주는 방법대로 심법을 느끼기 위해 부단히 정신을 집중하고 있었다.

―선천진기는 가슴으로 느껴야 한다. 전 주인께서는 가슴 정중앙에 있는 위치를 중단전이라고 부르셨다.

처음 들어봤다. 나는 배꼽 밑에 있는, '정'을 모으는 곳만을 단전이라고 알고 있었다. 한데 남천철검은 그곳을 하단전이라고 불렀다.

'하단전도 있고 중단전도 있으면 상단전도 있겠네?'

―전 주인께서는 양미간의 위쪽에 있는 이마의 중심부가 상단전이라고 하셨다.

'상단전에는 무슨 기운을 모으는데?'

―모른다.

'언급조차 안 했어? 가까이서 지켜봤을 텐데?'

―상단전은 정신적 깨달음의 영역이라고만 하셨다.

'깨달음의 영역이라…'

너무 추상적이라 감이 잡히지 않았다. 그러나 당장 중요한 것은 상단전의 의문을 푸는 게 아니었다. 중단전에 있는 선천진기를 느낄 수 있어야 했다. 하지만 쉽게 감이 잡히지 않았다.

벌써 두 시진이나 지났다.

―어렵게 생각할 필요 없다. 선천진기는 생명의 원기이다.

'그건 알고 있어.'

한데 그 기운을 어떻게 느끼는지를 알 수 없었다. 처음 단전에 정을 형성할 때와는 전혀 다른 감각이기에 어려웠다.

계속 헤매자 남천철검이 말했다.

―만약 심상으로 느끼기 어렵다면 오감으로 체험하는 것이 빠를 수도 있다.

'오감?'

―생명의 기운이란 극한의 상황이나 생명의 위기에 처할 때 가장 두드러진다. 평소에 낼 수 없었던 힘이 난다거나 가슴속부터 차오르는 강한 열기가 느껴진다면 그것이 바로 선천진기의 감각이다.

그 말을 들은 나는 놀랐다. 선천진기가 위기 속에서 그 감각을 느끼기 쉽다면, 지금까지 해악천 그 미친 늙은이가 내게 강제로 시켰던 모든 것들이 단순히 괴롭히기 위해서만은 아니었던 것이다.

'처음부터 선천진기의 감각을 키우게 하려던 거였나?'

정말 알다가도 모를 자였다. 단순히 괴팍하다고만 정의를 내리기에는 말이다.

─알 것 같나?

나는 말없이 눈을 감고서 집중했다. 그동안 느꼈던 감각들을 되살리기 위해 그때를 떠올렸다. 절벽을 내려가다가 발을 헛디뎌 죽을 뻔했을 때, 절벽에 매달려 살기 위해 아등바등했을 때, 그리고 혈고를 복용했을 당시 느꼈던 그 뜨거운….

쿵! 쿵! 쿵! 심장이 미친 듯이 뛰기 시작했다. 마치 전신의 피가 빠르게 순환하는 느낌이었다. 그와 함께 가슴속에서 뜨거운 기운이 치솟았다.

'아!'

나는 본능적으로 알 수 있었다. 가슴속에서 응어리진 이 뜨거운 기운이 바로 선천진기였다.

환희에 찬 내 표정을 읽었는지 남천철검이 말했다.

─축하한다. 그게 바로 선천진기다. 생각보다 재능이 있구나.

녀석의 칭찬에 기분이 좋아졌다.

─전 주인께서도 선천진기를 느끼기 위해 몇 달을 고생하셨는데, 고작 두 시진 만이면 정말 대단한 거다.

'몇 달?'

그렇게나 오래 걸렸을 줄은 몰랐다. 한데 사실 나도 굉장히 빠르다고 보기는 힘들었다. 그렇게 따지면 두 달 동안이나 절벽을 타고 오르고 매달리는 고생을 했고, 목숨이 경각에 달하는 위기에도 많이 처했었다. 이를 감안한다면 호종대와 큰 차이가 없을 것이다.

─선천진기에 집중해봐라.

남천철검의 말대로 가슴속 뜨거운 기운에 집중했다. 선천진기는 내공을 처음 형성했을 때와는 전혀 다른 느낌이었다. 뭔가 더욱 정밀하면서 순도 높았다.

―중단전에 아마 손톱만 한 선천진기의 정이 느껴질 거다.

'응?'

그 말에 내가 반문했다.

―느껴지지 않나? 그렇다면 네 선천진기는 안타깝지만 보통 사람들보다 작은 것 같다. 하나 괜찮다. 선천심법을 익히게 되면 정을 키워나갈….

'그게 아냐.'

―음? 무슨 말이지?

정반대였다. 녀석의 말처럼 선천진기가 손톱만 한 크기가 아니었다. 오히려 두 손가락의 두 마디를 붙여놓은 것 정도 되는 크기였다.

―…그럴 리가 없을 텐데.

남천철검이 믿기지 않는다는 말투로 말했다. 혼자서 이상하다며 중얼거리던 남천철검이 내게 선천진기의 기운을 신체의 다른 부위로 보내는 간단한 운용법을 알려주었다.

―극문을 통해 내관으로 진기를 유도해라.

'이렇게?'

선천진기가 녀석이 말해준 경로로 이동하자 어깨, 팔을 타고서 손목까지 뜨거운 기운이 점점 번져나갔다. 오래돼서 다시는 이 감각을 느끼지 못할 거라 생각했는데, 감회가 남달랐다.

―주먹으로 동굴 벽을 쳐봐라.

나도 궁금하기는 했다. 이 정도 선천진기라면 어느 정도 힘을 지녔는지 말이다.

"후우."

호흡을 가다듬었다. 그리고 벽을 향해 주먹을 날렸다. 쿵!

그 순간 동굴 벽면에 쩌적 소리와 함께 주먹이 닿은 부분이 손가락 한 마디 정도 깊이로 움푹 파이며 주변에 금이 생겨났다.

'하!'

예상을 뛰어넘는 힘에 주먹을 내지른 당사자인 나조차 할 말을 잃었다.

남천철검이 놀랍다는 듯이 중얼거렸다.

—…정말이었군. 이런 경우는 처음 본다.

남천철검이 이해할 수 없다며 같은 말을 반복했다. 보통 사람들이 가지고 있을 선천진기는 손톱만 한 크기에 불과한데, 그 몇 배에 달한다고 하니 놀라는 것도 당연했다.

—전 주인께서도 선천진기가 뛰어났지만 이만큼은 아니었다.

—야! 그러면 네 새 주인님인 운휘가 '이야, 재능이 더 뛰어나구나' 하고 좋아해야지. 풍악은 울리지 못할망정 뭘 그렇게 고민하냐? 어차피 좋은 일이잖아.

—으음. 그렇긴 하다.

소담검의 말에 남천철검이 얼떨결에 동의했다. 참 희한하단 말이야. 어째 남천철검이 이 쪼그마한 소담검에게 말려드는 느낌이다. 자연스럽게 서열 관계가 정해지고 있었다.

—시작이 좋은 것은 확실히 축하할 일이다. 이 정도 선천진기라면 적어도 선천심법을 십 년 동안 부단히 운기해야만 가능하다.

'십 년씩이나?'

그 말이 사실이라면 굉장한 행운이라고 할 수 있었다. 몸속에 십 년을 수련해야만 가질 수 있는 선천진기가 있다면 그 시간만큼을 아끼게 된 셈이었다.

―운이 좋구나.

'운이라….'

익양 소가에 있을 때엔 재능이 가장 뒤처진다는 이야기를 들었었다. 그런 와중에 단전마저 주화입마로 손상되었다. 운이 없는 인생이라고 생각했었다. 그런데 선천진기는 보통 사람들을 훨씬 능가한다는 게 공교롭기마저 했다.

―이렇게 되면 심법과 함께 신공 연마를 같이 시작해도 좋을 것 같다.

'신공?'

―심법은 말 그대로 선천진기를 모으고, 원기가 흩어지지 않게 만들어주는 역할을 한다. 하지만 신공은 선천진기를 효과적으로 운용할 수 있게 해준다.

남천철검의 말에 가슴이 두근거렸다. 어렸을 적에 그렇게나 가문의 비전 무공인 소양신공을 익히고 싶었었다. 물론 그 기회는 영영 떠나버렸지만 참 인생사 새옹지마다. 운남성의 패자라 불리던 남천검객의 신공을 익힐 기회가 생겼으니 말이다.

기대감에 부푼 난 물어보았다.

'신공 이름은?'

―성명신공(星明神功)이다.

이름부터 비범하다. 무공을 익힐 생각을 하니 감회가 남달랐다.

그런 내게 남천철검이 자신만만한 목소리로 말했다.

―단언컨대 성명신공을 팔성 이상 익힌다면, 내가고수로서의 공

력은 무림에서 손에 꼽히게 될 거다.

대단한 자신감이었다. 선천진기가 통상의 내공보다 강한 힘을 지녔으니, 남천철검이 이런 자부심을 가지는 것도 당연한 일일지 몰랐다. 한데 무림에서 손에 꼽을 정도라니 상상이 가지 않았다.

문득 궁금해져서 물었다. 한 지역의 패자가 된 남천검객 호종대는 과연 몇 성의 경지에 올랐을까?

―육성의 경지다.

'…육성만으로 그렇게 됐다고?'

놀라운 이야기였다. 신공을 완전히 대성한 것도 아니고 고작 육성의 경지만으로 그런 명성을 떨쳤다는 게 믿기지 않았다. 감탄하는 내게 남천철검이 말했다.

―그 정도 선천지기라면 십 년을 단축했으니, 운휘 너라면 십 년에서 십오 년간 부단히 연마하면 육성의 경지에 이르게 될 거다.

아… 생각보다 까마득했다. 그래도 달리 생각하면 뒤늦게 출발했어도 부단히 연마한다면 최소 십 년 내로 공력만으로는 기기괴괴나 남천검객의 수준에 이른다는 소리였다.

'죽기 살기로 해보자!'

절로 의욕이 샘솟았다.

의욕이 불붙은 나는 그 후로 세 시진이 넘게 동굴에서 시간을 보냈다. 배가 고픈 줄도 몰랐다. 그만큼 오랫동안 무공에 목이 말랐었다. 석양이 지면서 동굴 안까지 붉게 물들어서야 시간이 늦었다는 사실을 인지할 수 있었다.

'돌아가야겠어.'

─그래, 그 미치광이가 또 무슨 짓 할라.

소담검도 내 말에 동의했다.

산꼭대기까지 올라갔다가 다시 내려가려면 꽤 시간이 걸릴 것이다. 밖으로 나가려던 나는 잠시 망설였다. 그러다가 해골을 향해 절을 올렸다.

─뭐 하는 거야?

'그래도 고인의 무공을 배우게 되었으니 인사는 드려야지.'

가르쳐주는 것은 남천철검이지만, 어찌 되었든 남천검객의 진전을 잇게 되었으니 예를 보이는 게 맞았다.

─…전 주인께서도 후인으로 인정하실 거다.

그런 나의 행동에 감격했는지 남천철검의 목소리가 뭉클해졌다.

절을 올린 나는 서둘러 남천철검을 등에 차고서 동굴 밖으로 나왔다. 절벽 위를 쳐다보자 절로 한숨이 나왔다. 두 달 동안 그렇게 절벽을 오르내렸지만 여전히 기가 질렸다.

소담검이 내게 말했다.

─이참에 경신법을 익혀보는 건 어때?

'경신법?'

─그래, 그런 식으로 절벽을 오르내리면 힘들잖아. 경신법을 터득하면 경공술로 산을 쉽게 오를 수 있을걸.

녀석의 말이 맞았다. 절벽을 평지처럼 걸어가는 해악천을 보면서 경신법을 익힐 필요성을 느꼈었다. 원래 무술, 무공에서 가장 중요한 것이 보법이다. 발에서 모든 것이 나온다고 해도 과언이 아니다.

'흐음.'

소담검이 가르쳐주겠다고 했지만 익힌다면 남천검객의 경신법을 익히는 편이 낫지 않을까 생각했다. 아무래도 성명신공과 일맥상통할 테니 말이다. 그런데 남천철검이 조용했다.

—하아….

콧구멍을 벌렁거릴 때 나는 소리가 머릿속을 울렸다.

—…네 등이 참 좋은가 보다.

미치겠다. 그렇게나 이런 소리를 내지 말라고 경고했건만. 듣기만 해도 소름이 돋는다.

그것을 인지라도 했는지 남천철검이 아무렇지도 않은 척 말했다.

—흠흠. 경신법이라고 했나?

한마디 할까 하다가 참았다. 녀석 덕분에 절세신공도 익히게 되었는데 그 정도 인내는 해야 하지 않겠는가. 다만 팔에 난 닭살만큼은 어찌할 수 없었다.

—경신법도 가르쳐줄 거다. 하지만 일단 보법의 기본형부터 익혀야 한다. 걷지도 못하는데 뛸 생각부터 하면 안 된다.

그 말도 일리가 있었다. 하지만 지금은 익힐 시간이 없을 듯했다. 괜히 더 늦어지면 그 미친 늙은이가 직접 찾으러 올 수도 있었다. 탁! 절벽에 튀어나온 돌부리를 잡고서 위로 오르기 시작했다. 경신법을 배우고 나면 나도 미친 늙은이처럼 산봉우리를 직립 보행하듯 뛸 수 있겠지?

—그건 무리다.

'응?'

단호한 남천철검의 말에 의아했다.

—아무리 경신법을 배워도 이런 가파른 산을 직립 보행하듯 걷는 것은 무리다. 전 주인께서도 그건 하지 못하셨다.

'그럼 그 미친 늙은이는 어떻게 한 거야?'

—그건 그자의 독문 경신법이 뛰어난 것이다. 전 주인께서도 늘 그자의 독특한 경신법에 감탄하셨었다.

남천검객이 인정할 정도의 경신법이라니. 그건 의외였다. 한 번도 그를 이기지 못했다고 해서 모든 면에서 뒤처질 거라 생각했었다.

—경신법만큼은 그가 우위다.

전 주인을 띄워줄 만도 한데, 사실 여부는 확실히 하는 남천철검이었다.

어쨌거나 기기괴괴 해악천의 경신법은 남천검객마저도 인정할 만큼 발군이란 소리였다. 녀석들과 대화를 하면서 오르다 보니 어느새 꼭대기가 보였다. 적어도 심심하지는 않았다.

'응?'

그런데 산 정상에 도착한 나는 눈이 휘둥그레질 만한 광경을 목격했다. 쌍둥이 형제 중 동생인 송우현이 거꾸로 지면에 머리를 박은 채, 목석처럼 가만히 버티고 서 있었다. 두 팔은 뒷짐을 지고 있었는데, 균형 감각이 보통이 아니었다. 저렇게 버틸 수 있게 된 것은 핏줄이 불룩불룩 튀어나올 만큼 굵어진 목에서 비롯된 듯했다.

—저래서 탈모가 왔구나. 아이고.

소담검의 말처럼 머리 정중앙의 탈모는 저 훈련 때문인 것으로 보였다. 저러다 머리털 다 빠지겠다.

동생인 송우현 말고도 송좌백을 발견했다. 타타타타타타! 송좌백은 달리고 있었다. 그냥 달리는 것이 아니라 주먹을 쥐고서 바닥에 물구나무를 선 채 달렸다. 보기만 해도 눈살이 찌푸려질 만큼 아파 보였다.

─애들 잡겠네, 잡겠어.

동감이었다. 가르치는 방식이 일반적인 훈련의 범주를 넘어섰다. 거의 극한까지 몰아붙이는 방식이었다. 하긴 사람을 절벽에 두 시진 넘게도 매다는 인간인데 저 정도는 약과일 수도 있었다.

─그 늙은이는 어디 갔나 봐.

소담검의 말처럼 산봉우리에는 쌍둥이 형제밖에 보이지 않았다. 괜히 여기 있다가 훈련하는 것을 지켜봤다고 한소리 할지도 모르니, 얼른 반대편으로 내려가야 할 것 같았다. 도망치듯이 조심스럽게 둘러서 가려던 차였다.

"선천진기는 느꼈느냐?"

깜짝이야. 간 떨어지는 줄 알았다.

언제 다가온 건지 해악천이 내 옆에 서 있었다. 얼마나 무공을 연마하면 조금이라도 그의 기척을 알아차릴 수 있을까? 정말 요원해 보였다.

"왜 말이 없는 게지?"

재차 묻는 그의 말에 나는 고개를 저었다.

─엥? 느끼다 못해 심법도 배웠잖아.

─가만히 지켜봐라, 소담.

긴장하고 있었기에 소담검과 남천철검이 나누는 대화는 귀에 들어오지 않았다. 선천진기를 느끼지 못한다면 뼈도 못 추릴 것처럼 경고했었다. 그렇기에 그가 어떻게 나올지 몰라 두려웠다.

"속이는 것은 아니겠지?"

해악천이 내 가슴에 손을 얹었다. 그러고는 진기를 불어넣었다. 따뜻한 기운이 가슴속으로 들어와 여기저기를 누볐다.

탁! 한참을 그렇게 진기를 움직이던 해악천이 가슴에서 손을 뗐다. 그러고는 피식 웃으면서 중얼거렸다.

"못 느꼈군."

실망하거나 화를 내는 기색이 아니었다. 오히려 이런 결과를 마치 예상이나 했다는 듯한 말투였다. 순간 나도 모르게 입술을 실룩일 뻔했다.

'진짜로 못 찾는구나.'

선천진기를 느끼다 못해 바닥에 끊겨 있는 비전이 아닌 제대로 된 심법을 익힌 나였다. 하지만 이렇게 그를 속인 것은 두 가지 이유에서였다. 첫째는….

―선천진기는 내공과 궤를 달리하기 때문에 일부러 기운을 일으키지 않는 이상 알아차릴 수가 없다.

…라고 한 남천철검의 말을 확인하기 위해서였다.

정말로 해악천은 이를 발견하지 못했다. 내심 두려웠는데 선천진기의 유리한 강점을 확인하는 기회가 되었다.

"하긴 그것을 네가 하루 만에 느낄 리가 없지. 클클."

웃고 있는 해악천을 보면서 나는 속으로 쾌재를 불렀다. 무림이든 어느 곳이든 간에 자신의 밑천을 전부 드러내는 것은 스스로를 불리하게 만든다. 그렇기에 나는 내 성취를 육칠 할 이상 숨길 작정이었다. 그를 안심시키기 위해서 말이다.

―오, 제법인데, 운휘.

소담검이 내 계획을 칭찬했다.

내가 별다른 소득이 없다고 흡족해하던 해악천이 인상을 찡그렸다. 그러고는 비릿하게 입꼬리를 올리더니 말했다.

"하마터면 속을 뻔했구나. 클클."

쿵! 순간 심장이 덜컥했다. 설마 내가 속이는 것을 눈치챈 것일까?

"네놈이 원기를 소진하는 것 때문에 잔머리를 굴려 최대한 시기를 늦추려나 본데, 제대로 해야 한다는 사실을 자각시켜줘야겠구나."

'하아.'

다행히 진의를 알아차린 것이 아니었다. 해악천 이 늙은이도 영악하다 보니, 오히려 한술 더 떠서 오판을 했다. 하긴 내가 완벽한 선천심법을 익혔다는 사실을 전혀 모르니, 그로서는 이런 식으로 추측할 수밖에 없을 것이다.

"좋다. 네놈이 대결에서 진다면 혈고를 다시 집어넣겠다."

"네?"

"그리고 절대 하급 무사 위로 오를 수 없게 될 게다."

"약조가 다르지 않습니까?"

"그건 네놈이 잔머리를 굴려서 제대로 대결에 임하지 않으려고 수작을 부리기 전의 이야기다."

어떻게든 내게 불완전한 심법을 익히게 하려고 종용했다. 결국, 자신의 목적만 달성하면 된다는 것이다.

"클클. 이 정도면 제대로 익혀볼 의욕이 나지 않느냐?"

그런 식으로 나오겠다 이거지. 그렇다면 내게도 생각이 있다.

"…제가 진다면 그렇게 처분하신다고 했는데, 만에 하나 제가 이긴다면 어쩌시겠습니까?"

"뭐?"

"원기를 소모하는 선천진기도 익혀야 하고, 대결에서 지면 혈고에 평생 하급 무사로 살아야 한다고 하셨는데 이겼을 때의 보상은 없는 겁니까?"

"하!"

당돌한 나의 말에 웃고 있던 해악천의 입꼬리가 비틀렸다. 심기가 불편한 모양인데, 어차피 두 달씩이나 굴린 상태에서 새로운 사람을 찾아 대체하기에는 번거롭다는 것 정도는 알고 있었다.

"배짱 하나는 여전하구나."

이에 나는 두려움에 떠는 표정을 지으며 바닥에 엎드렸다. 그리고 간절한 목소리로 말했다.

"크게 바라는 것은 없습니다. 다만 절벽을 오르내리면서 늘 어르신의 재주를 흠모했습니다."

갑자기 내가 저자세를 취하자, 해악천이 인상을 찡그리면서 되물었다.

"재주? 설마 경신법을 말하는 것이더냐?"

"어르신께서 안 된다고 하시면 어쩔 수 없지만, 제게 어르신의 재주를 배울 기회를 주십시오."

그런 내 말에 해악천이 눈을 가늘게 뜨고서 노려보았다. 그러다가 고개를 끄덕이며 말했다.

"좋다. 그 정도 대가는 있어야 네놈의 의욕이 살아난다면 들어주마. 단 네놈이 이겼을 때의 일이다."

"감사합니다! 혈마앙복! 혈세천하!"

해악천의 표정이 한결 누그러졌다. 아마 절대로 손해 볼 일이 없다고 확신해서일 것이다.

"흥. 네놈은 이제 거처로 돌아가라. 본좌는 아직 저 망아지들의 훈련이 끝나지 않았다."

"알겠습니다."

팍! 예를 표한 나는 그에게서 몸을 돌렸다. 그러자 자연스럽게 입꼬리가 올라갔다.

'그 경신법은 이제 제 겁니다.'

내기

그날을 기점으로 해악천은 더 이상 절벽을 타고 내려가 식량을 구하게 하는 일도, 밧줄에 묶어 절벽에 매다는 일도 하지 않았다. 정말 다행스러운 일이었다.

그는 주기적으로 생단을 가져다주는 패혈단주 구상웅에게 일러, 육포를 비롯한 벽곡단 등을 가져오게 했다. 덕분에 수련에만 매진할 수 있는 환경이 만들어졌다. 하지만 절벽 타기가 육신을 단련하는 데 좋다는 사실을 인지한 나는 하루 두 시진가량을 여전히 절벽 타기로 보냈다.

엿새 정도 지난 후에 나는 해악천에게 선천진기를 느꼈으며 바닥에 새겨져 있는 심법의 운기를 시작했다고 알렸다. 물론 실제로는 성명신공 일성을 연마 중이었다. 전력의 육 할은 숨길 생각이었다.

지금 우리가 있는 장소는 죽은 남천검객 호종대의 유골이 있는 동굴이었다.

"숙지해둬라."

해악천이 내게 두 권의 비서를 넘겼다. 하나는 남서역에서 수십 년 전에 사라진 전륜사라는 절에서 파생된 《명륜선공(銘輪選功)》이라는 무공비서였다. 그리고 다른 하나는 놀랍게도 《성명검법》이었다.

―누가 훔쳤나 했더니 역시 저자가 범인이었나?

'범인?'

남천철검이 이를 보고서 분통을 터뜨렸다. 녀석의 말에 의하면 남천검객의 거처가 털린 적이 있는데, 그때 숨겨두었던 성명검법의 비서를 도둑맞았다고 했다. 그 범인이 바로 해악천이었던 것이다.

―이야. 미친 노인네가 어지간히 이기고 싶었나 보다.

소담검의 말이 옳았다. 얼마나 이기고 싶었으면 상대의 비급서까지 훔칠 생각을 했을까.

내심 동굴 안에 있는 것이라고는 불완전한 심법뿐인데, 이것만 가지고 대체 어떻게 겨루라는 건지 의문스러웠던 게 풀렸다.

'이게 있으니 그런 소리를 했었군.'

어떤 식으로든 성명검법은 익히게 될 운명이었던 모양이다.

"안타깝게도 이 해골 녀석의 운공법은 본좌 역시 알 수 없다. 하지만 이 명륜선공은 상당히 균형적인 공력 운공법이라 어지간한 무공은 어렵지 않게 소화할 수 있지."

"…그래도 불완전하지 않습니까?"

"어차피 그 망아지 녀석들에게도 똑같은 명륜선공을 전수하고 있으니, 불완전하다거나 불리하다는 소리는 꺼내지도 말거라."

의외로 최대한 동등한 대결이 되도록 신경 쓰고 있었다. 하지만 그렇다 해도 차이는 있을 수밖에 없었다. 성명검법의 비급서를 훔쳤으니, 그것을 토대로 자신의 무공을 보완했을 것이다.

'치사한 늙은이.'

—걱정하지 않아도 된다, 운휘.

그런 나를 남천철검이 안심시켰다.

'왜?'

—저자가 훔친 성명검법은 전 주인께서 보완하시기 직전의 원본이다.

남천검객은 비서를 도둑맞은 후로 검법을 더욱 발전시켰다고 한다. 그렇다면 전혀 문제 될 게 없었다.

—반드시 이기게 해주겠다.

남천철검이 전의가 넘치는 목소리로 말했다. 역시 든든했다. 향후의 미래가 걸린 대결이니 무조건 이겨야 했다. 저 노인네의 경신법도 얻어야 하니까.

* * *

그로부터 한 달의 시간이 지났다.

석양으로 노을 진 하늘. 날이 추워지면서 해가 점점 빨리 지고 있었다.

열흘에 한 번씩 유시(酉時) 무렵, 패혈단주가 식량과 생단을 가져오기 때문에 그것을 받기 위해 일찍 돌아가야 했다. 평소라면 패혈단주나 해옥선 대주가 교인들을 이끌고 왔는데, 오늘은 뜻밖의 손님이 찾아왔다.

"혈마앙복! 혈세천하! 대주 오충이 사존께 인사 올립니다."

동굴 바깥에서 들리는 익숙한 목소리. 그는 바로 오 대주였다.

―쯧쯧, 귀찮은 손님이 찾아왔네.

소담검의 말에 동의한 내가 고개를 끄덕였다. 웬만하면 그와 별로 마주하고 싶지 않지만 아직 해악천이 돌아오지 않았다. 그리고 애초에 식량과 생단을 받는 역할은 내 몫이었다.

―그냥 그 늙은이인 척하고 속여.

'뭐?'

―목소리 좀 걸걸하게 흉내 내서 식량과 생단만 두고 가라고 하면 놔두고 가지 않을까?

'그렇게 속을 거였으면 했지.'

저자도 명색이 대주였다. 파란 띠를 한 상급 무사는 일류 고수이다. 이 정도 거리라면 동굴 안에 나 혼자만 있다는 사실을 눈치챘을지도 몰랐다. 한숨을 내쉰 나는 혹시 모르니 남천철검을 두고서 밖으로 나갔다.

"중급 수련생도 소운휘가 대주께 인사드립니다."

포권을 하며 인사하는 내게 오 대주가 비릿한 미소를 지으며 말했다.

"어르신의 종자 노릇은 잘하고 있나 보구나."

어지간히 나를 싫어하는 모양이다. 오랜만에 봤는데도 여전히 까칠하기 짝이 없다.

―적당히 둘러대고 보내. 어차피 그 노인네가 언제 올지도 모르잖아.

'그럴 생각이야.'

어차피 오 대주가 나를 싫어하든 좋아하든 지금 그의 임무는 식량과 생단을 이곳에 날라주는 역할이었다. 그 외엔 이곳에 머무를 명분이 전혀 없었다.

"사존 어르신께서는 늦으실 겁니다. 식량과 생단은 제게 주고 가시면 됩니다."

그 말과 함께 오 대주가 데리고 온 자에게 손을 내밀었다. 그런데 평소 패혈단주나 해옥선이 데리고 오는 자들은 정식 혈교의 무사들이었는데, 이 녀석은 수련생도인 것 같았다. 얼핏 봐도 열여섯, 열일곱 정도 되어 보였다.

"아니, 그럴 수야 없지."

"네?"

"본 대주는 사존 어르신을 뵈어야 하거든."

"…."

역시나 귀찮게 하고 있었다. 그럼 여기서 죽치고 기다리겠다는 소리가 아닌가. 꿍꿍이가 있다는 표정을 짓고 있었다. 그럼 그러시든지.

"동굴 안에는 들어가실 수 없습니다. 알고 계시죠?"

그 말과 함께 포권을 취하고서 동굴 안으로 들어가려고 했다.

"멈춰라."

오 대주가 나를 불렀다. 역시 목적은 해악천이 아니라 나였다.

내가 발걸음을 멈추고 몸을 돌리자 그가 웃음기를 지우고서 말했다.

"네놈도 들어갈 필요가 없을 거다."

"…그게 무슨 말씀이신지?"

"어떻게 재수가 좋아서 내 눈을 피해 어르신의 종복으로 들어갔는지는 모르겠다만, 네놈은 내 손에서 벗어날 수 없다."

진짜 집요하기 짝이 없었다. 이런 의지로 공을 세우거나 무공을 연마했다면 출세했을 거다.

"그때 혈랑대주께서 증명해주셨을 텐데요."

"허튼소리! 네놈이 어떻게 혈랑대주를 설득했는지는 모르지만, 율랑현에서 네놈의 외조부를 보았다는 자는 한 사람도 없었다."

당연한 이야기였다. 타지 출신이었던 어머니는 어렸을 적에 외할아버지께서 돌아가셨다고 했다. 그걸 알기 때문에 끼워 맞춰서 이야기한 것이었다.

나는 빙그레 웃으며 답했다.

"외조부께서는 출신을 숨기셔야 했는데, 어찌 마을 사람들에게 함부로 얼굴을 보이겠습니까?"

약이 올랐는지 나를 찢어 죽일 듯이 노려보던 오 대주가 입을 열었다.

"그렇게 나오겠다 이거지. 하지만 네놈의 그 여유도 이제 곧 끝날 것이다."

"아까부터 계속 왜 그러시는지요?"

"이 시간부로 이 아이가 네놈 대신 어르신 수발을 거들 것이다."

수련생도가 묘한 미소를 지으며 고개를 까딱거렸다. 싸가지 없게 생긴 녀석이 마음에도 없는 인사를 하는 게 눈에 훤했다.

어쨌거나 수련생도를 데리고 온 목적이 밝혀졌다. 대체할 사람을 데려와서 나를 다시 끌고 가겠다는 소리였다. 생도 수련을 받지 못하게 하는 것보다 본인의 시야에 항상 두고서 감시하겠다는 의지가 강력했다.

"힘들 텐데요."

"힘들어? 이 녀석이라면 어르신도 만족하실 거다."

저렇게까지 이야기하는 걸 보면 그냥 수련생도가 아닌 듯했다. 그렇다고 해도 변할 것은 없었다.

"만족하지 못하실 겁니다."

"흥! 출신 성분이 불분명하다고 이야기하고 대체할 녀석을 데려왔는데, 어르신이라고 무작정 네놈을 데리고 있을 것 같으냐?"

순간 웃음이 나올 것 같았다. 사정을 모르니 저럴 수밖에 없다고 생각은 하지만 오 대주 이 멍청이는 그 미친 늙은이를 몰라도 너무 몰랐다. 마음 같아서는 그를 놀리고 싶었지만 더 자극해봐야 귀찮은 일만 만들 것 같기에 수긍하는 목소리로 답했다.

"알겠습니다. 어떻게 결론이 내려지든 명에 따르겠습니다."

그런데 이미 그의 불편한 심기는 극에 달해 있었다. 무서운 얼굴을 하고 있던 오 대주가 눈썹을 추켜올리며 말했다.

"잘됐구나. 네놈의 버릇도 고칠 겸, 어르신께 잘 보일 필요도 있으니까."

"네?"

"녀석에게 상급 수련생도의 실력을 보여주거라, 도현."

'상급 수련생도?'

이 재수 없게 생긴 녀석은 상급 수련생도였다. 내가 등급을 배분받았을 때 보지 못했다는 것은 선발 조인 모양이었다.

"명을 따릅니다."

우두둑! 도현이라 불린 상급 수련생도가 자신의 손목을 풀면서 내게 다가왔다. 주먹을 움켜쥐고서 기수식을 취하는데, 정말로 한 판 해볼 기세였다.

오 대주가 비릿하게 웃으며 말했다.

"본 대주가 책임질 터이니, 버릇을 제대로 고쳐줘라."

"알겠습니다."

자신감 넘치게 답한 녀석이 내게 말했다.

"네게 특별히 원망은 없다만 나도 이 기회를 놓칠 수가 없으니, 조금 아프더라도 참기 바란다."

―건방지네, 이놈.

나보다 소담검이 오히려 짜증이 났나 보다. 표정만 봐도 나를 완전 하수로 취급하는 것이 보였다. 하긴 본인은 지금껏 석 달 넘게 상급 수련생도로서 훈련을 받았고, 나는 중급 수련생도라고는 하나 여태껏 수발이나 들었다고 생각하면 그럴 수도 있겠다고 여겼다.

팟! 녀석이 내게 주먹을 뻗었다. 혈교 무사들이 기본적으로 익히는 팔혈권이라고 불리는 권각술이었다. 확실히 상급 수련생도답게 자세는 완벽했다. 그런데….

스르르르르! 내게는 너무도 느리게 보였다. 성명신공 이성의 경지를 연마 중이라 발전했을 거라 생각은 했지만 설마 상급 수련생도가 약하게 느껴질 줄은 몰랐다. 팍! 나는 가볍게 몸을 비틀어 녀석의 주먹을 피했다.

첫 공격을 피하자 의외라고 생각했는지 인상을 찡그린 녀석이 말했다.

"제법이군. 한데 얼마나 그 운이…."

픽!

"컥!"

녀석이 말을 끝내기도 전에 내 주먹이 번개처럼 안면에 박혔다. 싸우는데 무슨 말이 그리 많은지. 그래도 선천진기는 사용하지 않왔으니까 이 정도는 당연히 버티….

쿵!

…지 못했다. 주먹을 한 대 맞은 녀석이 그대로 기절해버리고 말았다. 너무 싱거울 정도로 끝나서 나조차도 놀랐다.

'뭐 이렇게 약하지?'

─네 힘이 세진 거 같은데.

그동안 절벽을 내내 타고 오르면서 근력이 굉장히 늘었던 모양이다. 그래도 상급 수련생도인데 한 방에 쓰러뜨리게 될 줄은 몰랐다.

"이… 이이!"

오 대주의 표정이 가관이었다. 자신이 원했던 그림과는 정반대되는 결과가 나오자 어처구니가 없었나 보다. 화를 참지 못한 오 대주가 직접 손을 쓰려 했다.

"이노오오옴!"

그가 신형을 날리려는 순간이었다.

팍!

"헛?"

누군가 뒤에서 나타나 오 대주의 어깨를 짓눌렀다. 그는 바로 기기괴괴 해악천이었다.

갑자기 그가 나타날 거라고는 예상하지 못했는지 오 대주가 많이 당혹스러워했다.

"네놈은 뭐냐?"

"어, 어르신, 저는 패혈단주 밑에 있는 오충 대주라고 합니다."

"대주? 고작 대주란 놈이 본좌의 거처 앞에서 설쳐대고 있는 것이냐?"

오 대주가 다급히 상황을 설명하려고 했다.

"어르신, 그게 아니오라…."

"흥! 뭐가 아니야."

해악천이 그 커다란 손바닥으로 오 대주의 뒤통수를 후려쳤다. 뻑!

"끄억!"

가볍게 때린 것 같았는데, 그가 비명과 함께 내 앞까지 날아와 쓰러졌다.

진짜 괴물은 괴물이었다. 일류 고수를 파리채 휘두르듯이 쓰러뜨리다니.

"끄으으으…."

미끄러지면서 돌바닥에 쓸려 오 대주의 얼굴이 엉망이었다. 고통의 신음성을 내는 그를 내려다보며 내가 안타깝다는 듯이 말했다.

"힘들다고 했죠."

난 분명 경고했다. 미친개는 건드리는 게 아니다.

"쿨럭!"

괴로워하던 오 대주가 피를 토하며 부르르 떨더니 이내 쓰러졌다. 경고를 무시한 건 본인이었으니 인과응보였다. 오늘만큼은 해악천이 미친 늙은이의 괴팍함이 속 시원하게 느껴졌다. 그러는 한편, 많은 생각이 들기도 했다.

'힘이라는 게 이런 거구나.'

일류 고수마저 고작 한 수만에 이 꼴로 만들 정도면 해악천의 무공 실력이 어느 정도인지 가늠하기조차 어려웠다. 이런 해악천을 이겼다는 남천검객은 또 어떠한가. 험난한 무림에서 가장 중요한 게 무엇인지를 깨닫게 해주었다.

힘을 가져야 한다.

―저 미친 늙은이만큼 되려면 너 피똥 싸도록 해도 빡세겠다.

그렇게 현실을 되새겨주지 않아도 알거든.

"으으, 빌어먹을…."

때마침 내 주먹에 맞고 기절했던 도현이라는 상급 수련생도가 막 깨어났다. 선천진기를 싣지 않아서 금방 정신을 차린 듯했다. 그런데 막 깨어나서 그런지 상황 파악을 전혀 못 하고 있었다.

"이 자식이 말하는 도중에…."

팍! 그런 녀석의 목덜미를 잡고서 해악천이 들어 올렸다.

"어엇?"

굉장한 거구에다 야인 같은 해악천의 모습에 녀석이 화들짝 놀랐다. 얼마나 장신인지 꼭 아이를 들고 있는 것 같았다.

"누, 누구?"

"나? 해악천이다."

"히익! 어… 어르신!"

그제야 상황 파악을 했는지 녀석이 당혹스러워했다.

"네놈은 뭐냐? 저 녀석을 따라온 게냐?"

쓰러져 있는 오 대주를 발견한 도현의 얼굴이 사색이 되었다. 대답해야 하는데, 어찌나 겁을 먹었는지 말도 제대로 꺼내지 못하고 어버버 소리만 냈다.

"그… 그게… 저… 저는… 오… 오… 오 대…주… 오… 대…."

저러면 답은 하나인데….

"말더듬이냐? 쯧쯧. 뭐 이런 것도 상급 수련생도라고."

팍!

"어엇?"

해악천이 짜증 난다는 듯이 놈을 내팽개쳐버렸다. 얼마나 세게 집어던졌는지 녀석도 바닥을 뒹굴더니 꺽꺽대다가 기절했다. 역시 인정사정없는 인간이다.

타타타타! 소리가 나서 고개를 들어보니 마침 쌍둥이 형제가 절벽에서 내려왔다. 그런데 저 녀석들 절벽을 능숙하게 내려오는 모습을 보니까 해악천의 그 놀라운 경신법을 배운 것 같았다.

─쟤들은 참 쉽게도 받아가네. 그렇지?

그러게 말이다. 누구는 내기에서 이겨야 얻는데, 어떤 의미로 저 녀석들도 운이 좋다.

그때 해악천이 내게 물었다.

"뭔데 오늘은 이놈들이 올라온 게냐?"

사실대로 이야기했다.

"저를 대체할, 새롭게 수발을 거들 인재를 데려왔답니다."

"고작 저딴 놈이? 하!"

저딴 놈이라고 하찮게 평가했지만 나름 인재에 속하는 녀석이었다. 단지 운이 안 좋았을 뿐이다. 녀석이 받은 훈련은 새 발의 피라고 생각될 만큼 나는 피똥 싸게 고생했으니까.

─인정.

소담검이 키득거리며 웃었다.

어차피 저 녀석이 더 뛰어났다고 해도 교체될 확률은 무(無)였다.

해악천이 내 쪽으로 다가오며 물었다.

"한데 이 녀석들은 왜 네게 덤빈 게냐?"

아무래도 상급 수련생도와 싸웠을 때부터 본 것 같았다. 하여간 오 대주 이놈과 엮이는 날이면 귀찮은 일들이 계속 생겨난다. 뭐라고 설명해야 그럴듯할까?

그때 쌍둥이의 형인 송좌백이 끼어들었다.

"그건 저 녀석이 오 대주한테 찍혀서 그런 겁니다. 유독 저 녀석한테만 악감정이 있어 보이더라고요."

송좌백 녀석이 나를 보면서 한쪽 눈을 찡긋거렸다. 설마 '대신 얘기해줘서 고맙지'라고 얘기하고 싶은 건가? …참 고맙네.

"누가 네놈더러 이야기하라고 했느냐?"

해악천의 신경질적인 호통에 송좌백이 꿀 먹은 벙어리처럼 입을 다물었다. 이 미친 늙은이가 무섭긴 한가 보다.

"클클. 대체할 녀석을 데려오지 않나. 네놈한테 직접 손을 쓸 정도면 어지간히 찍혔다는 말일 터인데."

왜 찍혔는지 말해보라는 소리였다. 궁금했던 모양이다. 어차피 이 늙은이가 작정하고 알아내면 금방 알 수 있을 것이다. 패혈단주에게만 물어봐도 알 일이었다. 결국, 사실대로 이야기했다.

"오 대주의 수하 무사 두 명을 죽였습니다."

"뭐라?"

내 말에 해악천의 눈이 이채를 띠었다. 송좌백 역시도 그것을 모르고 있었기에 두 눈이 휘둥그레졌다. 도망치다 붙잡혔던 자신들과 달리 두 명이나 죽였다고 하니 저런 반응이 나왔나 보다.

"하! 수하 무사를 죽여?"

"당시에는 복면을 쓰고 있어서 누군지 알 수 없었습니다. 무작정 저를 붙잡으려고 하다 보니, 호신을 위해서 그랬습니다."

어디까지나 정당방위였다. 물론 녀석들이 혈교라는 것은 알고 있었지만, 분명 정당방위였다. 그렇다고 기껏 회귀해서 또 납치당할 수는 없잖아.

—결국 납치당했지.

'내 발로 온 거야.'

—네에, 네에. 그러시겠죠.

하여간 소담검 이 녀석은 초 치는 데 일가견이 있다.

나는 해악천의 눈치를 보았다. 아무리 괴팍하다고는 하나 그래도 혈교의 최고위 간부이기에 오 대주를 옹호해줄 수도 있겠다는 생각이 들었다. 그런데 뜻밖의 반응이 나왔다.

"크하하하하하하핫! 그런 멍청한 놈들이 다 있나. 고작 내공도 없는 녀석한테 당해? 죽어도 싼 놈들이구나."

해악천이 광소를 하며 오히려 즐거워했다. 미친놈의 상식을 범인인 내가 이해하려고 했다니 실수였다.

마구 웃어대던 그가 말했다.

"힘없는 놈들이 죽는 것은 당연한 이치지. 암, 그렇고말고."

—어떻게 보면 같은 식구인데 되게 냉정하게 말하네.

소담검이 혀를 내둘렀다.

그런데 내 입장에서는 한편으로 이해가 갔다.

'이게 혈교의 본질이야.'

혈교는 정도가 아닌 사도이다. 정파 무림인들이 흔히 정도라 불리게 된 것은 특유의 협의를 중시하는 풍조 때문이다. 하지만 사파는 이런 부분에 있어서 냉정하다. 그런 점에서 해악천은 천성이 참된(?) 사파인이라고 할 수 있었다.

찰싹!

"윽!"

해악천이 내 등을 우악한 손바닥으로 치며 말했다.

"입만 떠벌릴 줄 아나 싶었는데, 실천으로 옮길 만한 배짱도 있구나. 클클."

의외였다. 해악천의 입에서 처음으로 칭찬이 나왔다. 이 미친 노인네가 이런 데서 호의적으로 나오니까 묘한 감정이 들었다. 하지만 그런 호의적인 모습도 이것으로 끝이었다.

"거추장스럽다. 밑에 갖다 버려라."

해악천이 다시 인상을 굳히고서 기절해 있는 오 대주와 도현을 산 밑으로 데려가라 했다. 하긴 저 지랄 맞은 성격에 이놈들을 여기에 둘 리가 없었다. 그런데 내가 무슨 수로 두 명이나 데리고 내려가나.

―그냥 절벽에다 밀면 돼. 그럼 알아서 내려가게 되어 있어.

'…천재인데.'

그런데 그럴 수 없다는 게 현실. 이런 내 속내를 읽기라도 했는지 해악천이 송좌백을 쳐다보면서 도와주라는 눈짓을 보냈다.

"넷?"

덩달아 내려가게 생긴 송좌백의 얼굴이 똥 씹은 표정이 되었다.

귀찮겠지. 그 고생을 하고 이제 휴식을 취하려나 했는데. 갑자기 즐거워진다. 나도 남의 불행을 즐길 줄 아는 것을 보니, 참된 사파인이 되려나 보다.

송좌백이 열불이 터진다는 표정으로 째려보았다.

그런 녀석에게 말했다.

"너 경신법 배워서 그런지 절벽 잘 타더라."

나의 칭찬에 녀석이 갑자기 입꼬리가 귀까지 찢어지려 했다. 참

감정이 잘 드러나는 유형이란 말이야.

"흠흠. 뭐 네 녀석보다야 낫지."

"그래, 인정할게. 그러니까 네가 대주님을 들어라."

"뭐?"

나는 얼른 기절해 있는 상급 수련생도인 도현을 짊어졌다. 이에 송좌백의 얼굴이 일그러졌다.

혹시 몰라 도현이란 녀석의 허리끈을 풀어서 내 몸에 감아 고정하고 있는데, 해악천의 목소리가 들려왔다.

"많이 귀찮겠어. 그런 개새끼한테 물렸으니까 말이야. 개새끼의 장점은 물고 늘어진다는 점이지. 클클."

"네?"

"이런 기회는 한동안 없을 게야. 안 그렇냐?"

내가 고개를 돌려 쳐다보자, 해악천이 피식 웃고는 동굴로 들어가 버렸다.

'기회…'

생각이 무거워지고 있는 내게 송좌백이 절벽 끄트머리에 매달려서 소리쳤다.

"안 내려갈 거냐, 새꺄?"

확실히 해악천의 경신법을 배워서 그런지 녀석은 매우 빨랐다. 나 역시도 남천검객의 경신법을 배웠지만 도저히 저 녀석만큼 절벽을 탈 자신이 없었다. 그리고 실력도 숨겨야 하는 만큼 일부러 천천히 내려갔다.

"하하하핫, 느려터졌잖아."

밑에 도착하자마자 송좌백이 나를 보며 비웃었다. 그래, 지금 많이 좋아해라. 나도 그 경신법 배울 거니까.

"이쯤 내려놓으면 될 것 같다."

탁! 몸에 감고 있던 허리끈을 풀어서 도현을 땅바닥에 내려놓았다. 그리고 송좌백을 쳐다보았더니, 녀석이 바닥에 내려놓은 오 대주의 오른쪽 다리를 붙잡고 있었다. 다리를 부러뜨리려는 모양이었다.

"지금 뭐 하는 거야?"

그런 내 물음에 송좌백이 웃으며 말했다.

"너 도와주려고."

"뭐?"

"그 미친 늙은이가 한 말 잊었어? 이런 기회 없을 거라는 거. 돌려서 말한 거잖아. 안 그래도 화풀이하고 싶었는데 잘됐네."

전자가 목적이 아니라 후자가 목적이었네. 그동안 많이 쌓였었나 보다.

"다리를 확실하게 아작내야 은퇴 정도는 하지 않겠어?"

불구로 만들 작정이었다. 내가 고개를 절레절레 흔들자 녀석이 혀를 차며 말했다.

"야, 어차피 혈고도 먹었고 여기서 살아남으려면 우리도 확실하게 사파가 돼야 해. 독한 마음을 품지 않으면 끝이야."

―쟤도 많이 변했는데.

소담검의 말처럼 송좌백도 그동안 고생하더니 마음가짐이 달라졌다. 여전히 어수룩한 면이 있었지만 꽤 다부져 있었다.

"네 녀석이 못 하면 내가 한다."

타타타타탁! 송좌백이 오 대주의 혈도를 점했다. 많이 배웠네. 저렇게 혈도를 점하는 건, 혹시나 다리를 아작내다 깨어나는 것을 막기 위함인 듯했다.

그런 녀석에게 내가 말했다.

"야."

"말릴 생각이라면 포기해. 난 할 거거든."

"그게 아니라 네가 뭔가 착각한 거 같은데."

"뭐?"

"그 미친 늙은이가 고작 다리나 부러뜨리라고 그런 소리를 한 것 같아?"

'…?!'

내 말에 녀석의 표정이 굳었다. 알아들은 모양이었다.

"설마… 죽이라는 거야?"

"그래."

다리를 아작내는 것 정도로 오 대주 저놈이 포기할 것 같은가. 전생에 첩자 노릇을 하면서 많은 군상을 보았다. 저런 집착이 심한 인간은 적당한 훈계 정도로 변하지 않는다. 아마 다리가 불구가 된다면 더 분노하여 그때는 나를 죽이기 위해 온갖 수를 낼 것이다.

"죽이라니?"

그런 뜻인지는 몰랐는지 녀석이 당혹스러워했다. 자신과는 아무런 은원 관계도 아닌데, 죽이는 것까지는 곤란한 듯했다. 아직은 덜 다부졌다. 그런 녀석에게 내가 말했다.

"도와준다며? 죽여."

"뭐? 주, 죽이라고?"

"설마 마음이 약해진 거야?"

송좌백이 인상을 찡그린 채 답변하지 못했다.

충분히 그럴 수도 있다고 생각한다. 아직 녀석은 손에 피 한 번 묻혀본 적이 없다. 하지만 나는 다르다. 솔직히 손에 피를 많이 묻혔고 첩자의 신분으로 살아남기 위해 더러운 일이란 일은 다 해봤다.

"비켜. 네가 못 하면 내가 한다."

녀석의 말을 그대로 돌려줬다. 어차피 이 기회가 아니면 오 대주를 처리하기 어려워진다. 모처럼 해악천이 자신을 팔아도 될 기회를 만들어줬으니, 지금 죽이는 편이 나았다. 바로 그때였다.

"이 개새끼들이 뭐라고?"

"엇?"

젠장! 송좌백 저 녀석, 혈도를 제대로 점하지 않았나 보다. 오 대주가 깨어났다.

"빌어먹을!"

송좌백이 다급히 오 대주의 다리를 부러뜨리려고 했다. 하지만 상대는 명색이 일류 고수였다. 오 대주가 몸을 비틀며 반대 발로 송좌백의 갈비뼈 쪽을 걷어찼다. 픽!

"끄윽!"

갈비뼈를 맞아서 엄청 고통스러울 텐데, 송좌백 녀석이 그것을 억지로 참고서 오 대주의 다리를 반대로 비틀어버렸다. 우득!

"끄아악! 이 새끼가!"

화가 머리끝까지 나버린 오 대주가 송좌백의 가슴에 일 장을 날렸다. 십성 공력을 실었는지 송좌백의 몸이 뒤로 튕겨 나갔다.

타타타타탁! 그때 놈의 뒤쪽으로 달려간 내가 소담검으로 오 대주의 머리를 찌르려고 했다. 그러자 오 대주가 다급히 몸을 왼쪽으로 굴렀다. 나려타곤(懶驢打滾)이었다. 일류 고수의 자존심보다 살아남는 게 중요하겠지.

팟! 오른손에 잡았던 단검을 던져 번개처럼 왼손으로 낚아챘다.

─그렇지! 그거야!

이것은 소담검에게 배운 팔뢰단검술이었다. 자유자재로 양손을 활용하는 단검술이었는데, 배운 지 얼마 되지 않아서 손에 익지는 않았지만 실전에서 성공했다. 왼손으로 단검을 잡은 내가 옆으로 구른 오 대주의 가슴을 찌르려 했다.

"크윽! 이놈!"

팍! 오 대주가 다급히 양손으로 단검을 붙잡았다. 확실히 일류 고수다웠다. 불리한 상황이었는데 잘도 대응했다. 탁! 나는 놈을 죽이기 위해 오른손으로도 검병을 붙잡고서 있는 힘을 다했다. 오 대주가 비웃음이 담긴 목소리로 말했다.

"내공도 없는 네깟 놈 따위가 날 찌를 수 있을 것 같아?"

헛소리가 아니었다. 놈의 공력이 어찌나 강한지 소담검이 떨리면서 위로 올라갔다. 심지어 소담검의 검신을 내 쪽으로 돌리려 했다.

'칫. 별수 없나.'

도저히 힘을 숨길 상황이 아니었다. 나는 성명신공을 이성으로 끌어올렸다. 그러자 돌아가려 하던 검신의 방향이 도중에 멈춰 섰다. 내가 자신의 공력에 거의 버금가는 힘을 발휘하자 오 대주의 두 눈이 흔들렸다.

"네, 네놈이 어떻게?"

놈은 놀라워하고 있었지만 나는 지금 굉장히 힘들었다. 이성 초입만으로 일류 고수의 공력을 완전히 버티는 것은 벅찼다.

"으으으."

목숨이 걸린 일이었기에 오 대주도 필사적으로 단검을 밀어내려 했다. 공력 대결로 속이 진탕이 될 것만 같았다. 바로 그 순간이었다.

"으아아아아앗!"

기합을 지르며 황소처럼 달려온 송좌백이 오 대주의 정수리를 십 성 공력이 실린 발차기로 갈겨버렸다. 콰득!

"꺽!"

그 순간 머리통이 으깨지는 소리와 함께 녀석의 손에서 힘이 빠졌다.

푹!

"끄어어어어."

오 대주의 가슴으로 단검이 파고들었다. 놈이 입을 벌리고서 말로 형용하기 힘든 표정을 짓더니 파르르 떨다가, 이내 고개를 옆으로 떨구었다. 얼마나 세게 찼는지 오 대주의 두 눈과 콧구멍에서 피가 흘러내렸다. 머리 위쪽은 완전히 함몰되어 있었다.

"헉헉…"

갈비뼈가 부러졌는지 송좌백이 옆구리를 붙잡고서 바닥에 주저앉았다.

"씨발…"

나도 무리한 공력 대결로 지쳤기에 뒤로 손바닥을 짚으며 두 다리를 폈다. 시체 하나를 두고 둘 다 뭐 하는 짓인지 모르겠다. 내가 송좌백을 쳐다보면서 말했다.

"처음이겠네."

아마 첫 살인일 거라 확신한다. 네 발차기가 결정타였으니까.

"잘난 체하지 마, 새끼야. 넌 나한테 목숨 빚진 거야."

내가 피식 웃으면서 고개를 끄덕였다. 녀석 말대로 공력 싸움이 조금만 더 지속되었어도 나도 내상을 입었을 거다. 일류 고수가 세 긴 셌다. 대주의 직위가 그냥 주어지는 것이 아니었다.

호흡을 가다듬고 있는데, 송좌백이 내게 말했다.

"나중에 대결해야 한다며?"

지금까지 몰랐던 모양이다. 아니면 알아도 그동안 대화를 나눌 시간이 없어서 지금 얘기하는 것일 수도 있었다.

녀석이 내게 말했다.

"네 녀석한테는 불행한 이야기겠지만 대결은 내가 이길 거다. 그 래야 그 미친 늙은이의 정식 제자가 되니까."

해악천이 녀석에게는 이런 제안을 했나 보다. 하긴 뭔가 의욕을 가질 만한 것을 던져줘야 더 열의를 가지겠지. 확실히 녀석의 몸놀 림을 보면 정말 강해졌다. 근데 나도 질 생각이 없거든.

"자신 있냐?"

"당연한 소리. 너랑 나랑 붙으면 네가 내 털끝이나 잡을 수 있을 것 같아?"

아주 자신감이 넘치네. 처맞고 나서 뒹구느라 제대로 못 봤나? 내 역량을 전혀 파악하지 못하고 있었다. 그렇단 말이지.

녀석에게 내가 말했다.

"그럼 내기할까?"

"내기?"

인상을 찡그리며 무슨 수작이냐는 표정으로 쳐다보는 녀석에게 입꼬리를 올리며 말했다.

"지는 놈이 이기는 사람의 수하! 어때?"

홋날의 악명 높은 백흑쌍귀를 아랫사람으로 부린다라···. 벌써부터 구미가 당기네.

12화

대결

늦은 밤. 해악천의 동굴 거처.

오 대주의 시신을 수습하느라 늦게 올라온 송좌백에게 해악천이 물었다.

"왜 혼자 올라오는 게냐?"

"녀석의 경신법이 뒤처져서 먼저 올라왔습니다. 이삼 각 내로 올라올 겁니다."

그런 송좌백의 말에 해악천이 고개를 끄덕거렸다. 당연한 일이었다. 자신의 독문 경신법을 전수했는데, 마땅한 경신법을 익히지 못한 소운휘가 송좌백의 속도를 따라잡을 수 있을 리가 만무했다.

"호흡이 불규칙한 것이 내상을 입었군. 클클."

'귀신같은 늙은이.'

최대한 내색하지 않으려고 했는데 단번에 알아맞히자 송좌백이 속으로 혀를 내둘렀다.

"상의를 벗어라."

반항해봐야 두들겨 맞는다. 송좌백은 말없이 상의를 벗었다. 석 달 동안 그의 상체는 두드러질 만큼 커졌다. 복부에는 손바닥 형태로 피멍이 들어 있었고, 갈비뼈 쪽에도 커다랗게 파란 멍이 들어 있었다.

이를 묘한 눈빛으로 쳐다보던 해악천이 물었다.

"누가 죽였느냐?"

마치 당연히 죽였어야 한다는 말투였다.

'…젠장, 녀석의 말이 맞았구나.'

송좌백은 속으로 그 의중을 헤아리지 못한 자신을 책망했다. 그래도 결정적인 한 수는 자신이 날렸다. 단검이 박히지 않았더라도 머리통이 함몰되어 죽었을 것이다.

"접니다."

"그래, 그래야지. 네놈이 결정타를 지었군."

'…?!'

해악천의 말을 들어보면 둘이 합공한 것을 알고 있는 듯했다. 아무 말을 못 하는 그에게 해악천이 혀를 차며 말했다.

"내상을 입었다고 한들 일류 고수다. 네놈 수준으로 혼자 상대했다면 그 정도 부상으로 끝났을 것 같으냐? 어리석기는. 쯧쯧."

하지만 말은 이렇게 하면서도 해악천의 표정은 썩 나쁘지 않았다. 한계까지 몰아붙이며 가르치고 있다고는 하지만 고작 석 달 만에 이렇게 발전한 것에 나름 흡족해하고 있었다.

'녀석도 엉망이겠군. 클클.'

해악천은 당연히 그러리라 확신했다.

그러나 얼마 후에 나타난 소운휘의 멀쩡한 모습에 표정이 무섭게 굳었다.

송좌백은 가시방석에라도 앉은 기분이었다.

"제, 제가 주로 상대하고 녀석은 다리가 부러져 굴러다니는 오 대주를 단검으로 위협해서 멀쩡한 겁니다."

묻지도 않은 변명까지 늘어놓았다.

그러나 이미 심기가 불편해진 해악천이었다.

"앞으로 훈련 시간을 더 늘리겠다."

'비, 빌어먹을!'

송좌백은 이글이글 타오르는 눈으로 소운휘를 노려보았다.

소운휘는 자신의 일이 아니라는 것처럼 고개를 돌리며 시선을 회피했다.

그 모습에 송좌백은 전의가 불타올랐다.

'기필코 이긴다.'

이를 갈면서 다짐했다.

* * *

드디어 해악천이 대결의 날을 공지했다. 정확히 석 달 뒤였다. 아마 그때쯤이면 쌍둥이 형제가 나를 확실하게 이길 수 있으리라 판단한 모양이었다. 나 역시 방심할 수 없기에 죽어라 연마할 뿐이었다. 그사이 패혈단주 구상웅이 오 대주의 행방을 물어보기 위해 찾아왔다. 그러나 해악천의 노성만 듣고서 내려가야 했다. 혹시나 끝까지 오 대주를 찾으려 들지 않을까 싶었는데, 그 후로는 더 이상 그런 말이 나오지 않았다. 사존은 확실히 사존이었다. 대주급의 오 대주가 그의 손에 죽었을 수도 있는데, 누구 하나 이의를 제기하지 못했다. 내게는 좋은 소식이었다. 이제 다른 일에 신경 쓰지 않고 훈련에만 매진할 수 있게 되었으니 말이다.

삭! 삭! 반복적으로 검을 휘두르는 소리가 동굴을 울렸다. 한 시진이 넘게 같은 식(式)의 동작을 계속하고 있었다.

'언제 초식을 가르쳐줄 거야?'

나의 물음에 남천철검이 딱딱한 목소리로 답했다.

—식이 몸에 숙달될 때까지 초식은 시작하지 않는다.

지금까지도 초식을 배우지 못한 나였다. 한 달 동안이나 심법, 신공 연마 외에는 이렇게 성명검법의 기본 식만 반복적으로 몸에 익히는 훈련을 하고 있었다.

—기본 식이 자연스럽게 나올 정도가 못 된다면 초식은 그저 검무(劍舞)에 불과하다고 전 주인께서 말씀하셨다.

맞는 말이지만 제대로 된 초식이 궁금하긴 했다. 해악천이 비급서의 초식을 알려준다며 몇 번 시범을 보여주기는 했지만 그것은 보완 전의 초식이었다. 제대로 된 남천검객의 검 초식은 과연 어떨까?

—그런 건 기본 십팔 식이 전부 숙달된 후에 확인해도 늦지 않다.

'끄응.'

사람의 손길에 집착하는 변태 같은 모습도 있지만, 이 녀석을 보면 남천검객이 어떤 인물이었을지 대충 짐작이 갔다. 아마도 융통성이 없고 완고한 사람이었으리라. 그렇게 스스로를 채찍질하며 단련했으니, 희대의 검수 중 한 사람으로 이름을 남긴 것이기도 했다. 그때 문득 궁금해졌다. 이런 남천검객 호종대를 꺾고서 그를 이렇게 쓸쓸하게 죽게 만든 자는 누구일까?

─알 수 없다.

'알 수 없다고? 이름이라도 있을 것 아냐?'

─당시 최고로 명성을 떨치셨던 전 주인께서는 하루가 멀다 하고 도전장을 받으셨다.

'다 상대해준 거야?'

─그렇진 않다. 적어도 상대할 만한 가치가 있는 무인의 도전만 받아들이셨다.

'그자도 그런 거야?'

─아니다.

'응?'

─주인께서는 그자의 도전장을 받고서 극도로 긴장하셨었다.

놀라운 이야기였다. 천하의 남천검객을 긴장하게 만든 도전장이라…. 그렇다는 것은 남천검객에 버금가는 고수가 도전했었다는 말일까?

─이름도 없는 도전장에는 대결 장소와 시각, 그리고 반으로 벤 꽃의 줄기만이 들어 있었다.

'꽃의 줄기?'

─꽃의 줄기가 베어진 단면을 본 전 주인께선 정체를 알 수 없는 자임에도 불구하고 약속된 장소로 나가셨다.

'하…'

그런 얘기를 들어본 적이 있다. 뛰어난 검객일수록 검으로 찌르고 벤 흔적에서 격이 나온다고 말이다.

─승부는 고작 사십 초식 만에 났다.

'뭐?'

사십 초식이라면 그리 오랜 시간이 걸리지 않았다는 소리였다. 행방불명되지만 않았다면 천하 팔대 고수에 새로이 이름을 올렸을 거라고 거론되던 절세고수가 고작 사십 초식 만에 졌다는 게 믿기지 않았다.

'혹시… 팔대 고수나 사대 악인 중에서 누가 나선 거 아냐?'

그게 가장 현실적인 이야기였다. 차후에 자신들의 명성을 비집고 들어올 신진 고수의 싹을 사전에 잘라놓으려는 간계일 수도 있지 않은가. 너무 앞서 나간 건가. 어쨌든 팔대 고수까지는 아니더라도 사대 악인 정도라면 가능성이 있었다.

—그러기에는 너무 젊었다.

'젊었다고?'

—인간의 기준은 잘 모르겠지만, 내가 보았을 때는 많이 쳐줘도 이십 대 초반에 불과해 보였다.

'이십 대… 초반?'

남천검객이 그런 명성을 얻은 것도 삼십 대 후반이었다. 한데 이십 대 초반에 불과한 자가 어떻게 그런 무위를 지닐 수 있는 거지? 그럼 그 괴물 같은 기기괴괴 해악천은 전혀 상대가 되지 못한다는 소리가 아닌가.

—중원은 넓다. 그리고 무인은 많다. 그중에 알려지지 않은 절세 고수가 없다는 보장은 누구도 할 수 없다.

제 주인을 죽음으로 몰고 간 존재인데도 남천철검은 담담했다. 정정당당한 승부에서 졌기 때문인 걸까?

'끝까지 누군지 모른 거야? 뭐 인상착의 같은 것도 몰라?'

어쩌면 현재 잘 알려진 고수일 수도 있었다. 아니면 회귀 전까지

십 년 후의 미래를 알고 있으니, 나는 알지도 몰랐다.

그때를 회상하는지 잠시 말이 없던 남천철검이 말했다.

―특별히 말할 만한 건 없었다. 흔히 볼 수 있는 평범한 외모였다. 다만 특이한 점이 하나 있었다.

'뭔데?'

―두 눈동자의 색이 달랐다. 전 주인과 검초를 겨룰 때 나는 보았다. 그자의 한쪽 눈이 금안(金眼)인 것을.

음… 진짜 모르겠다. 한쪽 눈동자가 금색을 띠는 자는 들어본 적이 없다. 지금부터 십 년 사이에 팔대 고수 중 두 명이 바뀌지만 그들 중에도 그런 독특한 눈을 가진 자는 없다. 그렇다면 대체 누구지?

―운휘.

'응?'

―여기서 중요한 교훈이 있다.

'교훈?'

―그렇게나 훈련을 게을리하지 않던 전 주인께서도 이름 모를 검수에게 죽임을 당하셨다. 지금 이렇게 잡담할 시간이 있나?

'…'

그래, 내가 죄인이다. 어째 매일같이 소담검과 말을 섞더니, 이 녀석도 말발이 늘었다. 다만 소담검과 다르게 일체의 농담 없이 바른 말만 한다.

* * *

산봉우리의 나무들이 앙상한 가지만 드러내고 있었다. 눈이 내리면서 몇 달 전만 하더라도 붉고 노랗던 산이 어느새 하얀 설경으로 바뀌었다. 완연한 겨울이었다. 벌써 석 달이라는 시간이 흘렀다.

촤촤촤촤촤촤! 경쾌한 검 소리가 동굴 안에 울려 퍼졌다. 철검이 그리는 호쾌한 검의 궤적이 사방의 공기를 갈랐다. 지금 펼치는 초식은 성명검법 일초식 호아세검(虎牙勢劍)이었다. 맹렬한 기세로 상대를 제압하기 위한 초식이다. 막힘없이 검초를 펼칠 수 있게 된 것은 남천철검의 말대로 부단히 기본을 갈고닦았기 때문이다.

호아세검의 마지막 검식을 펼치는데, 남천철검이 말했다.

—이초식으로 바로 연결해라.

이초식은 잠합공검(潛蛤公劍)이라는 초식으로 기세를 폭발적으로 일으키며 상대의 공격을 맞받아쳐 반격하는 검초이다. 상대의 힘을 역으로 받아칠 수 있다.

—삼초식!

녀석의 말대로 곧바로 삼초식을 이어서 펼쳤다. 비추형검(泌鰍形劍). 앞선 초식과 다르게 부드러운 버들가지처럼 검초의 변화가 두드러졌다. 예측 못 할 만큼 부드러운 검식의 변화를 통해 상대를 현혹시키는 검초이다.

"후우."

세 검초를 마친 나는 숨을 내쉬었다.

—이야, 이제 좀 그럴듯한데.

소담검의 말에 내가 어깨를 으쓱했다.

그러나 남천철검은 냉정하게 검초를 평가했다.

—아직 멀었다. 중간중간 검식의 기세가 흔들린다. 지금 네 수준은 전 주인께서 펼치던 검초의 절반에 불과하다.

올라갔던 내 어깨가 아래로 축 처졌다. 남천철검이 스승 역할을 해서 그런지 녀석이 냉정하게 평가하면 기가 죽는다.

—그래도 고작 석 달 만에 괄목할 성장이다. 수고했다.

그리고 칭찬에는 입꼬리가 찢어졌다. 무공 훈련만큼은 냉철한 녀석이었기에 그동안 많이 신뢰하게 되었다.

—나는?

'…어. 뭐, 너도 그렇지.'

—건성으로 답하지 마라, 쓰레기 소운휘.

'…!'

이 자식이 이제는 사람 이름 앞에다가 욕을 붙이네. 이제부터 넌 욕쟁이 단검이다.

—뭐, 인마!

열 받은 소담검이 버럭 소리를 질렀다.

'됐고. 남천, 이 세 초식만으로 정말 이길 수 있을까?'

성명검법은 총 일곱 초식으로 이루어졌다. 대부분의 검법이 그러하듯이 대결에서는 검식이 주를 이룬다. 초식이란 검식의 조합을 통한 비기이다. 비기를 전부 배우지 않았기에 불리할 수도 있겠다는 생각이 들었다.

—걱정 마라. 전 주인의 수준에 미치지 못한다고 했을 뿐이지, 검초 자체만 놓고 보면 완숙에 가깝다. 무리해서 모든 초식을 어설프게 배우는 것보다 확실하게 세 초식에 집중하는 편이 낫다.

불안하지만 녀석의 판단을 믿어보기로 했다. 적어도 세 초식만큼은 완숙하게 펼칠 수 있게 되었으니 말이다.

—자신감을 가져라, 운휘.

―발라버려!

'그래.'

준비는 끝났다. 내 전의는 최고조에 달해 있었다.

태양이 중천에 떠 있는 정오.

대결의 시간이 되었다.

"후우."

입김이 나올 만큼 공기가 차갑다. 뽀득! 산봉우리 정상에 도착해 눈 쌓인 바닥을 밟자 발목까지 푹 들어갔다. 하늘 아래 사방이 탁 트인 설경에서의 대결이라…. 말로만 들으면 운치가 있겠지만 지금 내 눈에는 오직 저들만 보였다. 팔짱을 낀 거구의 야인 해악천과 그 뒤에 나란히 서 있는 쌍둥이 형제. 분위기가 사뭇 무거웠다. 나와 마찬가지로 저들도 전의가 가득했다.

―좀 닮아가는 것 같지 않아?

소담검의 말처럼 석 달 사이에 송좌백과 송우현의 덩치가 꽤 커졌다. 그러다 보니 녀석들은 작은 해악천이라고 불러도 과언이 아닐 만큼 우람해져 있었다. 뭐 해악천과 비교하면 여전히 소인이지만 그래도 나보다는 컸다.

쌍둥이는 이제 옷 색깔이나 말투로 따지지 않아도 될 만큼 구분하기 쉬워졌다.

―쟤는 오늘따라 참….

소담검이 말한 쟤는 동생 송우현이다. 매끈매끈한 머리에 햇빛이 반사돼, 보는 내가 눈이 부실 지경이다. 녀석은 정수리 탈모에서 완전한 대머리로 거듭났다. 덕분에 인상이 강렬해져 어리숙한 모습이 덜해 보이긴 했다.

뽀득뽀득! 나는 눈을 밟으며 그들 앞으로 걸어갔다.

"클클. 질 준비는 됐느냐?"

보자마자 해악천이 도발하듯이 말했다.

그런 얕은 도발에는 안 넘어간다.

"해봐야 알지 않겠습니까?"

질 생각은 조금도 없었다.

내 말에 송좌백이 비웃음이 담긴 목소리로 말했다.

"지금이라도 그냥 항복하고 주군이라고 외치는 게 어때?"

"자신만만하네?"

"당연하지. 너와 나는 이제 격이 다르거든."

이 정도로 자신만만하다는 것은 승리를 확신할 만큼 성과를 얻었단 거겠지?

그때 송좌백의 뒤통수를 해악천이 후려갈겼다. 빡!

"흥! 누구 마음대로 항복이니 뭐니 지껄이는 게냐. 이 대결은 무조건 끝까지 해야 한다."

송좌백이 억울하다는 표정을 지었다. 이 대결의 진짜 목적을 모를 테니 그럴 만도 했다. 해악천에게 있어서 이 대결은 먼 옛날의 수모를 되갚기 위한 대리전이었다. 한 번도 이겨보지 못한 과거의 적수를 후대로 하여금 꺾게 만들어….

─정신 승리 하려는 거지.

이놈 재치 보소. 뭐 결과적으로 맞는 말이기도 하다. 과거야 어찌되었든 현재 자신의 무공이 남천검객의 무공보다 우위임을 증명하고 싶어하니 말이다.

—이제 조용히 해라, 소담. 전의가 식으면 대결에 지장이 있다.

—…쳇.

남천철검의 그 말에 소담검이 투덜거렸다. 하지만 녀석도 이 대결의 중요성을 알기에 더 이상 재잘거리지 않았다.

"누구와 겨루면 되는 것입니까?"

처음에는 하도 쌍둥이라고 통칭해서 불러 설마 이 대 일로 겨루는 건가 싶었다. 하지만 다행스럽게도 그건 아니었다. 송좌백이 앞으로 걸어 나왔다.

"당연히 나지."

그럴 거라고 생각했다. 동생인 송우현은 강해졌어도 어리숙한 면이 없지 않아 대결에 맞지 않았다. 물론 지금의 인상이라면 상대가 먼저 겁을 먹을 수도 있겠다.

"어르신, 약조는 지키시겠지요?"

"클클. 그건 네놈이 이겼을 때나 가능한 일이다."

절대로 진다는 생각 따윈 하지 않았다. 한데 계속 뭔가 비장의 수를 두고 있는 것처럼 자신감 넘치는 모습을 보여주니까 서서히 긴장되었다.

'이런 거로 허세를 부릴 인간은 아니니까.'

조심할 필요는 있었다.

나와 송좌백이 서로 거리를 두고서 마주 보았다. 그러는 사이에 해악천과 송우현은 우리에게서 십오 장 정도 물러났다. 서로 준비가 끝나자 해악천이 소리쳤다.

"시작해라!"

송좌백이 기수식을 취했다. 녀석이 양팔을 걷자 철로 만든 팔목

보호대가 모습을 드러냈다. 윤기가 나는 것이 단순한 보호대가 아닌 듯했다. 의아하게 쳐다보자 녀석이 말했다.

"너는 검을 쓰는데 나만 맨손이면 되겠냐?"

"맞는 말이긴 한데, 나는 기껏해야 녹슨 철검이고 너는 꽤 좋아 보인다."

—녹슨 철검이라니 난….

—조용히 해. 방해된다.

—….

내 말에 울컥했는지 남천철검이 입을 열었다가 소담검한테 한소리 들었다. 조금 전에 조용히 하라 했던 것에 복수하고야 마는 소담검이다.

송좌백이 웃으면서 말했다.

"별거 아니야. 어르신께서 소싯적에 쓰셨다고 하더라."

"소싯적?"

그럼 보통 물건이 아니잖아. 물심양면으로 지원해놓고서 무슨 공평함은 공평함이야. 저 노인네가 내게 해준 거라고는 명륜선공 운공법을 알려준 것과 검초를 보름 정도 봐준 게 다였다. 하긴 남천검객을 이기려고 비급서까지 훔치는 인간한테서 뭘 기대하겠나.

척! 남천철검을 빼 든 내가 성명검법의 기수식을 취했다. 그러자 녀석도 권법의 자세를 취했다. 기기괴괴 해악천의 독문 무공은 현철진권(玄鐵進拳)이라 하여 금강불괴처럼 신체를 극도로 발전시켜 권의 역량을 강화하는 것이라 들었다. 물론 이건 해악천이 대결의 공평함을 위해 알려주는 것이라 하였다.

'그럴 거면 초식도 전부 알려주던가.'

정작 본인은 성명검법의 비급서를 해체하듯이 분석했을 거면서 말이다.

송좌백과 나는 서로를 노려보면서 허실을 찾았다. 확실히 녀석도 죽어라 연마했는지 자세의 흐트러짐이 없었다. 그때였다.

"내가 먼저 간다!"

팟! 눈발을 튀기며 송좌백이 거친 야생마처럼 달려왔다. 그 기세가 보통이 아니었다. 먼저 달려든다면 나야 검객으로서 거리의 장점을 이용해야지.

슉! 송좌백의 미간을 향해 교묘하게 검을 찔러 넣었다. 그 순간 송좌백이 두 팔을 교차하면서 팔목의 철 보호대로 검을 튕겨냈다. 차아아앙!

"헛?"

검 끝이 떨리면서 강한 반탄력에 의해 내 신형이 뒤로 밀려났다. 타타타탁! 놀란 나에게 녀석이 틈을 주지 않고 속공을 해왔다.

"하압!"

나는 녀석을 막기 위해 찌르기가 아니라 여러 방위로 검을 휘둘렀다. 그러나 번번이 녀석의 보호대에 막혀 밀려났다.

'주먹이 쇳덩이 같다.'

확실히 보통 철 보호대가 아니었고, 녀석의 공력은 석 달 전과 천양지차였다. 이 정도로 강해졌다면 슬슬 의심해볼 만했다.

"너 혹시 영약 같은 거 먹었나?"

"무슨 소리!"

송좌백이 내 물음에 강하게 부정했다. 아닌 것치고는 눈동자가 꽤 많이 떨리고 있다. 하여간 거짓말을 못하는 성격이다. 차차차차차창! 찔리기라도 했는지 더욱 격하게 공격해왔다.

　─운휘! 거리를 둬라. 이 정도라면 내공만큼은 일류 고수에 육박할 정도다.

직접 부딪치고 있는 남천철검이 조언해줬다.

'일류 고수?'

얼마나 좋은 영약을 먹었기에 일류 고수에 육박할 정도야? 그럼 거의 이십 년 수준에 이르는 내공이다. 혹시 허구한 날 두드려 팬게 화풀이가 아니라 추궁과혈(推宮過穴)을 한 건가.

'칫. 떨어져야겠다.'

팟! 남천철검의 말대로 거리를 벌리기 위해 뒤로 신형을 날렸다. 그럴수록 녀석은 절대로 떨어지지 않으려고 보법을 펼치며 따라붙었다.

'큭!'

확실히 무공 이상으로 경신법이 너무 뛰어났다. 거리를 벌리는 것 자체가 힘들었다. 떨어질 때마다 가까이 붙어서 내 몸에 권을 퍼붓는데, 아무래도 해악천이 제대로 조언해준 모양이었다.

'앗!'

그때 녀석의 주먹이 가슴 정중앙에 꽂히려 했다. 나는 본능적으로 뒤로 몸을 젖혔다. 그러고는 물구나무를 서듯이 돌면서 거리를 벌렸다.

"하!"

송좌백이 이건 예측하지 못했는지 놀라워했다. 배운 것은 아니지만 어떻게든 안 맞으려고 하다 보니까 나온 임기응변이었다.

"유연하네!"

놀란 것도 잠시였고 녀석이 내게 일 권을 날렸다. 소림사의 백보신권을 연상케 하듯이 녀석의 주먹을 뻗은 신형이 앞으로 치고 나왔다. 창! 철검의 면으로 이를 막아냈다. 하지만 또다시 몸이 뒤로 밀려났다.

"안 놓친다!"

송좌백이 다시 거리를 좁히려고 했다.

'짜증 나네.'

남천철검이 내게 말했다.

—권이 검을 상대하기 위해선 이게 기본 전법이다. 물론 네 검식을 대부분 파악하고 있기 때문에 더 절묘하다.

해악천이 얼마나 성명검법을 연구했는지 알 수 있었다. 하긴 남천검객이 행방불명된 십오 년 동안 절치부심으로 갈고닦았을 테니, 이 권법은 해악천의 한이 서려 있다고 해도 과언이 아니었다.

"키킥!"

나를 밀어붙이는 것에 재미가 들린 모양이었다. 입꼬리가 찢어진다, 찢어져.

"언제까지 막고 피하기만 할 참이냐? 초식이라도 펼쳐보지 그래!"

녀석이 나를 도발했다. 아마도 검식이 아닌 초식의 완벽한 파훼법을 숙지했으리라. 그렇지 않고는 저런 눈빛이 나올 리가 없다.

"그래?"

그렇다면 사양하지 않겠다. 검병을 잡은 내 손놀림이 매서워지려 했다.

그때 녀석이 씨익 하고 웃으며 권초를 펼쳤다.

"기다렸다!"

속사포처럼 날아오는 녀석의 권초. 흡사 눈앞에서 수십 개의 주먹이 날아오는 듯했다. 차차차차차창! 나는 빠르게 철검의 검신으로 녀석의 권을 막아냈다. 내 신형이 권력에 의해 계속해서 밀려나기 시작했다.

"주군이라 부를 준비나 해라!"

녀석이 승리를 확신했는지 환희에 찬 목소리로 소리쳤다.

"꿈 깨."

"뭐?"

그 순간 밀려나던 내 몸이 활처럼 뒤로 휘었다가 앞으로 튕겨 나갔다.

"헉!"

성명검법 이초식 잠합공검. 숨죽였던 기세를 폭발적으로 일으키며 상대의 공격을 맞받아치는 반격의 검초. 다 죽어가던 검세가 미친 듯이 밀려오자 녀석이 다급히 공세를 방어로 바꿨다. 차차차차차창!

"큭! 이, 이게 뭐야?"

녀석이 당혹스러워했다. 당연할 거다. 해악천에게 들었던 초식과는 확연하게 다를 테니 말이다. 이건 그때의 그 성명검법이 아니거든.

"이익!"

공세를 막아내던 녀석이 다른 초식으로 반전을 꾀해보려고 했다. 몸을 팽이처럼 회전하면서 검세를 막기보다 더 강한 권초로 밀어붙이려 들었다. 그런데 그것도 예상했다.

'네가 맹렬한 기세로 나온다면…'

성명검법 삼초식 비추형검. 부드러운 버들가지처럼 회전하는 녀석의 기세에 몸을 맡기며, 나는 편승하듯 녀석에게로 검초를 날렸다.

"헉!"

휘어지듯이 유려하게 권초를 뚫고서 들어오는 검초에 녀석이 화들짝 놀랐다. 버들가지처럼 유순하던 철검이 날카롭게 녀석의 가슴을 찌르려 하자, 송좌백이 결국 보법을 펼치며 거리를 벌렸다.

"젠장!"

타타타타타탁! 내가 따라잡기 위해 신형을 날리자, 보법이 아니라 경신법까지 펼치며 거리를 더욱 벌리려고 했다.

"계속 도망칠 거냐?"

나의 도발에도 녀석은 발을 멈추지 않았다. 그런데 녀석의 시선이 도망치는 내내 눈치를 보듯 어딘가로 향하고 있었다. 바로 해악천이 있는 방향이었다.

'어이쿠.'

해악천의 표정이 가관이었다. 그 역시도 내가 단점이 보완된 성명검법을 펼치자 당혹스러운 듯했다. 판이 뒤집히니까 어때? 당황한 기색이 역력한 해악천. 그 역시도 이런 상황은 예상하지 못했을 거다. 나 역시 숨겨진 한 수로 가지고 있어야 했으니까.

―표정 봐봐. 무서워지는데.

소담검의 말처럼 놀라는 것도 잠시였고, 해악천의 인상이 무섭게 굳어지고 있었다. 험악해진 인상만으로 사람 하나 잡을 기세였다.

―네 생각대로 통했을까?

글쎄. 안 통하면 곤란해지는데….

머릿속에 스치듯이 석 달 전이 떠올랐다.

석 달 전 이른 새벽.

촤촤촤촤촤! 해악천이 눈앞에서 비급서에 있는 성명검법의 검초를 차례대로 보여주었다. 남천검객이 보완하기 전의 일곱 초식이었다. 권사인 그가 이렇게 검초를 능숙하게 펼칠 거라고는 상상하지 못했다.

─그만큼 비급서를 많이 분석했다는 거겠지.

소담검의 말이 맞았다. 어지간히 분석하지 않고는 이렇게 능숙하게 검초를 펼칠 수가 없었다.

저 승부심이 대단하기는 했다. 적을 이기기 위해 적의 무공마저 훔쳐서 배운다는 것이 말이다.

"…많이 능숙하시군요."

"이깟 검법이야 눈 감고도 펼칠 수 있다. 클클, 네놈은 보았던 검초들을 머릿속에 잘 숙지해두는 편이 좋을 게다. 딱 사흘 동안만 보여줄 거니까."

"네? 사흘 동안만요?"

"그럼 계속해서 네놈을 봐주리?"

"…"

미친 늙은이. 검식도 하루에 한 번씩 딱 사흘을 보여줬다. 그나마 검식의 경우는 보완 전과 보완 후가 완전히 똑같기에 도움이 되긴 했다. 그런데 검식을 조화시키는 초식을 고작 세 번만 보여주고 익히라고? 나를 뛰어난 인재라 여기는 것일까? 당연히 그럴 리는 없었다. 어차피 나는 이 늙은이에게 있어서 대리 복수전을 위한 일회성 존재였다. 구태여 필요 이상으로 신경 쓰지 않겠다는 소리였다.

─야야, 참아. 어차피 붙어 있는 것보다 낫잖아.

소담검의 말이 맞았다. 오히려 본인의 제자나 다름없는 쌍둥이들한테 신경 쓰게 하는 편이 나았다. 그렇지 않으면 보완된 검초를 익히기 힘들 것이다.

"그럼 보여준 것을 잘 상기토록 해라."

남천철검을 돌려준 해악천은 동굴을 나가버렸다.

그가 나가자마자 남천철검이 착 가라앉은 목소리로 중얼거렸다.

—불쾌하다. 찝찝하다. 검병을 닦아줬으면 좋겠다.

자신의 검병을 만지는 것을 그리도 좋아하는 녀석인데, 어지간히 싫었나 보다.

소담검이 키득거리며 웃어댔다. 그것을 개의치 않고서 남천철검이 내게 말했다.

—오랜만에 보완 전의 검초를 직접 펼치게 되니 알 것 같다.

'무엇을?'

—보완 전의 검초는 매 초식 검식의 경로에 몇 가지 허점이 드러난다. 그자가 비급서를 훔치지 않았다면 전 주인께서도 이것을 보완할 생각을 하지 못하셨을 거다.

오히려 남천검객에게 있어서는 전화위복이 된 셈이었다.

—나를 믿어라, 운휘. 전 주인께선 검초를 보완했을 뿐만 아니라, 초식의 변화를 가미함으로써 성명검법을 더욱 진화시켰다.

자신감에 넘치는 녀석의 말을 들으니 듬직했다. 남천철검의 말대로 진화된 성명검법을 보게 되면 해악천은 경악할 것이다. 그렇게나 꺾고 싶어했던 남천검객이 검법을 더 발전시켰으리라고는 꿈에도 생각하지 못했을 테니 말이다.

'음….'

그런데 문득 이런 생각이 들었다.

'내가 더 진화된 검법을 사용하면 저 미친 늙은이가 그냥 놀라기만 할까?'

—아! 맞네. 널 의심할 수도 있겠다.

아니, 오히려 이상하게 생각할 거다. 이제 막 검법을 배웠는데 검초를 보완한 것도 모자라 더욱 진화시킨다? 천재라 불리는 무공의 대종사들이나 가능할까, 나 같은 범인이 그 정도 역량을 보인다면 의구심마저 품게 될 것이다. 죽은 남천검객이 살아 돌아오거나 뛰어난 검객이 돕지 않는다면 있을 수 없는 일일 테니까.

—그런데 보완된 검초가 아니면 너 무조건 질걸. 눈을 감고도 펼칠 수 있을 만큼 검법을 달달 외웠는데, 그 약점도 모르겠어?

소담검이 날카로운 지적을 했다. 요새 농담만 할 줄 아나 싶었는데 판단이 좋았다. 진퇴양난의 상황이었다. 진화된 검초를 보이고서 승리를 하게 되면 추궁을 당하게 될 것이고, 패배를 하면 다시 혈고를 먹고 평생 하급 무사로 전락하게 된다.

—…그렇군. 그렇다면 운휘, 이건 어떤가?

'응?'

—전 주인께서 검법을 진화시킨 정도가 추궁을 당할 일이라면, 약점을 보완한 수준의 검초를 보여주는 게 어떤가?

'약점을 보완한 수준의 검초?'

—그래. 확실히 네 말대로 검초를 더욱 진화시킨다는 건 전 주인처럼 검에 천부적인 재능을 지녀야 가능한 일이다. 막 검초를 터득한 너는 무리다.

은근히 전 주인이랑 비교하네. 근데 맞는 말이다. 남천검객이 달리 차기 중원 팔대 고수라 불린 것이 아니다.

—상대가 해악천 본인이라면 보완한 검초로는 상대하기 힘들겠지만, 네 상대는 그가 아니지 않은가?

쌍둥이 중 한 명이었다.

'그래, 맞아!'

해악천에게 성명검법의 허점을 배운다고 해도 쌍둥이의 수준이라면 보완된 검법만으로도 충분히 상대할 수 있을 것이다. 게다가 녀석들이 당황하면 역으로 허점을 만들 수도 있을 것이다.

그리고 그 계획은 성공했다. 송좌백은 약점이 보완된 검 초식만으로 상대하는 게 가능했다. 이제 해악천이 이를 어떻게 받아들이느냐가 관건이었다.

—크게 추궁하긴 힘들 거다. 검초를 펼칠 때 일부 검식에 허점을 그대로 남겨둔 네 판단은 옳았다.

남천철검의 말대로 완벽하게 보완된 검초를 펼치지 않았다. 가령 이초식 잠합공검의 보완된 검식이 열여섯 식 중의 다섯 식이라면 큰 약점이 되지 않을 만한 두 식을 그대로 내버려뒀다. 할 거면 철저하게 속여야 했다.

'의심은 피하겠지?'

—네 초식에 어색한 점은 없었다.

'다행이네. 남천, 네 판단이 옳았어.'

남천철검이 세 초식에 집중하게 했던 큰 이유가 바로 이것이었다. 초식이 자연스럽게 나올 만큼 완숙해지지 않는다면 속이는 데 실패할 수도 있었다. 사기도 그것에 통달해야 가능하듯이 말이다.

'사기극이 통할지는 곧 알게 되겠지.'

이미 승부는 났다. 송좌백이 계속 도망치는 시점에서 대결은 내 승리였다. 심판이나 다름없는 저 미친 늙은이의 판단에 달렸다. 쉽게 받아들이기 힘들 거다. 내가 예측을 깨고서 자신의 전인을 이겼으니 말이다.

'…아!'

무서운 얼굴로 나를 노려보고 있던 해악천이 손을 들었다. 그러고는 소리쳤다.

"흥! 승부는 끝이다. 멈춰…"

"아직 끝나지 않았습니다!"

송좌백이 승부를 불복했다. 그러더니 경신법을 펼치며 도망치던 것을 멈췄다.

해악천의 눈썹이 치켜 올라갔다.

─운휘, 쟤 뭐 하는 거냐?

송좌백이 갑자기 거칠게 상의를 찢으며 탈의했다. 도망을 포기한 것치고는 괴이한 행동이었다. 숨겨둔 한 수가 있는 것일까?

"흐아아압!"

녀석이 기합을 넣으며 전신의 근육에 힘을 주자 변화가 생겨났다. 피부색이 진해지며 옅은 구릿빛을 띠었다.

'뭐야?'

─운휘! 저건 기기괴괴의 진혈금체다! 거리를 벌려라!

팟! 남천철검의 경고가 끝나기 무섭게 송좌백이 엄청난 속도로 나를 향해 신형을 뻗어왔다. 원래도 뛰어난 경신법으로 빨랐는데, 속도가 더욱 올랐다.

"승부는 끝나지 않았다!"

무서울 정도로 좁혀오는데, 거리를 벌리기가 힘들었다.

'칫!'

피하기는 글렀다. 나는 아껴두고 있던 성명검법 일초식 호아세검을 펼쳤다. 여기서 승부수를 둬야 했다. 녀석도 나와 같은 생각을 했는지, 패도적인 기세의 권초를 펼쳤다. 파파파파파파팍! 맹렬한 검세를 가진 호아세검의 검초와 패도적인 녀석의 권초가 부딪치자, 파공음과 함께 발밑에 있던 눈이 사방으로 흩날렸다. 그만큼 초식 대결은 격렬하기 짝이 없었다. 역시나 권초가 보완되기 전 호아세검의 허점을 노렸다. 소용없어.

나는 녀석의 권초를 피해서 절묘하게 가슴의 정중앙을 노렸다. 피할 수밖에 없을걸. 그렇지 않으면 죽을 수도 있었다.

'…?!'

그런데 녀석이 검을 피하지 않았다.

'돌았나?'

죽으려고 작정한 것 같았다. 여기서 검을 억지로 거두게 되면 운용하던 기운이 역류하기 때문에 내가 위험하다. 게다가 역으로 반격당할 수도 있다.

'승부를 보자 이거지.'

목숨을 걸 만큼 녀석도 승부에 진지했다. 그렇다면 부응할 수밖에 없었다. 검이 닿기 일보 직전에 녀석이 몸을 틀었다. 푹!

"끄윽!"

가슴이 아닌 어깨 부위로 검 끝이 들어갔다. 그런데 파고든 검이 깊게 들어가지 않았다.

팍! 그 순간 송좌백이 철검의 검신을 움켜잡았다. 놀라웠다. 말

그대로 살을 내주고 뼈를 취하는 전술이었다.

"내 승리다!"

녀석이 검신을 잡은 상태로 내 얼굴을 향해 주먹을 휘둘렀다. 나는 다급히 왼손을 들어 올려 녀석의 주먹을 막았다. 우둑!

"억!"

맨손으로 막은 녀석의 주먹이 쇳덩이 같아서 왼손바닥의 뼈가 부러진 것 같았다. 너무 아팠다. 하지만 여기서 손을 빼면 진다. 의도치 않게 서로의 검과 손을 잡은 채 둘 다 공력 대결로 이어졌다. 파르르르르!

'빌어먹을!'

일류 고수에 육박하는 녀석의 공력 때문에 내 몸이 밀려나고 있었다. 오장육부가 끓어오르는 것 같았다.

─운휘!

이대로는 안 되는 건가. 역시….

그때였다.

주르르륵! 송좌백의 눈과 코에서 피가 흘러내렸다. 공력으로 우위를 점하고 있는 이 녀석이 왜 피를 흘리지?

바로 그 순간이었다. 팍!

"헛?"

"억?"

교착하고 있던 우리 두 사람의 몸이 양쪽으로 떨어졌다. 공력 대결 중이었기 때문에 위험할 수 있었는데, 동시에 절묘하게 떨어지면서 내상을 입는 것은 피할 수 있었다. 우리를 떼어낸 자는 역시 해악천이었다.

'괴물 같은 늙은이.'

그냥 떼어내도 되는데 우리 둘 다 해악천의 우악스러운 손에 목 덜미가 잡혀서 대롱대롱 매달려 있었다. 아직 승부가 끝나지 않았는데, 이러면 누가 이긴 거지?

해악천이 송좌백을 쳐다보며 소리쳤다.

"누가 네놈더러 그것을 쓰라고 했지?"

"어, 어르신!"

"아직 네놈의 수준으로 진혈금체는 무리라고 했을 텐데. 망아지 같은 녀석."

팍! 해악천이 녀석을 내팽개치듯이 저쪽 편으로 던져버렸다. 바닥에 엉덩방아를 찧으며 넘어진 녀석이 거친 호흡을 내뱉었다.

"헉헉…."

구릿빛을 띠던 피부색이 원래대로 돌아왔다.

다그치듯이 뭐라고 해놓고는 녀석을 쳐다보는 해악천의 입꼬리가 올라가 있었다. 하지만 그것도 잠시였다. 무섭게 인상을 굳힌 해악천이 나에게 고개를 돌렸다.

"왜 본좌가 준 비급서대로 검식을 펼치지 않은 게냐?"

역시나 질문은 그것이었다.

해악천의 기세에 억눌려서 두려웠지만 눈을 피하지 않고 말했다.

"저는… 그 정도로 어리석지 않습니다."

"뭐?"

"어르신께서는 비급서의 검법을 능숙하게 펼칠 수 있을 만큼 잘 아십니다."

험악했던 해악천의 눈매가 가늘어졌다.

"그래서?"

"그렇다면 분명히 검초의 경로나 허점마저 잘 아실 거라 생각했습니다."

"하! 그래서 검식을 바꿨다?"

"…그렇습니다."

해악천이 물었다.

"누가 네놈에게 훈수해준 적이 있느냐?"

역시나 검식이 바뀐 것을 의심했다.

"아무에게도 검법에 대해 알리지 말라고 하셨는데, 제가 어찌 이를 말하겠습니까? 그리고 어르신의 영역에 누가 함부로 출입할 수 있겠습니까?"

해악천이 눈을 마주친 채 매섭게 노려보았다. 겁을 줘서 거짓말인지 알아내려고 하는 것 같은데, 소용없었다. 첩자로 가장 먼저 배운 것이 타인을 속이더라도 표정이나 눈빛에서 흔들림이 없게 하는 것이다.

한참을 노려보던 해악천이 입을 열었다.

"흥! 하긴 네놈 수준으로는 그게 한계지. 본좌에게는 여전히 허점이 보인다."

당연하지. 그러라고 남겨놓은 허점이었다. 내가 한 것도 아니고 이십 년간 남천검객과의 경험을 가진 남천철검의 조언이 담긴 검초였다.

"당연히 어르신 정도로 뛰어난 절세고수이시라면 그렇겠죠."

"입에 발린 소리는 치워라."

"한데 그거 아십니까?"

"뭐?"

"어르신께서는 제게 이 검법을 익혀서 대리로 겨루게 했지요."

"어쩌란 것이냐?"

"한데 어르신조차 허점을 잘 아는 검법을 원래 주인이 지금껏 보완조차 하지 않고 가만히 내버려뒀겠습니까? 모르긴 몰라도 더욱 발전시키지 않았겠습니까?"

'…!'

그 말을 듣자 해악천의 표정이 바뀌었다. 눈빛까지 흔들리는 게 혼란스러운 모양이었다.

탁!

"아?"

해악천이 옷깃을 잡았던 손을 놓으면서 바닥에 착지할 수 있었다.

으드득! 이를 가는 소리가 들렸다. 시시각각 변하는 해악천의 얼굴에 불길해진 나는 조용히 뒷걸음질을 쳤다. 한참을 그러던 해악천이 갑자기 괴성을 질러가며 바닥을 향해 진각을 밟았다.

"남처어어어어어언!!"

쾅! 굉음과 함께 한순간이나마 주변의 지축이 떨리며 쌓여 있던 눈발이 위로 솟구쳐 흩날렸다. 엄청난 공력이었다. 주변 사 장 내에 쌓여 있던 눈이 나부끼며 사라질 정도였다. 진각을 밟은 바닥에 균열이 가 있었다.

'진짜 괴물이야.'

혀를 내두를 만큼 너무 강했다.

분노를 한껏 토해낸 해악천이 거칠게 쉭쉭거리다가 이내 내게로 고개를 돌렸다. 그의 얼굴에는 지금껏 보지 못한 허탈감이 묻어나 있었다.

"후우."

하지만 기기괴괴라는 별호가 어울릴 만큼 다시 표정이 원래대로 돌아왔다. 해악천이 나를 보며 입을 열었다.

"네놈들은 승부가 나지 않았으니 무효다."

하! 이런 식으로 나오시겠다. 평생 남천검객을 이길 수 없다는 사실을 깨닫고 나니, 내게 화풀이라도 하고 싶어졌나 보다.

"보셨으면 아실 텐데요. 끝까지 했으면 제가 이겼을 겁니다."

저기서 동생인 송우현의 부축을 받고 있는 송좌백의 모습만 봐도 알 수 있었다. 상태가 좋지 않았다. 조금만 버텼어도 송좌백은 목숨까지 위험했다. 그걸 알기에 이 늙은이가 중간에 개입해서 멈추게 한 거였다.

"모르는 일이다."

끝까지 치졸하게 나오시겠다? 이런 식으로 나온다면 나도 이판사판이다.

"…정말 과하시군요."

"무엇이 말이냐?"

"솔직히 이 승부가 공정했다고 생각하십니까?"

"뭐?"

"저는 반쪽짜리 심법뿐인데, 어르신의 무공을 전수한 저 녀석은 제 검법의 약점까지 알고 있고, 영약을 먹어 내공도 강했습니다. 심지어 팔목에 진귀한 보호대까지 주셨죠."

"…."

해악천이 아무 말을 하지 않고 나를 쳐다보았다.

나는 속에 있는 말을 쏟아내듯이 퍼부었다. 어차피 저 늙은이가 끝까지 인정하지 않고 나를 죽이려 든다면 답이 없는 승부였다.

"이 상황에서 제가 뭘 어쩌한단 말입니까? 처음부터 제가 패배하도록 짜놓은 판에서 이겨도 인정조차 하지 않으면 그냥 죽으란 겁니까? 제가 어르신의 장기 말입니까?"

점점 해악천의 얼굴이 붉어지고 있었다. 금방이라도 터질 듯했다. 상관없었다. 어차피 죽음을 각오한 마당에 나도 화풀이라도 하자.

"공정하게 했다면 저 녀석이 제 상대가 되었을 것 같습니까? 적어도 내공이나 보호대 같은 것만 주지 않았어도 더 승부가 빨리…."

바로 그때였다.

"크하하하하하하하하하하핫!"

얼굴이 붉어지던 해악천이 갑자기 미친 듯이 웃어댔다. 순간 이자가 화를 못 참아서 실성했나 싶었다. 그런데 한참을 웃어대던 해악천이 갑자기 송좌백이 있는 곳을 쳐다보며 물었다.

"본좌가 네 녀석에게 영약을 줬더냐?"

다 죽어가는 얼굴을 하고 있던 녀석이 인상을 찡그리면서 말했다.

"…저녁마다 먹었던 그 작은 단환 같은 것이 영약 아니었습니까?"

"크하하하하하핫. 그게 영약이라고? 멍청한 놈. 본좌에게 그리 많은 영약이 있었다면 뭣하러 네놈에게 줬겠느냐."

"네?"

송좌백뿐만이 아니라 나 또한 영문을 알 수 없었다.

정말로 웃겼는지 눈물까지 글썽거리던 해악천이 말했다.

"본좌가 여태껏 후인을 기르지 않다가 왜 저놈들에게 무공을 전수해준 것 같으냐?"

"…?"

"저 녀석들이 진혈금체를 연마하기에 타고난 육신을 가졌기 때문이다."

"그게 무슨?"

"저 망아지 놈들은 몸에 흐르는 피가 여타의 인간들보다 순환이 빠르지. 애초부터 내공이 빨리 쌓이는 체질이란 게다."

그 말에 송좌백이 어리둥절해서 물었다.

"넷? 그, 그럼 그 단환들은?"

"진혈금체를 완성하기 전까지는 네놈들 수준에서 피가 빨리 흐르는 것은 독이 된다. 그렇기에 연마하는 내내 타혈법이나 단환으로 조절해줘야 한다. 그렇지 않으면 단명하기 십상이지."

이런 사정이 있을 거라고는 생각지도 못했다. 영약을 먹인 줄로만 알았지, 특수한 체질일 거라 누가 예측했겠는가.

해악천이 혀를 차면서 말했다.

"그리고 무기? 네놈이 가진 그 검이 뭔지는 알고 지껄이는 게냐?"

"녹이 슨…."

"녹이 슬었다 뿐이지, 그 철검은 한철(寒鐵)이 섞여서 어지간한 검들보다는 좋은 명검이다."

─흠… 저자가 간만에 바른말을 하는군.

남천철검이 동의하는 목소리로 말했다. 어쩐지 저 손목의 보호대와 비교하는 말을 할 때 발끈했던 이유가 있었다.

"그걸 쓰면서 보호대가 그리 못마땅하더냐?"

"…."

하지만 이 두 가지야 그렇다고 해도 여전히 불리했던 건 변함없다.

그런데 해악천의 입에서 예상치 못한 말이 나왔다.

"뭐, 그럼에도 네놈이 불리했던 것이 사실이긴 하지. 클클."

순간 내 귀를 의심했다. 이자가 자신의 입으로 그것을 인정했다. 해악천이 계속 말을 이어갔다.

"건방진 네놈의 말처럼 애초에 이 승부는 무조건 본좌가 이기기 위한 판이었다. 네놈은 그것을 위한 장기 말이었지."

이젠 대놓고 장기 말이라고 하네. 더 이상 숨길 것도 없다는 건가.

"그런데도 당돌하게 지금껏 본좌를 속여서 승부에서 이길 뻔했다."

이길 뻔한 게 아니라 이기는 승부였다. 동의하지 않는 듯 인상을 굳히고 있는 내게 해악천이 입꼬리를 올리며 말했다.

"약조는 취소다."

끝까지 치졸한 인간이다. 여섯 달간의 고생이 허탈하게 느껴진다.

"…결국 일회용 장기 말이었군요."

"그 일회용 장기 말을 본좌의 제자로 거두겠다."

'…?!'

지금 이 미친 늙은이가 뭐라고 한 거지?

'제자?'

해악천의 입에서 나온 뜬금없는 말에 나는 잠시 말문이 막혔다. 이건 전혀 예상하지 못한 상황이었다. 그저 이 변덕스럽고 괴팍한 노인네가 약조를 지키기만 바랐을 뿐인데, 갑자기 제자로 거두겠다는 말을 할 줄은 몰랐다.

—함정일 거야. 저 노인네는 믿을 수가 없어.

—나도 동감이다, 운휘.

그동안 나와 함께 이 노인네를 쭉 지켜본 소담검과 남천철검이었다. 우리 셋의 의견이 이렇게나 일치할 줄이야. 나도 믿기 힘들었다. 솔직한 심정으로는 무슨 꿍꿍이가 있을 것만 같았다.

"왜 대답하지 않는 게야? 일회용 장기 말로 죽고 싶은 게냐. 제자로 받아주겠다고 했으면 얼른 절은 못 할망정."

해악천이 인상을 쓰고서 신경질을 냈다. 이런데 내가 믿겠냐?

"너무 갑작스러워서…."

나만 그렇게 생각하는 게 아니었다. 부축을 받고 있는 송좌백 또한 황당하다는 표정으로 쳐다보고 있었다. 그 얼굴이 꼭 '나를 두고서 뜬금없이 왜 쟤를?'이라고 말하는 것 같았다. 뒷말을 잇지 못하는 나를 쳐다보던 해악천이 피식 웃으며 입을 열었다.

"일회용 장기 말로 버리기에는 그 자질이 아깝더구나."

"…과찬이십니다."

나를 높이 평가한다라…. 짐작 가는 부분이 있는데 설마 그건가.

"소위 자질이 뛰어나다고 불리는 것들이 있다. 그런 녀석들은 하나를 가르쳐주면 저 스스로 더 많은 것을 이해하지."

"저는 그 정도는 아닙니다."

"본좌 앞에서 그딴 겸양 따윈 집어치워라."

"…."

"고작 네 번 보여줬는데 혼자서 검초를 익히기가 쉬울 것 같으냐."

그걸 알면서도 그런 짓을 했냐. 내게 검의 소리를 듣는 능력이 없었다면 꼼짝없이 일회용 장기 말로 죽었을 거다. 남천철검, 고맙다.

―흠흠.

"뭐 그 정도라면 제자로 받지 않았을 거다. 하지만 네 녀석은 검초의 허실을 살필 수 있는 눈을 가졌더구나. 그런 재능은 종사… 크흠, 아니다. 아무튼, 본좌는 네놈을 제자로 받기로 결정했다."

역시 예상대로였다. 검초의 허점을 찾아낸 것을 높이 평가했다. 내가 찾은 것이 아니라, 당신이 그렇게 꺾고 싶어하는 남천검객이 보완한 검초다. 원래 의도는 해악천을 깨닫게 하는 것이었다. 당신이 검초를 분석하고 강해지는 만큼 남천검객도 그랬을 것이라고 말이다.

─…의도 이상의 결과인데.

소담검의 말대로였다. 본의 아니게 대단한 자질을 지닌 것처럼 포장되고 말았다. 살짝 양심에 걸려 하고 있는데 남천철검이 말했다.

─이것도 네 재능이다, 운휘.

'응?'

─세상에 어느 누가 우리들, 검의 말을 들을 수 있겠나?

녀석의 말에 기분이 한결 좋아졌다. 어쩌면 불행했던 나의 전생을 보상받기 위한 재능일지도 몰랐다. 물론 지금도 한 치 앞을 볼수 없기는 매한가지인 것 같지만.

─그런데 운휘야, 저 미친 늙은이가 괴팍하긴 한데 혈교에서는 높은 직위에 있다고 하지 않았어?

'그렇지.'

혈교의 네 절대자라 불리는 사존자의 일인이다.

─그럼 제자가 된다면 저 지랄 맞은 성격을 감당해야 하겠지만 네 목표에 더 빨리 다가갈 수 있지 않아?

'그 생각을 안 해봤겠어?'

─그럼 저 노인네를 이용하면 되겠네.

문제는 다른 데 있었다. 검초의 허점을 발견한 것이 내 재능이라고 해도 그것을 가릴 만큼 최악의 단점이 있었다. 그걸 확인하지 않는다면 이 늙은이가 나를 제자로 받으려는 것이 진의인지 아니면 일회용 장기 말에서 이회, 삼회용이 될지 알 수 없었다.

—그럼 한번 속내를 떠봐.

'그러려고.'

"그런데 어르신, 어르신의 독문 무공인 진혈…."

"진혈금체."

"네, 진혈금체는 저기 쌍둥이 형제들처럼 피가 빨리 순환하는 특수한 체질만 익힐 수 있다고 하지 않으셨습니까?"

—어, 맞네!

쌍둥이 형제들과 달리 난 그런 체질이 아니다. 경신법이야 배울 수 있다지만 해악천의 본신 무공은 무리였다.

"클클, 본좌는 네 녀석에게 권을 가르치지 않을 게다."

"네?"

"네놈은 본좌에게 감사해야 한다."

"그게 무슨…."

"네놈이 익힌 검법은 한때 운남성의 패자라 불리던 남천검객의 검이니라."

의외였다. 자존심 때문에 끝까지 밝히지 않을 거라 생각했다. 이번 일로 깨달음을 얻어 남천검객에 대한 미련을 버리기라도 한 것일까?

나는 의심받지 않기 위해 화들짝 놀라는 척했다.

"그, 그게 정말입니까? 그 해골이 설마 남천검객이었던 겁니까?"

"그렇다. 행방불명된 남천검객의 유골이지."

"몰랐습니다."

"클클. 갓 무공을 배운 네 녀석이 어찌 그걸 알겠느냐."

"하아…."

탄성을 흘리며 나는 몸을 파르르 떨었다. 마치 그런 검법을 익히게 된 것에 격하게 감동한 것처럼 말이다.

―와… 너, 전부터 생각했는데 진짜 연기 쩐다.

소담검이 혀를 내둘렀다.

당연하지. 팔 년간 연기를 하면서 살았다. 이 정도 연기를 하지 못하면 첩자로 살아남지도 못한다. 그런 나의 반응을 마치 본인이 남천검객이라도 된 것처럼 흡족하게 바라보던 해악천이 말을 이어갔다.

"본좌는 남천검객의 호적수였다."

―거짓말!

남천철검이 격하게 소리쳤다.

흥분하지 마. 그렇게 소리치면 내 머릿속만 두통 일 듯 울린다.

"녀석의 유골을 봤겠지만, 남천검객은 의문의 죽음을 당했다. 안타깝게도 녀석은 사문도 가족도 없었기에 이 유골을 처음 찾은 자가 본좌였다."

그건 남천철검에게 들었다. 남천검객은 유족조차 없기에 누구도 그의 행방을 찾지 않았다고 했다. 참으로 공교로운 일이기는 했다. 유일하게 행방을 찾은 자가 그를 꺾고 싶어 안달이 났던 해악천뿐이었다니.

"그만큼 본좌는 누구보다 남천검객의 검을 잘 알고 있다."

"그 말씀은?"

"네가 검을 완성할 수 있도록 가르칠 수 있다는 말이다. 클클클."

미안하지만 그보다 더 진화된 성명검법을 배우고 있다. 검법으로는 당신에게 배울 게 없다. 경신법만 탐날 뿐이다.

"그리고 네놈의 그 부서진 단전을 되살리고 싶지 않느냐?"

'아!'

내가 두 번째로 의문을 가졌던 것이다. 완벽한 선천심법 덕분에 단전이 부서진 것을 선천진기로 극복할 수 있게 되었지만, 해악천은 그 사실을 모르고 있다. 그의 입장에서 나는 원기만 소모하는 애물단지일 텐데, 어째서 제자로 거둔다는 것인지 이해할 수가 없었었다. 한데 자신의 입으로 그 이야기를 한다는 것은….

'진심이구나!'

정말로 나를 제자로 거두려는 모양이었다. 더 이상 단전을 회생시킬 필요는 없지만 해악천이 진심으로 제자로 받아들이려고 한다는 사실을 알게 되자 마음이 놓였다. 워낙 괴팍하고 방심할 수 없는 노인네다 보니 의심할 수밖에 없었다. 그러나 진심이라면….

팍! 나는 다급히 바닥에 엎드리고서 그에게 절을 했다.

"제자 소운휘가 스승님께 절을 올립니다."

스승을 모시기 위한 예를 취했다. 정말 제자로 거두는 것이라면 이런 기회도 없었다. 다른 사람도 아니고 사존이다. 혈교에서 아무 연고도 없는 내 입장에서는 네 절대자 중 한 사람인 해악천의 제자로 들어가면 얻게 될 득이 더 컸다.

—…네 입장을 존중한다, 운휘.

남천철검이 아쉽다는 듯이 말했다.

녀석의 기분이 이해됐다. 어찌 보면 자기 전 주인의 무공을 훔쳐갔던 도둑놈의 제자가 되는 셈이었으니, 달갑지 않은 것도 당연했다.

'조금만 참아. 언젠가 이 판을 뒤집을 테니까.'

나는 진심으로 그를 스승으로 모실 생각이 없었다. 단지 위로 올라가기 위한 발판으로 생각했다.

—알고 있다. 나도 최선을 다하겠다. 네가 빨리 강해질 수 있도록.

녀석이 수긍했다.

아직 엎드려 있는데 위에서 웃음소리가 들려왔다.

"클클클."

작게 웃고 있던 해악천이 크게 광소를 했다. 나를 제자로 받아서 즐거워하는 것치고는 웃음소리가 너무 컸다. 슬쩍 훔쳐봤더니 하늘을 쳐다보면서 웃고 있었다.

"크하하하하핫. 종대야, 종대야, 보았느냐. 네 전인이나 다름없는 녀석이 본좌의 제자가 되었다. 하하하하핫. 본좌의 승리나 다름없다."

'…하.'

진짜 본심은 이것이었다. 정말 할 말이 없을 만큼 대단한 인간이었다.

—진짜 정신 승리인데.

—운휘… 방금 한 말은 취소다. 꼭 이자의 밑으로 들어가겠다면 난 돕지 않을 거다.

제대로 빈정 상하고 만 남천철검이었다.

미친 늙은이. 그냥 속으로 이야기하면 될걸, 뭐가 즐겁다고 저리 내뱉어. 이 녀석을 달래려면 진땀깨나 빼게 생겼다.

한참을 광소하고서야 그는 만족했는지 멈췄다. 그러고는 말했다.

"일어나라."

내가 일어나서 고개를 꾸벅하고 숙이자 해악천이 흡족한 목소리로 말했다.

"클클. 제자가 된 이상 본좌의 명성에 부끄럽지 않을 만큼 강해질 각오를 해야 할 거다."

"명심하겠습니다, 스승님."

벌써부터 겁을 주고 있다. 여섯 달이나 지켜봤는데 모르겠는가. 이미 각오한 바였다.

그때 어디서 애처로운 목소리가 들려왔다.

"…어르신."

쌍둥이의 형인 송좌백이었다. 진혈금체의 후유증이 어느 정도 가라앉았는지, 낯빛이 돌아온 녀석이 반쯤 울먹거리는 눈으로 쳐다보고 있었다. 나를 제자로 받았기 때문에 자신은 끝이라 생각한 모양이었다.

내가 녀석을 쳐다보면서 입을 벙긋거렸다.

"아닐걸."

녀석이 의아한 표정으로 나를 바라보았다.

그때 해악천이 입을 열었다.

"뭘 그렇게 멀뚱멀뚱 쳐다보는 게야?"

"그, 그게 아니오라…."

"흥. 성에 차지는 않다만 둘 다 제자로 받아주마."

"네?"

송좌백의 눈이 휘둥그레졌다. 그를 부축하고 있는 동생 송우현은 그저 인상만 쓸 뿐이었다.

"저는 승부에서 이기지 못했는데…."

"제법 배짱은 있더구나."

해악천의 시선은 녀석의 상처를 천으로 감은 어깨에 가 있었다.

무리해서 진혈금체를 펼쳤다고 나무랐지만 내심 스스로를 희생해 가면서 승리를 취하려고 한 강한 승부욕을 높게 평가한 듯했다.

"계속 서 있을 것이냐?"

내가 피식 웃으며 녀석에게 고개를 끄덕이자, 송좌백이 다급히 절을 했다.

"뭐 하는 거야? 따라 해."

"으…응. 알겠다."

동생 송우현이 따라서 엎드리자 녀석이 크게 소리쳤다.

"혈마앙복! 혈세천하! 제자 송좌백이 스승님께 절을 올립니다."

"혈마앙복! 혈세천하! 제자 송좌백이…."

'…?!'

"아니, 네 이름으로 해야지!"

"아…."

"아, 가 아니라…."

동생 챙기느라 고생이 많다.

"제자 송우현이 스승님께 절을 올립니다."

약간의 실수가 있었지만 쌍둥이 형제도 무사히 스승에 대한 예를 취했다.

"클클, 오냐."

해악천이 흡족한 얼굴로 그들을 바라보았다.

사실 나는 승부와 상관없이 해악천이 쌍둥이를 제자로 받을 거라 예상했었다. 피의 순환이 빠른 특수한 체질을 여태껏 찾지 못해 후인을 기르지 못했다고 했으니, 당연한 결과였다.

"일어나라."

"넵!"

송좌백은 얼마나 기쁜지 얼굴이 환희로 가득 차 있었다. 그런 녀석에게 내가 빙그레 웃으면서 말했다.

"축하해, 사제."

환하게 웃고 있던 녀석이 찬물이라도 뒤집어쓴 것처럼 얼굴이 일그러졌다.

내가 먼저 제자가 되었으니 맞잖아. 서열은 확실히 해야지, 안 그래?

13화

만사신의

 기기괴괴의 제자가 된 그날 밤엔 오랜만에 술자리를 가졌다. 처음으로 제자를 받았다며 기분이 흥한 해악천이 산 밑으로 내려가 직접 술독을 가져오더니, 이걸 전부 비우지 않으면 재우지 않겠다고 으름장을 놓았다.

 그런데 이게 웬걸. 해악천은 생각했던 것보다 술이 약했다. 몇 잔 마시지도 않았는데, 술에 취해서 주사를 해댔다. 젊은 시절의 무용담을 늘어놓는가 하면, 사모했던 여자들을 만났다가 차인 이야기를 하다가 눈물까지 뚝뚝 흘렸다. 보통 내공이 깊은 고수는 주독을 날릴 수 있다. 하지만 이 늙은이는 술은 취하라고 있는 거라며 주사를 해대는 통에 제자인 우리들만 곤혹스러웠다. 윗사람과 술을 마신다는 게 그랬다. 간혹 웃긴 얘기도 간간이 섞여 있긴 했다. 그게 함정이었다.

 "풋."

 "웃어?"

'…?!'

방심하고서 웃음이 터졌던 송좌백은 그 자리에서 주먹 찜질을 당했다. 눈두덩이 새파랗게 멍이 들고서야 정신을 차렸는지, 바짝 긴장해서 술을 독약 먹듯이 마셨다. 그렇게 당하고도 방심하는 걸 보면 아직 멀었다.

이튿날 아침, 술에 곯아떨어져서 자고 있을 거라 생각했던 해악천이 보이지 않았다. 워낙 제멋대로인 자라 그러려니 했다. 잘됐다 싶어 남천철검의 기분도 달래줄 겸 날을 갈았다.

―슥슥!

녹이 슨 부분은 대장장이의 도움을 받아야 할 것 같지만 날을 가는 것 정도야 어려운 일이 아니었다.

―하악. 그래, 거기….

이 자식 처음에는 뾰로통하더니 이제는 콧구멍을 벌렁거리는 숨소리와 함께 즐기고 있다. 마음 같아서는 닥치라고 하고 싶지만 대의를 위해서 참았다.

―하아. 너무 좋….

까득!

―억!

아, 미안. 날을 갈다 순간 손이 삐끗했네. 그래도 한철을 섞어 만들었다고 튼튼해서 그런지 날이 상하진 않았다.

"아침부터 뭐 하냐?"

옆에서 들리는 목소리에 고개를 돌렸다. 술독을 비우느라 얼굴이 띵띵 부은 송좌백이 인상을 찌푸리며 쳐다보고 있었다. 한쪽 눈은 밤탱이가 되어서는… 쯧쯧.

"왜 반말이냐? 사형한테."

내 말에 송좌백이 입술을 실룩거리며 소리쳤다.

"야! 그게 무슨 사형이야? 겨우 그 정도 차이는 동문이지."

어제는 해악천이 앞에 있어서 따지지 못했던 녀석이다. 그런데 밤
새 억울했나 보다.

"그래서 누가 먼저 제자가 됐는데?"

반 각이 되었든 하루가 되었든 간에 먼저 들어오면 사형이지, 무
슨 잔말이 많아.

"야, 치사하게 굴래? 너 나한테 목숨 빚졌잖아."

"아, 빚?"

"그래. 내 덕분에 목숨도 구했는데, 그냥 동문으로 하자."

어지간히 사형이라고 부르고 싶지 않은 모양이다.

"그것도 그렇네."

"맞지? 흐흐. 그럼 동문으로 하는 거다. 네가 스승님께 말씀드려."

나는 녀석을 향해 빙그레 웃으며 말했다.

"그래. 그럼 주군이라고 불러."

"뭐?"

"내기했잖아."

"아니, 그건 거의 무승부나 다름없는데."

"스승님이 중간에 개입하지 않았으면 너 지금쯤 삼도천(三途川) 건
넜다. 알고 있지?"

"그, 그건…."

삼도천은 불도에서 저승으로 가는 도중에 있는 강을 말한다.

내 말에 녀석이 뒷목을 잡으려고 했다. 아직 내상이 완전히 호전되지 않았으니, 아마 속이 부글부글 끓어오를 것이다.

"그래도 내공으로는 내가 앞섰잖아!"

"뭘 구차하게 그런 거로 계속 따져. 그래서 졌어, 안 졌어?"

으득! 녀석이 이까지 갈면서 분에 겨워했다. 그래도 끝까지 제 놈이 이겼다고 우기지 않는 걸 보면, 그 상황이 더 지속되었으면 무조건 패했으리라는 것을 확실히 인지하고 있었던 것 같다.

한참을 노려보던 송좌백이 치를 떨면서 중얼거렸다.

"…형."

"뭐?"

"사형."

"아아… 요새 귀가 안 좋은지 잘 안 들리네. 뭐라고?"

"아오! 사형 하라고!"

녀석이 버럭 소리를 지르고는 화를 이기지 못해서 그 자리에 드러누워버렸다.

피식 하고 웃음이 나왔다. 미운 정이라도 들었나. 이제 저러는 모습이 귀엽기마저 하네. 십 년 후에는 그 악명 자자한 백흑쌍귀가 될 녀석인데 말이다.

"젠장. 내공은 내가 앞섰는데…"

많이 억울했는지 투덜대고 있었다. 아마 일부러 들으라고 하는 소리겠지.

―그때 운휘, 네가 성명신공을 삼성으로 끌어올렸다면 저런 소리도 못 할 텐데.

소담검의 말을 녀석이 들을 수 있다면 놀랐을 거다. 왜냐하면, 나는 그때 절반의 선천진기만을 운용해서 싸웠다. 만약 해악천이 조금만 늦게 개입했어도 나 역시 성명신공을 삼성으로 끌어올려 전력을 다할 뻔했다.

─삼성으로 끌어올렸다면 결과가 어땠을까?

'글쎄.'

녀석은 이십 년에 미치지 못하는 내공이고, 나는 십오 년 수준의 선천진기였다. 내공보다 강한 힘을 지닌 것이 선천진기이다. 절반으로는 밀렸지만 다 쓴다면 비등하거나 그 이상이지 않을까?

─삼성을 완성했다면 확실했을 거다.

남천철검의 말대로 나는 아직 삼성 초입에 불과했다. 삼성까지는 큰 깨달음이 없어도 선천진기의 양과 부단한 연마만으로 이루어지기에 시간이 관건이다. 하지만 사성부터는 완전히 궤를 달리한다고 한다. 그때부터는 기에 대한 깨달음을 요하기에 오래 걸릴 수도 있고, 오성은 경우에 따라 짧아질 수도 있다고 한다.

'육성까지는 과연 얼마나 걸릴까?'

남천검객이 올랐던 영역. 그는 고작 육성의 경지만으로 운남성의 패자로 군림했다. 정식으로 입문한 지는 오래되지 않았지만 성명신공은 무림에서 손가락에 꼽힐 수 있는 신공일지도 몰랐다.

─네가 하기 나름일 거다, 운휘.

'피똥 쌀 만큼 해야겠네.'

적어도 남천검객의 명성에 누가 되지 않으려면 말이다.

─좋은 의지다. 그 의지로 다시 날을 갈아….

"클클."

그때 동굴 입구에서 들리는 익숙한 목소리.

"깼었구나."

해악천이 돌아왔다. 어디에 갔다 온 것인지 그의 기분이 평소보다 더 좋아 보였다.

"네놈은 운을 타고났구나."

"네?"

"가자."

"그게 무슨?"

영문을 몰라 하는데, 성큼성큼 다가온 해악천이 나를 번쩍 들어서 옆구리에 끼우고는 동굴 바깥으로 나갔다. 언제까지 이 인간의 옆구리 냄새를 맡아야 하는 걸까?

나를 짐짝처럼 챙긴 해악천이 산 위가 아닌 산 밑으로 내려가기 시작했다. 보통 사람들이라면 기겁을 하겠지만, 이젠 적응되어서 말이라도 탄 것처럼 편안한 목소리로 물었다.

"스승님, 대체 어디로 가시는 겁니까?"

"네놈의 단전을 고치러 간다."

"네?"

지금 단전을 고친다고? 당장 그게 가능하단 말이야?

* * *

눈앞에 있는 검은 기와에 붉은 기둥의 전각. 이곳은 육혈곡의 본당 건물로 들어가는 입구였다. 육혈곡의 책임자를 맡은 패혈단주 구상웅과 산하 대주들, 혈교의 정식 무사들이 머무는 곳이다. 진짜 오랜만에 와본다. 혈랑대에 배치받았을 때 처음이자 마지막으로 이곳에 왔었다.

입구를 지키고 있던 하급 무사 두 명이 거구의 해악천을 보고서 화들짝 놀라 인사했다.

"혈마앙복! 혈세천하!"

해악천을 보고 놀랐던 그들이 나를 보고선 의아한 눈빛을 보였다. 하긴 나라도 수련생도의 복장을 한 녀석이 사존자의 일인인 해악천과 함께 나타났으니 의문이 생길 것이다.

"따라와라."

"네."

해악천을 따라서 전각 안으로 들어갔다. 그러자 넓은 마당과 함께 이층 높이의 본당 건물이 모습을 드러냈다.

'응?'

그런데 마당에는 고풍스러워 보이는 마차가 있었고, 그 주변에 면사로 얼굴을 가린 여섯 명의 여인이 서 있었다. 여인들 외에도 중급 무사들이 스무 명이나 자리를 지키고 있었다. 분위기를 보면 이곳 육혈곡의 혈교인들이 아닌 듯했다. 육혈곡 출신들은 해악천을 보면 기겁을 하기 일쑤였는데, 저들은 곧바로 알아보지 못하는 것만 봐도 알 수 있었다.

타타타타타! 그때 전각 뒤쪽에서 누군가 헐레벌떡 뛰어 들어왔다. 패혈단주 산하의 여자 대주인 해옥선이었다. 경공까지 펼쳐가며 앞으로 다가온 그녀가 난처하다는 표정으로 말했다.

"어르신! 지금은 곤란하다고 말씀드리지 않았습니까?"

해옥선 대주는 우리가 본당으로 들어가는 것을 막으려고 달려온 듯했다.

이에 해악천이 신경질적으로 소리쳤다.

"흥! 무엇이 곤란하다는 게야."

"그, 그게…."

해악천의 물음에 그녀가 머뭇거리며 아무 말도 하지 못했다. 상대는 혈교의 네 절대자 중 한 사람인 해악천이었다. 대주가 낮은 직위는 아니지만, 그녀의 위치에서는 그를 절대로 거스를 수가 없다.

"본좌를 막을 셈이냐?"

"아닙니다, 어르신. 그게 아니오라…."

"허어!"

역시 기기괴괴의 명성이 어디로 가겠는가. 막무가내였다. 난처해하고 있는 그녀를 무시하고서 해악천이 본당을 향해 소리쳤다.

"만사신의, 거기 있는가?"

'…!'

만사신의라고? 이제야 해악천이 나를 이곳에 왜 데려왔는지 의문이 풀렸다.

'오늘이었구나!'

—네가 말한 그날이야? 그 귀인이랑 만사신의가 온다는?

소담검도 내 말을 기억하고 있었나 보다.

'맞아.'

전생을 되짚으면 여섯 달을 조금 넘겼을 때 왔으니, 시기적으로 정확했다. 그렇다면 해악천이 이야기했던 단전을 살릴 방법은 내가 계획했던 것과 동일하다는 말이었다. 소문으로만 들었던 현장에 직접 와 있는 셈이었다.

"어르신… 이러시면 제가…."

드르륵! 그때 본당의 문이 열리며 두 사람이 모습을 드러냈다. 한 사람은 패혈단주 구상웅이었고, 다른 한 명은 처음 보는 여자였다. 첫 느낌만 본다면 마치 저승사자를 보는 듯했다. 창백할 정도로 새하얀 얼굴에 보랏빛 입술 하며 눈매 또한 짙고 날카로웠다. 저런 얼굴에 온통 검은 옷으로 치장했으니, 어지간한 사람들은 흠칫하고 놀라서 다가가기조차 어려워 보였다.

―나이가 좀 있어 보이는데?

소담검의 말처럼 한 사십 대 중후반처럼 보였다. 그런데도 관리를 잘한 것인지 섬뜩한 느낌과 달리 외양은 아름다웠다.

탁! 차가운 눈빛을 가진 여인이 해악천을 향해 포권을 취하며 말했다.

"오랜만에 뵙습니다, 사존."

그녀의 인사에 해악천이 피식 하고 웃더니 말했다.

"클클, 자네가 그 귀인이었나? 세월이 흘러도 여전히 곱상하구먼, 혈수마녀."

'혀, 혈수마녀?'

그녀의 정체를 알게 된 나는 놀랄 수밖에 없었다. 혈수마녀 한백하. 그녀는 혈교의 칠혈성 중 한 사람으로 서열 육위인 육혈성이었다. 전생에는 그렇게나 보기 힘들었던 혈교의 고위 간부들을 어째 회귀 후에는 벌써 세 명째 보게 되었다. 그녀의 정체를 알게 된 나는 본능적으로 예를 취하려 했다. 무릎을 굽히려는 순간, 누군가 내 뒷목의 옷깃을 붙잡았다. 팍! 그 때문에 무릎을 꿇지 못했다.

"뭐 하는 짓이냐?"

내 옷깃을 잡은 사람은 해악천이었다. 그가 못마땅하다는 표정으로 나를 보며 고개를 절레절레 흔들더니 말했다.

"본좌가 옆에 있는데 어디서 무릎을 꿇으려고?"

"아!"

순간 실수할 뻔했다.

그때 혈수마녀 한백하가 입을 열었다.

"본교의 수련생도라면 당연히 갖춰야 할 예를 취한 것뿐이니, 그 아이를 너무 나무라지 마시지요."

그녀의 말에 해악천이 클클거리며 웃더니 말했다.

"뭘 나무라. 명색이 제자란 녀석이 스승을 옆에 두고도 본좌보다 아랫사람에게 예를 취하게 내버려두란 소리냐?"

그 말이 떨어지기가 무섭게 본당 앞마당이 한순간에 고요해졌다. 모두가 놀란 눈빛으로 나를 쳐다보고 있었다. 표정 하나 바뀌지 않을 것만 같던 혈수마녀 한백하조차도 고운 미간을 살짝 찡그리면서 중얼거렸다.

"사존께서 제자를 거두셨다고요?"

아아…. 예상치 못하게 공표하는 자리가 되어버렸다. 사존자의 일인인 기기괴괴 해악천이 처음으로 거둔 제자가 나라고 말이다.

—이야. 눈도장 제대로 찍네.

소담검이 재잘거렸다.

정적이 흐르는 육혈곡의 본당 앞마당. 여러 표정이 뒤섞여 있지만 대체로 모두가 놀란 눈으로 나를 쳐다보고 있었다. 정사 대전 후로도 여전히 후인을 두지 않았던 기기괴괴 해악천이 제자를 거뒀다고 하니, 이목이 집중되는 것도 당연했다. 특히 패혈단주 구상웅의 눈빛이 의구심으로 가득했다. 단전이 손상된 나를 제자로 받았다고 하니, 쉽게 믿기지 않는 모양이다.

별수 없네. 척! 바른 자세로 오른손 주먹을 왼손바닥으로 감싼 내가 고개를 숙여 인사했다.

"혈마앙복! 혈세천하! 소운휘입니다. 보잘것없는 수련생도이지만 사존께서 자질을 좋게 보셔서 문하로 거둬주셨습니다."

당당하면서도 예를 갖춰 인사했다.

내색은 하지 않지만 해악천의 입꼬리가 슬그머니 올라가 있었다. 노인네를 띄운 보람이 있었다.

"진짜인가 봐?"

"사존께서 제자를 거두시다니."

재차 제자라고 각인시켜준 덕분에 여기저기서 술렁거리는 소리가 들려왔다. 이런 술렁거림을 깬 것은 혈수마녀 한백이였다.

"사존께서 제자를 거두시다니 축하드립니다. 본교의 홍복입니다."

포권을 취하며 축하를 건넸다. 그러자 주변에 있던 육혈곡 출신의 혈교인들과 혈수마녀가 데려온 것으로 추정되는 면사포의 여인들, 산하 혈교인들 모두가 혈교의 예법을 취하며 축하했다.

"축하드립니다."

"어르신, 경하드리옵니다."

이젠 빼도 박도 못하게 생겼다. 다른 사람도 아닌 사존의 제자가 되었으니, 소문은 금방 퍼져나갈 것이다. 전생에서는 이렇게 주목받을 일이 없었는데 기분이 뒤숭숭했다. 이래서 뒷배가 중요하다는 건가.

─세상사가 그렇지. 줄을 잘 타야 성공하는 거야.

단검 주제에 인생 여러 번 살아본 노인네처럼 이야기하네. 그런데 맞는 말이기도 했다. 전생에서는 겪어본 적도 없는 주목을 다 받아 봤으니 말이다. 단, 이렇게 받는 주목은 잠시뿐이었다.

'나 스스로가 힘을 가져야 해.'

─그래, 그래.

더욱 뼈저리게 느껴졌다.

그런데 지금 이거 착각하는 게 아니지? 정중하게 포권을 취하고 있는 혈수마녀의 시선이 정확하게 내 눈동자를 응시하고 있었다.

흠칫! 뭔지 모르게 오싹했다. 확실히 다른 사람들과 다르게 혈교를 이끌어가는 열한 명의 간부 중 하나라서 그런가, 특유의 분위기도 그렇고 사람 자체의 격이 달랐다. 눈동자에서 강한 위압감이 느껴졌다.

─눈 깔아라, 뭐 이런 거 아냐?

'글쎄.'

그런 의미는 아닌 듯했다. 그런데 묘하게 그녀의 눈동자로 빨려 들어가는 느낌이다. 살짝 어지러워지려고 하던 찰나, 가슴속에 있던 선천진기가 뜨겁게 일어나며 어지러움이 가시고 정신이 원래대로 돌아왔다.

나를 바라보는 혈수마녀 한백하의 눈이 이채를 띠고 있었다.

'아….'

방금 그건 뭐지?

그때 해악천이 내 앞을 거구의 몸으로 가렸다. 귓가로 전음성이 들려왔다.

[저 계집의 눈을 똑바로 바라보지 마라. 아직 미숙한 네놈은 현혹되기 십상이다.]

방금 그 어지러움이 그것이었나 보다.

그런데 나는 멀쩡했다. 갑자기 왜 선천진기가 저절로 운용되었는지는 모르지만, 어지러움에서 벗어났다.

그걸 모르는 해악천이 신경질을 내면서 소리쳤다.

"쓸데없는 짓 하지 마라, 혈수마녀."

"그럴 리가요. 사존을 앞에 두고 어찌 그러겠습니까?"

고개를 살짝 숙이고는 부정했다. 무서운 여자였다. 바로 눈앞에서 대놓고 시험하고는 표정 하나 바뀌지 않고 말했다. 여자의 몸으로 칠혈성의 한 자리를 차지한 것은 그저 운이 좋아서가 아니었다. 탁월한 무공과 담대함을 갖췄기 때문일 것이다.

"흥! 본좌의 성질을 건들지 않는 게 좋을 게다. 심사가 뒤틀리면 혈성이고 뭐고 씨알도 안 먹히는 거 알지?"

물론 그런 담대함마저 넘어가지 않는 인간이 해악천이다. 기기괴괴라는 별호는 어딜 가지 않는다. 그래도 제자라고 챙겨주는 것 같아서 기분이 나쁘진 않네. 아닌가. 본인의 자존심 때문인가.

"여부가 있겠습니까?"

그녀는 여유를 잃지 않고서 답변했다.

그런 태도가 마음에 들지 않는지 해악천이 콧방귀를 뀌었다.

"흥!"

그래도 혈교를 이끄는 최고 간부 중 한 사람이라 그런지 손을 쓰는 식의 화풀이는 하지 않았다.

"됐고. 본좌는 당장 신의를 봐야겠다."

"어르신…."

패혈단주 구상웅이 난처하다는 표정으로 뭔가를 말하려고 했지만, 한백하가 손을 들어 제지했다. 그러고는 대신해서 답했다.

"지금은 곤란합니다, 사존."

"보아하니 볼일은 끝난 것 같은데 무엇이 곤란하다는 게야."

"사존께서도 신의의 성품을 아시지 않습니까?"

"성품은 무슨 개뿔. 까다로움이겠지."

'아아…'

이 정도 목소리면 안에서도 들리겠다. 신의의 도움을 청하러 왔다는 사람이 그를 자극해서 어쩌겠다는 거야. 설마 안 되면 무력이라도 쓰겠다는 건가? 고마운 걸 넘어서 부담스럽다.

"지금은 안 됩니다."

그런데 그녀도 강하게 나왔다. 미친 노인네가 난리 치면 한 수 접고 들어갈 줄 알았는데, 의외였다. 설마 무공에서 밀리지 않을 자신이 있는 것일까?

"호오. 그러시겠다."

해악천의 표정이 바뀌었다. 두꺼운 팔뚝 근육이 꿈틀거리는 걸 보면 사달이 날 분위기였다.

바로 그때였다.

"들어오라 하시오."

본당 안에서 부드러운 저음의 목소리가 들려왔다.

패혈단주 구상웅이 인상을 찡그리고서 고개를 돌렸다. 문이 살짝 열려 있었는데, 그 틈으로 안에 있는 만사신의의 얼굴을 보고 있는 듯했다.

"괜찮소."

작게 들리는 목소리.

패혈단주 구상웅이 한백하를 쳐다보았다. 이에 그녀가 얕은 한숨을 내쉬고는 옆으로 물러났다.

"들어가시지요."

"클클, 진즉에 그럴 것이지."

해악천이 쥐었던 주먹을 풀었다. 잠시간에 숨 막히던 장내 분위기도 덩달아 풀어졌다.

"클클, 들어가자."

아, 뭔가 내가 다 부끄럽다. 힘이고 뭐고 간에 해악천의 막무가내 방식은 낯짝이 두꺼워야 가능했다. 어쨌든 사달이 나지 않은 게 다행이었다.

드르륵! 문을 열고 들어가자 넓은 방 안이 모습을 드러냈다. 내심 기대가 되었다. 죽은 자가 아니라면 누구라도 살릴 수 있다는 중원 최고의 의원을 영접하게 되는 순간이었다.

'아!'

고풍스러운 탁자 앞에 앉아 있는 반백의 중년인. 굉장한 미남자였다. 소싯적에는 여자 꽤 울렸을, 아니 지금도 그게 가능해 보일 만큼 잘생겼다. 뭔가 내가 생각했던 의원의 인상과는 천양지차였다.

소담검이 키득거리면서 말했다.

ㅡ백발에 백미, 백염, 이런 건 아니겠지?

'그게 보통이지 않나?'

명색이 당대 최고의 의원이니까. 연륜이 느껴지는 모습을 생각했는데, 그보다는 얼굴에서 눈을 못 떼게 만들었다. 그런데 방 안에 있는 것은 만사신의뿐만이 아니었다.

'누구지?'

대나무를 얇게 잘라 만든 발의 가려진 너머에 한 인영이 보였다. 가냘픈 몸매를 봐서는 여자인 듯했다. 그리고 대나무 발 앞에는 호위나 수행원으로 보이는, 흰 면사로 얼굴을 가리고 있는 네 명의 여인이 있었다.

─품. 쟤네 둘은 왜 저렇게 뚱뚱하냐? 턱이 두 개다.

'음….'

소담검의 말처럼 두 명의 여인은 덩치가 보통이 아니었다. 턱이 접힐 만큼 살집이 상당해 해악천과는 다른 의미로 한 덩치들 했다.

'외모로 사람 판단하지 마라.'

─…그래? 너 혼인할 때 돼서도 그런 소리 하나 보자.

'….'

뭐라 부정은 못 하겠다.

"네놈들은 왜 들어오는 게냐?"

해악천이 따라 들어오는 구상웅과 한백하에게 짜증이 섞인 목소리를 냈다. 이에 그녀가 특유의 무표정한 얼굴로 답했다.

"아직 진맥 중이었습니다. 사존께서 그 도중에 오신 것이었고요."

"흥."

그런 그녀의 말을 들은 체 만 체 해악천이 잘생긴 만사신의 앞에 앉았다. 거침없는 그의 행동에 안절부절못하는 것은 패혈단주뿐이었다.

"신의, 오랜만일세."

"여전히 기골이 장대하시구려, 사존."

만사신의의 목소리는 동굴을 울리는 듯한 저음이라 멋있었다. 여자들이 흠뻑 빠질 만한 요건을 잘 갖췄다. 중년미라….

"차 한잔하시겠소?"

만사신의가 탁자 위의 찻주전자를 손바닥으로 가리켰다. 한 분야에서 정점을 이루어서 그런지 행동 하나하나가 품격이 있었다.

"됐다. 차는 고상한 자네나 많이 드시게."

—품격 보소.

소담검이 혀를 찼다.

그래. 우리 미친 노인네는 품격 따위는 엿으로 바꿔서 팔아먹은 지 오래다.

완전 정반대의 성향을 지닌 두 사람이 만난 격이었다.

해악천이 씨익 하고 웃으며 말했다.

"거두절미하고 말하지. 본좌의 제자를 치료해주게."

"치료?"

그 말에 만사신의가 해악천 뒤에 서 있는 나를 쳐다보았다.

"신의께 인사 올립니다. 사존의 제자인 소운휘입니다."

다급히 포권을 취하며 고개를 숙였다. 그런 나를 만사신의가 묘한 눈빛으로 위에서 아래로 쭉 훑어 내렸다. 그러고는 입을 열었다.

"제자분이 특별히 어디가 아파 보이진 않소만⋯."

당연한 이야기였다. 단전에 문제가 있다 뿐이지 겉보기로는 튼튼해 보인다.

해악천이 두툼한 손가락으로 내 단전이 있는 곳을 가리키더니 말했다.

"여기에 문제가 있어서 말이지."

"⋯단전이구려."

곧바로 알아차렸다. 군이 숨길 일이 아니었기에 해악천이 고개를 끄덕였다.

"제자를 치료해준다면 본좌의 각패를 주도록 하지. 요긴하게 쓰일 걸세."

탁! 해악천이 품속에서 나무로 만든 각패를 꺼내, 선심 쓰듯이 탁자 위에 올려놓았다. 각패는 무림인의 신분을 나타내는 호패나 다름없었다. 무림인들에게 있어서 자신의 각패를 넘겨준다는 것은 후에 넘겨받은 자가 위기에 처하거나 도움을 청하면 어떠한 이유를 막론하고 돕겠다는 의미였다.

─이야. 노인네가 진짜 신경 많이 쓰는데.

그 말에 동의한다. 설마 각패까지 주면서 부탁할 줄은 몰랐다. 만사신의가 까다로울 만큼 치료에 인색하다는 것을 알고서 각패까지 꺼낸 것일 테지만, 정말로 제자로 생각하긴 하는 모양이었다.

'고민되겠는데.'

기기괴괴의 각패였다. 만사신의라고 해도 고민해볼 만한 가치가 있었다. 굳이 그 약초가 아니더라도 단전 치료를 해줄지도 몰랐다.

그런데 만사신의는 매몰차게 거절했다.

"거절하겠소."

각패가 전혀 필요 없다는 듯이 해악천 쪽으로 밀었다.

"뭐야?"

해악천의 얼굴이 무섭게 일그러졌다. 그의 심경이 이해가 가긴 했다. 설마 조금의 고민조차 해보지 않을 줄은 몰랐다.

"만사신의!"

그때 만사신의가 탁자 밑에 있는 짐 꾸러미에서 무언가를 꺼내서 올려놓았다. 타르르르!

그것을 본 순간 모두가 입을 다물지 못했다. 심지어 해악천조차 말이다.

─우와… 저게 대체 몇 개야?

탁자 위에는 만사신의가 얇은 줄로 꿰어놓은 각패 꾸러미가 있었다. 얼핏 봐도 쉰 개 정도는 되어 보였다. 심지어 각패들 중에는 충격적인 이름도 몇 개 보였다.

'무당파의 장문인 종선 진인… 열왕패도 진균….'

─대단한 사람들이야?

'대단해? 저 두 사람 모두 중원 팔대 고수야!'

진짜 할 말이 없을 정도였다.

'…하!'

이것도 대단했는데 내 눈에 엄청난 이름 하나가 띄었다.

절심

단 두 글자만 적힌 이름. 저 이름을 중원 사람들 중에 모르는 이가 있을까? 만사신의가 정사를 가리지 않고 수많은 무림고수들을 치료한다는 것은 알았지만, 저자에게조차 각패를 받았을 줄은 몰랐다.

─누군데?

'…사대 악인이야.'

살흉(殺凶)의 절심. 중원인 모두가 두려워하는 대악인이었다. 셀 수 없는 남녀노소가 그의 손에 죽어서 어린아이도 그 이름만 들으면 울음을 뚝 그칠 만큼 최악의 괴물이라 불리는 자였다.

─…인맥의 끝판왕인데.

내가 하고 싶은 말이다. 무림에서 초인의 영역에 이르렀다는 중원 팔대 고수와 사대 악인의 각패가 있는데, 당연히 기기괴괴의 각패가 눈에 들어올 리 만무했다. 안타깝지만 격이 달랐다.

자신의 각패 앞에 있는 해악천의 손끝이 살짝 떨리고 있었다.

―도로 집어넣으면 추할 텐데.

추할 것까지야. 그냥 일보 후퇴로 하자.

탁자 위의 각패 꾸러미. 이것을 보면서 확실하게 알 수 있었다. 정 사를 막론하고 제일 건드리기 까다로운 사람을 꼽으라면 단연 만사 신의일 것이다. 그만큼 그의 인맥은 무시무시할 정도였다.

"흥. 가진 패가 많구먼."

엄청난 각패들을 보고서 놀라워하던 해악천. 하지만 이내 심드렁 한 얼굴로 아무렇지 않은 척 말했다. 아마도 억지로 대범한 척하는 것이리라.

"과연 사존이시구려."

만사신의가 빙그레 웃고는 탁자에 올려놓았던 각패 꾸러미를 도 로 집어넣었다. 각패 꾸러미는 충분히 제 역할을 마쳤다.

소담검이 말했다.

―추해지진 않네.

여전히 탁자 위에는 해악천의 각패가 놓여 있었다. 저걸 집어넣는 순간 지고 들어가는 것이나 마찬가지인데 회수하겠는가.

―어차피 넌 선천진기가 있어서 단전을 살릴 필요도 없잖아.

'그렇기야 하지.'

하지만 해악천은 내가 여전히 불완전한 선천심법을 익히고 있다 고 믿고 있다. 제대로 된 심법을 익혀서 원기의 소모가 없다는 사실을 밝힐 수가 없기에 해악천이 단전을 회생시키려고 하는 것을 내버려둘 수밖에 없었다.

─말해주고 싶지?

소담검은 내가 이야기해줘서 알고 있었다. 이런 식으로 요구하지 않아도 신의의 치료를 받을 방법이 있었다. 다만 지금 내 입으로 꺼낼 수가 없다는 게 문제였다.

"명색이 의원인데 사람 한 명 살리는 셈 치고 도울 수 없겠나?"

해악천이 한결 부드러워진 어조로 말했다. 강하게 나가는 것이 통하지 않으니, 방법을 바꾼 듯했다. 괴팍하고 변덕스럽기는 해도 이 노인네 역시 워낙 영악한 사람인지라 수단과 방법을 가리지 않았다.

"단전에 문제가 있는 것이 당장에 죽을병도 아닌데, 어찌 목숨을 살리라 말라 논할 수 있겠소."

청산유수처럼 맞는 말만 내뱉는다. 확실히 의술이라고는 하나 먹물을 먹고 자란 사람답게 언변이 좋다. 과연 해악천이 어떻게 그를 설득할까?

턱! 궁금해하는 찰나, 해악천이 내 머리 위로 자신의 손을 얹었다.

'어?'

워낙 손바닥이 커서 덮었다고 봐야 했다.

만사신의가 의아했는지 물었다.

"지금 무슨?"

"목숨이 달린 일이라고 했을 텐데. 자네가 내 제자를 치료하지 않는다면 이 자리에서 죽일 거니까."

'…?!'

순간 모골이 송연해졌다. 설마 여기서 나를 죽인다고 할 줄은 몰랐다.

만사신의가 미간을 찡그렸다.

"이 아이의 재능이 마음에 들긴 하다만 내공을 쓸 수 없다면 제 자로서 가치가 없지. 그럼 이 자리에서 죽일 수밖에."

꽉!

"끄윽!"

해악천의 손에 힘이 들어가자 내 입에서 절로 신음성이 터져 나왔다.

"허장성세 같아 보이나?"

치료하지 않는다고 하면 정말로 머리를 터뜨릴 기세였다.

—미친 노인네! 웬일로 착한 짓을 하나 했다.

수가 틀리면 어디로 튈지 모르는 해악천이었다.

"치료해주겠나? 아니면 죽게 내버려두겠나?"

해악천이 협박조로 만사신의를 몰아붙였다.

그러자 각패를 받았을 때는 미동조차 없던 만사신의의 얼굴이 곤란했는지 굳어졌다. 그 얼굴을 보고 나자, 나는 해악천의 어처구니없는 협박에 혀를 내둘렀다.

'하! 이런 식으로 머리를 굴리다니.'

—머리를 굴려?

내 입장에서는 위험할 수도 있지만 해악천은 나름 기막힌 한 수를 낸 것이다. 사람을 살리는 직업이 의원이다. 이 자리에서 나를 살리지 않는다면 만사신의는 의원으로서의 소임을 저버리게 된다. 다소 억지라도 해악천의 수는 만사신의에게만큼은 통용될 수도 있었다.

"정녕 그래야겠소?"

"본좌가 빈말하는 것을 본 적이 있나?"

"후우…."

그러나 해악천도 나도 만사신의를 너무 평범한 의원의 기준으로 착각한 모양이다.

"안타깝구려, 사존. 처음으로 거둔 제자라고 들었는데."

"뭐?"

"정히 죽이려거든 밖에 나가서 하시구려. 본좌는 환자를 살펴야 해서 바쁘오."

도리어 강하게 나왔다. 죽이고 싶으면 죽이라는 식이었다.

—씨알도 안 먹히는데. 너 어떡하냐?

'…젠장.'

이러다 죽게 생겼다.

으득! 해악천이 무섭게 굳은 얼굴로 이를 갈며 만사신의를 노려보았다. 눈빛만으로는 수십 번 죽였을 기세였다. 스륵! 내 머리통을 움켜잡고 있던 해악천의 손에서 힘이 풀렸다.

'후우.'

실패로 돌아가서 진짜 죽이는 건 아니겠지 하며 긴장했는데, 그건 아니라 다행이었다.

그때 패혈단주 구상웅이 조심스러운 목소리로 끼어들었다.

"사존 어르신… 일단은 신의께서 지금은 바쁘시니 나중에 다시 오시는 편이 어떠…."

"그래? 그럼 대나무 발 뒤에 저 아이만 없다면 신의가 바쁠 일이 없겠구나."

"넷?"

해악천의 시선이 대나무 발로 향했다. 뜻대로 안 풀리자, 대상을 바꿔 화풀이라도 하려는 모양이었다.

"사존!"

탓!

해악천이 자리에서 벌떡 일어나 대나무 발로 다가가려 하자, 혈수마녀 한백하가 다급히 그 앞을 가로막았다. 두 사람이 서로를 마주 보았다.

"두 번째로군. 또 본좌의 앞을 막다니."

해악천의 짙은 눈썹이 위로 치켜 올라갔다.

"물러나주시기 바랍니다."

그녀는 당장에 일전도 불사할 기세였다. 대체 대나무 발 뒤에 누가 있기에 육혈성인 그녀가 저리 필사적으로 지키려고 하는 것일까? 아무리 그녀가 강하다고 해도 서열이라면 사존인 해악천이 높을 텐데 말이다.

"혈수마녀, 자네가 그렇게 나오니 그 발 뒤에 누가 있는지 궁금해지는구나."

방 안의 공기가 두 고수의 진기로 팽배해졌다. 숨이 막힐 정도였다. 일촉즉발의 상황이었다.

그때 한백하의 목이 미세하게 떨리는 것이 보였다.

'전음?'

전음이 소리로 들리지는 않아도 시전자는 분명 말하는 것이기에 울대 부근이 떨린다는 이야기를 들어본 적이 있다. 전음이 간 대상은 해악천인 듯했다. 조금 전까지만 해도 당장 혈수마녀와 한판 벌일 기세였는데, 갑자기 표정이 달라졌다.

이윽고 해악천이 내게 말했다.

"네놈은 나가서 기다리고 있어라."

나뿐만이 아니었다. 혈수마녀 또한 대나무 발 앞을 지키고 있던 네 명의 면사녀에게 나가 있으라고 지시했다. 덕분에 그들과 나는 쫓겨나듯이 방 밖으로 나가야만 했다.

—왜 저러는 거냐? 정색까지 하면서 나가라고 하네.

글쎄. 그 이유는 나도 알 수 없었다. 한 가지 짐작할 수 있는 것은 대나무 발 뒤에 있는 존재가 해악천조차 함부로 하기 어려울 만큼 정말 귀인일 확률이 높았다.

—저 미친 노인네조차 함부로 대할 수 없는 귀인이 있어?

오래전 정사 대전 때 혈교주가 죽어서 혈교는 사존자 천하일 텐데 그런 자가 있을 리가….

그때 아랫배가 살살 아파왔다.

'아….'

—왜 그래? 어디 안 좋아?

'그런 거 아냐.'

—뒷간이냐?

'어제 너무 많이 마셨나 보다.'

그 큰 항아리에 든 술을 셋이서 나눠 마셨다.

—인간은 참 불편하구먼.

나 참. 생리현상인데 어쩌라고. 밤새 술을 그렇게 마셔대면 누구라도 아침에 급변 신호가 올 거다. 하긴 단검인 네가 어찌 알까. 여섯 달 동안 매일같이 절벽을 내려가서 일을 봤는데, 오랜만에 뒷간에 가서 일을 볼 수 있을 듯했다.

"뒷간이 어디입니까?"

본당 건물의 뒷간 위치를 물어본 나는 부리나케 그곳으로 뛰어갔다. 그리고 다급히 뒷간의 목판 문을 열려고 했는데 말을 듣지 않았다. 꼭 안에서 누가 문을 잡은 것처럼 말이다.

'뭐지?'

쿵쿵!

"누구 있습니까?"

아무 소리도 들리지 않았다.

'아, 진짜!'

이렇게까지는 안 하려고 했는데, 선천진기까지 끌어올리며 뒷간 문을 잡아당겼다. 그 순간 버티고 있던 문이 팍 하고 열렸다.

'…?!'

아무도 없는 줄 알았는데 뒷간 안에는 사람이 있었다.

—어? 그 뚱뚱한 여자 아냐?

뒷간 안에 있던 사람은 대나무 발 앞을 지키고 있던 그 면사를 쓴 여자였다. 내 시선은 저절로 그녀의 손으로 향했다. 안에서 기척마저 감추고서 뒷간 문을 잡고 뭘 하나 했더니, 그녀의 한 손에 반쯤 먹다 남은 육포가 들려 있었다.

'…'

—와… 살다 살다 뒷간에서 육포를 먹는 건 처음 보네.

너만 처음 보는 게 아니다. 악취가 심한 뒷간에서 육포를 먹을 만큼 비위가 좋은 게 신기했다. 식탐이 굉장한 건가.

그런데 이보다 더 급한 일이 있었다.

"볼일 보는 겁니까?"

"아, 아니요. 그게…."

면사의 여인이 당황해서 어찌할 바를 몰라 했다. 나 같아도 뒷간에서 육포를 먹다 걸리면 무안할 것 같지만 그걸 신경 쓰기에는 내가 너무 급하다.

"그럼 육포는 다른 데서 드시고 뒷간 좀 씁시다."

"자, 잠깐만요."

"죄송하지만 촌각을 다투는 상황입니다. 어서 나오세요."

진지한 나의 말에 그녀는 쫓겨나듯이 뒷간을 나와야만 했다.

그녀가 나가자마자 나는 문을 닫고서 일을 치렀다. 마치 몸에서 주독이 빠져나가는 듯했다.

'다행이네.'

만약 저 안에서 급변 신호가 왔으면 곤란할 뻔했다. 볼일을 마친 나는 문을 열고 나왔다.

'응?'

그런데 뒷간에서 살짝 떨어진 서까래 앞에 뚱뚱한 면사의 여인이 기다리고 있었다. 아니, 왜 저러는 거지? 뒷간에서 소리도 났을 텐데 뭔가 민망하다.

그러거나 말거나 면사의 여인이 달려와 말했다.

"사존 어르신의 제자분이시죠?"

"…그렇습니다."

혼란스럽다, 혼란스러워.

"후우."

그녀가 품속에서 무언가를 조심스럽게 꺼내더니, 주위를 한번 스윽 살펴보고는 은밀한 거래를 하듯이 내 손에 그 무언가를 쥐어주었다. 손을 펴보니 은전이 들려 있었다.

"…지금 뭐 하는 겁니까?"

"조금 전에 저기서 봤던 일은 잊어주세요."

"그걸 어떻게 잊습니까?"

뇌리에 제대로 박혀서 도저히 잊지 못할 것 같은데.

내 말에 그녀가 안절부절못하며 말했다.

"제가 지금 살을 빼는 중이라 아무것도 못 먹고 있거든요."

"아까 육포는?"

"그건… 참다 참다가 그렇게라도 먹지 않으면 쓰러질지도 모른다는 생각이 들어서 조금, 아주 조금만 먹은 거예요. 정말이에요!"

"반은 드셨던데요."

그리고 문을 열지 않았다면 다 드셨을 테고.

면사의 빈틈으로 드러난 그녀의 살결이 붉게 달아올랐다.

"하아."

한숨을 내쉰 그녀가 품속에서 은전 하나를 더 꺼냈다.

"알았어요, 알았어. 정말 거래에 능하시군요."

이 여자 특이하네. 그냥 말로만 부탁해도 들어줄 일인데, 뭐하러 은전까지 꺼내 들면서 약조를 받으려는지 모르겠다.

—어차피 득이잖아. 받아.

소담검의 말이 맞았다. 나야 입을 다물어주는 대가로 은전 두 개면 완전 횡재였다. 그런데 은전을 받기 전에 누군가가 나타났다.

"본당 앞에서 얌전히 기다릴 것이지 여기서 무얼 하는 게야."

해악천이었다. 나를 찾고 있었던 모양이었다. 그의 등장에 놀란 면사의 여인이 넘기려던 은전을 허둥지둥 품속에 집어넣고는 포권을 취하고서 도망치듯이 가버렸다.

해악천이 그녀의 뒷모습을 보면서 중얼거렸다.

"뭐냐? 저 뚱보는?"

* * *

옆구리에 끼고서 본당을 벗어난 해악천이 인적 드문 숲에 도착해서야 나를 내려놓았다. 그러고는 심드렁한 얼굴로 입을 열었다.

"귀찮게 됐다."

"무슨 일이 있으십니까, 스승님?"

"하선부설초인가 뭔가 하는 걸 찾아야 한다."

'맞아!'

오래돼서 이름이 전부 기억나지 않았는데, 만사신의가 찾던 약초의 이름이었다. 하선부설초. 겨울에만 나는 특이한 영초라고 들었다. 이곳에서만 자라기 때문에 만사신의가 귀인을 여기까지 데려온 것으로 기억했다.

'설득당한 건가?'

막무가내로 난리 치던 해악천이 하선부설초를 찾아야 한다고 하는 걸 보면 결국 만사신의와 협의를 본 것 같았다. 해악천이 짜증 난다는 듯이 말했다.

"우리가 먼저 그걸 찾아야 한다. 그래야 네 녀석의 단전을 복구할 수 있다."

"먼저라고 하시면?"

"그 망할 의원 놈이 약초를 먼저 찾는 자에게 언제든지 치료를 받을 수 있도록 제 놈의 각패를 준다고 했다."

해악천이 고개를 절레절레 흔들었다. 아무리 그라고 해도 눈까지 내린 한겨울에 약초를 구하는 것은 쉬운 일이 아니었다. 무공의 높고 낮음이 관건이 아니라, 오히려 많은 인원을 동원하는 쪽이 약초를 찾을 확률도 높아진다.

그런데 나와는 상관없는 이야기다.

─바로 찾으면 되겠네.

나는 하선부설초가 어디에 있는지 알고 있었다.

그 사실을 모르는 해악천으로서는 일이 번거로워졌다며 심사가 뒤틀려 있었다.

"빌어먹을, 하필이면 아가씨가 엮여서."

"네?"

'아가씨?'

반문하는 나를 물끄러미 쳐다보던 해악천이 턱수염을 쓰다듬으며 말했다.

"흥. 네놈만 알고 있어라. 발설하면 제자고 뭐고 간에 죽인다."

'그 정도 비밀이면 그냥 얘기 안 해줘도 되는데.'

설마 제자라고 대우해주는 건가?

그러거나 말거나 해악천이 자신의 말을 이어갔다.

"망할 의원 놈이 있던 그 방의 대나무 발 뒤편에 누가 있던 것을 기억하느냐?"

"…기억합니다."

흐릿한 인영으로 보였지만 분명 여자였다.

그런데 해악천의 입에서 전혀 예상치 못한 충격적인 말이 나왔다.

"돌아가신 교주님의 손녀이시다."

'…!'

맙소사. 혈마의 핏줄이 살아 있었다니. 전생에서도 몰랐던 특급 정보였다.

14화

하선부설초

혈마. 온갖 흑도와 사파 무림인들을 규합하여 혈교를 탄생시킨 거인이다. 그로 인해 열세에 밀리던 정파인들은 무림연맹을 출범하게 되었고, 단일 규모로 최고의 전력을 갖추고 있던 무쌍성마저 손을 잡고서 정사 대전이 일어나게 된다. 치열했던 정사 대전에서 혈교의 교주인 혈마는 수많은 절세고수들의 합공을 당해 목숨을 잃고 만다. 그때 무림연맹과 무쌍성은 혈교가 다시는 부활할 수 없도록 그 중심이었던 혈마의 모든 혈족을 한 사람도 남김없이 찾아 그 씨를 말려버렸다.

나 역시도 그렇게 알고 있었다.

"교주님의… 손녀께서 살아 계신 겁니까?"

해악천이 의미심장한 미소를 지으며 고개를 끄덕였다.

하루 사이에 놀랄 일이 참 많이도 일어난다. 혈마의 핏줄이 아직 남아 있다니.

"운이 좋구나. 네놈은 귀하신 분을 가까이서 영접했던 거다."

운을 떠나서 놀랄 일이다. 수많은 정파 무림인들이 그 씨를 말리려고 했던 혈마의 핏줄을 가까이서 보게 되었으리라고 누가 상상이나 했겠는가. 어쩐지 이 미친 노인네가 순순히 만사신의의 제안을 받아들인 게 이상하다 싶었다.

"네 사제들에게는 말하지 마라."

"알겠습니다."

"그리고 무조건 찾아라. 네 단전뿐만이 아니라 그분의 안위와도 관련 있는 일이다."

혈마의 핏줄. 혈교에 있어서 그녀의 안위는 매우 중요하다. 어쩐지 수련생도들까지 동원해가며 약초를 찾은 이유가 있었다.

─운휘야, 내가 말했지?

'뭘?'

─사람은 줄을 잘 타야 한다고. 빨리 약초 찾아.

소담검이 들떠서 말했다.

맞는 말이다. 어쩌면 차기 교주가 될 사람의 목숨을 구한 은인이 될 수도 있는 절호의 기회였다.

* * *

해악천은 약초를 찾기 위해 쌍둥이들도 불렀다. 듣기로는 이곳 육혈곡 소속의 혈교인들과 혈수마녀가 데려온 혈교인들이 대부분 동원되어 약초 수색을 한다고 했다. 패혈단주인 구상웅이나 혈수마녀역시도 눈에 불을 켜고서 무조건 찾아야 한다며 뿔뿔이 흩어진 상황이었다. 하긴 함께 붙어서 찾아봐야 인력 낭비이긴 했다.

―그런데 넌 여기서 뭐 하는 거냐?

지금 내가 있는 곳은 남천검객의 유골이 있는 동굴이었다. 약초를 찾기는커녕 모닥불 앞에 앉아서 선천심법을 운기하고 있으니, 소담검이 답답해하며 물었다.

'운기하고 있잖아.'

―그러다가 약초를 다른 사람이 먼저 찾으면 어쩌려고?

'못 찾아.'

나의 확신에 찬 목소리에 소담검이 혀를 찼다.

―빨리 찾는 게 좋을 텐데. 괜히 늑장 부리다가 다른 사람한테 빼앗기면 억울하지 않겠어?

'못 찾는데도.'

―왜 못 찾아?

'지금은 약초의 꽃망울이 파묻혀 있어서 발견도 못 해.'

―그게 무슨 소리야?

'왜 그 약초를 찾는 데 중급 수련생도들까지 동원해놓고도 사흘이나 더 걸렸겠어?'

―회귀는 네가 했는데 그걸 내가 어떻게 알아?

'그럼 기다려. 어차피 만사신의조차도 하선부설초의 꽃망울이 언제 피는지 알지 못했으니까.'

해가 중천에서 살짝 기운 것을 보면 아직 미시(未時)경이다. 아직은 움직여봐야 추운 데서 한참 동안 기다려야 한다. 차라리 여기서 따뜻하게 있는 편이 나았다.

그렇게 시간이 흐르고 붉은 노을이 물들며 해가 지려고 했다.

―이제 움직일 거야?

'조금만 더 살펴보고.'

해가 완전히 지자 산 밑으로 작은 불빛들이 보였다. 횃불의 불빛이었다. 불빛들이 여기저기서 움직이다가 얼마 지나지 않아 모여들며 육혈곡의 본당 방향으로 향하고 있었다.

'됐다.'

이때를 기다렸다. 나는 남천철검을 챙겨서 산봉우리를 내려갔다. 깜깜한 어둠에 인기척조차 없어 스산하기 짝이 없었다.

―으스스하네. 다른 사람들은 다 철수했나 봐.

'어두우니까.'

―일부러 기다린 거구나.

횃불에 의존해서 약초 수색을 하기에는 지금 날씨는 곤욕스럽기 짝이 없었다. 사방이 흰 눈으로 덮여 있는데 한밤중에 무슨 수로 찾겠는가. 이렇게 아무도 수색하지 않는 지금이 적기였다.

탓! 어두웠지만 약초가 자라는 위치를 정확하게 알기 때문에 나는 그곳을 향해 파죽지세로 경공을 펼쳤다. 해악천의 신묘한 경신술만큼은 아니더라도 남천검객의 경신법 역시 쓸 만했다.

'기분 좋다.'

차갑게 스치는 바람마저도 마음을 들뜨게 했다. 전생에서 무공을 익힌 자들을 보며 가장 부러워했던 것이 바로 이 경공이었다. 은은한 달빛을 벗 삼아 눈 위를 달리는 기분이 말로 형용할 수가 없었다. 그러나 그 기분은 오래가지 않았다.

탁! 탁! 귓가를 울리는 이질적인 소리. 그것이 어디선가부터 내 뒤쪽에서 들리고 있었다.

―운휘.

'알고 있어.'

남천철검의 말에 내가 고개를 살짝 끄덕였다. 모두 철수했다고 생각했는데, 그게 아닌 모양이었다. 누군가 내 뒤를 쫓고 있었다. 아무래도 따돌려야 할 것 같다.

"후우."

수련할 때를 제외하고 처음으로 성명신공을 삼성까지 운기했다. 가슴속에서 뜨거운 기운이 솟구치며, 발바닥의 용천혈로 이어졌다. 그 순간 경공의 속도가 배로 가속되었다. 팟! 주변의 경치들이 빠르게 스치고 지나갔다. 상대가 일류 고수 이상이 아니라면 내 속도를 따라잡는 것은 어려우리라 여겼다. 그런데 여전히 귓가로 소리가 들려왔다.

탁! 탁! 탁!

대체 누가 내 뒤를 따라오는 거지? 이 정도로 따라붙는다는 것은 적어도 상급 무사란 말이다.

'남천, 누군지 보여?'

등에 메고 있는 남천철검에게 물어보았다.

─…대단하다.

'뭐가?'

─웬 뚱뚱한 여자가 운휘 너와 버금가는 속도로 경공을 펼치고 있다.

'뭐?'

순간 내 머릿속에 낮에 뒷간에서 보았던 면사의 여인이 스쳐 지나갔다. 설마 하는 마음에 뒤를 힐끔 쳐다봤는데, 진짜로 그 면사의 여인이었다.

'하!'

탁! 탁! 탁! 탁! 살이 워낙 쪄서 경공을 펼칠 수나 있을까 싶었는데, 놀라울 정도의 속도로 따라붙고 있었다. 뒤쫓아오는 그녀가 소리쳤다.

"거기 서요!"

그녀는 나더러 멈추라고 하고 있었다. 미치겠다. 의외의 복병이었다. 여기서 멈추면 오늘 약초를 찾는 것은 포기해야 할지도 몰랐다.

―버텨봐. 저 정도 살집이면 오래 뛸 수 없을 거야.

소담검의 말이 일리가 있었다. 아무리 경공이 빠르다고 해도 저 몸으로 오래 유지하기는 힘들 거다. 조금만 시간을 더 끈다면 따돌릴 수 있을지도 몰랐다.

바로 그때였다.

―운휘! 뒤를 조심해라!

남천철검의 외침에 놀라서 뒤를 쳐다보았다. 그 순간 경이로운 광경이 눈에 들어왔다. 뚱뚱한 면사의 여인이 눈 위를 한 마리의 매처럼 수평으로 미끄러지듯이 뻗어서 오는 것이 아닌가.

'저게 뭐야?'

대체 무슨 경신법이지? 그 속도가 얼마나 빠른지 한순간에 나를 따라잡았다.

그녀가 손을 뻗어서 금나수를 펼치려 했다.

'칫!'

나는 최대한 몸을 비틀어 그녀의 손을 피했다. 그런데 그녀의 손이 붉게 변하며 괴이한 방향으로 꺾여 들어왔다. 팍!

다급히 남천철검으로 이를 막으려 했지만 그녀의 손이 더 빨랐다. 왼쪽 어깨로 붉은 손이 닿자, 싸늘한 기운과 함께 몸의 균형이 무너지며 바닥을 뒹굴었다.

"으악!"

쿠당탕! 거의 열 바퀴가량을 굴러서야 멈출 수 있었다.

―너보다 고수다.

그렇게 말하지 않아도 이미 몸으로 체험했다. 한바탕 굴렀더니, 만신이 쑤셔서 쉽게 일어날 수가 없었다.

그런 내 위로 누군가 얼굴을 불쑥 내밀었다.

"멈추라고 했죠."

'아….'

경공을 펼치느라 그런 건지 뚱뚱한 여자의 면사가 벗겨져 있었다. 얼굴이 생각보다 예뻤다. 새하얀 피부에 둥근 눈망울. 살이 찌지만 않았다면 꽤 미인이라고 불릴 상이었다. 그러나 그것도 잠시였다.

"…왜 쫓아온 겁니까? 놀랐잖아요."

"네?"

내가 적반하장으로 나오자 그녀가 미간을 찡그렸다. 그럼 내가 따돌리려 한 이유라도 이야기해줄 거라고 생각했던 건가.

미간을 찡그리던 그녀가 입술을 실룩거리다가 말했다.

"한밤중에 혼자 어딘가로 바삐 가니까 쫓아왔죠."

"제가 어디로 가든 소저와 무슨 상관입니까?"

강하게 나가자. 내가 이 여자한테 죄를 지은 것도 아니지 않나.

그런데 그녀가 예상치 못한 부분을 찌르고 들어왔다.

"아, 그래요? 그런데 사촌의 제자분께서는 단전에 문제가 있다고 들었는데 경공을 잘도 펼치시네요?"

"…."

이래서 모두가 철수할 만한 시간을 노린 건데, 운도 없었다. 그래도 핑곗거리가 없는 것은 아니었다.

"…선천진기로 경공을 펼친 겁니다."

"네? 선천진기요? 설마 원기를 소진해서 경공을 펼쳤다는 말인가요?"

그녀가 놀라서 반문했다. 누구라도 선천진기라고 하면 원기 소진을 떠올린다. 그만큼 선천진기의 과용은 위험한 짓이었다.

"못 믿겠습니까? 확인해볼래요?"

손을 내밀었다. 내공을 다루는 자라면 진기를 불어넣어 상대의 몸 상태를 확인할 수 있을 것이다. 물론 선천진기는 확인할 수 없겠지만.

당당하게 나오자 확인해볼까 망설이던 그녀가 한숨을 내쉬며 말했다.

"그러다 죽을 수도 있어요."

"어떡합니까? 단전이 없으니 이렇게라도 해야 경공을 펼치죠."

"미련스러운 짓이에요. 원기 소진으로 단명하기 싫다면 그런 짓은 하지 않는 게 좋을 거예요."

걱정해주는 건가? 악명 높은 혈수마녀의 수하치고는 사람이 그리 나빠 보이지 않았다. 식탐은 꽤 강해 보였지만 말이다.

"…그래서 단전을 치료하려고 스승님과 애쓰고 있지 않습니까?"

내 말에 그녀가 살짝 안쓰러운 표정으로 쳐다보았다. 원기를 소진해가며 경공을 펼쳤다고 하니까 불쌍해 보였나 보다.

"의심이 풀렸으면 일어나도 됩니까? 눈밭에 누워 있으니까 등이 얼 것 같습니다."

이건 거짓말이 아니었다. 진짜 차가웠다. 너스레를 떠는 내 말에 그녀가 피식 웃더니 손을 내밀었다.

그녀의 손을 잡고서 자리에서 일어났다.

—어떡할 거야? 오늘은 포기할 거야?

소담검이 내게 물었다.

그녀를 데리고 약초를 찾으러 가면 공로가 분산된다. 온전히 나 혼자 찾아야 신의의 각패도 받고 혈교주의 손녀를 살렸다는 공도 세울 수 있다.

'그래야 할지도.'

그렇게 생각하고 있는데 그녀가 말했다.

"소…운휘 공자라고 했나요?"

"저보다 누님이신 것 같은데 편하게 불러주십쇼."

그 말에 그녀가 심드렁한 표정을 지었다. 내가 뭘 잘못한 건가?

—전 주인께서 말씀하셨네. 여자는 아무리 나이가 많아 보여도 적게 봐주는 것이 세상 평탄하게 사는 방법이라고.

남천철검의 조언에 아차 싶었다.

눈꼬리가 살짝 올라갔던 그녀가 뾰로퉁한 말투로 말했다.

"사존의 제자분이신데 그럴 수야 있나요. 그리고 저 나이 별로 안 많거든요."

"아… 어쩐지 저보다 어려 보였는데, 무공이 뛰어나시기에 혹시 해서 해본 말입니다."

"수습하지 마세요."

눈치도 빠르네. 전생에서도 그랬지만 여자들은 참 어렵다.

280

"저는 육혈성 문하의 이제자인 하연이라고 해요."

그녀가 포권을 취하며 자신을 소개했다. 예상대로 혈수마녀의 제자였다.

"어쩐지 손이 붉게 물드는 것이 범상치 않다고 생각했습니다. 역시 육혈성의 문하셨군요."

혈수옥(血手玉). 혈수마녀의 독문 무공이다. 그녀의 수공은 익히면 익힐수록 손이 붉게 물들어 핏빛을 띤다고 들었다.

'역시 오늘은 무리겠다.'

혈수마녀의 제자라면 따돌리기도 어렵다. 괜히 힘을 뺄 바에야 대충 둘러대고 내일을 노려야 할 것 같다.

"후우. 약초를 더 찾아볼까 했는데 오늘은 날이 어두워져서 더는 힘들 것 같군요. 이제 들어가 봐야 할 것…."

"거짓말."

"네?"

"소 공자님은 약초가 있는 곳을 알고 계시죠?"

허를 찌르는 그녀의 말에 순간 말문이 막혔다. 순탄하게 말하다가 갑자기 훅하고 들어올 줄은 몰랐다. 나는 최대한 아무렇지 않게 잡아뗐다.

"알고 있다면 이 한밤중까지 찾아다녔을까요."

"글쎄요."

"글쎄요, 라뇨?"

"오늘만 하더라도 근 여섯 시진 동안 돌아다녔어요. 그 사이에 사존 어르신만 두어 번 정도 마주쳤었거든요."

아… 살짝 불안해지는데.

"그런데 참 공교롭게도 공자님은 한 번도 뵙지 못했어요."

"우연이겠죠. 제가 눈에 잘 띄는 유형이 아니라서."

내 말에 그녀가 빙그레 웃었다.

"그럴 리가요. 약초 수색자들 중에서 수련생도의 복장을 한 분이 몇 명이나 된다고요."

쌍둥이를 포함해 나까지 셋이다. 이 여자, 겉보기와 다르게 영리하다.

"참 신기하죠. 모두가 철수할 때쯤 나타나서 약초를 찾는다는 게 말이죠."

"이것 참, 우연이지만 오해받을 만하네요."

아무렇지 않게 넘겨야 한다. 여기서 괜히 흔들리는 모습을 보이면 안 된다.

"공자님은 약초를 찾는다는 사람이 쌓인 눈을 한 번 쓸어보지도 않고 확인이 가능한가 봐요?"

"…."

아무 말도 하지 않자 그녀가 의미심장한 목소리로 말했다.

"마지막으로 결정적인 게 공자님의 뒤를 쫓다가 느낀 건데, 꼭 목적지가 있는 사람처럼 주위를 둘러보지도 않고 앞만 보고 경공을 펼치시던데요."

소담검이 한숨을 내쉬며 말했다.

—뭐라고 둘러댈 거냐?

뭐라고 핑곗거리를 대기에는 이 여자 너무 똑똑했다. 더 이상은 소용없을 듯했다.

"하 소저께서는 정말 영특하시군요."

"인정하시는 건가요?"

"후우. 그 정도까지 살펴보셨다면 제가 뭐라고 변명할 여지가 없군요."

내 말에 그녀의 얼굴이 환해졌다. 기뻐하는 눈치였다.

"약초가 있는 곳을 알고 있는 거 맞죠? 그렇죠?"

"확실하지는 않지만 짐작 가는 곳이 있습니다."

"그럼 같이 가요!"

그녀가 신이 나서 말했다.

이에 내가 급 정색을 하면서 답했다.

"제가 그래야 할 이유가 있습니까?"

"네?"

"저는 신의 어르신의 각패도 필요하고, 귀인분을 도왔다는 공도 세울 수 있는 절호의 기회인데 굳이 그걸 다른 사람과 나눌 필요가 있을까요?"

솔직하게 이야기했다.

"치사해요!"

"뭐가 치사합니까? 본인 힘으로 찾지 않고 가마에 무임승차하려는 소저가 더 치사하죠."

"…."

"어차피 오늘은 공친 것 같고 저는 돌아가겠습니다."

"이렇게 나오실 건가요."

"네, 이렇게 나올 겁니다."

"흥! 그럼 저는 지금부터 공자님이 약초를 찾을 때까지 계속 따라다닐 거예요."

"…그렇게까지 공을 세우고 싶습니까?"

"공이라뇨. 하!"

내 말에 그녀가 미묘한 표정을 짓다가 이내 답했다.

"공 때문에 그런 거 아니에요. 제가 모시는 분을 꼭 살리고 싶어서 그러는 건데, 그 정도 욕심을 부리면 안 되는 건가요?"

모시는 분은 아마도 혈교주의 손녀일 거다. 육혈성 혈수마녀가 그동안 그녀를 호위했을 테니 말이다. 하연 소저라면 그녀와 친할 수도 있겠다는 생각이 들었다. 그래도 공은 내 거다.

"제가 살릴 테니, 걱정하지 않으셔도 됩니다."

"너무하네요."

얼굴까지 달아오른 그녀가 입술을 잘근잘근 깨물었다. 그러다가 설득 조로 말했다.

"그러지 말고 공자님, 신의 어르신의 각패와 공은 공자님께 전부 몰아드릴 테니까 같이 가요. 그 정도는 괜찮잖아요?"

"각패와 공을 몰아주신다고요?"

"네. 어차피 둘이 같이 찾았다고 해도 공이 없어지는 건 아니잖아요. 그리고 혹시 알아요? 운이 좋으면 신의 어르신께서 각패를 저와 공자님 둘 다에게 줄지?"

그럴 확률이 없지는 않았다. 둘이 같이 찾았다고 하면 만사신의라고 별수 있겠는가. 자신의 입으로 공언했으니 지켜야 했다.

"만약 그렇게 된다면 제가 받은 각패도 공자님께 드릴게요. 그럼 두 개씩이나 가지게 되잖아요."

그녀의 말에 귀가 간질거렸다. 만사신의의 각패를 하나도 아니고 둘을 가지게 된다라. 나쁘지 않은 조건이었다.

─그 정도면 괜찮네. 받아줘라. 어차피 계속 쫓아다닐 것 같은데.

'일단 뜸 좀 들이고.'

너무 바로 덥석 물면 속물 같아 보이잖아.

─그러거나 말거나 이미 속물 같아 보일걸.

사람이 욕심을 부릴 수도 있지. 어쨌든 이 정도 조건이면 그녀를 데리고 가도 괜찮을 것 같다. 나는 살짝 고민하는 척 턱을 쓰다듬으며 눈을 감고 말했다.

"후우, 소저를 믿을 수 있을까 모르겠습니다."

"칫. 사람이 무슨 의심이 그렇게 많아요. 그럼 어떻게 하면 믿을 수 있겠어요?"

그냥 바로 받아들이기가 뭣해서 그런 건데 의심은 무슨.

그녀가 초조한 얼굴로 쳐다보고 있었다. 그렇게 공을 같이 세우고 싶은 건가.

"혹시 해서 하는 말인데 도망치거나 따돌릴 생각은 하지 마세요. 이렇게 보여도 제가 공자님보다 훨씬 빠른 거 알죠?"

'…!'

그녀의 말을 듣는 순간 좋은 생각이 떠올랐다.

"왜 웃는 거죠?"

"소저, 그럼 이렇게 하는 게 어떨까요?"

"이렇게라뇨?"

"우리의 신뢰를 견고하게 하기 위해 신의 어르신의 각패 말고 하나만 더 얹읍시다. 각패는 혹시 못 받을 수도 있지 않습니까?"

"하나를 더 얹어요? 대체 뭘요?"

그녀의 눈매가 가늘어졌다. 괜히 불안해하는 눈치였다.

"조금 전에 그 수평으로 날아오듯이 쭉 뻗어오던 경신법 좀 가르쳐주세요."

"네에?"

그 순간적으로 가속하던 경신법이 탐났던 나였다. 마치 날아가는 매처럼 보이는 경신법이었다.

"하!"

하연 소저가 기가 찬 모양이었다. 그녀의 머리 위로 김이 오르는 것 같은 건 나만의 착각일까?

＊ ＊ ＊

하연 소저와 나는 약초가 있는 위치로 가고 있었다.

결국 그녀는 마지못해 내 제안을 받아들였다.

"무림인들에게 타인의 무공을 요구하는 게 얼마나 무례한 행동인지는 잘 아시죠?"

"알고 있습니다."

그래서 일부러 그런 제안을 한 것이었다. 받아들이지 않는다면 그녀는 돌아가야 할 것이고, 받아들인다면 그 신비한 경신법을 전수할 수밖에 없도록 선택지를 좁힌 거니까.

─너도 만만치 않은데.

소담검이 내 잔머리에 혀를 찰 정도였다.

"좋아요. 가르쳐드리죠. 대신 조건이 있어요."

그녀의 조건은 간단했다. 자신이 가르쳐준 경신법을 함부로 사용하지 말 것. 정말 위험할 때만 쓰고, 만약 쓰게 된다면 상대를 반드시 죽일 것. 사람 좋아 보였는데 사파인은 사파인다웠다. 결국 경신법을 최대한 드러내지 말라는 소리였다.

조건은 받아들일 만했다. 어차피 그렇게 가속화하는 경신법은 비장의 수로 쓰기에 적당하니까 말이다. 좋은 거래였다.

탁! 탁! 속도를 맞춰가며 경공을 펼치던 중에 하연 소저가 내게 물었다.

"공자님… 혹시 아까 낮에 있었던 일, 누군가에게 얘기하진 않았겠죠?"

뒷간에서 있었던 일이 마음에 걸렸던 모양이다.

"은자 하나를 덜 받아서 이야기할까 고민 중입니다."

"치사해요!"

그녀가 얼굴이 새빨개져서 소리쳤다. 농을 던진 건데 흥분하기는.

"뭐 더 좋은 것도 받았으니 머릿속에서 지우겠습니다."

"정말이죠?"

"약속하겠습니다. 흠, 그런데 설마 제 뒤를 쫓았던 게 고작 그걸 물어보려고 그랬던 건 아니죠?"

"고작이라뇨? 저한텐 중요한 거거든요!"

어지간히 들키고 싶지 않았나 보다. 하긴 나라도 뒷간에서 몰래 육포 먹었다는 사실을 들키고 싶지 않았을 거다.

"아직 멀었나요?"

"거의 다 와 갑니다."

분명 이 두 산봉우리 사이로 들어가면 된다고 들었다. 그러면 얼어붙은 폭포수 앞쪽에….

"와!"

하연 소저의 입에서 탄성이 흘러나왔다. 산봉우리 사이로 들어가자 넓은 눈밭이 시야에 들어왔고 그 사이로 보랏빛 꽃망울이 눈을 뚫고서 머리를 내밀고 있는 광경이 펼쳐졌다. 하선부설초였다.

"찾았어요, 공자님. 이런 곳에 있었다니."

그녀가 환해진 얼굴로 어쩔 줄 몰라 했다. 공을 세운 게 저리 기쁜 걸까? 아니면 혈교주의 손녀를 살릴 수 있어서 기쁜 걸까?

"이제 채취해서 돌아가…."

―운휘! 앞으로 몸을 날려라!

'…?!'

남천철검의 외침에 나는 반사적으로 경신법을 펼쳐 앞으로 몸을 날렸다. 아무런 기척도 느껴지지 않는데 대체 뭐지?

바로 그때였다. 파파팍!

"억!"

앞으로 몸을 피해서 고개를 미처 돌리기도 전에 누군가 내 혈도를 빠르게 점했다. 나는 그 상태로 앞으로 고꾸라지고 말았다. 정신이 혼미해지려던 찰나, 가슴속에서 뜨거운 선천진기가 치솟으며 점혈당한 부위로 퍼져나갔다.

귓가로 소리가 들려왔다. 파파파팍! 손과 손이 부딪치는 소리.

"당신들 뭐야? 앗!"

뒤를 이어 하연 소저의 목소리가 들렸다. 나보다 고수였던 그녀는 다행히 상대의 기습에서 벗어난 모양이었다.

"당장 서지 못해!"

타타타타탁! 경공을 펼치며 눈을 밟고 달려가는 소리가 점점 멀어져 갔다. 그녀가 기습을 펼친 자들을 쫓아간 것 같았다. 얼마 있지 않아 등 쪽에 점해졌던 혈도 부위에서 투둑투둑 소리가 나며 굳었던 몸이 풀렸다.

'선천진기의 효능인가?'

점해진 혈도마저 자체적으로 풀릴 줄은 몰랐다. 선천진기에는 알려지지 않은 많은 효능이 있는 듯했다.

—그러고 있을 때가 아니야, 운휘. 저길 봐. 기습했던 녀석들이 약초를 뽑아서 도망갔어.

소담검의 말대로 눈 위로 나와 있던 하선부설초 몇 개가 뜯겨 있었다. 우리 두 사람의 뒤를 밟았나 보다. 일류 고수로 짐작되는 하연소저도 눈치채지 못했다는 것은 그녀와 동급이거나 그 이상의 고수들이란 소리였다.

—빨리 쫓아가. 공을 빼앗기겠어.

소담검이 나를 보챘다. 그런데 굳이 쫓을 필요가 있을까?

—뭐?

나는 눈 위로 튀어나와 있는 남은 하선부설초 앞으로 다가갔다. 보랏빛 꽃잎 사이로 보이는 다섯 개의 노란 구슬들. 그걸 바라보는 나의 입꼬리가 절로 올라갔다.

'이건 다 자란 하선부설초가 아니거든.'

뒤통수를 치려면 끝까지 기다렸어야지. 멍청한 놈들.

＊ ＊ ＊

눈 숲을 가로지르는 두 명의 인영이 있었다. 얼굴을 복면으로 가린 두 사내였는데, 그들은 빠른 속도로 경공을 펼치며 앞으로 뻗어

나가고 있었다.

[슬슬 처지는군.]

좌측 복면인의 전음에 우측에 있던 복면인이 고개를 끄덕거렸다.

그들의 뒤쪽 멀리서 헐레벌떡 쫓아오는 뚱뚱한 체구의 여자가 보였다. 하지만 조금씩 거리가 벌어지고 있었다.

[뚱뚱해서 그런지 체력이 떨어지나 봅니다.]

[그래도 대단하군. 꼴에 혈수마녀의 수하랍시고, 살집에 맞지 않게 무공도 그렇고 빠르기도 하군.]

좌측 복면인이 전음으로 혀를 내둘렀다. 뚱뚱한 체구 때문에 만만하게 봤다가 이렇게 추격전 형태가 되어버렸다. 원래는 두 명 모두 혈도를 점해서 기절시킬 작정이었다.

[조금만 더 시간을 끄시죠, 막 대주.]

[그러세.]

멀리서 지쳐 보이는 모습이 이제 얼마 남지 않았다. 따돌린 후에 돌아가면 될 듯했다. 우측에 있는 복면인이 품속에 넣어놓은 하선부설초를 보면서 히죽거리며 전음을 보냈다.

[그래도 운이 좋군요. 소운휘 그 녀석을 따라갔던 게 복이 됐습니다.]

[그러게 말일세. 하나, 아직도 의문이로군.]

[뭐가 말입니까?]

[단전도 파괴된 녀석이 어떻게 경공을 펼쳤는지 말이야.]

[그건 그렇군요.]

그들은 해가 저물고도 늦게까지 산속을 뒤지고 있었다. 그러다 우연히 경공을 펼치고 있는 소운휘를 발견했다. 단전이 손상되어 무공을 펼칠 수 없다고 생각했던 소운휘의 뜻밖의 모습에 의구심이 들었던 그들은 호기심에 뒤쫓았었다. 그 결과 두 사람이 하는 말을 엿듣게 되었고 이렇게 약초를 탈취할 수 있었다.

[뭐 궁금하긴 해도 당장 알 방법이 없으니, 일단 저희 밥그릇이나 챙겨야죠. 어쨌든 사존께서 약조는 지키시겠지요?]

놀랍게도 그들은 사존 해악천을 거론했다. 이게 어찌 된 영문일까?

[약초를 가지고 오면 무엇이든 들어주겠다고 하셨으니 지키시겠지. 사존의 명예까지 걸고 한 약조인데 어기시겠나.]

하루 종일 약초를 찾아 헤매던 해악천은 육혈곡 출신의 혈교인들에게 제안했다. 약초를 가지고만 오면 무엇이든 들어주겠다고 말이다. 그렇지 않았다면 이들은 대담하게도 사존의 제자인 소운휘의 혈도를 점할 생각은 꿈도 꾸지 못했을 거다. 어차피 사존의 손에 약초가 있는 것을 확인한다면, 소운휘나 육혈성의 수하로 짐작되는 뚱뚱한 계집도 크게 따지지 못할 거라 확신했다.

[사존이 시켰다고 생각할 텐데, 무슨 수로 따지겠습니까? 하하하하핫]

[후후후.]

[잘하면 같이 육혈곡을 벗어나 부단주로 승진할 수 있겠군요.]

그렇게 좋아하던 찰나였다. 경공을 펼치고 있는 그들 눈앞에 무언가 흐릿한 인영이 보였다. 무언가가 빠르게 달려오고 있었다.

'…?!'

이를 발견한 그들은 달리던 것을 멈춰야만 했다. 흐릿하게 다가오고 있던 자가 누구인지 알아차렸기 때문이다.

'혈수마녀!'

그녀는 바로 육혈성 혈수마녀 한백하였다. 갑자기 그녀와 맞닥뜨릴 거라고는 상상도 못 했던 그들이 당혹스러워했다. 게다가 하필이면 지금 복면을 쓰고 있었다.

탓! 그들 앞으로 다가온 혈수마녀 한백하가 특유의 무표정한 얼굴로 물었다.

"누구지?"

두 사람은 어찌해야 할지 망설였다. 지금 복면을 벗고 정체를 밝히면 상황이 어그러질 판이었다.

"누구냐고 물었다."

스스스스! 한백하의 두 손이 붉게 물들고 있었다.

'젠장!'

이러다가 괜히 오인당해서 죽을지도 모른다고 여겼던 그들이 재빨리 복면을 벗었다. 그리고 예를 취했다.

"혈마앙복! 혈세천하! 육혈곡 대주 막위홍이 육혈성을 배알합니다."

"혈마앙복! 혈세천하! 육혈곡 대주 사현이 육혈성을 배알합니다."

이 상황을 일단 넘기려면 정체를 밝힐 수밖에 없었다. 괜히 적으로 오인받는 것보다는 나았다.

그때 뒤에서 외침 소리가 들려왔다.

"헉헉! 스승님! 그자들이 저를 습격하고서 하선부설초를 훔쳐갔어요!"

'…?!'

두 사람의 얼굴이 굳었다.

"육혈성, 이건…."

"사존께서…."

뭐라고 변명을 하기도 전에 한백하의 손이 먼저 움직였다. 파파파 파팍!

"크헉!"

"억!"

순식간에 그녀의 손이 그들의 주요 요혈을 때렸고, 두 대주들의 몸이 뒤로 날아갔다. 아무리 일류 고수 이상의 실력을 지닌 그들이라고 해도 육혈성인 그녀와의 무공 간극은 너무나도 컸다.

"감히 누구를 습격해?"

그녀의 눈매가 칼처럼 날카로웠다. 기절한 그들에게로 다가간 그녀가 품속에서 하선부설초를 꺼내 들었다.

"흥!"

때마침 뚱뚱한 여인, 아니 하연이 도착했다.

"헉헉!"

얼마나 힘들었는지 그녀의 얼굴이 땀으로 젖어 있었다. 호흡이 벅차서 괴로워하는 그녀를 바라보며 한백하가 살짝 고개를 숙이고는 말했다.

"어찌 말씀도 없이 혼자 이탈하셨습니까?"

"헉… 헉… 송구…합니다."

"무사하셔서 다행입니다."

탓! 뒤이어 혈수마녀 한백하가 왔던 방향에서 세 명의 흰 면사를 쓴 여인들이 도착했다. 그녀의 속도를 따라잡지 못한 그들은 늦게 도착한 것이었다. 여인들이 동시에 고개를 숙이며 하연에게 예를 취했다. 한백하가 입을 열었다.

"무사히 약초도 얻었으니, 본당으로 돌아가시죠."

그런 그녀의 말에 하연이 겨우 호흡을 가다듬으며 말했다.

"하아하아… 스승님께선 먼저… 돌아가세요. 저는 왔던 길로 다시 돌아가야 합니다."

"네?"

한백하가 의아해하며 되물었다.

* * *

빠각! 얼음이 깨지며 조각들이 밑으로 떨어졌다. 성명신공을 삼 성이나 운용하며 얼음을 부쉈는데 너무 두꺼워서 이제야 틈이 생겼 다. 폭포수마저 얼 정도면 얼마나 추운 날씨일까?

—여기에 있는 거야?

'그래.'

진짜 하선부설초는 얼어붙은 폭포수 뒤에 있었다. 누군지는 모르 겠지만 습격한 녀석들이 조금만 더 늦게 노렸다면 정말 약초를 빼앗 겼을 것이다.

—운이 좋았어.

'그러게. 아니면 녀석들이 멍청하든가.'

이왕 뒤통수를 칠 거면 인내심을 가졌어야지.

—대체 그놈들 뭐지?

대충 어떤 자들인지 예상은 간다. 하연 소저와 손을 섞은 걸로 봐 서는 육혈성 혈수마녀 측 사람은 절대로 아니었다. 그렇다면 당연히

294

육혈곡 출신의 상급 무사들일 것이다. 적어도 그 정도 무공 실력이라면 대주급은 되지 않을까?

—겁대가리도 없네. 너를 습격하면 나중에 그 미친 노인네의 손에 작살날 수도 있는데 말이야.

그게 의아하긴 했다. 우리를 습격하고서 약초를 들고 가봐야 뻔히 들킨다. 그런데도 점혈까지 하면서 약초를 탈취하려 했다는 것은 뭔가 믿는 구석이 있으니까 그랬을 확률이 높았다.

'그건 도무지 짐작이 안 가네.'

그나저나 동굴이 많이 어두웠다. 폭포 뒤편에 공동 비슷한 공간이 있었는데, 달빛이 은은하던 바깥과 다르게 너무 어두워서 잘 보이지 않았다.

'불이라도 켜야 하나?'

그런데 여긴 온통 얼음뿐이라 나뭇가지 같은 것도 찾기 힘들었다. 밖으로 나갔다 오려는데, 소담검이 말했다.

—저건 뭐야?

'저거?'

—뒤쪽에 은은하게 뭔가 보이는데?

눈을 가늘게 뜨고서 어두운 공동을 쳐다보았다. 얼핏 아무것도 보이지 않는 것 같지만, 잘 보니까 정말로 은은하게 빛나는 무언가가 있었다. 천천히 그곳을 향해 다가갔다. 몸을 숙여서 살펴보니, 야광주처럼 은은한 녹색 빛을 내는 작은 구슬들이 있었다. 그리고 구슬들에 비친 보랏빛 꽃잎들이 보였다.

'찾았다!'

—그게 진짜 하선부설초야?

꽃잎 안으로 은은한 녹색 빛이 나는 작은 일곱 개의 구슬들. 이게 제대로 자란 하선부설초였다. 바깥에 있는 덜 자란 하선부설초와 달리 고작 두 송이밖에 없었다.

두 송이라도 충분하겠지?

'차갑다.'

오직 겨울밤에만 꽃망울이 열리는 차가운 영초라고 하더니, 잡는 것만으로도 손바닥이 얼어붙는 느낌이었다. 소매로 손을 가리고서 줄기를 잡아야 할 것 같았다. 하선부설초를 조심스럽게 뿌리부터 뽑아 품속으로 넣었다.

'여름에 넣으면 완전 시원하겠는데.'

두 번째 하선부설초를 뽑는데, 남천철검이 말했다.

─운휘, 네 발밑에서 부러진 검이 말을 걸고 있다.

'부러진 검?'

─뭐라고 말을 거는데, 검신이 부러져서 잘 들리지 않는다.

'그래?'

나는 남은 하나의 하선부설초를 품속에 집어넣고 조심스럽게 발밑으로 손을 뻗었다. 차가운 금속의 느낌이 손끝에 닿았다. 그때 머릿속으로 끊기는 듯한 목소리가 들려왔다.

─빨… 도…쳐. 밖…로… 피…해!

'무슨 말이야?'

─도….

'도?'

─망….

'망?'

296

지금 이 녀석, 설마 도망치라고 말하는 건가? 소름 돋게 왜 그런 말을 하는 거야?

그때 소담검이 속삭이는 목소리로 내게 말했다.

―운휘야, 아무 소리도 내지 말고 조용히 있다가 내가 달리라는 순간에 무조건 밖으로 뛰어.

왜 겁을 주는 거야? 대체 뭐가 있기에 그러는 거지?

일단 소담검이 시키는 대로 조용히 숨을 죽였다.

―뛰어!

그 말이 끝나기가 무섭게 얼어붙은 폭포수 바깥으로 경공을 펼쳤다. 그 순간 뒤에서 뭔가 이상한 소리가 들렸다. 파파파파파팍! 사족 보행이라기보단 뭔가 바닥을 긁으면서 기어가는 소리 같았다. 그런데 무서울 정도로 크고 빨랐다.

―너무 빠르다. 나를 뽑아라, 운휘!

남천철검의 말에 다급히 검집에서 녀석을 뽑았다. 그리고 재빨리 뒤로 몸을 돌리며 선천진기를 싣고서 크게 검을 휘둘렀다. 팍! 그 순간 검 끝으로 뭔가가 스치고 지나갔다. 치이이익! 바닥에서 뭔가 타는 소리가 들렸다.

그때 두 눈에 기이한 무언가가 보였다. 섬뜩한 보랏빛 안광 네 개가 이리저리 움직이면서 나를 노려보고 있었다. 파파파파파팍! 보랏빛 안광이 머리 쪽인 것 같은데, 마치 무림고수의 움직임을 연상케 하듯이 엄청난 속도로 좌우로 움직이며 나를 향해 뻗어왔다.

―운휘! 이 보 뒤로 피하면서 검신으로 방어해라.

남천철검의 지시대로 뒤로 두 걸음 피하면서 검신을 앞으로 내밀었다. 쾅! 파파팍! 검신으로 느껴지는 묵직함. 앞쪽에서 얼음 파편들이 튀어 오르며 얼굴에 부딪혔다. 대체 얼마나 커다란 녀석이기에 얼음 바닥이 부서지면서 파편이 얼굴까지 튄 거야? 잘 보이지가 않으니까 두렵기마저 했다.

—이때다. 잠합공검!

나는 다급히 잠합공검을 펼쳤다. 성명검법 이초식 잠합공검. 폭발적인 기세로 상대의 공격을 맞받아치며 반격하는 검초. 촤촤촤촤촤촤! 검초를 펼치자 무언가 딱딱한 비늘 같은 것이 부딪치는 소리가 들려왔다. 너무 단단하지만 중간중간 검이 박히는 느낌이었다. 파파파파파파! 그때 놈이 내 공격을 피하려는 건지, 보랏빛 네 개의 안광이 꿈틀거리며 사라지려고 했다.

—놓치면 안 된다.

'알고 있어.'

나는 사라지려고 하는 보랏빛 안광들을 향해 성명검법 일초식 호아세검을 펼쳤다. 촤촤촤촤촤촤촤! 앞선 검초보다도 맹렬한 기세로 검날이 궤적을 그리며 앞으로 나아갔다. 검병을 통해 뭔가를 베는 느낌이 확연하게 느껴졌다.

"카크크크크크!"

동굴 전체를 울릴 만큼 소름 끼치는 비명이 들려왔다. 놈이 괴로워하는 모양이었다.

무조건 잡는다. 나는 미친 듯이 검을 휘두르며 앞으로 나아갔다. 그리고 바닥을 울리는 소리. 쿵!

—놈이 쓰러졌다!

남천철검이 눈앞에 괴물체가 쓰러졌다고 알려주었다.

팍팍팍! 혹시 몰라서 앞을 향해 몇 번 더 검을 휘둘러서 내려찍어보았지만 반응이 없었다.

"하아…."

이렇게 추운데도 식은땀이 절로 흘렀다. 하마터면 이 보이지도 않는 괴물 같은 녀석에게 당할 뻔했다. 대체 정체가 뭐지?

―완전 징그러운데.

―이런 건 나도 처음 본다.

녀석들만 잘 보이나 보다.

바로 그때였다. 푹!

"끄아아악!"

발등을 뚫고 무언가 날카로운 것이 박혔다.

나는 다급히 놈을 향해 남천철검을 찍어 내렸다.

"카끅!"

정확하게 놈의 입 부근을 찍었는지 들썩거리다가 이내 그 움직임이 멈췄다. 죽었다고 생각했는데 방심했다. 빌어먹을 발등이 너무 아팠다. 꼭 불에 덴 것처럼 뜨거웠다. 설마 독인가? 그렇지 않고는 이런 증상이 나타날 리가 없었다.

"끄윽!"

뜨거운 독 기운이 빠르게 발목을 타고서 위로 올라오는 것이 느껴졌다. 순식간에 몸까지 도달했다. 독기가 얼마나 지독한지 체내가 활활 불에 타는 것만 같이 뜨거웠다. 두근! 고동과 함께 가슴속에 있던 선천진기가 움직이며 독기에 대항하려고 했다. 그런데 보통 독이 아니었는지 고통이 수그러들지 않았다.

"뜨거워…."

오장육부를 지지는 듯한 고통에 식도까지 화끈거렸다. 갈증이 느껴지면서 시원한 물을 마시고 싶었다. 나는 바닥의 얼음 조각들을 들어서 닥치는 대로 입에 집어넣었다.

―야! 정신 차려!

―운휘! 독기를 몰아내려면 선천심법을 운기해라!

나도 안다고. 그런데 지금 속이 타올라서 죽을 것만 같다. 시원한 물이라도 들이켜서 이 뜨거움을 가라앉히고 싶은데, 얼음 조각들로는 한계가….

'아!'

그때 품속에 있는 차가운 하선부설초가 떠올랐다.

나는 힘겹게 품속에 손을 집어넣어 하선부설초 하나를 집었다. 무엇에 홀린 사람처럼 그것을 입속에 꾸역꾸역 집어넣고 몇 번 씹지도 않은 채 그대로 삼켜버렸다. 쿠쿠쿠쿡! 식도를 타고 흐르는 차가움. 얼음 조각들을 삼켰을 때와는 차원이 달랐다. 입에서 새하얀 김이 솟아올랐다. 식도를 타고 내려가는 차가운 기운에 흐릿하던 정신이 화들짝 들었다.

―정신 차리고 운기해라! 빨리!

남천철검의 말대로 나는 가부좌를 틀고서 운기에 들어갔다. 독기에 대항하고 있던 선천진기가 운기를 하면서 더욱 활발히 움직였다.

"큭!"

발등에서부터 올라온 뜨거운 독기와 목구멍으로 들어간 차가운 한기가 한가운데인 몸통에서 만나며 격렬하게 부딪쳤다.

"끄헉!"

몸속에서 폭발이라도 일어나는 것만 같았다. 뜨거운 독기와 차가운 한기가 부딪치면서 말로 형용하기 어려운 고통이 잠식해왔다. 선천심법으로 체내의 선천진기를 활성화하여 고통을 억누르려고 했지만, 오히려 그것을 자극한 꼴이 되었다. 콱!

"억!"

곧게 펴고 있던 허리가 구부러졌다.

―운휘, 정신 차려야 한다. 운기를 멈추지 마라.

남천철검이 나를 다독였다.

오장육부가 찢겨나가는 고통 때문에 너무 괴로워서 운기를 할 수 없었다.

―야! 이렇게 죽으려고 회귀한 거야? 정신 차려!

그때 소담검의 외침이 머릿속을 울렸다.

그 순간 냉수를 끼얹은 것처럼 머릿속이 차가워졌다. 녀석의 말이 맞다. 죽어서 다시 기회를 잡았다. 그런데 고작 이런 고통 하나 이겨내지 못한다면 결국 전 인생만도 못하지 않은가.

덕분에 마음을 단단하게 부여잡을 수 있게 되었다. 체내에서 미친 듯이 날뛰는 뜨거운 독기와 한기에 집중했다.

'두 기운이 부딪치면서 싸우고 있다.'

두 기운 모두가 호의적이지 않았다. 서로가 나를 해하려고 들다보니, 저들끼리 체내에서 맞부딪치고 있었다. 내 몸이 무슨 전쟁터도 아니고.

'집중하자.'

날뛰는 두 기운에 휩쓸리면 안 된다. 중단전에 있는 선천진기를 고요한 호수라 상상했다. 주변에서 천둥 번개가 쳐도 담담하고 고요하게 버티는 호수. 마음에 평정이 찾아왔다.

'천천히… 아주 조심스럽게…'

똑! 심상으로 그리고 있는 고요한 호수에 물방울이 떨어지며 작은 파문이 일어나, 천천히 주변으로 퍼져나갔다. 둥! 둥! 둥! 그 순간 가슴속에 자리 잡고 있던 선천진기의 고동이 느껴졌다. 고동이 점점 커지면서 호응했다. 체내에서 미친 듯이 날뛰는 두 기운을 아우를 만큼 선천진기가 점점 늘어갔다.

불끈! 전신의 핏줄이 곤두서는 것이 느껴졌다. 이를 무시하고서 오직 심상 속의 파문에만 집중했다.

'아!'

선천진기가 점점 강해지자, 격렬하게 부딪치던 두 기운이 차츰 수그러들었다. 정확하게 말한다면 점점 섞이는 느낌이었다. 차가운 한기와 뜨거운 독기가 섞이면서 마치 유순한 독주를 감미하듯이 오장육부가 편안해져 갔다.

―남천! 저것 봐. 발등의 상처 부위가 낫고 있어.

―일단 지켜봐라. 방해되면 안 된다.

녀석들이 뭐라고 말하는데 웅얼거리는 것처럼 들렸다. 대체 뭐라고 하는 거지? 나를 걱정하는 건가? 녀석들이 하는 말에 귀를 기울이려고 했다. 그런데 웅얼거리는 소리가 녀석들에게서만 들리는 게 아니었다.

―….

―….

속삭이는 소리들이 사방에서 들려왔다. 머릿속에서 소리들이 여기저기서 들려오니 어지러울 지경이었다. 이 소리들은 뭐지? 대체 나에게 뭐라고 하는 거지?

그때 뚜렷한 목소리가 머릿속을 울렸다.

[검청(劍聽)에 귀를 기울이게 되었으니, 천선(天璇)이 열리리라.]

'이 목소리?'

정신이 화들짝 들었다. 감았던 눈을 떠보니 오른손에 푸른 불꽃이 일렁이고 있었다. 치이이이! 뭔가 타는 소리와 함께 손등의 점에 변화가 생겨났다.

'이건?'

북두칠성 형태의 일곱 개의 점들 중 두 번째 별에 해당하는 천선이 푸른색으로 변하고 있었다. 그리고 완전하게 푸른 점이 되자 불꽃이 수그러들었다. 마치 내 손등으로 빨려들어 가는 것 같았다.

—정신이 들었어?

—운휘, 독기가 진정되었나?

소담검과 남천철검이 걱정스러운 듯이 물었다.

'방금 푸른 불꽃 못 봤어?'

—푸른 불꽃? 그게 뭔가?

—뭐야? 너 전에도 그런 얘기 하지 않았어?

또였다. 전에 마차에 있을 때도 이걸 보지 못했는데, 지금도 마찬가지였다. 이 괴이한 현상은 나만 겪은 건가? 대체 내게 무슨 일이 벌어지고 있는지 여전히 감이 잡히지 않았다.

—운휘, 몸은 괜찮은 건가?

혼란스러워하는 내게 남천철검이 되물었다. 일단 몸 상태를 확인해봐야 할 것 같았다.

'음?'

그런데 몸이 상쾌했다. 분명 운기에 들어가기 전만 하더라도 오장육부가 불타고 얼어붙을 것만 같았는데, 지금은 편안한 것을 넘어서 몸 전체가 가벼워진 느낌이었다.

"후우."

선천진기를 운기해서 몸 내부도 살펴봐야겠다. 호흡을 가다듬고
서 선천심법을 운기했다. 중단전에 있는 선천진기의 기운을 움직여
서…. 어라?

—왜 그러는 거냐? 문제라도 생긴 거냐?

남천철검이 놀라서 물었다.

문제라면 문제였다. 하도 놀라운 일이 벌어져서 말문이 막혔다.

'늘어났어.'

—무엇이 말이냐?

'…선천진기.'

가슴 한가운데, 중단전에 자리 잡고 있던 선천진기가 늘어났다.
그것도 조금 늘어난 게 아니었다.

—얼마나 늘어났나?

'이 정도면 두 배는 되는 것 같은데?'

원래 내가 가진 선천진기는 십오 년 수준이었다. 그런데 그 크기
가 두 배로 커져 있었다. 수치로 친다면 삼십 년 수준에 이르는 선천
진기가 정이 되어 있는 셈이었다.

—대박!

—맙소사!

소담검과 남천철검이 놀라서 동시에 소리쳤다. 너희들이 어째 더
놀라냐? 나도 이런 일이 생길 줄은 꿈에도 몰랐다.

—어떻게 이런 일이…. 전 주인께서 말씀하시기를, 선천진기는 원
기에 가까워서 어지간한 영약으로도 키우기 힘들다고 하셨다. 오직

부단한 운기와 극한의…. 아!

—말을 하다 말아?

—알 것 같다.

'뭐를 말이야?'

나도 궁금했다. 어째서 선천진기가 두 배로 늘어났는지 말이다.

—선천진기는 생명이라 할 수 있는 원기와 직결되기 때문에 극한의 상황에 처할수록 더욱 자극받게 되어 있다.

'그럼 내가 독 때문에 이렇게 되었단 말이야?'

—독도 그렇고 네가 먹은 그 영초의 지독한 한기도 아마 자극이 되었을 거라 짐작한다.

그랬던 건가. 체내에서 치러졌던 두 기운의 전쟁이 극한의 상황으로 치달았던 것 같다. 너무 고통스러워서 죽을 것만 같았으니까.

참으로 공교로운 일이었다.

'죽을 고통을 이겨내면 더 강해진다고?'

선천진기란 알면 알수록 내공과는 완전히 궤를 달리했다. 어쨌든 내게는 이번 일이 기연으로 작용했다. 두 배나 되는 선천진기라면 내공 수위로 친다면 일류 고수를 훨씬 압도하는 수준이었다.

—축하한다, 운휘.

—자식, 운이 너무 좋잖아!

녀석들이 기뻐하니까 덩달아 기분이 좋아졌다. 이게 기연이라는 건가.

그런데 아까부터 느낀 건데 어두웠던 동굴이 생각보다 잘 보였다. 분명 어두웠는데 갑자기 이렇게 잘 보이는 게 이상했다. 마치 두 눈이 밝아진 것 같았다.

―왜 그래?

'이상해. 동굴이 잘⋯.'

"헉!"

주위를 둘러보다가, 등받이처럼 기대고 있던 남천철검 뒤를 무의식적으로 쳐다봤던 나는 화들짝 놀라 뒤로 엉거주춤 물러났다. 남천철검이 꽂혀 있는 바닥 뒤쪽에 난자되듯이 잘려나간 거대한 괴생명체가 있었다. 몸통만 보면 뱀처럼 생겼는데 그 크기가 거대했다.

'이게 뭐야?'

그런데 머리통은 뱀이 아니라, 마치 사람의 얼굴 형태를 하고 있었다. 완전히 사람의 얼굴이라고 하기에는 뾰족한 송곳니부터 네 개의 눈알이 다닥다닥 붙어 있는데, 꼭 개구리처럼 보였다. 그 모습이 너무 징그러워서 절로 눈살이 찌푸려졌다. 대체 정체가 뭐지?

―글쎄. 아마도 영물이 아닐까 싶다.

'이게 영물이라고?'

―그렇지 않고선 이런 형태의 생물을 설명할 길이 없다.

남천철검의 말이 일리는 있지만 영물치고는 너무 징그럽게 생겼다.

그리고 두 눈이 환해져서 동굴 내부도 잘 보였는데, 미처 몰랐지만 곳곳에 뼛조각으로 보이는 것들이 널려 있었다. 아마 이 인두의 괴물 녀석이 해친 자들의 유골인 듯했다.

'하!'

영물치고는 너무 상스러웠다. 그리고 진짜 영물이라면 죽을 때 내단 같은 거라도 뱉어야 하잖아. 혀만 길게 늘어져서 죽어 있었다.

'영물? 그냥 괴물이겠지.'

문득 궁금해졌다. 회귀 전에 하선부설초를 구했다는 녀석도 이 괴물 놈과 조우했을까?

그때 남천철검이 내게 의아하다는 듯이 물었다.

―…운휘, 내 목소리가 들리는 건가?

'전부터 들었는데 무슨 소리를 하는 거야?'

갑자기 처음 만난 것처럼 묻는 녀석의 물음에 고개를 절레절레 흔들었다. 그러다가 문득 녀석이 왜 그런 말을 했는지 깨달았다.

'어?'

나는 지금 남천철검과 전혀 접촉하고 있지 않았다.

그런데 녀석의 목소리가 들렸다.

* * *

폭포수 동굴 바깥으로 나온 나는 서둘러 경공을 펼쳤다. 독기를 이겨내기 위해 운기를 했던 게 벌써 한 시진 가까이나 됐다고 했다. 짧게 느껴졌는데 그만큼이나 시간이 지났다니.

―거참 신기하네.

소담검의 중얼거리는 목소리가 머릿속을 울렸다. 녀석의 말대로 나 역시 놀라웠다. 원래는 검과 직접적으로 접촉해야만 그 목소리를 들을 수 있었다. 그런데 지금은 아니었다. 손에서 떼고 있어도 목소리가 들렸다.

―얼마큼 멀리 떨어져도 들을 수 있을까?

시간이 여의치 않아서 제대로 확인해보지는 못했다. 하지만 남천철검과 대략 오 장 넘게 떨어져 있어도 그 목소리가 들렸던 것으로 봐선 거리가 꽤 멀어도 들리는 듯했다.

'이것도 〈검선비록〉의 힘인 건가.'

확실한 것은 그 목소리가 들리고 난 이후부터 달라졌다. 내 손등의 점을 힐끔 쳐다보았다. 설마 점의 색깔이 바뀔 때마다 점점 이 신비로운 능력이 강해지는 것일까? 점점 의문이 깊어져 갔다. 역시 육혈곡을 벗어날 기회가 생긴다면 〈검선비록〉을 찾아봐야 할 것 같았다.

타타타타! 그때 귓가로 작게 발소리가 들려왔다. 나는 그곳을 쳐다보았다. 멀리서 누군가가 내가 있는 방향으로 달려오는 것이 보였다.

'하연 소저?'

달려오는 자는 하연 소저였다. 꽤 멀었는데도 누군지 정확하게 구분이 됐다.

'하…'

선천진기가 강해지긴 한 모양이었다. 원래는 저 정도 거리라면 뚜렷하게 보이지 않거나 잘 들리지 않았을 터인데, 안력과 청력이 한층 발달한 느낌이다.

―좋은 현상이다. 선천진기를 더 쌓게 되면 상대가 기척을 감춰도 알아차리게 될 거다. 물론 운휘 너보다 약하다는 전제하겠지만.

입에 발린 말만 하지 않는 남천철검이다. 이런 변화를 체감할수록 강해질 맛이 나는 것 같다.

"헉헉! 공자님!"

하연 소저가 헐떡거리며 나를 불렀다. 땀을 어찌나 흘렸는지 머리카락에 살얼음이 붙어 있었고, 얼굴이 새빨갰다. 얼마나 고생했는지 눈에 훤히 보일 정도였다.

'설마 지금까지 녀석들을 추격하다 온 건가?'

그렇다면 정말 대단한 여자였다. 살집이 워낙 두터워서 달리는 것조차 보통 사람들보다 체력 소모가 클 텐데, 강한 정신력을 가진 듯했다.

"소저, 무사해서 다행입니다."

"하아… 하아….'

거칠게 숨을 내쉬던 그녀가 호흡을 골랐다. 그리고 내게 물었다.

"하아… 하아… 공자님 괜찮은 건가요?"

"저는 괜찮습니다."

"미안해요. 점혈을 풀어드리고 쫓았어야 했는데."

이 여자 생각보다 마음 씀씀이가 괜찮았다. 보자마자 사과부터 할 줄은 몰랐다.

"아닙니다. 상황이 여의치 않았잖습니까. 다행히 약하게 혈도를 점했는지 이렇게 풀려났습니다."

"하아… 다행이에요. 혹시나 추위에 몸이 상했을까 봐."

사실대로 이야기해줘야 하나 고민되었다. 선천진기까지는 아니더라도 금방 풀려났고 진짜 하선부설초를 찾았다고 말이다. 그런데 그 이야기를 하기도 전에 그녀가 먼저 웃으며 말했다.

"좋은 소식이 있어요."

"좋은 소식이요?"

"저희를 습격했던 그자들을 잡았어요. 다행히 스승… 앗! 공자님 발등이 왜 그래요?"

"아… 이건…."

"그자들의 짓이로군요! 아무리 그래도 그렇지."

그녀가 앙칼진 목소리로 분노를 토했다. 덕분에 그 괴물과 조우했던 것은 설명하지 않아도 될 것 같았다. 기연은 남에게 알려서 좋을 것이 없을 테니까.

"봐요. 많이 다쳤나요?"

"괜찮습니다. 살짝 찍힌 정도에 불과해요."

"가죽신에 핏자국이 이렇게 많이 묻었는걸요."

이거 보이면 곤란한데. 운기를 하고 나서 상처가 말끔히 나았기에 보이기가 껄끄러웠다. 화제를 다급히 돌렸다.

"그보다 습격했던 자들을 잡았다고 했는데, 그럼 하선부설초도 되찾은 겁니까?"

"아!"

내 물음에 그녀가 고개를 끄덕였다.

"다행히 스승님께서 계셔서 그자들을 잡았어요."

"육혈성께서요?"

"네, 운이 좋았어요."

"범인들은 누구였습니까?"

"…육혈곡의 대주분들이더군요."

역시 예상대로였다. 그들 외에 누가 그런 짓을 했겠는가. 그래도 참 운이 없는 자들이었다. 덜 자란 하선부설초를 훔쳐간 것도 모자라, 도중에 혈수마녀에게 잡히다니. 쯧쯧.

그런데 하연 소저가 미안한 표정을 지으며 말했다.

"공자님, 그런데 먼저 사과부터 드릴게요."

"네?"

"혹시 몰라서 저희 스승님께 먼저 약초를 가지고 신의께 가달라고 부탁드렸어요. 오해는 하지 마세요. 그래도 각패는 무조건 공자

310

님께 드릴 거예요."

그걸 혈수마녀에게 맡겼다고? 가짜라서 상관없긴 하다만 그녀가
제자의 부탁만 듣고서 각패를 과연 내게 넘겨줄까?

표정에서 내 감정이 드러났는지 그녀가 조심스럽게 말했다.

"무조건 공자님께 각패는 주실 거예요."

"그걸 어떻게 믿죠?"

"…단지 공자님의 스승이신 사존께 각패를 드리는 대가로 부탁을
하나 하실 것 같아요."

음…. 그게 그냥 주는 건가. 이러면 이야기가 좀 달라지는데.

* * *

육혈곡의 본당 우측에 있는 객당 앞. 신의가 머무는 거처 앞에 기
기괴괴 해악천과 혈수마녀 한백하가 마주 서서 서로를 쳐다보고 있
었다. 해악천의 표정이 썩 좋아 보이지 않았다. 인상을 찡그리고 있
었는데, 불만으로 가득 차 있었다. 그런 그에게 한백하가 특유의 무
표정한 얼굴로 아무렇지 않게 말했다.

"말씀드린 그대로입니다. 사존께서 제 부탁을 들어주신다면 신의
의 각패는 넘기도록 하겠습니다."

그녀의 말에 해악천의 인상이 더욱 무섭게 굳었다. 대체 무슨 부
탁을 했기에 이런 반응을 보이는 것일까?

"본좌는 그 일에 끼어들지 않겠다고 했을 텐데."

"어차피 머지않아 선택하셔야 합니다."

"선택이고 자시고, 본좌가 고작 제자의 단전 하나 살리자고 자네

의 부탁을 들어줄 것 같나?"

"쉽게 말씀하시는군요."

"여차하면 녀석은 포기해도 그만이야."

강하게 나오는 해악천의 태도에 그녀가 입을 꾹 다물었다.

'허세일까? 아니면 진심일까?'

냉철한 한백하이지만 기기괴괴 해악천은 그녀에게 있어서도 설득하기 까다로운 인물이었다.

하지만 모처럼의 기회를 놓치고 싶지 않았다.

"아가씨를 지지해주시는 게 그리 힘든…."

드르륵! 그녀의 말이 미처 끝나기도 전에 방문이 열렸다.

"기다리게 해서 미안하오."

객실에서 만사신의가 걸어 나왔다. 이에 한백하가 해악천에게 고개를 저으며 안타깝다는 듯이 말했다.

"어쩔 수 없군요. 그렇다면 저로서도 각패를 드리긴 힘들 것 같습니다."

그 말과 함께 한백하가 품속에서 천으로 감싸놓은 하선부설초를 꺼내 만사신의에게 넘겼다.

"받으시죠. 영초입니다."

"빨리 찾으셨구려. 며칠은 걸릴 줄 알았는데."

만사신의가 흡족해하며 약초를 받았다.

이를 지켜보는 해악천의 심기는 불편하기 짝이 없었다. 마음 같아서는 전부 뒤엎어버리고 싶은 심경이었다.

"스승님!"

마침 객당 쪽으로 소운휘와 하연이 나타났다.

해악천이 신경질적으로 말했다.

"이미 늦었다. 네놈의 단전은 평생 고치기 글렀…."

그의 말이 끝나기도 전이었다.

"안타깝구려, 육혈성. 이건 다 자란 영초가 아니오."

"네?"

만사신의의 말에 혈수마녀 한백하가 인상을 찡그리며 반문했다. 하연 역시도 예상치 못한 결과에 당혹스러워했다. 그렇게나 고생해 가며 추격전까지 벌였는데 약초가 다 자란 것이 아니라고 하니, 결국 모든 상황이 도로 아미타불이 된 것이다.

"크하하하하핫!"

이 상황을 반기는 것은 당연히 해악천이었다. 신의의 각패를 이대로 빼앗기는가 싶어서 심기가 불편했었는데, 어느새 그것이 말끔히 씻겨 내려갔다. 해악천이 신이 나서 말했다.

"혈수마녀, 이를 어쩌나. 다시 영초 찾기를 해야겠구먼."

"하아…."

한백하가 한숨을 내쉬었다. 괜히 설레발을 친 격이 되어버렸다.

그때 가만히 지켜보고 있던 소운휘가 끼어들었다.

"말씀 중에 죄송합니다. 스승님, 그러실 필요 없습니다."

"뭐?"

소운휘가 품속에서 무언가를 꺼내 들었다. 어둠 속에서 은은한 녹색 빛을 내는 일곱 구슬을 품고 있는 보랏빛 꽃송이. 그것은 완전히 자란 하선부설초였다.

'…!!'

이를 바라보는 모두의 표정이 각양각색으로 나뉘었다.

각패

완전히 자란 하선부설초. 그것은 만사신의의 손에 들려 있는 덜
자란 것과 확연하게 달랐다.

은은하게 빛나는 녹색 구슬들만 봐도 이게 진짜 영초라는 것 정
도는 알 수 있었다.

"참으로 공교롭군. 비슷한 시기에 두 사람이나 영초를 찾다니….
자네의 꽃잎 안에는 구슬이 몇 개 있는가?"

만사신의가 내게 물었다.

"일곱 개입니다."

대답을 들은 만사신의가 빙그레 웃으며 고개를 끄덕였다. 제대로
된 하선부설초라고 인증한 셈이었다.

"크하하하하하핫! 과연 본좌의 제자답구나."

해악천이 얼마나 기분이 좋았는지 광소를 뱉으며 나를 칭찬했다.
혈수마녀 한백하를 쳐다보면서 저러는 것은 그녀를 조롱하기 위함
일 것이다.

─엄청 좋아하는데.

'자존심이 센 노인네니까.'

한백하는 그저 미간을 찌푸린 채로 하염없이 영초를 쳐다볼 뿐이었다. 의외로 나를 원망하는 기색은 없었다. 오히려 뭔가 아쉬워하는 느낌은 무엇일까?

"하⋯."

옆에서 들려오는 탄식 소리에 고개를 돌려보았다. 하연 소저가 기가 막힌다는 표정을 지으며 영초와 나를 번갈아 보고 있었다. 왜 이걸 이야기하지 않았냐는 얼굴이었다.

당연한 거 아닌가. 거래는 애초에 우리 둘이서 영초를 찾기로 했었다. 한데 그걸 스승인 혈수마녀에게 맡겼다. 거래의 대가로 신묘한 경신법을 가르쳐준 그녀는 신뢰하지만 혈수마녀를 믿는 것은 전혀 다른 문제였다.

"그럼 우리 확인해볼 게 있었죠, 소저?"

내 말에 그녀가 마지못해 고개를 끄덕였다.

나는 해악천에게 다가가 물었다.

"스승님, 한 가지 여쭤봐도 괜찮겠습니까?"

"크하하하핫. 암암. 뭔들 대답 못 해주겠느냐."

기쁨에 도취된 해악천이 흔쾌히 허했다.

"혹시 육혈성이 스승님께 각패를 준다고 했습니까?"

"각패?"

당사자를 앞에 두고 직접적으로 거론하기 어려웠기에 나는 만사신의 쪽을 눈짓으로 살짝 가리켰다. 이를 알아들은 해악천이 콧방귀를 뀌면서 말했다.

"각패를 줘? 하! 제 부탁을 들어주지 않으면 각패는 꿈도 꾸지 말라고 엄포를 늘어놨는데, 무슨 소리를 하는 게야. 쯧쯧."

"제가 어찌 엄포까지 했겠습니까?"

해악천의 그 말에 한백하가 미간을 찡그리며 반문했다.

"흥! 그럼 각패를 준다고 했느냐?"

"그건…."

그녀가 뒷말을 잇지 못했다. 대충 분위기를 보면 해악천이 약간 과장되게 이야기했지만, 부탁을 들어주지 않는다면 각패를 주지 않겠다고 한 게 확실해 보였다.

결론은 났다. 나는 뒤돌아서 안타깝다는 표정으로 하연 소저에게 눈짓을 보냈다.

'제 말이 맞지요, 소저?'

내 묵언의 의사를 읽은 그녀가 잔뜩 굳은 얼굴로 고개를 끄덕였다. 표정에서 기분이 좋지 않은 것이 드러났다. 어쩌겠는가. 내기는 내기인데.

"그럼 잘 부탁드립니다."

그녀에게 하는 내 말에 해악천을 비롯한 혈수마녀가 의아한 표정을 지었다.

여기에는 그녀와 나의 또 다른 내기가 있었다.

이곳으로 오기 전….

"네? 스승님을 믿지 못하겠다고요?"

"사문의 존장을 신뢰할 수 없다고 말씀드려서 송구스럽지만, 저는 육혈성께서 각패를 주실지 확신이 가지 않습니다."

"그건… 스승님께서 확실히 약조하셨어요."

"만약 제 스승님께서 육혈성의 부탁을 거절하면요?"

"그렇다고 해도 각패를 주실 거예요. 그건 제가 공자님께 확답드릴 수 있어요."

"글쎄요."

"후우, 공자님은 전생에 크게 사기라도 당하고 죽었나요? 제 말이 그렇게 신뢰하기 어려운가요?"

전생이라는 말에 조금 당황했다.

"경신법도 가르쳐드렸는데, 믿지 못하겠나요?"

"…소저는 신뢰합니다. 다만 반대로 생각해보죠. 저희 스승님께서 제게 했던 말을 번복한다고 하면 저로서도 별수 없이 사문의 존장을 따를 수밖에 없지 않을까요."

네 스승이 말을 바꾸면 너도 따라야 하지 않겠느냐는 의미였다. 막말로 제자인 그녀는 윗사람인 혈수마녀가 까라고 하면 까야 할 처지였다. 해악천에게 각패를 조건으로 뭔가를 요구할 정도라면, 그 부탁을 들어주지 않는다면 각패를 주지 않을 확률이 더 높았다.

"아닐걸요. 제 스승님은 약조를 지키실 거예요."

"확신합니까?"

"당연하죠. 감히… 스승을 의심할 제자가 어디 있겠어요?"

혈수마녀 한백하가 제자를 잘 키웠다. 이 정도로 신뢰가 두텁다니.

"그럼 내기할까요?"

"…내기요?"

"어차피 소저의 스승님께서 하선부설초를 가져가셨으니, 우리 둘이 찾았다고 하는 건 물 건너가지 않았습니까?"

317

"그, 그야 그렇죠. 그건 정말 죄송하게…"

"아닙니다. 소저 입장에서야 한 번 습격당했으니, 당연히 안전을 위해서 맡겼겠죠. 그렇죠?"

"맞아요! 그런데 그건 아까도 그렇다고 말씀드렸는데…"

"어찌 됐든 저희가 애초에 거래했던 것과 달라지지 않았습니까?"

"… 그렇긴 한데."

"저는 두 개의 각패를 얻을 기회를 잃었으니, 그에 상응하는 뭔가가 있어야 하지 않겠습니까?"

그녀가 나를 흘겨보았다.

"공자님… 가만 보면 도둑놈 심보네요."

"도둑놈이라뇨. 그저 제 밥그릇을 챙기는 겁니다."

"칫. 그 잔머리라면 어디 가서 굶어 죽진 않겠네요."

"칭찬 감사합니다."

"…칭찬 아니거든요. 그래서 뭘 내기하겠다고요?"

투덜대면서 미끼를 물었다.

"간단합니다. 소저는 육혈성을 믿으면 되고, 저는 제 판단을 믿겠습니다."

"그 판단을 너무 과신하는데요. 그러다 큰코다칠걸요."

"그럼 제가 내기에서 지는 거죠."

"내기의 대가는요?"

"만약 제 판단이 옳다면 적어도 신의 어르신의 각패에 준하거나 그 이상을 받아야 하지 않겠습니까?"

"이이…! 도…"

또 도둑놈 심보라고 하려고? 소저와 다르게 나는 원래 혈교 출신도 아니라 하루하루가 빡세거든. 기회가 있으면 무조건 잡아야 하는 처지라고.

"후우. 그래서 신의 어르신의 각패에 준하는 게 뭔데요?"

"육혈곡에서도 그렇고 육혈성께서 지극정성으로 귀인분을 모시는 것 같더군요."

"… 그렇죠."

"그 정도로 높으신 분이라면 그분의 각패가 탐나는군요."

"하!"

그녀의 반응은 이해한다. 다른 사람도 아니고 혈교 교주 손녀의 각패를 달라고 한 셈이니까. 나도 참 간이 붓긴 했다. 하지만 어차피 하연 소저에게 있어서 난 그 귀인이 누군지 모르는 입장이라 상관없었다.

"힘듭니까? 그 귀인분과 친분이 있다고 하지 않았나요?"

"친분이 있기는 한데…."

"어차피 내기에서 이기면 되지 않겠습니까? 설마 소저의 스승님을 믿지 못하는 건 아니죠?"

"믿어요!"

"그럼 내기하죠."

"제가 이기면 뭘 얻죠?"

"육혈성께서 저희 스승님께 부탁할 게 있다고 하지 않았습니까?"

"맞아요."

"저도 한몫 거들어서 스승님을 설득해보도록 하겠습니다. 그 정도면 소저도 손해 보는 게 아니지 않습니까?"

내가 부탁한다고 들어줄 인간은 아니지만. 말은 해볼 수 있는 거니까. 흠흠.

"그러면 제가 손해 아닌가요? 말만 거드는 게 뭐가 어렵다고요."

"제 스승님을 모르는군요. 괜히 기기괴괴라는 별호가 붙은 게 아닙니다."

"네?"

"저는 사문에 입문한 날부터 절벽 위 밧줄에 두 시진이 넘게 거꾸로 매달려 있었습니다. 이런 분을 설득한다는 건 저한테 굉장한 용기가 필요한 일입니다."

"저런…."

그녀가 놀랍다는 표정을 지었다. 우리 괴팍한 노인네를 안다면 당연히 이런 반응이 나오겠지.

하지만 쉽게 넘어가진 않았다.

"그래도 제가 손해인 건 변함이 없네요. 공자님, 저를 너무 물로 보는 거 아니에요?"

"쩝. 그럼 별수 없군요."

"말장난으로 속이지 말고, 진짜로 저를 설득할 만한 대가를 제시하세요."

"그럼 저도 육혈성께서 얻으신 신의 어르신의 각패를 포기하겠습니다. 이 정도면 구색이 맞지 않습니까?"

"각패를… 포기한다고요? 그럼 단전 치료는요?"

과감한 제안에 그녀가 흔들렸다. 당연하겠지. 무인의 인생을 포기한다는 거나 마찬가지니까.

"어떡하겠습니까. 저도 상응하는 대가를 내어드려야 하니까요. 어쨌든 이 정도 조건이면 충분히 내기가 성립되지 않습니까?"

미안하오, 소저. 어차피 혈수마녀는 각패를 얻지 못할 것이오.

"흠…."

고민하던 그녀가 고개를 끄덕였다. 그런데….

"내기해요. 단 각패를 포기하는 건, 그 정도 대가를 줄 각오가 되어 있다는 걸로 대체할게요."

"네?"

"저도 경신법까지 가르쳐줬는데, 공자님이 단전 치료도 못 하고 무인으로 빛을 보지 못하는 건 마음에 걸릴 것 같거든요."

"정말 괜찮겠습니까? 저야 감사하지만…."

"대신 목숨을 걸고 사존을 설득해줘야 할 거예요."

"알겠습니다."

"어휴. 이렇게 서로 손해 보는 내기를 왜 하는지 모르겠네요. 어쨌든 또 절벽에 매달려도 제 탓은 하지 마세요."

그녀의 표정을 보면 자신의 승리를 확신하고 있었다. 그러니까 내기를 받아들였겠지만.

이게 객당에 도착하기 전에 있었던 일이다. 덕분에 신의의 각패에 더해서 교주님 손녀의 각패까지 얻게 생겼다. 좋은 내기였다.

[믿는 바가 있었군요.]

내 귓가로 하연 소저의 전음이 들려왔다. 진짜 영초를 숨기고 있던 것을 꼬집는 그녀였다.

그 부분에 대해서는 미안하게 생각한다. 하지만 만약 혈수마녀가 진짜 영초를 가지고 있었다면 고생은 우리가 하고 최종 승자는 그녀가 되지 않았겠는가. 전음으로 그건 미안하다고 답해주고 싶었는데, 안타깝게도 아직 나는 전음을 어떻게 하는지 배우지 못했다.

　―가르쳐줄까?

　소담검이 내게 말했지만 그걸 당장 배워서 써먹기에는 늦다. 나는
그저 미안한 표정을 지어 보였다. 이 정도면 충분하겠지. 어차피 진
짜 미안해야 할 사람은 하연 소저와의 약조를 어긴 혈수마녀니까.

　[휴… 좋아요. 내기는 내기니까요. 귀인의 각패는 어떻게든 받아
서 드릴게요.]

　그녀는 깨끗하게 승복했다. 이런 걸 보면 그녀는 보통 사람들보다
그릇이 컸다. 여태껏 만나봤던 소위 명문가의 자제들이나 명성 높
은 스승을 둔 전인들 대부분은 자신들의 이익에 어긋나는 짓을 하
지 않았다. 약조를 어기는 일도 수두룩했다. 한데 그녀는 그렇지 않
았다. 예전과 다르게 내게 사존이라는 뒷배가 있기 때문일까? 어쨌
든 깔끔해서 마음에 들었다.

　휙! 그렇게 전음을 하고 난 그녀가 매서운 눈빛으로 혈수마녀를
노려보았다. 그래도 스승인데 저렇게 노려보면 나중에 혼나는 거 아
냐? 아무리 실망해도 티를 내면….

　'엇?'

　그때 혈수마녀 한백하의 오른손이 붉게 물들었다. 독문 무공인
혈수옥을 운용한 것 같았다.

　"지금 무슨 짓을 하려는 게야!"

　해악천이 그녀의 갑작스러운 행동에 노성을 질렀다. 그 순간 예상
치 못한 일이 벌어졌다.

　팍!

　'…?!'

한백하가 피처럼 붉게 물든 수도로 자신의 왼손 검지와 중지를 쳐냈다. 혈수옥의 위력이 강했던지라 그녀의 두 손가락이 도로 벤 것처럼 잘려나갔다. 객당 앞 돌바닥으로 피가 뚝뚝 떨어졌다.

"하!"

해악천조차 갑작스러운 사태에 영문을 몰라 했다.

그때 한백하가 인상을 찡그린 채, 피가 나는 손으로 포권을 취하며 해악천에게 말했다.

"육혈성 한백하가 사존께 사죄드립니다."

자신의 손가락을 자르고서 사죄하는 혈수마녀 한백하. 이 같은 행동은 그 괴팍한 해악천조차 잠시 말문이 막힐 정도였다. 한백하가 다시 한 번 입을 열었다.

"사존께 불경스러운 방법으로 부탁드렸던 것을 사죄드립니다. 심기를 어지럽힌 점은 한 팔을 내놓아도 모자라겠지만, 귀인을 모시는 임무를 맡고 있음을 십분 감안해주시기 바랍니다."

"하!"

부족하다는 듯이 말하지만 혈수마녀는 수공(手功)의 고수다. 그런 그녀가 두 손가락을 내놓는다는 것은 무인으로서 굉장한 희생을 한 셈이었다.

─저 여자 미쳤나 봐.

소담검이 혀를 내둘렀다. 나 역시도 저렇게까지 해가며 사과할 줄은 몰랐다. 성질머리가 사나운 저 노인네마저도 상대가 저렇게 나오니, 더는 나무라지 못하고 어처구니없어할 뿐이었다. 저런 걸 보면 혈수마녀가 영악하게 선수를 친 것일 수도 있었다. 한데….

'이상해.'

―뭐가 이상하다는 거야?

나는 혈수마녀가 갑자기 혈수옥을 운용한 것이 불경한 태도를 보인 하연 소저에게 분풀이를 하려는 것인가 여겼었다. 그런데 자신의 손가락을 잘랐다. 그 모습만 본다면 꼭 하연 소저의 눈치를 본 것만 같았다. 제자가 매섭게 노려봤다고 저렇게 극단적인 행동으로 사죄를 한다는 게….

'…?!'

―왜 그래?

'설마….'

나는 하연 소저를 쳐다보았다. 그녀는 혈수마녀를 쳐다보면서 얕은 한숨을 내쉬고 있었다. 뭔가 실망스러운 기색이 역력했다.

'스승이 스스로 손가락을 잘랐어. 그럼 보통 제자라면 어떻게 해야 할까?'

―달려가서 지혈한다든가, 뭐든 하겠지.

소담검의 말처럼 곧장 조치를 취할 거다. 그런데 하연 소저는 이를 방관하듯이 지켜보고 있었다. 마치 혈수마녀보다 윗사람인 것처럼 말이다.

"의원을 앞에 두고서 못 하는 행동들이 없구려."

만사신의가 허리춤에서 침 하나를 꺼내 들어 혈수마녀에게 다가가려 했다. 치료에 그리도 인색한 양반이 눈앞에서 벌어지는 일은 그래도 방관하지 않았다. 그런데 한백하가 손을 내밀고서 괜찮다는 의사를 보였다.

타타탁! 스스로 팔에 혈을 점해서 지혈시켰다. 저 정도 고수쯤 되니까 육신을 통제하는 것이 남달랐다.

"여전히 영악하군, 혈수마녀."

결국 해악천이 그녀의 사과를 받아들였다.

"받아주셔서 감사합니다."

그녀 역시도 혈교를 이끌어가는 간부 중 한 사람이기에 이 정도로 끝내는 듯했다. 하지만 혈수마녀에게 온통 신경이 가 있어서 중요한 것은 눈치채지 못한 듯했다.

─뭐가 중요해?

'…하연 소저의 정체.'

─응? 정체라니? 쟤가 뭐라도 된단 말이야?

뭐라도 되는 정도가 아니었다. 내 예상이 맞다면 그녀는 단순히 혈수마녀의 제자가 아니었다.

─제자가 아니면 뭔데? 혈수마녀 딸이라도 되는 거야?

'아니, 그녀가 혈교주의 손녀야.'

─뭐? 저 뚱뚱이가 혈교주의 손녀라고?

─허어.

소담검과 남천철검이 같이 놀라워했다.

그래. 나도 그녀의 정체를 짐작하고서 놀랐었으니까. 당연한 반응이었다.

─그럼 대나무 발 뒤에 있던 그 여자는 뭐야?

'대역이겠지.'

아마도 가짜일 것이다. 전생에서도 이런 비슷한 사례가 있었다. 귀한 분을 지키기 위해 그 신분을 숨기고 대역을 세워두는 경우 말이다. 충분히 있을 수 있는 일이었다.

─맞네. 대역일 수도 있겠네.

'혈교주의 혈손이라면 노리는 자들이 한둘이 아닐 테니까.'

만약 그녀의 신분이 노출되기라도 하면 난리가 날 것이다. 그렇기에 회귀 전에조차 혈교주의 혈손이 살아 있다는 정보는 나 같은 삼류 첩자의 귀에 들어오지 않았던 것 같다.

―어지간하면 안 들키겠는데. 누가 저렇게 뚱뚱한 애가 혈교같이 무시무시한 곳의 혈손이라고 생각하겠어.

그래, 그 말은 맞다. 확실히 대단하기는 했다. 정체를 숨기기 위해 살을 저렇게 찌우기도 쉽지 않을 텐데.

'음?'

아닌가. 생각해보니까 살을 빼야 한다고 했던 것 같은데. 그럼 설마 병에 걸렸다는 게 무슨 살찌는 병에 걸린 건가?

―저런.

―여자들에게는 저주스러운 병이군.

이 녀석들은 내가 전혀 생각하지 못한 부분까지 떠올리네. 그것보다는 무인으로서 치명적인 병이다. 특이한 외공을 익히지 않고서야 무림인 중에서 살찐 자는 들어본 적도 없었다. 몸이 둔해지면 그만큼 대결에 불리하다.

―운휘, 한데 이상하지 않나?

'뭐가?'

―이곳은 어차피 혈교의 영역이지 않나?

'그렇지.'

―그럼에도 그녀가 굳이 대역까지 세워가며 정체를 숨길 필요가 있나?

남천철검의 말에 소담검이 반박했다.

─야. 혈교주 손녀의 자존심이 있지, 저렇게 살찐 모습을 보이고 싶겠어?

─소담, 네 말대로라면 그럼 저 모습도 감춰야 하지 않나?

─….

남천철검의 날카로운 지적에 소담검이 입을 다물었다.

나는 녀석들의 대화로 한 가지 사실을 추론할 수 있었다.

'…내부에 적이 있나?'

그 외에는 떠오르는 게 없었다. 그렇지 않고는 육혈곡에서까지 대역을 세울 이유가 없었다. 한데 혈교주의 유일한 혈육이라면 차기 교주이면서 혈교 재건에 구심점이 될 텐데, 내부에 어떻게 적이 있을 수 있지?

나는 하연 소저를 쳐다보았다.

'아….'

─왜 그래?

'하!'

내가 잘못 생각했던 것 같다. 왜 혈교 교주의 혈손이 한 명이라고 단정 지었던 거지?

─오, 그렇네.

혈손이 하나가 아니라 둘이라면 충분히 내부에서조차 경계할 만했다. 가령 서로가 혈교주가 되기를 원하는 위치라면, 그녀가 정체를 감추는 것도 충분히 납득이 갔다.

─넌 어떨 때 보면 허당 같은데, 의외로 머리 하나는 잘 돌아간단 말이야.

칭찬만 해라. 어중간하게 하지 말고.

―참 인간들은 이해하기 어려워.

'왜?'

―네 짐작이 맞다면 남은 혈육이라는 걸 텐데, 자기들끼리 싸우느라 저렇게 대역까지 세워가며 저 난리를 치는 거잖아.

―소담의 말에 공감한다.

그래. 인간만큼 자기들끼리 치고받는 동물도 드물다. 작게는 가문, 크게는 나라님조차 황위를 차지하기 위해 서로를 해하지 않는가. 인간이 아닌 녀석들의 눈에는 이 모든 게 어리석어 보일 거다.

그때 해악천이 만사신의에게 손을 내밀며 요구했다.

"클클. 약조는 지켜야 하지 않겠나, 신의."

각패를 달라는 소리였다. 만사신의가 옅은 미소를 짓더니 나를 쳐다보며 말했다.

"각패는 사존이 아닌 제자분에게 줘야 하지 않소."

"쯧쯧."

해악천이 혀를 찼다.

"뭐 상관없다. 어차피 자네에게 부탁할 것은 하나뿐이니까."

"약조는 지킬 거요. 다만 선행되어야 할 진료가 있으니, 제자분을 살피는 것은…."

그때 만사신의가 말하다 말고 인상을 찡그렸다. 그러더니 갑자기 말을 바꿨다.

"흠. 날이 밝으면 정오경에 제자분의 상태를 먼저 봐주겠소."

순서가 바뀌었다. 나의 시선이 자연스럽게 하얀 소저에게로 향했다. 그녀가 손을 쓴 것인가. 왜 갑자기 순서를 바꾼 거지?

나의 시선을 의식하기라도 했는지 그녀가 전음을 보냈다.

[각패는 꼭 드릴 테니까, 걱정하지 마세요.]

…직접 주시는 거니까 걱정은 안 되는데, 정체를 알고 나니 이상하게 심적으로 부담이 갔다. 일단 모르는 척하는 게 맞겠지?

* * *

다음 날 나는 육혈곡의 본당 쪽으로 향하고 있었다.

해악천이 같이 가나 싶었는데, 어차피 신의가 봐주기로 약조했으니 혼자서 다녀오라고 했다. 나야 괴팍한 노인네랑 같이 움직이는 것보다 혼자 가는 것이 편하기는 했다.

본당이 가까워지자 나는 두통이라도 난 것처럼 머리를 붙잡았다.

―계속 들리는 거야?

소담검이 걱정스럽게 물었다.

이 녀석이 이러는 것은 내 상태 때문이었다. 어제도 그랬지만 머릿속을 울리는 소리들이 더욱 크게 들렸다.

―….

속삭이듯이 들려오는 잡음들. 그것은 주변 검들이 내는 소리들이었다. 의식하면 할수록 크게 들리는데, 두통이 날 지경이었다.

'소리가 커졌어.'

어제는 분명히 이 정도가 아니었다. 속삭이는 소리들이 많아졌다. 육혈곡의 무사들 대부분이 도를 사용했고, 혈수마녀가 데리고 온 제자들은 애초에 병장기 자체가 없었기 때문에 어제는 잡음이 적었다.

―운휘, 잡음을 애써 의식하지 마라.

남천철검이 내게 조언했다.

'그러기에는 너무 크게 들려.'

―너는 평소에 다른 사람들 이야기를 전부 의식해서 듣나?

'그건… 아니지.'

―비슷하다. 우리들의 목소리가 네 머릿속에 울린다고 했나?

'…그래.'

―적응이 되지 않아 더 의식하는 걸 수도 있다. 최대한 흘려넘기
도록 해봐라.

말이야 쉽지. 머릿속에서 소리가 울리는데 그걸 어떻게 흘려.

―…선천진기를 운기해보는 건 어떤가?

밑져야 본전이었다. 남천철검의 말대로 선천진기를 움직여 머리
쪽으로 보냈다. 그러자 신기하게도 잡음처럼 들려오며 괴롭히던 두
통이 서서히 사라졌다.

'두통이 멈췄어.'

여전히 소리는 들렸다. 하지만 녀석이 말한 대로 의식해서 듣지
않으면 흘려넘기듯이 할 수 있었다. 한동안 적응될 때까지는 이래야
할 것 같다.

―그런데 운휘 네 말이 맞다.

―본당 안쪽에 검들이 많아. 얼추 열둘… 아니 열셋. 어? 뭐지?

―하나의 검이 괴로워하고 있다.

―너도 들리지?

녀석들의 반응이 이상했다. 평소랑 달리, 뭔가에 급격히 관심을 보
이고 있었다. 뭐가 들린다는 건지 궁금해서 그 소리에 집중해보았다.

―…로워… 괴로워… 죽고… 싶어.

순간 온몸에 소름이 돋았다. 꼭 죽어가는 자가 할 법한 소리가 들려왔다. 어째서 이런 소리를 내는 건지는 모르겠지만, 녀석들의 말대로 들리는 소리는 무척이나 괴로워하고 있었다. 의문이 들었지만 이러고 있을 시간이 없었다. 만사신의가 기다리고 있었다.

전각 입구 쪽으로 서둘러 갔는데, 경비를 서는 무사들이 본당 안쪽을 힐끔힐끔 쳐다보고 있었다.

'무슨 일이지?'

안에 무슨 일이라도 있는 것일까?

내가 다가가자 경비를 서던 무사들이 고개를 살짝 숙이며 인사했다. 이제 내가 사존의 제자인 것을 아나 보다. 전각을 지나쳐 안으로 들어갔다.

'응?'

그런데 안에 들어가니, 전혀 예상치 못한 광경이 펼쳐지고 있었다. 본당 건물 앞을 혈수마녀 문하의 면사녀들이 사수하듯이 지키고 있었고, 그 앞에 죽립에 피풍의를 두르고 있는 열두 명의 사내들이 서 있었다. 그들 모두가 검을 차고 있었다.

—뭔가 심상치가 않은데.

소담검의 말처럼 분위기가 묘했다.

죽립인들의 검들이 말하는 소리가 들려왔다.

—당장 피를 보고 싶어.

—이렇게 대치하지 말고 빨리 뽑았으면 좋겠어.

하나같이 저자들의 검들은 전의가 차올라서 싸우고 싶어 안달했다. 아무래도 별로 좋지 않은 상황에 도착한 것 같았다. 이를 어쩌지.

만사신의가 있는 곳은 본당 건물이었다. 쾅! 그때 본당 건물에서 누군가 문을 거칠게 열며 나왔다. 그자 역시도 피풍의에 죽립을 쓰고 있었는데, 머리카락이 허리까지 내려올 만큼 길었고 선이 가는 것을 보면 여인인 듯했다.

—죽고… 싶어….

저 검이었다. 여인의 허리춤에 있는 검이 괴로워하고 있었다. 어째서 저러는지 알 수 없었다.

"운이 좋구나."

죽립의 여인이 그 말과 함께 본당의 마루를 지나 돌계단을 내려왔다. 여인이 나온 열린 문으로 다른 이들도 걸어 나왔는데, 혈수마녀 한백하와 면사를 쓴 하연 소저와 세 명의 면사녀였다. 혈수마녀 한백하의 표정이 평소보다 어두웠다.

"가자!"

"충!"

죽립의 여인 말에 본당 앞을 지키고 있던 죽립인들이 동시에 외쳤다. 그러고는 그녀를 필두로 이쪽으로 다가왔다. 정확하게 말하면 가려는 모양이었다.

'이크.'

괜히 앞에 있다가 휘말릴 것 같아서 나는 빠르게 우측 구석으로 빠졌다. 그리고 고개를 숙이고서 최대한 시선을 마주치지 않으려 했다.

저벅저벅! 그들은 거침없이 앞으로 걸어갔다. 그냥 지나칠 것 같았다. 그런데….

"수련생도가 본당에 어떻게 들어온 거지?"

미치겠네. 내 복장을 보고서 멈춰 섰다.

하긴 수련생도는 훈련이 끝날 때까지 본당으로 들어올 수 없다. 본당에 들어오는 것은 무사의 계급이 정해졌을 때다. 이자들이 누군지 모르겠지만 일단 사존의 제자라고 밝혀야 할 것 같았다.

"저는…."

바로 그때였다.

"수련생도 주제에 느리네."

아니, 무슨 대답할 틈도 주지 않고서 느리다는 거야.

슉! 바람을 가르는 소리와 함께 뭔가가 순식간에 내 앞으로 나타났다. 피풍의가 보여서 고개를 드는 순간, 내 머리 위로 손이 날아오고 있었다.

'…?!'

설마 죽일 작정인가? 당황한 나는 본능적으로 두 팔을 교차하며 위로 들어 올렸다. 그 순간 엄청난 충격이 팔목을 때렸다. 파아아앙!

"헉!"

교차했던 팔이 풀리면서 내 몸이 정처 없이 뒤로 밀려났다. 말도 안 되는 공력이었다. 삼십 년의 선천진기를 가진 후에 나름 자신감을 가지게 되었는데, 단 한 번에 오장육부가 뒤집히는 고통을 느꼈다. 속이 들끓고 있는데 눈앞에 있는 죽립의 여자가 말했다.

"수련생도가 내 공력을 버텨?"

그녀가 그 말과 함께 쓰고 있던 죽립을 슬쩍 들어 올렸다. 죽립의 검은 그림자 속에서 핏빛을 연상시키는 붉은 두 개의 안광이 보였다. 그 눈동자는 섬뜩할 정도로 살의로 가득했다.

오싹! 대체 이 여자는 뭐지?

"재밌는걸."

죽립의 여자가 흥미롭다는 표정을 지으며 다가오려 했다. 새하얀 손이 허리춤의 검병으로 향하고 있었다. 그때 하연 소저의 외침 소리가 들렸다.

"그만둬요! 그분은 수련생도가 아니라 사존의 제자예요!"

"사존의 제자?"

그 말을 들은 죽립의 여자의 붉은 입꼬리가 기묘하게 올라갔다. 이런 서슬 퍼런 미소는 처음 봤다.

"사존이 제자를 받았다고?"

죽립의 여자가 검병을 잡았던 손을 뗐다. 흥미롭다는 듯이 나를 바라보는 여자의 얼굴은 정말 아름다웠다. 그런데 묘하게 분위기가 닮았다. 둥근 눈동자 하며 긴 속눈썹까지, 어쩌면 하연 소저가 살이 빠지면 이런 느낌일까?

"많이 놀랐어?"

죽립의 여자가 내게 물었다. 그녀는 드러냈던 섬뜩한 붉은 눈동자를 가리려는 건지 죽립을 아래로 눌러썼다. 눈을 마주치지 않으니 그나마 나았다.

"진즉에 말하지 그랬어. 괜히 죽일 뻔했잖아."

─이 여자 좀 이상한데.

아니, 많이 이상하다. 수련생도였으면 그냥 죽였을 거라는 말과 전혀 다르게 들리지 않았다.

"아까 말씀드리려고 했습니다."

"그래?"

얼굴을 보면 아직 약관은 아닌 듯한데, 말투가 자연스럽게 하대를 하고 있었다.

"사존이 제자를 잘 키웠는걸. 겉보기에는 수련생도와 전혀 다를 바가 없었는데 말이야."

그녀가 왜 이런 말을 하는지 알 것 같다. 뛰어난 고수들은 상대의 실력을 어느 정도 직감한다고 한다. 이를 '기감'이라고 하는데, 나는 내공 체계가 아닌 선천진기를 수련했기 때문에 기운을 드러내지 않으면 고수라도 쉽게 알아차리기 어렵다고 남천철검이 말했었다.

"제법이야."

"무엇이 말입니까?"

"같은 또래 중에 내 일 장을 막은 건 네가 처음이거든."

자신의 실력에 대한 자부심이 넘쳐났다. 그런데 그럴 만도 했다. 지금도 속이 많이 불편할 만큼 그녀의 공력은 굉장했다. 어쩌면 단주급을 넘어설지도 몰랐다. 괴물 같은 여자였다.

"사존은 잘 지내고 있지? 이혈성과 마찬가지로 몇 년 동안 코빼기도 안 보여서 말이야."

스승인 해악천을 하대하듯이 불렀다. 게다가 입에서 칠혈성 중 하나인 이혈성마저 거론되었다. 설마 이 여자….

탁! 그때 누군가 옆으로 나타났다. 하연 소저였다. 그녀가 불쾌함이 가득한 얼굴로 죽립의 여자를 노려보며 말했다.

"가신다고 하지 않았나요."

어제와는 사뭇 다른 느낌이었다. 잠깐 화낸다는 느낌이 아니라 이 죽립의 여자를 진심으로 싫어하는 것 같았다. 그런데 그것은 죽립의 여자도 마찬가지였다.

"나 참. 누가 보면 네가 육혈곡의 주인인 줄 알겠다."

퉁명스러운 말투에 뼈가 담겨 있었다.

"그런 의미가 아닌 거 아시잖아요."

"그래, 그래. 그렇겠지."

"빨리 가세요. 멀리 배웅해드리진 못하겠지만."

"내 발로 알아서 나갈 거니까 그만 재촉하지. 슬슬 짜증 나려고 한다."

죽립의 여자 손이 검병으로 향했다. 슥!

심지어 하연 소저마저도 두 손이 붉게 물들고 있었다.

갑자기 분위기가 살벌하게 바뀌는데, 나는 왠지 이 자리에 있으면 안 될 것 같았다. 이럴 줄 알았으면 조금만 더 늦게 올걸.

그때 구원의 손길이 닿았다.

"왔는가."

멀리서 들리는 목소리는 만사신의의 동굴처럼 울리는 저음이었다. 그 목소리에 죽립의 여자의 입술이 살짝 비틀렸다. 뭔가 심기가 불편해 보였다.

슥! 죽립의 여자가 검병에서 손을 떼더니, 나를 쳐다보며 말했다.

"사존에게 안부 전해줘. 그리고 또 보자고."

그러고는 죽립을 살짝 들어 올리고서 붉은 눈동자 한쪽을 찡긋거렸다. 뭔가 유쾌하기보다는 섬뜩하기만 했다.

―전 주인께서 이런 여자를 조심하라고 하셨다.

―눈도 빨간 게 천년 묵은 구미호 아냐?

둘이서 동시에 말하니까 정신이 없다. 고통스러워하는 검의 목소리 때문에 이 죽립의 여자가 싫은가 보다.

―죽여줘어어어⋯.

검은 여전히 괴로워하고 있었다. 대체 무슨 짓을 했기에 검이 저렇게 고통스러워할까?

몸을 돌려서 다시 죽립인들의 선두에 선 그녀가 손을 흔들며 소리쳤다.

"다음에 볼 때는 한번 겨뤄보자고."

그러고는 유유히 죽립인들을 데리고 본당 전각을 나갔다. 뭔가 태풍이라도 휩쓸고 간 느낌이었다. 처음 해악천을 만났을 때도 엄청난 무위에 놀랐었는데, 다른 의미로 사람을 소름 끼치게 만드는 여자였다.

─어떡하냐? 다음에 한판 하자는데.

─열심히 연마해라.

갑자기 머리가 아파졌다. 그런데 나보다 더 심란한 표정을 짓고 있는 이가 있었다. 전각 바깥쪽을 바라보고 있는 하연 소저의 표정은 복잡하기 짝이 없었다. 분노와 씁쓸함이 공존한다고 해야 할까?

"소저?"

내 부름에 그녀가 정신을 차렸다.

"아, 공자님."

"괜찮습니까? 소저, 조금 전에 그분은…."

그런 나의 말을 그녀가 잘랐다.

"공자님, 신의께서 찾으시네요."

묻지 말라는 말과 다를 바가 없어 보였다. 한 가지 짐작 가는 것이 있었는데, 그게 맞다면 내가 관여할 만한 수준을 넘어섰다. 사존의 제자라고 해서 모든 게 용납되는 건 아니니까.

* * *

본당의 방 안에는 만사신의와 나만 있었다.

만사신의를 보면서 한 가지 궁금해졌다. 아까 그 붉은 눈의 여자는 어째서 신의의 눈치를 본 것일까?

—인맥 왕이라서 그런 거 아냐?

음. 그 각패들이 대단하긴 했지. 궁금해하고 있는 찰나에 신의가 내게 말했다.

"사존의 제자라고 들었는데, 자네는 이곳과 어울리지 않는 얼굴이로군."

사파스러운 얼굴은 아니지. 그래도 익양 소가라는 나름 명문 정파 출신이니까. 이런 얼굴도 회귀 전에는 얼마나 고생했는지 날카로운 인상으로 바뀌었었다.

"…사정이 있습니다."

"그렇겠지. 사정 없는 이가 어디 있겠는가. 소매를 걷고서 손목을 줘보게."

진맥하려는지 손목을 내밀라 했다.

내가 손목을 내밀자 만사신의가 검지와 중지를 모은 손으로 맥을 짚었다. 과연 단전을 고칠 수 있을까?

—사실 안 고쳐도 상관없지 않아?

'그렇긴 하지.'

소담검의 말처럼 이제 단전은 내게 의미가 없었다. 완전한 선천심법으로 선천진기를 갈고닦고 있었기 때문에 굳이 단전이 없어도 괜찮았다. 하지만 해악천의 의심을 피하려면 단전을 살려야겠지.

"흠."

진맥하던 만사신의가 신음 소리와 함께 인상을 찡그렸다. 뭔가 잘못된 것일까? 의아한 표정으로 그를 바라보자, 만사신의가 눈을 뜨고서 말했다.

"기이하군, 기이해."

"잘못되었습니까?"

단전을 회복하는 데 큰 미련은 없지만 이런 반응을 보이니 뭔가 불안했다. 아니면 진맥을 통해서 선천진기를 감지한 걸까?

ㅡ그럴 리가 없다. 선천진기는 내공과는 다르다. 진맥 같은 것으로 알 수 없다.

'그것도 전 주인의 이야기겠지?'

ㅡ그렇다.

전 주인을 많이 신뢰하는구나. 불안한 마음으로 만사신의를 쳐다보는데, 그가 내 물음에 답하지 않고서 말했다.

"상의를 탈의해보게."

"상의를요?"

잠시 머뭇거리다 나는 상의를 벗었다. 만사신의가 내 몸 곳곳의 혈들을 진맥했다. 말없이 계속 진맥만 하니까 답답했다. 한참을 그렇게 몸 전체의 맥을 짚던 만사신의가 손을 뗐다.

"문제가 있는 겁니까?"

"자네 혹시 하선부설초를 먹었는가?"

'…?!'

놀라웠다. 말하지도 않았는데, 진맥한 것만으로 하선부설초를 먹은 사실을 알아냈다. 괜히 신의라고 불리는 게 아닌 모양이다.

"어떻게 아셨습니까?"

"자네의 맥을 짚어보니, 체내에 보통 사람들보다 한기가 많이 축

적되어 있더군."

신통방통한 사람이었다. 그것과 별개로 한기가 남아 있다고 하니 마음에 걸렸다. 선천심법을 운기하고 나서 몸이 개운해져 한기가 배출되거나 해결된 줄 알았었다. 그런데 그게 아닌 듯했다.

"어쩌다 하선부설초를 먹게 된 건가?"

사정을 묻는 그의 물음에 살짝 망설여졌다. 사실대로 이야기하는 게 좋을까?

"본인은 의원일세. 환자에 관련된 이야기는 어떤 이에게도 하지 않으니, 안심하고 말하게."

그런 내게 만사신의가 아이를 달래듯이 말했다.

진정성 있는 목소리를 들으면 확실히 의원으로서의 그는 달랐다. 하긴 그러니까 그 많은 절세고수들이 대가로 각패를 넘기지 않았겠는가.

"다 자란 하선부설초를 찾아다니다가 폭포수 뒤로도 가게 되었습니다."

나는 신의에게 그곳에서 있었던 일을 이야기했다. 그 인면을 하고 있던 네눈박이 괴물에게 발등을 찍혔고, 그 독기가 너무 뜨거워서 이를 식히기 위해 영초를 먹었다는 사실을 전부 말했다.

"사람 얼굴에 보라색 눈이 네 개가 달렸다고 했나?"

"아십니까?"

"인면자안사(人面紫眼蛇)를 만났다니 진귀한 경험을 했네그려."

"영물인 겁니까?"

진귀한 경험이라고 하니까 정말 영물인가 궁금해졌다.

그 물음에 신의가 고개를 저으며 답했다.

"영물은 아닐세. 오히려 괴물 혹은 요괴에 가깝다고 할 수 있지."

"요괴요?"

"그 괴이한 뱀은 일찍부터 인육을 탐한다고 들었네. 어두운 곳에 숨어 있다가 사람을 잡아먹는다고 하더군."

그 말을 들으니 오싹했다. 그곳에 있는 뼈들은 역시 사람의 것이었다. 나도 소담검이나 남천철검이 없었다면 놈의 먹이가 되었을지도 몰랐다.

―에헴.

소담검이 괜히 의기양양한 목소리를 냈다. 그래, 네 덕분에 살았다.

"그런데 인면자안사는 극도로 밝은 것을 싫어해서 횃불만 들고 있어도 만날 일은 없었을 터인데, 자네도 참 운이 없었군."

"…네?"

"눈이 네 개나 달려서 자색을 띠고 있는 것은 어둠에 익숙해서라네. 그래서 고서에는 인면자안사가 있을 만한 곳에서는 불이 꺼지지 않도록 하라는 구절이 있지."

"하…."

뭔가 살짝 억울한 느낌이다. 횃불만 들고 갔다면 놈과 조우했을 일이 없었다는 말이지 않나. 어쩐지 회귀 전에 영초를 찾았다는 자가 인면자안사를 만났다는 이야기가 없었던 걸 보면 횃불을 들고 폭포수 뒤로 갔나 보다. 그래도 그 덕분에 기연을 만났으니 너무 억울할 일은 아닌가.

"어쨌든 그런 이유였었군."

"이유라면?"

"자네의 혈맥 곳곳에는 한기뿐만이 아니라 뜨거운 양기 또한 자리 잡혀 있네. 그래서 무슨 일이 있었는지 물어본 걸세."

"혹… 독기도 남아 있습니까?"

내 물음에 신의가 고개를 저었다.

"그게 본인도 이해할 수 없는 일일세."

"이해할 수 없다뇨?"

"하선부설초는 차가운 음기와 한기를 가진 영초일세. 특별히 독을 해독할 만한 자정 능력은 없네. 한데 자네의 몸속에는 독기가 남아 있지 않네."

그건 다행스러운 이야기였다. 한기와 양기도 모자라 독기도 남아 있다면 그냥 움직이는 시체가 아닌가.

독기는 사실 짐작 가는 것이 있었다.

'선천진기 때문인가.'

혈고를 먹었을 때도 자연적으로 해독된 적이 있었다. 인면자안사의 독도 그렇고 어쩌면 선천진기는 강한 피독 능력을 지니고 있을지도 몰랐다. 한데 문제는 체내에 남아 있다는 한기와 양기였다.

"어르신, 그렇다면 양기와 한기는 괜찮습니까? 혹여 이게 남아 있으면 제 몸에 이상이라도 생기는 건 아닐지?"

"당연히 이상이 생기지."

"네?"

"한쪽만 체내에 남아 있다면 말일세."

"그 말씀은?"

"한기와 양기가 균형을 맞춰서 자네의 맥 곳곳에 녹아 있네. 그것은 영약을 먹고서 그 기운이 축적된 것과 다를 바가 없지."

영약을 먹은 것이나 다름없다고? 그렇다면 좋은 일이 아닌가. 인면자안사에게 물린 건 나한테 굉장한 기연이었던 것이다.

"그럼 단전만 치료한다면 내공을 빨리 쌓을 수 있는 겁니까?"

"맥 곳곳에 녹아들어 있는 두 기운을 균형 있게 잘 흡수한다면 남들보다 빠르게 내공을 쌓을 수 있을 걸세. 결국 자네의 노력 여하에 달려 있겠지."

좋은 소식에 입이 저절로 벌어졌다. 사실 단전을 회복한다고 해도 내공을 쌓기에는 늦은 나이라고 생각했는데, 이렇다면 상황이 완전히 달라진다. 중단전과 더불어 하단전을 같이 키울 수 있을지도 모른다.

"어르신, 감사합니다!"

기분이 좋아진 나는 자리에서 일어나 절을 올리려 했다.

"그러지 말게. 본인은 한 게 없네."

만사신의가 절을 하려는 나를 만류하더니, 자신의 품속에서 무언가를 꺼냈다. 그것은 만사신의의 호와 이름이 적힌 각패였다.

"이건 왜?"

"약조한 각패일세. 가져가게."

"네?"

이건 대체 무슨 소리지? 어차피 단전을 치료하는 대가이기 때문에 각패를 줄 필요가 없을 텐데, 왜 이러는지 모르겠다.

"치료를 받는 데 쓸 거라 제게 주실 필요는…."

그때 만사신의의 입에서 예상치 못한 말이 튀어나왔다.

"멀쩡한 단전을 본인이 어떻게 치료하란 말인가?"

'…?!'

16화

직위 시험

전혀 생각지도 못한 만사신의의 말에 나는 머릿속이 멍해졌다.

얼마 전까지만 해도 단전은 여전히 손상된 상태였다. 그런데 갑자기 멀쩡하다니 어안이 벙벙했다.

"몰랐나 보군. 하긴 그러니 단전을 치료해달라고 했겠지만."

내 반응이 재미있어 보였는지 만사신의가 웃었다. 그러고는 서 있는 내 복근의 배꼽 아래쪽으로 손을 가져가, 갑자기 꼬집듯이 움켜쥐었다. 꽉!

"…뭐 하시는 건지?"

"이곳이 단전이 있는 곳이네."

"…."

"자네는 모르겠지만 이곳을 움켜쥐면 작은 벌레들이 있는 것처럼 이질감이 있지."

"이질감이요?"

"이게 단전이 손상되었던 조각들이라네."

"아…."

단전이 부서진 흔적이 남아 있다는 소리였다.

"그런데 그 안에 꺼져가는 모닥불 속에 불씨가 되살아난 것처럼 아주 작은 정이 있네. 정말 드문 일이야. 단전이 저절로 소생한다는 것은."

"그 말씀은 단전이 저절로 나았단 말씀입니까?"

"지금으로서는 그렇게밖에 추측이 안 되는군."

이것은 나조차도 전혀 기대, 아니 상상도 하지 못한 일이었다. 회귀 전에는 온갖 수를 내도 낫지 않았던 단전이 저절로 나았다니.

─이야. 진짜 술술 풀리는데.

─축하한다, 운휘.

소담검과 남천철검이 나보다 더 좋아했다.

"정말 드문 일이라고 하셨는데 저 말고도 이렇게 나은 경우가 있습니까?"

"천, 아니 만에 하나를 꼽을 만큼 드문 일일세. 애초에 단전이 파괴되면 대부분 포기하기 때문에 이런 경우도 보기 힘들지."

만사신의에게도 흔한 경우가 아닌 듯했다. 그렇게 말한 만사신의가 탁자 위에 각패를 올려놓았다.

"치료를 하지 않았으니, 각패는 자네의 것이 맞네. 가져가게나."

맺고 끊음이 확실했다. 세상의 모든 사람들이 만사신의 같았다면 신뢰가 넘쳐났을 텐데.

어찌 되었든 내게는 정말 행운이었다. 이렇게 되면 만사신의의 각패를 두 개 얻은 것과 큰 차이가 없었다. 어차피 두 개를 얻게 되었다고 해도 하나는 단전을 치료하는 데 쓰였을 테니까 말이다.

―요긴하게 써먹을 수 있겠네?

'맞아.'

만사신의의 각패는 최고의 패라고 할 수 있었다.

다시 상의를 입은 나는 포권을 취하며 그에게 감사를 표했다.

"뭘 한 게 있다고 감사인가."

말은 그렇게 하면서도 공손함이 마음에 들었는지 옅은 미소를 짓고 있었다. 만사신의와의 관계가 좋으면 나로서는 나쁠 게 없었다.

* * *

단전이 멀쩡하다는 것을 확인한 나는 본당을 나와 해악천의 거처로 돌아가고 있었다.

나는 만사신의에게 한 가지 부탁을 했다. 단전이 저절로 나왔다는 사실을 다른 이들에게 알리지 말아달라고 말이다. 내 의도를 알아차린 만사신의가 혀를 찼다. 다행히 만사신의는 자신이 맡은 환자들에 대해서는 누구에게도 이야기하지 않기 때문에 그 부분은 신경 쓰지 않아도 좋다고 했다.

혹 해악천이 신의의 각패를 탐낼 수도 있기에 나로서는 사실을 숨기는 편이 나았다.

―그나저나 단전은 어떻게 나왔을까?

소담검이 의아해했다. 나도 궁금하기는 했다. 사실 짐작 가는 부분은 없지는 않았다.

―뭔데?

'얼음 폭포수 안에서 운기하고 나서 발등이 나왔던 거 기억나?'

인면자안사의 날카로운 송곳니에 발등이 관통했었다. 그런데 그것이 깨끗하게 나았다. 그 짧은 시간 안에 새살이 돋을 만큼 내 몸의 회복력이 올랐었다. 그때 단전이 나았을지도 모른다.

—오. 하긴 그럴 수도 있겠다. 그게 맞다면 너 인면자안사인가 뭔가 하는 괴물한테 고마워해야겠는데.

솔직히 많이 고맙다. 놈이 습격하지 않았다면 이런 일도 없었을 테니까.

—너는 왜 말이 없어?

소담검의 물음에 남천철검이 말했다.

—단전이 나은 것은 분명 좋은 일이다. 한데 우려되는 게 있다.

'우려?'

—전 주인께서는 단전을 스스로 파훼하고 나서야 선천심법과 성명신공을 익히실 수 있었다.

'그런데?'

—구결을 보면 알 수 있지 않나? 자폐내공.

아… 그러고 보면 선천심법의 첫 구결에 적힌 단어가 '자폐내공'이었다. 남천철검이 무엇을 걱정하는지 알 것 같았다. 나 역시도 그것이 마음에 걸렸다. 과연 선천진기와 내공, 즉 중단전과 하단전이 양립하는 것이 가능할까? 아직까지는 단전에 내공을 쌓지 않았기 때문에 확답을 내릴 수 없지만 그 점이 걸리기는 했다.

—흠. 그 말도 일리가 있네.

—주의하는 게 좋을 것 같다, 운휘. 한꺼번에 모든 것을 손에 쥐려고 한다면 쥐고 있던 것마저도 놓친다고….

—전 주인이 얘기했다고?

―…그래.

남천철검의 말대로 확실히 주의할 필요는 있었다. 내공을 익혀서 선천진기에 악영향을 준다면 그것만큼 불운한 것도 없을 테니까. 하지만 반대로 영향을 주지 않는다면 나는 다른 무인들과 다르게 두 개의 정을 가지게 된다. 그렇게 되기를 바랐다.

이윽고 해악천의 동굴 거처에 도착했다.

'응?'

그런데 절벽을 올라가자 동굴 안쪽에서 목소리가 들려왔다.

"부디 사존께서 힘을 실어주셨으면….'

"잠깐!"

목소리가 도중에 멈췄다. '잠깐'이라는 목소리는 분명 해악천의 것 같은데, 도중에 들렸던 목소리도 귀에 익숙했다.

그때 동굴 안에서 두 명이 걸어 나왔다. 해악천과 하연 소저였다.

―쟤는 언제 여기까지 왔대.

설마 했는데 역시 그녀였다. 다른 인기척이 느껴지지 않는 것을 보면 쌍둥이 형제들은 봉우리 정상에서 훈련하는 모양이었다.

해악천이 내게 말했다.

"누군가 했더니 네 녀석이 맞구나. 왜 이렇게 빨리 온 게냐? 설마 뭔가 잘못된 게야?"

연거푸 질문을 던졌다. 내가 뭔가를 듣기라도 했을까 봐 일부러 화제를 돌리는 느낌이었다. 그 정도 되는 고수라면 당연히 기척으로 나라는 사실을 알아차렸을 거다. 아까 힘을 실어달라는 말은 무엇일까? 혈수마녀가 해악천에게 부탁하려 했다는 것과 연관이 있어 보였다.

"왜 대답이 없는 게야?"

"아닙니다. 확실히 신의 어르신은 대단하십니다."

이 말에 모든 것이 축약되어 있었다.

조금 전까지 굳어져 있던 해악천의 인상이 활짝 펴졌다.

"크하하하하하핫. 그럼 그렇지. 명색이 신의라는 칭호를 가졌으면 그 정도는 해줘야지."

"축하드려요, 공자님."

하연 소저가 빙그레 웃으며 말했다. 진심으로 기뻐해주는 것 같았다.

"그래. 완전히 나으려면 어느 정도 걸릴 것 같다고 하더냐? 그래도 단전을 치료하는 건데, 완치되려면 꽤 걸릴 텐데."

역시 방심할 수 없는 노인네다. 그래도 올라오면서 미리 준비해둔 말이 있었다.

"신의 어르신께서 시술을 해주셨고, 보름 정도 알려주신 방법대로 정양을 하면 단전이 완치될 수 있다고 하셨습니다."

"보름이라. 크하하하하핫. 과연 신의로다."

다행히 크게 의심하지 않았다. 오히려 자신이 생각했던 기간보다 짧다고 느꼈는지 흡족해하고 있었다. 생각해보면 내가 민감하게 여겼던 것 같다. 각패 때문에 괜히 찔려서 그렇다.

"잘됐군. 한데 지금 본좌가 여기… 소저와 이야기 중이니, 네 녀석은 위에 올라가서 사제들과 수련이라도…."

"아닙니다, 사존."

하연 소저가 고개를 저으며 말했다.

"공자도 왔으니, 저는 이만 하산하도록 하겠습니다."

"아니, 그러시지 않아도….."

"아닙니다. 이미 전해드릴 말씀도 전부 다 전해드렸습니다."

그러고는 그녀가 정중하게 포권을 취하며 고개를 숙였다.

그 행동에 해악천이 인상을 찡그리며 당혹스러운 내색을 감추지 못했다.

'…정체를 밝혔구나.'

해악천의 달라진 태도만 봐도 알 수 있었다. 얼마 전만 해도 그녀를 두고 저 뚱보는 뭐냐는 식으로 말하지 않았던가. 정체를 밝히면서까지 이곳에 급히 왔다라. 역시 조금 전에 그 붉은 눈의 여자가 왔던 것과 관련 있는 것일까?

"부디 숙고 부탁드립니다."

"허어…."

이 말을 마지막으로 그녀는 내게 살짝 묵례하고는 절벽을 내려갔다. 살집이 있는데도 절벽을 타고 내려가는 것이 깃털처럼 가벼웠다. 그녀의 경신법은 해악천의 독문 경신법만큼이나 뛰어났다.

"후우."

멀어져 가는 그녀를 내려다보며 해악천이 탄식에 가까운 한숨을 내쉬었다. 고민 같은 건 하지도 않을 사람 같았는데, 평소와 사뭇 달랐다. 그녀의 신형이 완전히 사라지는 것을 확인한 해악천이 내게 고개를 돌리며 물었다.

"어디까지 들었느냐?"

"네?"

내가 반문하자 해악천이 짜증스러운 목소리로 말했다.

"시치미 떼지 말거라."

내가 얼마큼이나 들었는지 확인하려는 건가. 그런데 정말 들은 게 없었다. 아주 적절하게 끊어주시는 바람에.

"사존께서 힘을 실어주셨으면… 하고 스승님께서 잠깐, 이라고 하신 것까지만 들었습니다."

굳이 속일 수 있는 것도 아니라 사실대로 말했다.

어떤 반응이 나올까 궁금했는데, 해악천이 그대로 절벽에 걸터앉았다. 낭떠러지 앞에서 배포도 크다.

"귀찮게 되었어. 참으로 귀찮게 됐어."

흰 눈이 쌓여 있는 산봉우리들을 쳐다보며 해악천이 토로하듯이 중얼거렸다. 뭐가 귀찮다는 것일까? 하연 소저, 아니 혈교주의 손녀의 부탁을 말하는 걸까? 한참을 탄식하듯이 같은 말을 되뇌던 해악천이 내게 말했다.

"본당에서 그녀를 보았느냐?"

"…혹시 스승님께서 말씀하시는 그녀가 붉은 눈동자를 가진 여자를 말씀하시는 건지?"

"붉은 눈? 허어, 벌써 그 경지에 이른 건가."

해악천이 혀를 내둘렀다. 경지라고 말하는 것을 보면 설마 그 눈이 무공과 관련 있는 건가?

시선이 산을 향하고 있던 해악천이 고개를 돌렸다.

"네놈도 참 연이 기이하구나."

"그게 무슨 말씀이신지?"

"하나도 아니고 둘 모두를 보다니."

'둘?'

해악천의 말에 나는 내 짐작이 맞았다는 사실을 깨달았다. 역시 그 붉은 눈의 여자도 혈교주와 관련 있는 게 틀림없었다. 그리고 하연 소저와 너무 닮았었다.

여기서 아는 척을 하면 그럴 테니 시치미를 떼야겠다.

"둘 모두를 보았다니 무슨 말씀이십니까?"

나의 물음에 해악천은 대답하지 않고서 또 혼잣말을 중얼거렸다.

"그 여자의 말이 맞구먼. 선택해야 하는 건가."

왜 저러는지 이제 이해가 되었다. 해악천은 아무래도 두 여자 중 누구를 지지해야 할지 고민하고 있었던 것 같다. 아니, 말투를 보면 애초에 관심이 없었는데 저렇게 탄식까지 해가면서 고민한다는 것은 하연 소저의 영향인 듯했다.

고민에 빠져서 온갖 인상을 쓰고 있던 해악천이 입을 열었다.

"한때 그분은 혈교를 넘어서 사파의 정점이라 불릴 만큼 강했다."

그분이라면 혈교주를 말하는 건가?

"사나운 폭풍처럼 거침이 없었지. 그분과 함께라면 강호일통도 꿈은 아닐 거라 생각했다. 하나 아무리 대쪽처럼 강하더라도 많은 힘이 모이면 꺾일 수밖에 없더구나. 그분 역시 마찬가지셨지."

"……."

"그걸 겪고 나니 모든 것이 부질없다고 느껴졌었다."

허탈함이 깃든 목소리. 평소 괴팍하고 짜증이 많던 것과는 다른 모습을 보여주고 있었다.

"다른 녀석들은 재건이니 복수니 하면서 본교를 되살려보려고 온갖 세를 불려 나가는데 나는 그마저도 전부 의미가 없게 느껴졌지. 클클."

해악천이 자리에서 일어났다. 그러고는 아슬아슬하게 절벽에 걸터 서서 말을 이어갔다.

"그래서 만사를 내려놓고 쓸데없는 짓을 하며 떠돌아다녔다. 차라리 본좌가 못 이뤘던 것들이나 여생에 마무리 짓겠다고 말이다."

남천검객에 대한 복수전을 말하는 것 같았다. 기기괴괴라 하여 그저 괴팍하고 미친 노인네로만 여겼었는데, 지금 하는 이야기를 들어보면 꼭 그런 것만 같지도 않았다. 나름의 사연을 가지고 있었다.

"한데 말이다. 본좌는 그렇게 살다 가려고 했는데, 그분이 남긴 씨앗들이 아등바등 잡초처럼 자라나 이제는 꽃을 피우려는구나."

그 꽃은 하연 소저와 붉은 눈의 여자일 것이다. 혈교주가 남긴 마지막 혈육들. 혈교의 차기 구심점이 되어야 할 여자들이다.

슥! 해악천이 몸을 돌려서 내게로 성큼성큼 걸어왔다. 조금 전까지 만사를 해탈하던 모습과 다르게 눈빛이 또렷해져 있었다. 거구의 그가 나를 내려다보며 말했다.

"이럴 때 네놈이라면 어떻게 하겠느냐?"

눈빛을 보면 이미 결정을 내렸다.

어떤 결정을 내렸는지는 모르겠지만, 이런 질문을 던진다는 것은 나를 시험하는 것일까? 여기선 순수하게 내 생각을 말하는 게 좋을 것 같았다.

"꽃이 피어나는 것을 방관하실 거라면 스승님께서 말씀하신 대로 내버려두는 편이 옳고, 그게 아니라면 꽃을 피우는 데 도움이 되도록 거름을 준비해야 하지 않겠습니까?"

그 말을 들은 해악천의 눈매가 가늘어졌다. 그러더니 이윽고 광소를 내뱉었다.

"거름을 준비해? 크하하하하하하핫."

한참을 미친 듯이 웃어대던 해악천이 웃음을 뚝 그쳤다. 그러고 는 중얼거리듯이 말했다.

"그래. 어떤 꽃을 선택하든 거름이 있어야 피울 수 있겠지."

그 말은 둘 모두에게 마음이 가 있다는 것으로 들렸다. 아직 누 구를 선택한 것은 아닌 듯했다. 해악천이 의미심장한 목소리로 내게 말했다.

"세를 키워야겠다."

'…!!'

단순한 한마디였지만 의미가 컸다. 다른 사존자들이나 칠혈성들 과 다르게 어떠한 세도 키우지 않고 혼자 제멋대로 움직였던 기기괴 괴가 자신만의 독자적인 세력을 키우겠다고 공언한 것이다. 이렇게 되면 내가 알고 있던 사존 기기괴괴 해악천의 역사가 달라진다.

"이제부터 너희들이 할 일이 많아질 게다. 클클."

"할 일이라면…"

의아해하는 내게 해악천이 입꼬리를 올리며 말했다.

"얼추 여섯 달이 남았군. 그 안에 대주가 되어라."

여섯 달? 그러고 보니 여섯 달 뒤면 수련생도들의 첫 직위 시험 과 보직 배정이 있는 날이다. 이 직위 시험에는 모든 수련생도가 참 여한다. 회귀 전 전생에서 나는 하급 수련생도로서 일 년간의 훈련 을 마치고 직위 시험을 치렀다. 하급 수련생도 중에서 내공조차 없 는 삼류 무사였던 나는 당연하게도 하급 무사로 직위가 결정되었었 다. 정말 간혹 하급 수련생도 중에서 중급 무사가 되는 이들도 있었 지만, 그런 경우는 희박했다.

"까짓것 대주가 되면 되지."

"되지?"

말이 좀 짧다, 좌백아. 주의를 주자 녀석이 분통이 터졌는지 이를 악물고서 말했다.

"되지요."

한 자 한 자 곱씹듯이 내뱉었다. 속으로 구시렁대고 있는 것이 얼굴에 훤히 보였다.

이 녀석의 반응을 보면 계속 놀려주고 싶다. 나를 사형 대우해주는 것이 녀석에게는 크나큰 곤욕일 것이다.

"너무 쉽게 생각하는 것 같은데?"

대주의 직위는 상급 무사, 즉 일류 고수가 되어야만 가능하다. 이것도 최소한의 조건에 불과했다.

송좌백이 입술을 실룩거리면서 내게 말했다.

"쉽다는 게 아니라, 어차피 우리는 스승님이 계시는데 굳이 걱정할 필요가 없지… 않습니까?"

"형… 말이 맞다."

쌍둥이들의 말에 나는 코웃음을 쳤다. 아무래도 이 녀석들은 혈교에 입교하자마자 해악천에게 납치당하다시피 끌려와서 그런지, 이곳의 사정을 전혀 모르는 듯했다.

―왜, 이 녀석 말도 맞는 거 아냐? 뒷배는 이럴 때 써먹는 거지.

소담검도 녀석들의 말에 동의했다.

뭐 그렇게 생각할 수는 있다. 혈교가 예전과 같은 성세를 유지 중이고 안정적이라면 높은 사람의 입김이 작용할 수 있다. 하지만 혈교는 재건 단계에 있다. 전보다 더 세력을 강성하게 키워야 하는 입장이기에 인사(人事)에서만큼은 철저하게 실력과 공적을 중요시한다.

─요는 실력이 없으면 대주는 꿈도 못 꾼다는 소리겠네.

'개망신만 당하는 거지.'

오히려 사존의 제자라는 기대치 때문에 그 정도 수준밖에 안 되냐는 불명예만 얻을 수도 있다.

그렇게 된다면 해악천이 미쳐 날뛰겠지. 안 봐도 그림이다.

"모르는 소리. 스승님, 아니 사존의 제자로 대우받는 것과 이건 별개의 문제야. 괜히 뒷배만 믿고 까불다가 망신당할걸."

"그걸 네… 후우, 아니 그걸 사형이 어떻게 압니까?"

나야 당연히 겪어봤으니까 알지. 두 번째 인생이다.

"흠흠, 내가 아니라 스승님께서 하신 말씀이다."

물론 아니다. 해악천은 대주의 직위를 얻으라는 임무를 줬을 뿐이다. 그 뒤에 붙인 말을 해줘야 녀석이 정신 차릴 듯싶다.

"아, 깜빡할 뻔했는데, 여섯 달 뒤에 대주직을 받지 못한다면 각오하라고도 하셨다. 그게 무슨 말인지는 알지?"

'각오'라는 말에 송좌백의 얼굴이 굳었다. 지금까지 해악천을 겪어봤으니 누구보다 잘 알 것이다.

"야!"

"어어?"

"좆 되기 싫으면 일어나!"

효과가 끝내주네. 동기 부여가 됐는지 곧장 훈련에 들어가는 쌍둥이들이다.

녀석들에게 전달 사항도 전했으니, 나도 본격적으로 훈련에 임해야겠다. 내게도 대주직은 전생에서 언감생심 꿈조차 꾸지 못했던 벽이었다.

* * *

나는 남천검객의 유골이 있던 동굴로 왔다.

지금은 동굴에 유골이 없다. 그래도 한때를 풍미했던 고수이자, 내게는 검술의 스승과도 같은 인물이었기에 유골을 그냥 방치해둘 수가 없었다. 해악천의 눈치를 보느라 이곳보다 더 높은 산봉우리에 무덤을 만들었다. 나중에 기회가 된다면 유골을 이장시켜 양지 바른 곳에 묻고서 제대로 된 비석을 세울 계획이다.

―그런데 운휘야, 그 미친 노인네는 어딜 급하게 간 걸까?

'글쎄다.'

내게 쌍둥이에게도 대주가 되라는 이야기를 전달하라고 했던 해악천은 어딘가 다녀올 데가 있다며 급히 떠났다. 보름 내에 다녀온다고 했는데 어디로 갔는지는 알 수 없었다. 다만 해악천의 급한 성정으로 미루어 짐작건대 아마 세를 키우는 것과 관련 있어 보였다. 추진력 하나는 끝내줄 정도로 빠르다.

'앞으로 어떻게 될지 모르겠다.'

내가 알고 있던 기기괴괴 해악천은 어떠한 세력도 만들지 않았다.

―네가 알고 있는 건 뭔데?

나라고 해서 해악천의 인생을 자세히 알진 못한다. 하지만 확실히 알려진 정보는 있다. 해악천은 윗선에서 원하는 방향과 달리 독자적으로 활동하다가, 중원 팔대 고수 중 한 사람인 열왕패도 진균에게 오른팔을 잃는 것으로 알고 있다. 그것이 육 년 후의 일이다.

―그럼 달라질 수도 있겠네?

그럴 수도 있을 것 같았다. 지금만 하더라도 이미 많은 것이 달라졌다. 원래 나는 여전히 하급 수련생도여야 하는데, 이렇게 해악천의 제자가 되었고 어쩌다 보니 혈교주의 혈육과도 작게나마 연을 맺었다.

'…달라지고 있구나.'

그걸 되새겨보니 확실히 달라지고 있었다. 행동 하나하나의 변화가 원래 알고 있던 미래마저 변화시켰다. 생각해보면 내가 해악천의 제자가 되지 않았다면 그가 하연 소저와 만나 마음을 바꾸는 일도 없었을 것이다.

'…내가 영향을 주고 있어.'

지금은 주변의 작은 변화였지만 이것이 앞으로 어찌 될지 알 수 없었다. 더 큰 변화로 이어질 수도 있었다. 그렇다면 앞으로는 이런 변수마저 상정해야 할지도 모른다. 그래야 내가 알고 있는 미래를 적절히 활용할 수 있을 테니 말이다.

'지금 당장은 해악천의 그늘에서 내 힘을 키워야 한다.'

어쩌면 지금이 기회일 수도 있다. 도망치지 못하고 붙잡혀 있던 것이 제자로까지 이어졌다. 해악천이 세력을 새로이 만든다면 그의 제자로 있는 편이 내게는 위로 올라갈 수 있는 발판이 될 수 있었다. 그러기 위해선 확실히 대주가 되어야 했다.

"후우."

드디어 고대하던 순간이 왔다. 나는 가부좌를 틀고서 운기를 위한 준비를 마쳤다. 어렸을 적부터 익혔던 익양 소가의 기본 운기법인 소현심법을 운기해보려고 한다.

그런 내게 남천철검이 말했다.

―조심해라, 운휘. 선천진기와 부딪칠 수도 있다.

시작부터 너무 겁주지 말라고. 걱정해서 하는 소리인 줄은 알지만 너무 겁을 주면 운기하기가 무섭잖아. 나는 천천히 호흡을 들이쉬었다 내쉬며 소현심법을 운기했다. 배 속 아래의 정에 집중했다. 그런데 쉽게 느껴지지 않았다.

'힘드네.'

오랜만에 하니까 감각이 예전 같지가 않았다. 게다가 최근에는 선천진기에 익숙해져서 운기의 감각이 달랐다. 그래도 단전에 집중했다. 일각 정도 지났을까? 마음속이 고요해지며 서서히 배 속 아래 부근이 따뜻해져 왔다. 단전이 반응한 것이다.

'느껴져.'

순간 너무 기쁜 나머지 집중이 풀릴 뻔했다.

하지만 다시 마음을 가다듬고 이번에는 단전에 있는 기운을 운기하여 소주천(小周天)을 도전했다. 여기서부터가 중요했다. 소주천을 하게 되면 단전의 기운이 가슴의 중단전을 필연적으로 지나게 된다.

─긴장하지 말고 해라.

조금이라도 두 기운이 양립하지 않는다면 도중에 멈춰야 한다. 그렇지 않으면 주화입마를 입을 수도 있다. 나는 천천히 기운을 소주천하여 움직였다.

'조심… 조심….'

단전에 있는 미약한 기운이 조금씩 위로 올라가 가슴 정중앙으로 향했다. 긴장하지 않으려고 해도 떨렸다. 제발 돼라. 제발!

스르르!

'아!'

─왜 그래?

—기운이 부딪친 것이냐?

소담검과 남천철검이 동시에 걱정스러운 목소리로 물었다.

그런 그들의 물음에 내 입꼬리가 위로 올라갔다. 단전의 내공이 가슴 정중앙, 즉 중단전이 있는 위치를 지나쳤지만 아무 문제가 없었다. 부딪치거나 기운이 역류한다거나 하는 현상은 전혀 없었다. 한 번의 소주천을 마친 나는 운기를 멈췄다.

"하하하하하하하하핫!"

운기를 멈추자마자 웃음이 터져 나왔다.

—웃지만 말고 말해. 성공한 거야?

소담검의 물음에 나는 말없이 고개를 끄덕였다. 우려했던 일은 일어나지 않았다.

—오오오!

이 결과가 말해주는 것은 하나였다. 나는 다른 무인들과 다르게 두 개의 정을 가지게 된 것이다. 최초일지는 모르지만 중단전과 하단전을 동시에 활용할 수 있게 된 것은 남천검객조차 이루지 못한 일이었다.

—하아….

가장 불안해했던 남천철검은 안도의 탄성을 흘렸다.

오늘은 참 운이 좋은 날이다. 회귀 전에 풀리지 않던 인생이 이제야 조금씩 풀려가는 느낌이다.

'오랜만이다, 단전.'

집 나갔던 녀석이 돌아왔다.

* * *

그렇게 사흘의 시간이 지났다.

사흘 동안 운기하면서 나는 두 가지 사실을 알 수 있었다. 선천진기와 내공은 다행히 양립할 수 있지만, 그 둘을 동시에 쓰는 것은 불가능하다는 것이다. 내공을 쓰면서 선천진기를 혼용할 수는 없다. 반대의 경우도 마찬가지다. 이렇게 된다면 두 기운을 가지고 있으나 따로 가지고 있는 것이나 마찬가지였다. 두 기운을 동시에 같이 쓸 수 있다면 좋겠지만 지금으로서는 이것에 만족할 수밖에 없었다. 그래도 내공이 소진되었을 경우 선천진기라는 패가 남게 되니 말이다. 상황에 따라서는 숨겨둔 한 수로 활용할 수 있을 것 같았다.

그리고 내공의 경우 소현심법 말고 다른 심법이 필요했다.

'부족해.'

익양 소가의 기본 심법답게 소현심법도 나쁘진 않았지만, 하루 종일 운기를 해도 맥 곳곳에 쌓여 있다는 양기와 한기를 흡수할 수가 없었다. 이래서는 선천진기에 비해 내공의 성장이 느릴 수밖에 없다. 지금 제일 필요한 것은 맥에 쌓여 있는 기운을 효과적으로 흡수할 수 있는 심법이었다.

—미친 늙은이의 심법을 배우는 건 어때?

'뭐?'

—그 늙은이의 진혈금체인가 하는 게 몸속의 피를 더 빨리 순환시킨다며?

하, 이 녀석 봐라. 일리가 있는 말이었다. 애초에 맥이라는 것은 피와 기가 흐르는 경로였다. 만약 해악천의 심법이 피를 빠르게 순환시키면서 내공을 효과적으로 운기할 수 있는 역할을 해준다면 맥 곳곳에 쌓여 있는 양기와 한기를 흡수할 수 있을지도 몰랐다.

'똑똑한데?'

─히히히. 맞지? 맞지?

소담검이 신이 나서 말했다. 이 녀석은 가끔 보면 내가 생각지도 못한 것을 기가 막히게 떠올리곤 한다. 확실히 가능성은 있었다. 다만 한 가지 걸리는 것은 해악천이 진혈금체는 쌍둥이들처럼 특수한 신체가 아니면 익히기 힘들다고 했다. 제자긴 하더라도 가르쳐줄지 확신이 가지 않았다. 가르쳐주기 싫어서가 아니라 내게 해가 된다고 판단할 수도 있었다.

─그래도 물어봐서 나쁠 건 없잖아. 아니면 네 맥에 기운들이 쌓여 있는 걸 알려주면….

'그건 아냐. 아직은 숨기는 게 나아.'

해악천이 전과는 다르게 보이는 것은 사실이다. 하지만 좀 더 그와의 관계가 친밀해지지 않는 이상 숨기는 편이 나았다.

─아니면 쌍둥이들에게 물어보는 것은 어떤가?

남천철검이 넌지시 의견을 건넸다.

─오호. 그렇네. 걔들은 배웠을 거 아냐?

쌍둥이들은 정식으로 제자가 되고 나서 제대로 된 신공과 진혈금체의 운기법을 전수받은 것으로 알고 있다. 그런데 걔들도 생각이라는 걸 할 텐데 가르쳐주려나.

─야. 걔 은근히 순진하잖아. 밑밥을 슥 던져봐.

'무슨 밑밥?'

─너한테 사형이라고 깍듯이 대하는 거 죽을 만큼 싫어하던데. 그걸 한번 던져봐. 혹시 모르잖아. 물지?

흠, 그게 되려나? 뭐 녀석의 말대로 해서 나쁠 것은 없었다. 어차피 해악천이 돌아오려면 아직 한참 남았고, 그 기간 동안 내공 수련을 무의미하게 보내기는 아까우니까.

다음 날 이른 아침 송좌백을 깨웠다. 그리고 넌지시 진혈금체의 운기법을 알려줄 수 있느냐고 물어보았다. 물론 녀석의 입에서는 거절의 답이 튀어나왔다.

"당연히 안 되…지요. 스승님이 아무한테도 알려주지 말라고 했습니다."

그러고는 다시 잘 거라는 듯이 누워버렸다.

하긴 쉽게 알려줄 리가 없지. 될지는 모르겠다만 소담검의 말대로 한번 밑밥을 던져봐야겠다.

"에휴. 하긴 그렇지? 단전은 회복되었는데 스승님이 언제 돌아오실지 몰라서 미리 물어본 거였는데. 같은 동문지간이라 아무는 아니더라도 좀 그렇긴 하지? 이참에 사제한테 진혈금체의 운기법을 배우게 되면 동문처럼 지내보려고 했는데…. 쩝, 어쩔 수 없지."

―능청스럽네.

'이 정도는 해줘야 넘어가지.'

그런데 별로 확신은 없었다. 너무 단순한 수법이라 안 넘어갈 것 같았다. 그래도 녀석도 생각이란 걸…. 응? 녀석의 표정이 묘하다. 뭐야? 설마 고작 이 정도 밑밥에 흔들리는 거냐?

누워서 머뭇거리던 녀석이 곁눈질로 나를 쳐다보며, 슬그머니 한마디 내뱉었다.

"동문?"

―아이고. 미끼를 물어버렸네.

소담검이 키득거렸다. 혹시나 했던 소담검의 계책은 월척을 낚게 했다. 해악천이 두려워서 진혈금체의 운기법을 가르쳐주지 않을 거라 여겼는데, 동문이라는 말에 홀라당 넘어가고 말았다. 어지간히 나를 사형 대우하는 것이 싫었나 보다. 어찌 보면 소담검이 녀석의 그런 심중을 잘 파악한 걸지도 몰랐다.

—그래 봐야 애는 애지.

하긴 녀석은 아직 약관도 되지 않았다. 이제 열여섯, 열일곱밖에 되지 않았으니 경중을 구분하기 어려울 것이다. 게다가 동문지간이기에 더욱 흔들렸을 거다. 그런데 이를 어쩌나. 해악천은 그런 걸 전혀 신경 쓰지 않을 텐데.

지금 당장은 사형 소리를 안 하게 된 걸 좋아하는데, 곧 내 바짓가랑이를 붙잡고서 제발 소리를 하게 될 거다.

—어떤가, 운휘?

진혈금체를 운기하고 있는 내게 남천철검이 물었다. 지금 심경을 굳이 말로 표현한다면 온몸의 피가 솟구치는 느낌이었다. 절벽에 거꾸로 매달렸을 때와 거의 흡사했다.

—너 엄청 빨개졌는데. 얼굴 터지겠다.

소담검이 혀를 차듯이 말했다.

녀석이 왜 그런 말을 하는지 알 것 같았다. 피가 빨리 순환한다는 것이 어떤 의미인지 나 역시 알았으니까.

'뜨겁다.'

전신에 열이 확 오르는 것 같았다. 확실히 특수한 체질이 아니면 버티기 힘들다는 말이 왜 나오는지 알겠다. 해악천은 이 운기법을 전투에서 쓴다는데, 나처럼 평범한 체질의 사람은 절대로 해선 안 될 짓이지 싶다.

―효과가 있는 것 같나?

'있어. 확실히.'

소현심법으로 운기할 때는 꿈쩍도 하지 않던 양기와 한기가 움직였다. 조금씩 단전으로 싸늘하면서 뜨거운 기운이 흘러들어왔다. 이 균형을 잘 맞추는 것이 관건이었다.

반 시진이 채 안 됐을 때였다.

"헉헉. 더는 안 되겠다."

보통 심법을 운기하게 되면 전신이 균형을 잡으면서 평안해진다.

반면 진혈금체의 운기법은 하면 할수록 피의 순환이 빨라져서 몸 전신이 뜨거워지고, 격하게 뛴 것처럼 심장도 빠르게 뛰어서 힘들었다. 오랫동안 운기하는 것 자체가 불가능했다.

―당분간은 소현심법과 겸해서 하는 편이 나을 것 같다.

―그래. 너 지금 완전 땀에 절었어.

운기를 하면서 땀에 젖다니. 이건 나 역시도 처음 겪어보는 일이었다. 그래도 성과는 있었다. 소현심법을 사흘 동안 운기해도 조금밖에 모이지 않던 기운이 거의 몇 배에 달할 만큼 빠르게 단전으로 모였다. 맥에 얼마큼의 양기와 한기가 있을지는 모르겠지만, 조금씩이라도 이렇게 진혈금체의 운기법을 운용한다면 보다 빠르게 내공을 모을 수 있을 듯했다.

'여섯 달.'

그 안에 내공 역시도 일류에 닿을 수 있을까?

그러던 차에 동굴 바깥에서 인기척이 느껴졌다. 이곳을 아는 자는 해악천과 쌍둥이들뿐인데 누구지?

탁! 가벼운 신형으로 누군가 동굴 안으로 들어왔다. 흰 면사로 얼굴을 가리고 있는 여인이었다. 드러난 눈매를 본 적이 있었다. 혈수마녀의 곁을 지키고 있는 네 명의 여자들 중 한 명인 듯했다. 척! 그녀가 내게 포권을 취하며 말했다.

"공자님, 시간을 내주시겠습니까? 육혈성께서 찾으십니다."

육혈성이 나를?

* * *

나는 그녀를 따라서 육혈곡의 본당 근처까지 가게 되었다. 어떻게 나를 찾았는지 물어보니, 정상에 있는 송좌백이 알려주었다고 했다. 본당의 외곽 우측에 작은 공터가 있었는데, 그곳에는 육혈성이 아니라 두 명의 다른 여자들이 있었다.

─재 개 아니야?

소담검이 그중 한 여자, 아니 소녀를 알아보았다. 새하얀 얼굴에 오목조목한 이목구비의 소녀는 나와 같이 수련생도로 들어왔던 담예화였다. 그녀는 흰 면사의 여인 한 명에게 무공 지도 같은 것을 받고 있었다.

'아!'

이때였던 모양이다. 담예화는 수련생도로 있던 도중에 혈수마녀의 제자로 발탁되었던 것으로 기억하는데, 이때 눈에 띄었나 보다.

내가 도착하자 그들은 무공 수련을 멈췄다. 나를 안내했던 흰 면사의 여인이 여기서 기다려달라고 하고는 본당으로 뛰어갔다. 그냥 본당에서 봐도 될 텐데, 굳이 외곽으로 부른 이유가 뭐지?

"저기, 그때 그분 맞죠?"

조용히 기다리려고 했는데, 담예화가 내게 말을 걸었다. 그때의 나를 기억했던 것 같다. 하긴 혈고도 제일 먼저 먹고, 가장 마지막으로 생도 등급을 받았으니, 기억하지 못하는 게 더 이상할 수도 있었다.

"오랜만이군요."

나는 그녀에게 가볍게 묵례를 하며 대답했다. 담예화가 어려 보이긴 하는데, 여자라서 그런지 송좌백한테 했던 것처럼 막 대하진 못하겠다. 처음 봤을 때는 두려움에 찬 얼굴이었는데, 지금은 꽤 밝고 당당했다. 아마도 육혈성의 제자로 발탁되어서 그런 듯했다.

"중급 수련생도로 훈련받고 계시죠?"

응? 아무래도 그녀는 내가 사존의 제자가 된 것을 모르는 모양이다. 표정이 득의양양한 것을 보니까, 육혈성의 제자가 된 것을 자랑하고 싶어서 안달이 난 듯했다. 충분히 그럴 만도 하지만, 역시 얘도 아직 어리다.

"저는…."

"그만해, 사매."

담예화가 계속 말을 걸려는 것을 흰 면사의 여인이 막았다. 그러자 그녀는 풀이 죽어서 고개를 숙였다.

"죄송합니다, 사저."

매저 지간에 기강이 잘 잡혀 있었다. 자랑하고 싶었을 텐데, 혼나서 풀이 죽은 모습을 보인 게 부끄러웠는지 담예화가 멀찌감치 떨어졌다.

얼마 있지 않아 혈수마녀 한백하가 나타났다. 몇 벌이나 저런 검은 옷을 가졌는지 모르겠지만 늘 칙칙한 저승사자 같은 분위기다. 그런데 하연 소저의 모습이 보이지 않았다. 제자로 보이는 두 면사의 여인은 수발하듯이 뒤를 졸래졸래 따라오고 있었는데, 그녀는 없었다.

척! 그녀에게 포권을 취하며 큰 소리로 인사하려 하자, 한백하가 손을 들어 이를 만류했다.

"됐어요."

그러고는 곧장 내게로 다가오더니, 품속에서 무언가를 꺼냈다. 각패였다. 그녀가 특유의 무표정한 얼굴로 각패를 들어 보이며 말했다.

"우리 사존의 제자분께서는 참 대단하군요."

해악천에 대한 예우로 내게 공대하는 듯했다. 덕분에 내가 사존의 제자라는 사실을 알게 된 담예화가 뒤에서 눈이 휘둥그레져 있었다. 그래, 네 뒷배보다 좀 더 위다. 그런데 한백하가 각패를 가지고 저런 말을 하는 이유가 뭘까?

"육혈성, 그게 무슨 말씀이신지?"

"내기를 했다죠?"

'음⋯.'

아무래도 하연 소저에게 들은 모양이다. 어디까지 이야기했는지는 모르지만 한백하가 내기에 관해 알고 있다는 것은 저 각패가 틀림없이 하연 소저의 것이라는 말이다. 하필 혈수마녀를 통해 각패를 전달하다니, 참 난감했다.

"하연 소저는⋯."

"그 아이는 지금 볼 수 없어요."

왜 볼 수 없는지 물어보고 싶지만 이 여자는 그 붉은 눈의 여자만큼이나 무서웠다. 자신의 손가락을 눈 하나 깜빡이지 않고 자를⋯ 어? 그녀의 손에 붕대가 감겨 있었다.

─손가락 자른 거 맞아?

붕대를 감은 것을 보면 잘린 손가락 부위가 멀쩡히 있었다. 신기했다. 설마 자른 손가락을 붙인 것일까?

─그 만사신의라는 자가 붙인 거 아냐?

소담검의 말처럼 아무래도 저 손가락은 만사신의의 작품인 듯했다. 죽은 자를 제외하고는 못 고치는 병이 없다고 하더니, 설마 잘린 손가락마저도 저렇게 접합이 가능할 줄은 몰랐다.

─신기하네. 잘린 목도 붙일 수 있을까?

목이 잘리면 죽는단다, 소담검아. 어쨌든 저 정도로 신통한 의술 실력이라면 각패를 얻어두길 잘한 것 같다.

한백하가 혀를 차며 말했다.

"내기로 아가씨의 각패를 요구하다니, 어디서 그런 배짱이 나왔는지 모르겠군요."

목소리나 눈빛으로 보건대 심기가 불편해 보였다. 모시는 분의 각패를 요구한 것 때문에 그런 것 같았다. 직접 주지 왜 하필 시켜도 혈수마녀에게 맡겨서는 사람을 곤란하게 하는지⋯. 에휴.

"가져오거라."

한백하의 말에, 뒤에 있던 여제자 중 한 명이 작은 보따리를 내게 가져왔다. 이게 뭐지 하고 의아해하는데, 한백하가 말했다.

"원기를 회복하는 데 도움이 될 만한 약재들이에요."

아⋯. 하연 소저가 챙겨줬나 보다. 선천진기를 소모해가며 경공을 펼쳤다는 것을 기억하고서 챙겨준 것일까? 그런 거라면 마음 씀씀이가 괜찮았다.

한백하가 자신의 손바닥에 각패를 올려놓고 가져가라는 듯이 손을 내밀었다.

백련하

백련하? 저게 하연 소저의 본명인가 보다. 가명이리라 예상했지만 이름을 거꾸로 얘기했을 줄이야. 가져가라며 고개를 살짝 들어 올리는 한백하의 태도에 망설이던 나는 그녀의 손바닥 위 각패로 손을 가져갔다.

바로 그때였다.

슥! 그녀가 각패를 밑으로 떨어뜨렸다. 그것을 잡기 위해 다급히 손을 밑으로 향하는 순간, 한백하가 번개처럼 금나수로 내 손목을 움켜쥐었다. 파팍!

눈앞에서 보고도 당할 수밖에 없을 만큼 그녀의 금나수는 현묘하기 짝이 없었다. 이걸 어떻게 해야 하지? 뿌리치기에는 그녀의 내공은 깊이를 모를 만큼 심후했다.

'아!'

그때 내 손목의 맥을 타고서 차가운 기운이 파고들었다. 한백하의 내공인 듯했다. 그녀의 내공이 파고들자 본능적으로 단전에 있는 쥐꼬리만 한 내공이 움직였다. 그러나 워낙 격차가 심한지라 내 내공은 바짝 졸아들기라도 한 것처럼 살짝 움직이다가 이내 멈췄다.

"육혈···."

"입 다무는 게 좋을 거예요."

그녀의 내공은 내 몸의 구석구석을 훑듯이 돌아다니다 이내 사라졌다. 한백하가 손목을 잡은 채 입을 열었다.

"우려한 만큼 원기 소모가 많지 않아 보이는군요."

'아….'

내 몸 상태를 살펴보려고 했던 건가. 꼭 이런 식으로 사람을 놀라게 하면서 살펴봐야 하나? 아니면 이 외에도 다른 목적이 있던 걸까? 그런데 덕분에 한 가지 좋은 사실을 알게 되었다. 그녀 역시도 내공으로 내 몸을 살폈지만 역시나 선천진기를 전혀 알아차리지 못했다.

'좋은데.'

사존도 그렇고 칠혈성의 일인인 혈수마녀조차 눈치채지 못했다. 확실히 중단전은 내게 비장의 수로 유효했다.

그때 그녀가 피식 하고 입꼬리를 올렸다.

"사존께서 급하셨군요. 영약까지 복용시킨 것을 보면."

"네?"

"단전을 회복하는 과정이라고 하던데, 무리하지 않는 게 좋을 거예요. 조급하게 내공을 쌓으려다가 다시 망가질 수 있어요."

영약은 애초에 먹은 적이 없었다. 한데 그녀가 이런 말을 한다는 것은 아무래도 양기와 한기를 흡수한 것을 이런 식으로 오인한 듯했다. 영약을 먹은 것과 비슷한 효과를 가진다는 만사신의의 말이 맞았다.

'아….'

잠깐만, 이러면 나중에 해악천도 오인하는 거 아냐? 혹시나 내공으로 내 몸을 살펴보면 그럴 수도 있겠다는 생각이 들었다. 적절한 핑곗거리를 찾아봐야 할 듯했다. 안 되면 또 만사신의를 팔아야 하나.

슥! 그녀가 손목을 놓아주었다. 얼마큼 연마를 하면 그녀의 금나

수를 대응할 수 있을까?

나는 그녀에게 목례를 하고서 하연 소저, 아니 백련하의 각패를 품속에 집어넣었다. 그런 내게 한백하가 말했다.

"그 각패를 부디 쓸데없는 일에 쓰지 않기를 바라요."

쓸데없는 짓이라. 경고였다. 이 정도는 백련하의 수족으로서 충분히 할 수 있는 경고라 생각했다. 이제 가도 좋겠지?

척!

"그럼 저는 가보겠습니다, 육혈성."

인사를 하고 가려고 하는데, 그녀가 뜬금없이 내게 말했다.

"나와도 내기 하나 할까요, 공자?"

"네?"

이건 또 무슨 수작일까? 설마 꿍꿍이를 부려서 괜히 줬던 각패를 빼앗으려고 그러는 걸까?

이런 내 마음을 읽기라도 한 듯이 그녀가 말했다.

"아가씨께서 주신 것을 내가 빼앗기라도 할까 봐 그러나요. 걱정하지 마요. 공자가 그렇게 내기를 잘한다고 하니, 그 아이의 사부로서 살짝 되갚아주고 싶은 마음이랄까요."

각패를 빼앗는 게 아니면 대체 뭐지? 아니다 싶으면 하지 않는 게 상책이다. 공손하게 두 손을 모아 고개를 숙이고서 말했다.

"제가 어찌 육혈성과 내기를 할 수 있겠습니까? 부디 말씀 거두어주십⋯."

"만약 공자가 이긴다면 사존께는 미치지 못하겠지만, 내 재주 한 가지를 가르쳐드리도록 하죠."

'⋯재주?'

이 여자가 사람을 뭘로 보고. 아무리 그래도 내가 그런 말에 넘어 갈 것 같은가. 향기롭다 해도 독이다. 독은 뱉는 게 인지상정.

"송구합니다. 제가 어찌 육혈성의 재주를 탐해 내기를 할 수…."

그녀가 또 내 말을 잘랐다.

"내가 이기면 공자는 스승님이신 사존께 육혈성이 했던 제안을 한 번 더 고려해달라고 말해주면 돼요. 간단하지 않나요? 이 정도면 공자로서는 크게 밑지지 않을 텐데요."

이게 목적이었구나. 사존 해악천을 어떻게 해서든 설득하고 싶은 가 보다. 아직 해악천의 마음이 누구에게 기울어져 있는지는 나도 모른다.

―그래도 네게 해가 되는 건 없네.

확실히 나쁘지는 않은 조건이다. 말이야 해볼 수 있으니까. 다만 그 내기가 무엇이냐에 따라 이기고 지는지를 가늠해볼 수 있겠지.

"예화."

그때 그녀가 담예화를 불렀다.

담예화가 쭈뼛거리며 앞으로 나오자, 그녀가 말했다.

"이 아이는 사흘 전에 거둔 하급 수련생도죠."

무공을 전혀 익히지 않은 그녀는 하급 수련생도였다.

그렇기 때문에 나 역시도 그녀가 혈수마녀의 문하로 들어간 것을 알았었다.

"아가씨의 치료와 요양차 한동안 육혈곡에서 머물면서 이 아이를 가르칠 겁니다."

"…."

"마침 여섯 달 뒤에 직위 시험이 있더군요. 그때까지 이 아이를 상급 무사로 키워볼 요량입니다."

아무렇지 않게 말했지만 참 오만한 발언이었다. 고작 반년 만에 일류 고수를 만들겠다고 얘기한 것이니 말이다. 하긴 해악천보다는 낫다. 그 인간은 상급 무사로도 모자라 대주의 자리를 차지하라고 명했다. 이런 걸 보면 확실히 무공을 익히는 사람들이 어떻게든 뛰어난 스승을 모시려고 갖은 애를 쓰는 이유가 있었다.

"내기는 간단해요. 둘 중 누가 상급 무사가 될지 겨루는 겁니다."

혈수마녀 한백하의 눈빛에는 자신감이 보였다. 그럴 만도 했다. 담예화를 거둔 것도 그녀의 내재된 재능을 발견했기 때문이었다. 충분히 반년 내에 일류 고수로 키울 수 있기에 이런 내기를 제안한 것일 거다.

"…만약 둘 다 상급 무사가 된다면?"

"그렇다면 둘이 겨뤄서 승부를 내도록 하죠."

지극히 무림인다운 발상이었다. 애매하게 무승부는 없었다.

* * *

—독은 뱉는 게 어쩌고 하더니 결국 내기를 받아들였네.

'어차피 그보다 더 위를 노려야 하니까. 겸사겸사지.'

내 목표는 상급 무사가 아니었다. 대주가 되는 것이었다. 모험일 수도 있겠지만 내게는 이 역시도 동기 부여가 될 수 있었다. 이긴다면 혈교의 최고 고수 중 한 사람인 육혈성의 재주 하나를 배울 기회이기도 하니까.

—져도 나쁠 건 없겠네. 한번 고려해보라는 말 정도는 할 수 있

는 거잖아.

'그건 아냐.'

—응? 왜?

'그 말을 전달하면 내기 여부와 상관없이 내가 백련하 측에 포섭되었다는 인상을 그 노인네에게 심어줄 수 있거든.'

아마도 그녀의 숨겨진 노림수는 바로 그것일 거다. 그건 지금의 내게 독이 된다.

첩자 생활을 하면서 깨달은 게 있다.

—그게 뭔데?

'확실하지 않으면 걸지를 마라.'

—그게 첩자 생활로 익힌 거냐? 무슨 도박판의 법칙 같은데.

'비슷한 이치지.'

—뭐가?

'이런 세력 싸움이 벌어질 때는 어딘가로 치우쳐지면 안 되거든.'

—왜? 그 천년 묵은 구미호 같은 애보다는 뚱뚱한 애가 낫지 않아? 적어도 너한테 호의도 잘 베푸는 것 같은데.

물론 친분관계만 따지면 그게 맞다. 하지만 그녀의 호의 속에는 아마도 내가 사존의 제자라는 것이 계산되어 있을지도 몰랐다. 잘 구슬려서 해악천을 움직일 수 있는 패로 활용할 수 있으니까.

—하긴 그럴 수도 있겠네. 그래도 난 구미호가 더 싫다.

네가 뭘 모르는구나. 어쩌면 현재 혈교 내의 기득권은 그 붉은 눈의 여자가 쥐고 있을 수도 있었다.

—어째서? 보지도 않고 그걸 어떻게 알아?

'아니라면 그 여자도 하연 소저, 아니 백련하처럼 해악천을 설득

하려 들었겠지.'

—오호. 그럴듯한데.

붉은 눈의 여자는 그저 해악천에게 안부만 전해달라고 했다. 말투도 그렇고 여유가 넘쳤다. 그것만 봐도 그녀는 아마 세력적으로 우위를 점하고 있을 확률이 높았다. 그리고 결정적으로 자신을 숨기지 않았다.

'고로 섣불리 한쪽에 붙는 건 위험해.'

만약 백련하가 교주가 되지 못한다면 그쪽에 붙었던 사람들은 무조건 실각된다. 어떤 식으로든 이용만 당하다가 비참하게 죽게 될 거다. 정파도 그렇지만 사파는 더욱 그렇다.

—알 것 같다.

'뭘?'

—단전도 없는 네가 첩자로 오래 살아남은 이유 말이야.

그래. 이 바닥에선 눈치가 없으면 죽는다. 그리고 힘이 없어도 죽는다.

그러니까 이번 생에는 더욱 힘을 갈구하게 된다.

* * *

소운휘가 떠난 공터로 흰 면사의 살집이 포동포동한 여자가 나타났다. 그녀의 등장에 혈수마녀 한백하를 비롯한 모두가 고개를 숙여 예를 취했다. 포동포동한 여자는 바로 백련하였다. 원래는 흰 면사의 여인들 중 한 명과 거의 비슷한 살집을 지니고 있었는데, 며칠 사이에 크게는 아니지만 살이 빠져 있었다.

"받아들였나요?"

백련하가 혈수마녀 한백하에게 물었다.

이에 그녀가 고개를 끄덕이면서 답했다.

"받아들이더군요. 아가씨의 말씀처럼 그렇게 똑똑한 것 같지는
않습니다."

혈수마녀 한백하는 내기에서 이길 자신이 있었다. 그녀가 이번에
발견한 이 담예화라는 아이는 누구보다 혈수옥을 익히기에 최상의
신체를 가졌다. 자신이 여태껏 거둬들인 어떠한 제자들보다 말이다.
반년 동안 집중적으로 가르친다면 충분히 일류 고수가 될 수 있을
것이다.

"내기에서 이긴다면 그 아이를 통해 기기괴괴를 설득하기가 쉬워
질 겁니다."

한백하는 확신했다.

"글쎄요."

"제 선안을 믿지 못하시는지요?"

"믿어요. 다만…."

"다만?"

"그 사람은 지는 내기는 절대로 하지 않는 것 같더군요."

백련하 그녀도 소운휘와 내기했을 때 무조건 이길 거라 확신했었
다. 한데 도리어 지고 말았다. 그런 그녀의 말에 한백하가 미소를 지
으며 말했다.

"후후후. 걱정 마시죠, 아가씨. 이 아이의 재능이라면 절대로 질
리가 없습니다."

"믿고 맡겨주십시오!"

담예화가 전의 가득한 목소리로 말했다. 자신을 발탁해준 스승을 위해서라도 무조건 이길 거라고 다짐하는 그녀였다.

그렇게 여섯 달이 흘렀다.

대주

육혈곡에는 '광장(廣場)'이라고 불리는 큰 터가 있다. 이곳은 육혈곡 내의 모든 훈련장 중에서도 가장 많은 인원을 수용할 수 있는 곳이다. 평소에는 절대로 가득 찰 일이 없는 곳이지만 지금은 생도들과 혈교의 무사들로 붐비고 있었다.

"똑바로 서라!"

"충!"

날카로운 소리와 함께 들리는 군기가 바짝 든 외침. 일 년간의 훈련 끝에 훈련 생도들은 혈교의 무사들로 탈바꿈되어 있었다. 우측부터 상의의 등 쪽에 '상(上)'이라 적힌 상급 수련생도, 가운데에는 '중(中)'이라 적힌 중급 수련생도, 마지막 좌측에는 '하(下)'라고 적힌 수련생도들이 오열을 갖춰 서 있었다.

"좋군."

단상 위에 서 있는 육혈곡의 총책임자인 패혈단주 구상웅이 만족스러운 얼굴로 수련생도들을 내려다보고 있었다. 그리고 그의 뒤쪽에는 패혈단주 산하의 다섯 대주가 있었다. 그들 중 세 명이나 새로운 얼굴로 바뀌었다. 한 명은 행방불명, 그리고 두 명은 귀인을 습격했다는 죄로 처형되었다.

"지금부터 직위 시험에 관한 설명을 하겠다."

구상웅이 내공을 실은 목소리로 수련생도들에게 말했다.

직위 시험은 이러했다. 모든 수련생도는 그동안 배운 혈교의 기본 권각술인 혈마권(血魔拳)을 연무한다. 그리고 합공 진법인 육진(六陣), 십이진(十二陣), 삼십육진(三十六陣)을 본다. 이 과정을 수행하게 되면 하급 무사의 직위를 받을 수 있다.

"하급 무사를 통과한 자들 중에서 각 대주들에게 보고받은 인원은 중급 무사 직위 시험을 치른다."

중급 무사 직위 시험. 중급 무사는 이류 무사, 즉 내공을 활용하는 시험이다. 하급 무사들 대다수는 무림에서 삼류라고 불리는 수준이었는데, 그들 상당수는 내공을 제대로 익히지 못했거나 익혔더라도 고작 일이 년 정도의 내공밖에 쌓지 못했다. 반면 중급 무사로 인정받으려면 적어도 십 년에 이르는 내공을 쌓았다는 것을 인증해야 했다. 이를 확인할 가장 쉬운 방법이 격세석이었다. 격세석은 내공을 실어야만 흔적을 남길 수 있을 만큼 단단한 돌이다.

"돌에 흔적을 남기는 것은 기본이다."

그리고 혈교의 중급 무사들과 대련하게 된다. 이들과 삼십 초식 이상을 겨뤄서 버티면 중급 무사의 직위를 받게 된다. 우두둑! 단상 앞쪽에 있는 중급 무사들이 몸을 풀면서 대기 중이었다. 그들 역시도 이런 과정을 겪고서 중급 무사가 되었다. 하급 무사들과 달리 중급 무사가 되면 보직을 배정받은 곳에서 일 년간의 추가 훈련을 통해 혈교의 기본 권각술의 상위 무공과 활과 기마술을 배우게 된다.

"와아아아아아!"

구상웅의 설명에 수련생도들이 함성을 질렀다. 물론 함성을 지른 이들은 중급 무사를 노리는 생도들이었다.

"마지막으로 상급 무사다. 이번 상급 수련생도들 중에서 상급 무사 직위 시험을 보는 자들은… 호오, 총 여섯 명이군."

구상웅이 제법이라는 듯이 대주들 중에 한 명을 쳐다보았다. 짙은 눈썹에 유엽도를 차고 있는 그는 상급 수련생도들을 담당하고 있는 대주였다.

"나쁘지 않군."

대주가 어깨를 으쓱거렸다. 중원 곳곳에 육혈곡과 같은 신입 혈교 무사들을 양성하는 장소가 세 곳 더 있는데, 여섯 명이나 되는 상급 무사 후보라면 괜찮은 성과였다.

'잘 키운 일류 고수는 혼자 훈련한 병정 수십 명도 너끈히 상대할 수 있지.'

이런 일류 고수를 양성하는 것은 혈교가 아니라 어떠한 문파라도 쉬운 일이 아니었다. 그런 와중에 여섯 명의 후보자가 나온 것은 기분 좋은 일이었다. 보통은 한 곳에서 서너 명 정도 나올까 말까였다.

"누구지?"

구상웅의 물음에 상급 수련생도들 중에 다섯 명이 자리에서 벌떡 일어났다.

"수련생도 이규!"

"수련생도 하문찬!"

"수련생도 조성원!"

"수련생도…."

차례대로 외치는 그들을 보면서 구상웅이 흡족한 미소를 지으며 뒤편을 바라보았다. 수련생도들 뒤쪽에 관람하듯이 지켜보고 있는 이들이 있었다. 사존자와 칠혈성이 보낸 단주들로 이번 수련생도들 중에 쓸 만한 자들을 발탁하기 위해서 온 이들이었다. 대개 중급 무사 이상의 직위를 부여받은 자들은 저들에게 발탁되곤 한다.

'치열하게 다투겠군.'

상급 무사를 발탁하는 것은 말 그대로 전쟁이었다. 각 간부들은 많은 일류 고수를 보유하고 싶어하기에 어떻게든 저들을 섭외하기 위해 갖은 애를 쓴다. 상급 무사들의 혜택이기도 하다. 중하급 무사들과 달리 상급 무사들은 자신의 보직을 선택할 수 있다. 그래야 발탁자들 간에 싸움이 벌어지지 않으니까.

'어느 쪽에서 괜찮은 녀석들을 확보할 수 있을까?'

대주 시절에도 지켜봤지만 이 발탁식이 가장 재미있는 순간이었다. 보통은 각 파벌을 존중하느라 최대 두 명 이상을 발탁하지 않는데, 간혹 욕심을 부리는 경우가 생기곤 했다. 이때가 각 파벌의 알력을 볼 수 있는 기회였다.

"자, 그럼 직위 시험을 시작하겠다!"

구상웅의 외침과 함께 수련생도들의 직위 시험이 시작되었다. 반 시진에 걸쳐서 혈마권과 진법의 연무가 끝났다. 백여섯 명의 수련생도들 중에서 하급 수련생도로 확정된 이들은 쉰일곱 명이었다. 하급 수련생도들 중에 단 두 명을 제외하고는 모두가 하급 무사로 확정되었다.

"자, 그럼 중급 무사 직위 시험을 시작하겠다."

중급 무사 직위 시험을 치르는 자들은 총 마흔아홉 명이었다. 격세석에 흔적을 남기는 시험에서 여덟 명이 탈락했다. 그들은 하급 무사로 떨어졌다.

"쯧쯧."

혀를 차는 패혈단주 구상웅을 보면서 중급 무사들을 담당했던 대주 해옥선의 속이 들끓었다. 다행히 다른 중급 수련생도들은 흔적을 남기는 데 성공했다. 상급 수련생도들은 애초에 내공 자체가 달랐기 때문에 격세석에 보기 좋게 흔적들을 남겨 뒤에서 지켜보는 각 파벌의 단주들의 관심을 끌었다.

"중급 무사들은 나와라."

우르르르! 다음 진행된 것은 남은 마흔한 명의 대련이었다. 그렇게 시작된 중급 무사와의 대련에서 삼십 초식을 버틴 자들은 총 서른일곱 명이었다. 탈락한 네 명은 하급 무사로 떨어졌다.

"기회를 주십쇼!"

"단주님!"

애원해도 소용없었다. 격세석에 흔적을 남겼다고 해서 봐주거나 하는 것은 없었다. 직위 시험은 철저하게 진행되었다.

"확정자가 서른일곱이라, 나쁘지 않군."

이류 수준의 중급 무사가 서른일곱 명으로 확정되었다. 이들은 일 년간의 훈련을 받은 후에 완연한 중급 무사로 거듭날 것이다.

"이제 상급 무사 직위 시험만 남은 건가."

진행되기까지 두 시진이 넘는 시간이 흘렀다. 이른 아침부터 시작한 직위 시험이 벌써 정오를 향해가고 있었다. 이런 기세라면 점심 전에 직위 시험이 완료될 분위기였다.

"자, 그럼 상급 무사 직위 시험을 시작…"

시험의 시작을 알리려던 구상웅의 시선이 어딘가로 향했다. 대주들 역시 마찬가지였다. 육혈곡의 본당 쪽에서 한 무리의 인원이 오고 있었는데, 육혈성 혈수마녀 한백하와 그 문하의 제자들이었다.

'이게 무슨 일이지.'

구상웅은 뭔가 일이 복잡해지는 것을 느꼈다.

"단주, 저쪽에…."

해옥선이 가리키는 곳을 구상웅이 쳐다보았다. 육혈곡 본당의 반대편에서 또 다른 이들이 오는 것이 보였다.

'하….'

호피로 만든 옷을 입은 거구의 야인이 보였다. 바로 사존 기기괴괴 해악천이었다. 멀리서 봐도 그라는 것 정도는 확연하게 알 수 있었다. 그 뒤에는 해악천만큼은 아니지만 보통 성인들보다 머리 하나만큼은 더 큰 송좌백, 송우현 쌍둥이와 소운휘가 따르고 있었다.

* * *

―주목 제대로 받았는데.

'그렇네.'

제대로 튀어버린 것 같았다. 이런 식으로 등장하니 모두의 시선을 받을 수밖에 없었다. 수련생도들부터 광장 내에 있는 모든 혈교의 무사들이 우리를 쳐다보고 있었다.

―애는 되게 좋아하는데.

내 옆에 있는 송좌백은 이런 관심을 즐기기라도 하듯이 입꼬리가

헤벌쭉 올라가 있었다. 반면 동생인 송우현은 무표정한 얼굴로 걸어
갔다. 해악천이 짜증스럽다는 듯이 중얼거렸다.

"망할 계집이 똑같은 짓거리를 하는군."

해악천의 시선은 본당 쪽에서 오고 있는 혈수마녀와 그 무리로
향해 있었다. 그가 이렇게 심기가 불편한 이유는 간단했다. 혈수마
녀 한백하가 그와 같은 방식을 취했기 때문이다.

"앞의 중하급 직위 시험은 생략하고 들어간다."

"네?"

"아무리 그래도 네놈들은 본좌의 제자다. 중하급 시험부터 일일이
치르게 할 만큼 허투루 가르치지 않았다."

이곳으로 오기 전에 해악천이 한 말이었다. 자존심 때문인지 하
급, 중급 무사 시험은 생략하자고 한 그였다. 그런데 혈수마녀 한백
하도 같은 생각을 한 모양이었다. 상급 무사 시험이 시작되려고 하
자, 제자로 거둔 담예화를 데리고 온 것을 보면 말이다.

"본좌의 얼굴에 먹칠하면 각오해라."

해악천이 괜히 그 신경질을 우리에게 풀었다. 일 년 동안이나 이
런 모습을 봐왔기에 우리는 익숙해져 있었다.

―얘는 아닌가 본데.

헤벌쭉거리던 송좌백의 표정이 굳었다. 충분히 이해한다. 같이 훈
련받으면서 살아 있는 게 용할 정도로 두들겨 맞는 모습을 한 달에
한 번꼴로 본 것 같다. 진혈금체를 위한 추궁과혈이라고 했는데, 말
이 추궁과혈이지 무차별 주먹 찜질이었다.

―그때 기억나지 않아?

'뭐?'

─진혈금체 운기법 가르쳐준 거 들켰을 때?

'아아.'

불과 한 달도 되지 않아 들켰었다. 몰랐는데 진혈금체를 운기하게 되면 피부에 열상 현상이라는 것이 남는다고 한다. 붉게 물든 피부를 보고서 해악천이 눈치채고 말았다. 그 덕분에 나와 녀석은 두들겨 맞는 것으로도 모자라 근 반나절을 절벽에 매달려 있어야 했다. 그때의 기억이 뿌리까지 각인되었는지, 송좌백 녀석은 절대로 해악천이 하는 말을 어기지 않았다.

─너도 마찬가지였으면서 뭘.

그럼 겁을 안 먹게 생겼냐. 무공과 수련에 관한 한 해악천의 가르침은 지옥을 연상케 했다. 검술에 대한 조언 정도만 해줄 거라고 여겼는데, 거의 반나절 가까이 쌍둥이들과 외공 연마를 했다. 죽고 싶다는 생각이 들 만큼 사람을 굴려댔다.

─덕분에 강인한 근육을 얻게 되었지.

인정한다. 쌍둥이 녀석들만큼은 아니지만 내 근육 역시도 돌멩이처럼 단단해졌다.

소담검과 대화하는 사이에 우리는 단상 앞에 도착했다.

"혈마앙복! 혈세천하!"

단상 위에 있던 패혈단주 구상웅과 다섯 대주가 내려와 해악천에게 예를 취했다. 그리고 다음 서열인 혈수마녀 한백하에게 묵례를 했다. 한백하 역시도 해악천에게 포권을 하며 인사했다.

"사존을 뵙습니다."

양측 사이에서 구상웅이 조심스럽게 입을 열었다.

"두 분께서 어떤 일로 직위 시험장까지 오셨는지…"

"클클, 왜 왔겠느냐."

"네?"

"제자 녀석들이 직위 시험을 치르게 하러 왔느니라."

해악천이 큼지막한 손으로 우리를 소개하듯이 가리켰다.

"그건 저도 마찬가지랍니다, 구 단주."

한백하가 자기 옆에 있는 담예화를 앞에 세웠다. 여섯 달 만에 봤는데 그녀는 그때와는 확연히 달라진 모습이었다. 전에는 쑥스러움이 많은 소녀 같았다면 지금은 좀 더 성숙하고 눈빛에 자신감이 깃들어 있었다.

"가지가지 하는군."

해악천이 한백하를 보면서 혀를 찼다.

그것을 여유롭게 넘긴 한백하가 특유의 무표정한 얼굴로 패혈단주 구상웅에게 말했다.

"조금 늦었지만 다행히 막 상급 무사 직위 시험을 진행하려는 것 같으니, 이 아이도 함께 진행할 수 있겠죠?"

"…상급 무사 직위 시험을 말입니까?"

"네."

그런 그녀의 말에 구상웅이 난처함을 금치 못했다. 도중에 난입해서 상급 무사 직위 시험부터 치르게 해달라니, 저런 반응이 나오는 것도 당연했다. 나 역시도 처음부터 시험을 치를 줄 알았다. 이런 걸 보면 뒷배가 중요하다는 말이 실감되었다.

"되는 거야? 안 되는 거야?"

머뭇거리는 구상웅에게 해악천이 윽박지르다시피 몰아붙였다.

이에 난처해하던 구상웅이 조심스럽게 입을 열었다.

"어르신과 육혈성의 제자분이라면 당연히 중하급 직위 시험 정도는 가볍게 통과하실 수 있을 겁니다."

"클클, 당연한 소리를 하는구나."

해악천이 어깨를 으쓱했다. 그런 그에게 구상웅이 목소리를 낮추고서 말했다.

"한데 어르신, 지금 이 자리에는 수련생도들뿐만 아니라 다른 어르신들과 칠혈성 소속의 단주들 또한 발탁을 위해서 지켜보고 있습니다."

"뭐야?"

구상웅이 눈짓으로 가리킨 곳을 쳐다보니, 광장 끝 편에 열 명의 사내들이 서 있었다. 저들이 사존자와 칠혈성 소속의 단주들인 듯했다. 해악천이 쳐다보자 그들이 화들짝 놀라서 동시에 포권을 취하며 예를 갖췄다.

"혈마앙복! 혈세천하!"

단주급들 정도 되니까 멀리서 외치는데도 또렷하게 들렸다. 멀리서 긴가민가하다가 이제 알아차린 듯했다.

"저 녀석들이 어쨌다는 게냐?"

그런 걸 신경 쓸 해악천이 아니었다. 심드렁한 그의 반응에 구상웅이 조심스럽게 말했다.

"그래도 보는 눈이 많으니, 제자분들이 기본적인 자격을 갖췄다는 것 정도는 인증하시는 것이 어떠신지?"

"뭐야?"

해악천이 불쾌하다는 표정을 지으며 화를 내려고 하자, 한백하가 끼어들었다.

"어르신, 구 단주의 말도 일리는 있습니다. 그는 육혈곡의 곡주로서 본교의 율법대로 일을 처리하고자 하는 것이니, 일단 그의 말을 전부 들어보시는 게 어떨까요?"

"흥. 사돈 남 말 하는 격이로군."

해악천이 혀를 찼다.

"그래서 뭘 어떻게 인증하라는 게냐?"

해악천의 물음에 구상웅이 손으로 어딘가를 가리켰다. 그가 가리킨 곳에는 중급 무사 직위 시험 때 썼던 격세석이 세워져 있었다.

"상급 무사 직위 시험을 치를 자격이 있다는 것을 제자분들께서 증명한다면 절차를 다소 생략하더라도 누구도 이의를 제기하지 못할 겁니다."

말인즉 최소한의 내공이라도 증명하라는 소리였다. 그런 그의 말에 혈수마녀 한백하의 입꼬리가 슬며시 올라갔다. 별로 어려울 것도 없다는 듯했다.

"구 단주의 체면을 봐서 이 정도는 해야 할 것 같군요. 예화야."

"네, 스승님."

한백하가 고갯짓으로 격세석을 가리켰다.

스승의 뜻을 알아차린 그녀가 작게 고개를 끄덕이고는 격세석 앞으로 걸어갔다. 그러고는 호흡을 깊게 들이쉬었다. 그러자 담예화의 두 손이 옅지만 붉게 물들어갔다.

'혈수옥.'

고작 여섯 달밖에 익히지 않았는데 성취가 보통이 아니었다. 듣기로 혈수옥은 익히면 익힐수록 그 색이 진해진다고 들었는데, 어째서 혈수마녀가 담예화를 제자로 받았는지 알 것 같았다.

"합!"

그녀가 짧은 기합과 함께 격세석을 두 손바닥으로 쳤다. 쩌저저적! 담예화의 혈수옥이 닿은 부분에 선명한 손바닥 자국과 함께 격세석에 금이 갔다.

"우오오!"

이를 지켜보던 수련생도들의 입에서 탄성이 흘러나왔다. 그도 그럴 것이 격세석의 흔적을 보면 여태껏 저 정도의 성취를 보인 자는 아무도 없었다. 대주들 역시도 꽤 놀란 눈치였다. 담예화가 다시 이곳으로 걸어와 정중하게 포권을 했다.

"부끄럽지만 최선을 다했습니다."

혈수마녀 한백하가 흡족한 얼굴로 담예화를 한번 바라보고는 패혈단주 구상웅에게 고개를 돌려 말했다.

"이 정도면 증명이 됐나요, 구 단주?"

"충분합니다. 정말 자질이 뛰어난 제자분을 두셨습니다, 육혈성. 고작 여섯 달 만에 이런 성취를 이루다니요."

구상웅 역시도 놀랐는지 담예화를 칭찬했다.

한백하가 만족스럽게 고개를 끄덕이고는 해악천을 물끄러미 쳐다보았다.

"흥!"

해악천이 콧방귀를 뀌더니 나를 쳐다보았다. 그의 전음이 내 귓가를 울렸다.

[본좌의 체면에 금이 가게 하면 각오해라.]

아…. 체면에 금이 안 가게 하려면 어떡해야 할까? 적어도 담예화보다는 더한 성과를 보여줘야 한다는 말인가.

"안 나가고 뭐 하는 게야!"

해악천의 재촉에 나는 포권을 취하고서 격세석 앞으로 걸어갔다. 담예화의 손바닥 자국이 아직 선명하게 남아 있었다. 회귀 전에는 중급 무사 직위 시험조차 치르지 못해서 어느 정도 공력을 사용해야 이 정도 이상의 성취를 보일지 감이 오지 않았다.

―내공으로 할 거지?

'그래.'

어차피 선천진기는 비장의 무기였다. 지금은 내공만으로 성취를 보여야 한다. 나는 천천히 주먹을 움켜쥐고서 호흡을 가다듬었다.

"후우."

그리고 공력을 끌어올렸다. 괜히 힘을 아끼다가 격세석에 충격도 못 줄 수 있으니까.

'팔성으로.'

"합!"

격세석을 향해 있는 힘껏 주먹을 내질렀다. 팔성 공력이라면 과연 얼마큼 격세석에 충격을 줄 수 있을까? 콰드득! 그 순간 내 주먹이 격세석을 파고들었다.

'엇?'

격세석은 내가 생각했던 것 이상으로 엄청 단단하거나 하지 않았다. 이렇게나 파고들 줄은 전혀 생각지 못했다. 거의 주먹의 반이 들어갔다. 뭔가 조용해진 느낌에 고개를 옆으로 돌려보았다.

'…!!'

옆에서 지켜보고 있던 혈수마녀 한백하의 미간에 주름이 가 있었다.

반면 해악천의 입꼬리는 올라가 있었다.

―기준점에 잘 맞췄네.

"주, 주먹이 격세석을 파고들었어."

"자국만 남은 게 아니잖아."

조용하던 생도들이 술렁거리는 소리가 여기저기서 들려왔다. 심지어 대주들조차 나를 바라보는 눈빛이 달라졌다. 담예화를 바라보았던 눈빛이 후학이나 생도가 이 정도까지 성장했다니, 이런 느낌이라면 나를 바라보는 눈빛은 묘한 경계심마저 보이고 있었다.

―경계는 당연하다. 네 내공의 일부를 보인 셈이니까.

남천철검이 내게 말했다. 녀석의 말대로 내 전력의 일부를 보인 셈이었다. 여섯 달 동안 나의 내공은 놀라운 속도로 진보했다. 물론 여러 요인이 있었다. 그중 하나는 단연 맥 곳곳에 쌓여 있던 양기와 한기였다.

―저 노인네 도움이 컸지.

해악천은 내게 명륜선공과 짝을 이루는 명륜심법을 전수해줬다. 명륜선공과 마찬가지로 체내의 균형을 중히 여기는 불가의 이론이 바탕이 된 명륜심법은 진혈금체의 운기법을 보완하는 역할을 했다. 지금의 내게 가장 적합한 심법이라고 할 수 있었다.

슥! 어쨌거나 임무를 완수한 나는 돌아와 정중히 포권을 취했다.

"클클. 아직 멀었다, 이놈아."

해악천이 나를 바라보며 소리쳤다.

말과 얼굴이 다르잖아. 말은 저렇게 하면서도 얼굴은 마치 혈수마녀의 뒤통수를 시원하게 날린 표정이다.

"…제자분의 내공이 보통이 아니군요. 과연 어르신이십니다."

미간에 주름이 가 있던 혈수마녀 한백하가 다시 무표정한 얼굴로 돌아와 말했다. 감정을 통제하는 것은 기가 막힐 정도로 잘한다. 담예화가 입술을 질끈 깨물고서 나와 한백하를 번갈아 쳐다보고 있었다.

—쟤는 눈치를 많이 보네.

'그러게.'

하긴, 내기를 모르는 해악천마저도 체면과 자존심 때문에 성취를 보이라고 할 정도인데, 스승과 나의 내기 사이에 끼어 있는 그녀의 입장은 어떻겠는가. 그렇다고 사정을 봐줄 수는 없었다.

"뭐 하는 게야. 네 녀석들도 보여줘라."

해악천의 말에 송좌백이 포권을 취하고서 격세석 앞으로 갔다. 내 귓가로 녀석의 전음이 들려왔다.

[봐라. 내가 어떻게 하는지.]

이 녀석은 쓸데없이 내게 열의를 불태우곤 한다. 나를 이기는 것이 녀석의 낙인가 보다.

"후-우."

송좌백이 호흡을 가다듬고서 내공을 운용했다. 그러자 녀석의 피부가 살짝 갈색빛으로 물들기 시작했다.

—작정했는데.

소담검의 말처럼 녀석은 나보다 더 큰 성취를 보이기 위해서 진혈금체까지 운기했다. 그런데도 해악천이 가만히 쳐다보는 것을 보면 그 역시도 송좌백이 어느 정도 성취를 이뤘는지 궁금했던 모양이다.

"하압!"

기합과 함께 송좌백이 격세석을 향해 주먹을 내질렀다. 콰득! 파팍! 녀석의 주먹이 닿는 순간 작은 돌 조각들이 튀었다. 주먹이 부딪치자 그 부분의 격세석이 부서지면서 파편들이 여기저기 튄 것이다.

"우오오오!"

"격세석이 부서졌어."

생도들이 또다시 감탄했다.

"더 센 거 아냐?"

"파편이 튈 정도였잖아."

그런 생도들의 목소리를 들은 건지 송좌백이 내게 의기양양한 표정을 지어 보이고는 해악천을 향해 입술을 실룩이며 쳐다보았다. 그 표정이 마치 '저 잘했죠?' 하고 칭찬을 갈구하는 듯했다. 한데 해악천의 표정은 기대한 것과 달랐다.

"쯧쯧."

혀를 차고 있었다. 파인 것도 아니고 부서졌는데 저런 표정을 짓는 이유는 간단했다. 진혈금체를 펼치면서 힘이 한 곳에 집중된 것이 아니라 표면에만 타격을 주면서 격세석이 부서진 것이었기 때문이다.

"과연 어르신의 제자답군요."

한백하의 그 말에 해악천이 신경질적으로 소리쳤다.

"다 했으면 안 들어오고 뭘 하는 게야!"

내가 들어도 한백하의 말은 왠지 모르게 칭찬처럼 들리지 않았다. 해악천이 짜증낼 만했다.

─쟤 표정 봐라. 안쓰럽누.

기대한 것과 다른 반응에 송좌백이 시무룩한 얼굴로 들어왔다.

해악천의 기대치에는 미치지 못했지만 패혈단주 구상웅이나 대주들은 아니었다. 그들은 송좌백 역시도 남다르게 보고 있었다.

"가라."

해악천의 명에 동생인 송우현이 말없이 고개를 끄덕였다. 여섯 달 사이에 녀석의 말수는 급격히 줄었다. 원래는 어리숙한 말투를 하거나 형인 송좌백의 말을 따라 하곤 했는데, 지금은 과묵했다.

"제자분들이 남달라서 굳이 안 봐도 결과를 알겠습니다."

패혈단주 구상웅이 이제야 해악천의 비위를 맞췄다. 세 명이나 나와서 다른 수련생도들과는 비교도 안 되는 결과를 보여줬으니, 이런 태도를 보이는 것도 당연했다. 바로 그때였다.

쾅!

'쾅?'

모두의 시선이 격세석으로 향했다. 굉음 소리에 가까워서 쳐다본 것이었는데, 그곳에 송우현이 머리를 박고 있는 모습이 보였다. 나도 설마 녀석이 박치기를 할 줄은 몰랐다. 녀석이 머리로 박은 부위가 움푹 파여 들어가 있었는데, 그게 끝이 아니었다.

쩌저저적!

'…!!'

이마로 박은 부분을 중심으로 격세석이 반으로 쪼개지고 말았다. 아니, 무슨 머리를 금강석으로 만들기라도 했나.

소담검도 혀를 차듯이 말했다.

—…운휘야, 쟤 진짜 돌대가리인가 봐.

좌중은 조용해져 있었다. 생도들은 하나같이 입을 벌리고서 할 말을 잃었다. 패혈단주나 다른 대주들도 마찬가지였다. 입만 벌리지 않았다 뿐이지 반으로 갈라진 격세석에서 눈을 떼지 못했다.

"크하하하하하핫. 그래, 그래. 그 정도는 해줘야지."

해악천이 그제야 만족스럽다는 듯이 광소를 내뱉었다.

나는 이때 담예화의 안도하는 모습을 발견했다.

─재 지금 저 돌대가리랑 상대 안 한다고 안도한 거 맞지?

음… 그런 거 같다. 나라도 격세석을 반으로 쪼갤 만큼 말도 안되는 괴력을 보인 녀석과 상대하라고 하면 께름칙할 것 같긴 하다.

'허 참.'

그동안 정수리로 물구나무를 했던 성과가 여기서 나타나다니. 나도 할 말이 없었다. 머리털을 잃고 괴력을 얻은 셈인가. 이걸 본 송좌백의 반응이 궁금하다.

"하아."

동생의 활약에 속이 답답했는지 연신 한숨을 내쉬는 송좌백이다. 역시 솔직하네. 이렇게 나를 포함한 쌍둥이 형제, 그리고 담예화의 내공 증명이 끝났다. 누구 하나 이의를 제기하는 자는 없었다. 오히려 사존자와 칠혈성이 얼마나 대단한 존재인가를 확인시켜주는 계기가 되었다.

그렇게 난입이 마무리되고 상급 무사 직위 시험이 시작되었다. 패혈단주 구상웅이 단상 위에서 큰 소리로 말했다.

"누가 먼저 상급 직위 시험을 치르겠느냐?"

단상 앞으로 허리에 파란 띠를 맨 혈교의 무사가 걸어 나왔다. 파란 띠는 상급 무사를 뜻한다. 상급 무사가 되면 가장 큰 혜택은 체내에 있는 혈고를 제거할 수 있다. 그래서인지 생도들의 눈빛이 띠에서 떨어지지 않았다.

송좌백이 나지막한 목소리로 해악천에게 말했다.

"스승님, 제가 먼저…."

"아서라."

"네?"

해악천은 녀석이 먼저 나서지 못하게 했다. 체면을 따졌던 아까전을 생각하면 담예화보다 먼저 나서게 할 거라 여겼는데, 의외였다. 그런데 그것은 해악천만이 아니었다. 단상의 우측 편에 있는 혈수마녀 한백하도 담예화가 먼저 나가겠다고 하는 것을 막는 모습이 보였다.

"잘 봐둬라. 상급 무사, 즉 본교의 일류 고수가 어느 정도 수준인지 말이다."

의욕이 앞섰던 송좌백이지만 해악천의 뜻에 납득했다. 성격이 괴팍해서 그렇지 스승으로서 재목이 떨어지는 것은 아니었다. 오히려 뛰어난 축에 속했다.

"혈마앙복! 혈세천하!"

상급 생도들 중에 누군가 자리에서 벌떡 일어나 혈교의 예법을 취했다. 그러고는 앞으로 걸어 나왔다. 생도가 단상 앞에 있는 상급 무사에게 포권을 취하며 말했다.

"수련생도 하문찬입니다."

—척!

"부서정이다."

상급 무사도 포권을 취하며 간단히 자신의 이름을 밝혔다.

단상 위에 있는 패혈단주 구상웅이 말했다.

"상급 무사를 상대로 십이 초식을 버티면 통과다."

—고작 십이 초식?

'고작이 아닐걸.'

상급 무사는 일류 고수다. 중급 무사들과는 완전히 격이 다른 무위를 지니고 있다. 그런 상급 무사를 상대로 십이 초식을 버티는 것은 절대로 쉬운 일이 아니다. 하문찬이라는 수련생도의 긴장한 얼굴만 봐도 알 수 있었다.

"시작하라."

구상웅의 말과 함께 거리를 벌린 두 사람이 기수식을 취했다. 선공을 양보하기라도 하듯 부서정이라는 상급 무사가 들어오라는 손짓을 했다. 망설이던 하문찬이 그를 향해 달려갔다. 탓! 하문찬이 빠르게 달려가 부서정의 머리 쪽으로 발차기를 날렸다. 자세만 보더라도 확실히 상급 수련생도답게 기본 권각술을 대성했다. 하지만 부서정은 이를 쉽게 피해냈다.

팍! 부서정이 옆으로 피한 후에 하문찬의 다리를 노렸다. 단번에 끝나게 생겼다. 그러나 하문찬은 그 상태에서 피하지 않고, 부서정에게 상체를 날려서 얼굴을 향해 팔꿈치를 날렸다. 타탁! 부서정이 뒤로 세 발짝 물러났다. 덕분에 하문찬은 균형이 무너져서 넘어질 뻔했지만 낙법을 펼쳐서 자세를 잡았다.

"제법이군."

해악천이 중얼거렸다. 그의 말대로 확실히 하문찬은 타고난 싸움꾼이었다. 대련, 싸움, 대결 등에서 중요한 것은 순간적인 판단력인데, 녀석은 그것을 갖췄다. 가르친다면 충분히 일류 고수가 될 자질을 지니고 있었다.

—봐주고 있는 것 같은데.

소담검이 의아해했다.

'봐주는 거 맞아.'

―어째서?

상급 무사 직위 시험은 상급 무사 후보를 뽑는다고 봐야 했다. 즉, 일류 고수로 성장할 가능성이 있는 자를 선출하기 위함이었다. 정말 저 부서정이라는 상급 무사가 작정하고 하문찬을 쓰러뜨리고자 한다면 십이 초식이 아니라 삼 초식 내로 가능할 거다.

파파파팍! 두 사람이 본격적으로 부딪쳤다. 부서정은 다른 무공을 쓰지 않고 오직 권각술로만 붙었다. 그를 상대로 버거워하면서도 하문찬은 꿋꿋하게 자신이 배웠던 모든 것을 활용해가며 대련에 임했다. 대략 십사 초식 정도 붙었을 때였다.

"그만!"

패혈단주 구상웅의 외침에 두 사람은 대련을 멈췄다. 구상웅이 흡족한 표정으로 말했다.

"충분하다. 생도 하문찬 통과!"

"와아아아아아아!!"

통과했다는 말에 수련생도들이 함성을 내질렀다. 처음으로 상급 무사 직위 시험에 통과한 사람이 나왔다. 파란 띠를 손에 쥐게 된 것이다.

"어느 정도 수준인지 감이 잡히느냐?"

해악천이 우리에게 물었다.

그 물음에 송좌백이 자신감 넘치는 목소리로 말했다.

"충분히 해볼 만한 것 같습니다. 스승님의 체면에 금이 가지 않게 하겠습니다."

녀석의 그 말에 해악천이 혀를 차며 말했다.

"그걸 물은 것 같으냐?"

"네?"

"쯧쯧."

해악천이 심드렁한 얼굴로 나를 바라보았다.

나는 머릿속에서 부서정이라는 상급 무사의 움직임을 상기하고서 답했다.

"대련할 때 저 상급 무사는 여력을 삼사 할 정도 아끼고 있는 듯 보였습니다."

여력이란 내공의 사용, 즉 공력을 얼마나 활용했는지를 말했다. 확신하기는 어렵지만 많아봐야 육성 공력 이상을 사용하지 않은 듯했다. 하문찬이라는 생도는 얼굴이 땀으로 젖어 있는데, 부서정은 땀 한 방울 흘리지 않은 것을 보면 알 수 있었다.

해악천의 입꼬리가 슬며시 올라갔다.

"그리고?"

"움직임 역시도 수련생도와 다르게 합을 붙을 때, 세 보 이상을 원래 있던 곳에서 발을 떼지 않았습니다. 스스로 보법을 제한한 것 같습니다."

"클클. 눈은 제대로 달렸구나."

그 말과 함께 해악천이 송좌백을 쏘아보았다. 송좌백도 그제야 해악천의 의도를 파악했는지 머쓱해했다.

"네 너석은… 됐다."

쌍둥이의 동생인 송우현에게도 뭔가를 말하려 했던 해악천이 이를 포기했다. 송우현은 애초에 대련을 쳐다보지도 않고 눈만 멀뚱멀뚱 뜨고 있었다.

—저 미친 노인네마저 포기하게 만들다니.

'…이건 부럽네.'

그러는 사이에 두 번째 지원자가 나왔다. 차례대로 상급 무사들이 교대로 나와 수련생도들과 대련을 했다. 대련의 양상은 거의 같았다. 상급 무사들은 육성 정도의 공력만으로 수련생도들을 상대했고, 대부분의 수련생도들은 힘겹게 그들과 겨뤄서 파란 띠를 획득했다. 앞의 시험은 보지 않아서 모르겠지만 다섯 명이 나와서 전부 통과했다. 패혈단주 구상웅의 얼굴에서 미소가 떠나지 않았다.

"마지막… 흠흠."

구상웅이 실수한 걸 깨닫고 정정했다.

"여섯 번째는 누가 지원하겠나?"

마지막까지 지켜볼 생각인지 담예화는 나서지 않았다.

이쪽도 마찬가지였다. 스승님인 해악천은 전부 끝날 때까지 지켜보라고 했다.

"수련생도 조성원입니다."

수련생도들 중에 마지막 지원자가 나와 포권을 취하며 스스로를 소개했다.

'조성원?'

그런데 이 이름 어디서 들어본 것 같다.

─알던 애야?

'분명 들어본 것 같아.'

나라고 전생에 있었던 모든 일을 기록한 것처럼 기억하는 건 아니었다. 뚜렷하게 기억에 남을 만한 일들이나 사람들을 기억했다. 한데 분명 저 이름은 뇌리에 있었다. 누구였지?

"시작하라."

구상웅의 외침과 함께 조성원이라는 수련생도의 대련이 시작되었다. 이 대련은 유심히 봐야 할 것 같다. 내 기억에 마지막 대련은 지금까지와 달랐던 것으로 기억한다.

타타타타탁! 고진창이라는 상급 무사와 조성원이 부딪쳤다. 두 사람이 부딪치자 수련생도들의 입에서 탄성이 흘러나왔다. 처음으로 상급 무사가 수련생도가 연달아 펼치는 권초를 피하기 위해 보법을 펼치는 사태가 벌어졌다.

"호오. 저 녀석 무공을 익힌 적이 있군."

해악천이 중얼거렸다.

확실히 무공을 익히고 나서 보니, 나 역시도 알 것 같았다. 조성원은 혈마권의 기본 보법과 더불어 교묘하게 다른 보법을 번갈아 가면서 권초를 펼치는데, 이로 인해 처음으로 상급 무사가 세 보 이상을 걷게 했다.

"이놈!"

이에 자존심이 상한 상급 무사 고진창이 스스로의 제한을 풀었다. 보법을 펼치며 훨씬 빨라진 몸놀림으로 조성원을 압박했다. 타타탁! 그런데도 조성원은 용케 고진창의 권과 발차기를 막아내며, 심지어 반격마저 해냈다.

"오오!"

지켜보던 수련생도들이 감정이 이입돼서 탄성을 질렀다. 확실하게 알 것 같았다. 저 녀석은 다른 수련생도들과 달랐다. 단순히 자질을 가진 정도가 아니라 일류 고수에 현저히 근접했다.

'아!'

기억났다. 왜 기억나지 않던 것인지 알았다. 저 녀석은 반년 뒤에 죽을 운명이다.

―죽을 운명이라고? 왜?

소담검의 물음에 나는 조성원에게서 시선을 떼지 않고 말했다.

'저 녀석 개방의 첩자야.'

파파파파팍! 순식간에 두 사람은 십이 초식을 넘어서 십육 초식까지 부딪쳤다. 대련이라는 것을 잊었는지 상급 무사 고진창의 수련생도 조성원을 향한 초식이 격해져 갔다.

그때 패혈단주 구상웅이 외쳤다.

"그만!"

그의 외침에 고진창이 인상을 쓰면서 멈췄다. 여기서 중지시키지 않았다면 과열되었을지도 몰랐다. 원래라면 감정을 추스르고 생도를 향한 예우로 포권을 취했을 텐데, 고진창은 짜증스러운 표정으로 그를 쳐다볼 뿐이었다.

척! 반면 수련생도 조성원은 예를 갖춰 포권을 취했다. 이에 수련생도들이 함성을 질렀다.

"와아아아아아!!"

"멋지다!"

수련생도가 짧지만 일류 고수를 상대로 밀리지 않는 모습을 보였다. 이는 수련생도들을 열광시키기에 충분했다.

옆에 있는 해악천이 중얼거렸다.

"클클, 괜찮은 녀석을 데려왔군. 무공의 출처가 하오문으로 보이는데."

그 말을 끝으로 해악천의 목젖이 파르르 떨렸다. 누군가에게 전음을 보내는 듯했다. 아마도 그 상대는….

'패혈단주.'

패혈단주의 시선도 해악천에게로 향해 있었다. 생도들의 책임자인 만큼 그가 인적사항을 전부 알기에 물어보는 듯했다. 전음이 끝났는지 해악천이 고개를 끄덕거렸다.

"역시 맞군."

자신의 예상이 맞았다는 듯이 흡족한 표정을 지어 보였다. 조성원이 하오문의 무공을 펼쳤다고?

—개방의 첩자라고 하지 않았어?

'맞아.'

녀석은 확실히 개방 출신이었다. 혈교 전체로 녀석에 대한 추살령이 내려져서 모두에게 정보가 알려졌었다. 그래서 나 역시도 기억하고 있었다.

—무공을 숨기지 않았겠나? 운휘 네 말대로 개방 출신이라면 그걸 대놓고 드러낼 리 없지 않겠나?

남천철검의 말도 일리가 있었다. 확실히 모두가 보는 앞에서 개방의 무공을 펼칠 리가 없었다. 자신의 신분을 철저하게 감추려면 타문파의 무공을 쓰는 것이 정답이긴 했다.

'하오문이라니.'

하필 하오문이라 속인 건 흥미로웠다. 개방과 하오문은 오래전부터 중원 무림에서 정보력으로 세 손가락에 꼽히는 집단이었다. 어찌보면 경쟁 관계라고도 볼 수 있었다.

'하긴.'

—뭐가?

'굳이 속일 거면 하오문이 맞긴 하네. 하오문은 사파와 흑도 쪽이

니까.'

거지들로 이루어진 방파가 개방이다. 개방은 개파조사 시절부터 구국과 정도를 숭상하는 집단이었다. 반면 뒷세계, 즉 기생, 술, 도박판, 주먹패 들이 구성원으로 이루어진 하오문은 전형적인 사파, 흑도의 집단이었다. 혈교의 입장에서는 하오문에 좀 더 호의적일 수밖에 없었다.

"클클, 제법 탐나는구나."

응? 이 노친네가 지금 무슨 소리를 하는 거지? 지금 개방의 첩자 녀석이 인재로 탐난다는 말인가? 의아하게 여기고 있던 찰나였다.

"다음은 누가 상급 무사 직위 시험을 치르겠는가?"

패혈단주 구상웅이 우리 쪽과 혈수마녀 한백하가 있는 곳을 번갈아 쳐다보며 말했다. 수련생도들의 시선도 양쪽으로 분산되었다. 이제 사존과 육혈성의 제자인 우리들 차례였다.

"스승님, 제가 먼저⋯."

"아니."

송좌백이 먼저 나서려고 하는 것을 해악천이 또다시 제지했다. 그러고는 혈수마녀 한백하를 향해 외쳤다.

"클클, 자네 제자에게 먼저 양보토록 하지."

우리들 중 누군가를 먼저 보내서 예봉을 꺾으려는 줄 알았는데, 이 늙은이도 보기와 다르게 머리를 잘 굴린다. 아마도 실리를 택한 것 같다. 담예화가 먼저 상급 무사 직위 시험을 치르게 하면서 상급 무사가 전력을 다했을 때 어느 정도 수준인지 파악하게 하려는 듯했다. 확실히 담예화가 일류의 경지에 이르렀다면 지금까지와 다르게 상급 무사, 즉 일류 고수가 제대로 싸우는 모습을 볼 수 있을 거다.

그런데 혈수마녀 한백하의 입에서 예상 밖의 대답이 나왔다.

"아니요. 이번에는 사존의 제자분께 양보하겠습니다."

"뭐?"

해악천의 한쪽 눈썹이 치켜 올라갔다.

그래도 해악천이 윗사람인데 저리 거절할 줄은 몰랐다. 먼저 실력 발휘를 해서 전력을 드러내지 않겠다는 건가. 아마 나를 염두에 둔 것도 있고, 해악천과 비슷하게 제자인 담예화에게 일류 고수의 전력을 파악하게 하려는 모양이다. 물론 이것을 해악천이 곱게 받아들일 리가 없었다.

"흥! 본좌가 양보해준다고 했으면 받아들일 것이지 뭘 가타부타… 뭐?"

말을 하던 해악천이 갑자기 입을 다물었다. 한백하를 쳐다보면서 아무 말도 하지 않는데, 이번엔 두 사람이 전음으로 대화를 나누고 있는 듯했다. 대체 무슨 말을 하는 거지?

그때 해악천의 표정이 무섭게 일그러졌다. 그가 나를 쳐다보며 말했다.

"네놈, 혈수마녀와 내기를 했느냐?"

아… 설마 이걸 여기서 이야기할 줄은 몰랐다. 제자와 그녀 자신의 명예도 걸려 있기에 우리끼리의 내기로 함구할 거라 여겼는데, 해악천에게 이야기한 듯했다.

─약았네. 내기에서 유리해지려고 저러는 거냐?

'그것만이 아니야.'

내기에서 유리해지기 위해 선수를 친 것도 있다. 하지만 자신들과 내가 접선하고 있다는 인식을 심어주기 위한 것도 있었다. 역시

저 여자는 보통이 아니다. 혈수마녀가 나를 쳐다보면서 작게 눈웃음을 짓고 있었다. 무표정한 여자가 일부러 친근한 척한다.

—연기한다, 연기해.

소담검이 혀를 찼다. 한데 그녀가 한 가지 모르는 게 있었다. 해악천이 내게 짜증 난다는 표정을 지으며 말했다.

"흥. 내기라는 게 설마 네 녀석에게 본좌를 설득하라는 것이더냐?"

난 이미 해악천에게 말했거든. 혈수마녀 한백하가 나를 통해서 당신을 설득하고 싶어한다고 말이다.

저기서는 들리지 않는지 한백하가 여전히 눈웃음을 짓고 있었다.

—네가 한 수 위네. 키킥.

소담검이 키득거리며 웃어댔다.

뭐 내기랑 별개로 이런 얘기를 스승에게 못 할 것도 없지 않은가. 만에 하나라도 내가 지는 결과가 발생한다면 그녀의 뜻대로 움직여야 하는데, 나 역시도 복안책이 필요했다. 그래서 그냥 해악천에게 말해버렸다. 다만 내기는 일부러 숨겼는데, 이렇게 되면 그녀의 재주를 배우더라도 해악천에게 알릴 수밖에 없다. 이건 좀 아쉽다.

"실은…."

나는 해악천에게 조용히 이실직고했다.

"쯧쯧, 하여간 네놈은 기회만 생기면 뭘 얻지 못해 안달이로구나."

예상외로 해악천은 크게 화를 내지 않았다. 나 역시도 그의 괴팍한 성격에 익숙해진 것처럼 그 역시도 나를 파악한 듯했다. 머쓱해진 나는 머리를 긁적였다.

"또 잔머리를 굴려대면 네놈의 두 다리를 부러뜨려서 못 걷게 만들 테다."

그러면 그렇지. 역시 곱게 넘어가지는 않았다. 그런데 해악천이 표정을 바꾸어 씨익 웃더니 말했다.

"클클, 그런 재미있는 내기를 했단 말이지. 저 까무잡잡한 옷만 입어대는 계집이 곱게 재주를 뱉어내게 만들어야겠구나."

팍!

"엇?"

그 말과 함께 해악천이 내 등을 떠밀었다. 얼떨결에 나는 단상 앞쪽으로 나서게 되었다. 해악천이 팔짱을 끼고서 내게 말했다.

"보여줘라."

참 많은 것을 내포하고 있는 말이었다. 자신더러는 나서지 말라고 했는데, 나를 먼저 떠밀 듯이 내보내자 송좌백이 불만스러운 얼굴로 쳐다봤다. 나도 먼저 하기 싫었거든.

"후우."

별수 없이 제일 먼저 해야 할 것 같았다. 송좌백이나 송우현 형제가 나서서 주목받는 편이 나았는데 어쩔 수 없었다. 척! 나는 단상 위의 패혈단주 구상웅을 향해 포권을 취했다. 구성웅 역시도 사존의 제자에 대한 예우로 가볍게 묵례를 하더니, 단상 앞에 서 있는 상급 무사들을 향해 고갯짓을 했다. 그러자 상급 무사들 중 눈가에 흉터가 있는 사내가 앞으로 나섰다.

"지원자가 나왔으니, 상급 무사 직위 시험을 시작하도록…."

그때 내가 다시 한 번 포권을 취하며 외쳤다.

"대주 직위 시험을 치르고 싶습니다!"

'…!!'

패혈단주 구상웅의 표정이 굳어졌다. 뒤에 서 있는 대주들 역시도 마찬가지였다. 뒤쪽에 있는 생도들에게서 웅성거리는 소리가 들려왔다.

"이게 무슨 말이야?"

"대주라니?"

이런 반응도 당연했다. 상급 무사 직위 시험을 치르려고 나와서 대주 직위를 요청했으니 말이다.

곁눈질로 옆쪽을 바라보았다. 조금 전까지 작게 눈웃음을 짓던 혈수마녀 한백하의 미간에 주름이 생겼다. 담예화 역시도 전혀 예상하지 못했는지 인상을 찡그리고 있었다.

"클클클."

모두의 주목을 받자 해악천 특유의 웃음소리가 들려왔다. 흡족한 모양이었다. 이래서 이건 주목받기를 좋아하는 송좌백 녀석이 하도록 내버려두려 했는데, 결국 내 입으로 말해버렸다.

패혈단주 구상웅이 굳은 얼굴로 해악천 쪽을 바라보다, 나를 향해 시선을 돌리며 말했다.

"그게 무슨 의미인 줄 알고 있나?"

당연히 모를 리가 있나. 예전에 혈랑대주 노성구에게 들었다. 대주가 되기 위해서는 총 세 가지 방법이 있다. 첫째, 꾸준히 실적을 쌓아가며 상급 무사로서 임기를 채우면 부대주, 대주 순으로 승진을 하게 된다. 둘째, 직위 승진을 할 만한 큰 공을 세우는 방법이 있다. 그리고 마지막으로 셋째….

"알고 있습니다. 상급 무사 두 분과 진검 대결을 펼쳐 백 초식 내로 이겨야 합니다."

웅성웅성! 내 말에 생도들이 술렁거렸다. 상급 무사 직위 시험과는 비교도 안 되는 난이도였다. 그러나 이 세 번째 방법은 합당했다. 일류 고수라고 해도 모두가 같은 무위를 지닌 것이 아니었다. 대주급으로 인정받으려면 적어도 일류 고수의 합공을 상대할 만큼의 무위를 지녀야만 한다.

패혈단주 구상웅의 눈동자가 나를 관통했다.

[사존께서 제자분들을 잘 가르쳐놨나 보군.]

귓가로 전음이 들려왔다. 칭찬 같았지만 목소리에 비꼬는 기색이 역력했다.

하긴 그의 심경도 이해가 갔다. 아무리 사존이라고 해도 고작 일 년을 배워놓고 대주직을 노린다고 하니 얼토당토않게 느껴질 것이다. 게다가 쌍둥이들과 다르게 나는 알려지길 여섯 달 전에 단전이 나왔다.

—얼굴들이 장난이 아닌데.

소담검의 말대로 상급 무사들의 표정 또한 좋지 않았다. 아마도 이들 또한 내가 정식으로 무공을 익힌 것이 고작 여섯 달밖에 되지 않았다고 전해 들은 모양이었다. 우두둑! 몸을 푸는데 하나같이 전의가 넘쳤다. 아직 자신들 또한 대주의 직위를 언감생심으로 여기는데, 스승의 위세를 업고서 갓 무공을 배운 신출내기가 건방지다고 여기는 듯했다.

"정말 괜찮으시겠습니까?"

구상웅이 해악천에게 물었다.

"클클, 충분히 자질을 갖췄으니 내보낸 것이다."

"…알겠습니다."

자신감 넘치는 해악천의 목소리에 구상웅이 냉랭한 눈빛으로 답했다. 그러더니 내게 시선을 돌려 물었다.

"설마 그 검… 쓸 건가?"

그가 이렇게 묻는 이유를 알 것 같았다. 해악천은 적수공권으로 명성이 널리 알려졌는데, 내가 검을 차고 있으니 혹시나 하는 마음에 물어본 듯했다.

"그렇습니다."

구상웅이 인상을 찡그렸다. 그러다가 이내 단상 아래에 있는 상급 무사들을 바라보았다. 열여섯 명의 상급 무사 중 몇 명이 기가 찬다는 눈빛으로 나를 쳐다보고 있었다. 구상웅이 그들 중에 두 명을 불렀다.

"대정, 호윤."

"충!"

두 명 모두 등에 검집을 차고 있는 자들이었다. 즉, 검을 사용하는 검객들이었다. 일부러 검객들로만 지정한 듯했다.

─네가 사존의 제자고 뭐고 간에 망신을 주려나 본데.

나 역시도 구상웅의 의도가 분명해 보였다.

구상웅의 호령에 앞으로 나온 두 상급 무사들의 시선이 내 얼굴과 등에 차고 있는 남천철검을 번갈아 오갔다.

"두 사람이 시험에 임하라."

"충!"

포권을 취한 그들이 대결에 임하기 위해 나와 대치 간격을 벌렸다. 그리고 공교롭게도 두 사람이 거의 동시에 전음을 보냈다.

[사존 어르신의 명 때문에 나온 것이라면 무리해서 대주직을 탐할 필요가 없네. 아직 자네에겐 기회가 많으니까.]

[사존의 제자분이 검을 다룬다니, 내 겸허한 마음으로 배움을 청하지.]

보내는 전음과 표정이 확연히 달랐다. 눈빛은 나를 잡아먹을 듯이 노려보고 있는데, 전의로 불타오르고 있었다. 당장이라도 시작 소리가 떨어지면 달려들 기세였다.

나는 그들에게 포권을 취하며 정중하게 말했다.

"잘 부탁드립니다."

공손하게 했는데, 오히려 불쾌하다는 눈빛으로 그들의 손이 검병으로 향했다. 어지간히 빨리 시작하고 싶나 보다.

슥! 나 역시 남천철검의 검병으로 손을 가져갔다. 좌중이 조용해졌다. 생도들의 시선이 단상 앞에 있는 나와 두 상급 무사에게서 떠나지 않았다.

그때 패혈단주 구상웅이 외쳤다.

"시작하라!"

탓!

그 말이 떨어지기가 무섭게 두 상급 무사들의 발바닥이 바닥에서 떨어지며, 순식간에 그들의 신형이 나를 향해 뻗어왔다. 합공에 능숙하기라도 한 것일까? 챙! 신형을 날리며 검을 뽑은 두 사람이 대결을 단번에 끝내려는지, 내 우측 상단의 머리와 좌측 다리 쪽으로 검을 휘둘렀다.

타타타탁! 나는 보법을 펼치며 뒤로 물러났다. 과연 일류 고수답게 두 사람 역시도 보법으로 거리를 좁혔다. 챙! 나는 남천철검을 뽑아서 대정이라는 상급 무사를 향해 검을 찔렀다. 대정이 이를 검신으로 막아냈다. 창! 슉! 그 찰나에 호윤이라는 상급 무사가 우측 가슴을 향해 검을 찔러왔다. 나는 옆으로 보법을 펼쳐서 거리를 벌린 후 호윤의 찌르기를 비스듬하게 쳐냈다. 창! 그러고는 호윤의 복부 쪽으로 발차기를 날렸다.

"헛!"

호윤이 다급히 보법을 펼쳐서 이를 피해냈다. 따라가려는 것을 막기 위해 대정이 내 좌측에서 나타나 어깨 쪽으로 검을 찔렀다. 창! 그것을 빠르게 회전하며 위로 쳐냈다. 대정의 두 눈이 가늘어졌다. 내가 합공에 당황하지 않고 능숙하게 대응해서 놀란 모양이다.

당연하지. 거의 넉 달 동안 대주 직위 시험을 위해서 해악천, 쌍둥이들과 모의 대련만 백 번을 넘게 했다. 거의 실전을 방불케 하는 대련을 했는데, 이 정도에 대응하지 못하겠는가.

대정과 호윤이 서로 눈빛을 교환했다. 전법을 바꾸기로 한 모양이다. 탓! 대정이 나를 향해 달려들었다. 그가 단순한 식이 아닌 제대로 된 검초를 펼쳤다. 범이 날뛰는 것처럼 격렬한 검세가 나의 요혈들을 향해 무차별적으로 날아왔다. 촤촤촤촤촤촤촤!

강한 기세를 똑같이 강하게 받는 방법도 있지만, 부드러운 검초로 이에 대응했다. 슈슈슈슈슈!

비추형검. 미꾸라지처럼 부드러운 검식의 변화를 통해 대정의 격렬한 검세에서 빈틈을 노렸다.

대정의 두 눈이 커졌다. 자신의 검세를 뚫고 내 검이 들어올 거라 예상하지 못한 모양이다. 미안하지만 당신이 익힌 검법과 내 검법은 차원이 다르다. 푹! 푹! 검세를 파고든 나의 검이 두 번이나 그의 어깨와 가슴 쪽을 찔렀다. 살짝 찔렀지만 당황한 그가 검초를 바꾸며 뒤로 보법을 펼쳤다. 타타타타타타! 나는 그를 먼저 처리하기 위해 검초를 펼치며 따라갔다.

그 순간 대정의 입꼬리가 살짝 올라갔다.

"아직 애송이로군."

바로 그때였다. 나는 몸을 최대한 숙였다.

슉! 그 찰나에 뒤에서 기척도 없이 내 머리 위로 검이 찔러 들어왔다.

"아닛?"

어느새 소담검을 뽑은 내가 뒤를 쳐다보지도 않은 채 단검을 찔렀다. 푹!

"억!"

외마디의 비명이 들려왔다.

나는 여기서 멈추지 않고 남천철검을 비스듬하게 잡고서 몸을 틀었다. 그 순간 내 몸이 빠르게 회전하며 검초가 회오리바람처럼 전후좌우 할 것 없이 사방을 베면서 위로 솟구쳤다. 성명검법 사초식 회룡승검(回龍昇劍)이었다. 채채채챙!

"이, 이런!"

앞에 있던 대정이 검초의 기세를 이기지 못하고 검까지 놓치며 뒤로 튕겨 나갔다. 회전하면서 허공으로 거의 사 장 가까이 치솟았던 나는 그 상태에서 검을 두 손으로 잡았다. 그리고 강렬한 기세로 내리쳤다. 성명검법 오초식 유성낙검(流星落劍)이었다.

"빌어먹을!"

엄청난 기세로 내려치는 검초에 놀란 호윤이 어떻게든 막아보려고 했지만, 이내 그의 검이 반 토막으로 잘려버리고 말았다. 댕강!

"억!"

호윤이 검세에 눌려 바닥에 주저앉아버렸다. 여기서 그대로 들어 간다면 그를 양단할 수 있지만, 죽이기 위한 대결이 아니었다. 나는 그의 코앞에서 검을 멈췄다.

"헉…."

자신의 바로 앞에서 멈춘 남천철검의 검날에 호윤의 얼굴이 사색 이 되었다.

나는 여유롭게 남천철검을 거둬들였다. 그리고 그에게 말했다.

"지혈하시죠. 단검을 뽑게."

호윤의 허벅지에는 소담검이 꽂혀 있었다. 고통조차 잊고 있던 그 가 도무지 이해할 수 없다는 듯이 중얼거렸다.

"어, 어떻게 뒤도 보지 않고…."

눈치챈 건지 묻고 싶은가 보다. 나는 반으로 쪼개진 그의 검을 쳐 다보았다. 아무리 기척을 죽이고 뒤를 노려도 검의 소리는 선명하게 들렸다.

"와아아아아아아아!!"

그때 생도들이 있는 쪽에서 미친 듯한 함성 소리가 터져 나왔다.

"와아아아아아아아!"

함성을 질러대는 수련생도들은 난리가 났다. 그들은 소운휘를 향 해 열광하고 있었다.

"봤어? 코앞에서 검을 멈춘 거?"

"미쳤어!"

"진짜로 이겼어! 백 초식 내로 꺾어야 한다고 하지 않았어?"

"몇 초식도 안 붙은 것 같은데?"

혈교의 상급 무사는 생도들에게 공포와 절대적인 존재였다. 그런데 소운휘가 두 명의 상급 무사들을 상대로 보여준 신위는 그야말로 압도 그 자체였다. 화려한 검 초식하며 무위는 생도들을 매료시키기에 충분했다.

'하….'

패혈단주 구상웅은 할 말을 잃고 말았다. 그의 예상이 완전히 빗나갔다. 기기괴괴 해악천은 권사로 명성을 떨쳤다. 그렇기에 소운휘가 검을 쓴다고 했을 때, 내심 호기를 부린다고 여겼었다. 설사 권을 쓴다고 해도 고작 여섯 달 동안 수련한 것만으로 일류 고수의 합공을 상대하기에는 역부족이라 확신했는데 놀라울 따름이었다.

"단전이 회복된 지 여섯 달밖에 안 되지 않았나?"

"도저히 믿기지 않는군."

"둘 중 하나군요. 단전이 손상되기 전에 손에 꼽을 만큼 기재였거나, 사존께서 대단한 검법을 창안했든가요."

"사존께서 검에도 능하셨던가. 하!"

"어르신 정도 되면 다른 기예에도 능하시지 않겠나."

대주들 또한 감탄을 금치 못하고 있었다. 그들은 소운휘의 무위만큼이나 검법에 더욱 초점을 맞추고 있었다. 그만큼 소운휘가 펼쳤던 검법은 충격적이었다.

"스승님…."

담예화는 스승의 얼굴에서 눈을 떼지 못했다. 제자로 거둬진 후 그녀가 이렇게까지 감정을 드러내는 것은 처음 보았다.

'소운휘, 저 사람은 정말….'

자신을 이렇게 난처하게 만들 줄은 몰랐다. 그녀와 한백하 역시도 원래의 목표보다 높게 세웠었다. 상급 무사의 십이 초식을 견뎌

내는 것을 넘어 보기 좋게 꺾는 것이었는데, 소운휘는 그보다 앞서 나갔다. 심지어 합공을 상대로 십 초식을 넘기지 않았다.

'…하아.'

절로 한숨이 나왔다. 아무리 혈수마녀의 독문 무공인 혈수옥을 익혔다고 해도 아직 두 명의 일류 고수를 상대로는 자신이 없었다. 왜 저 남자는 자신을 이렇게 곤란하게 만들까?

혈수마녀 한백하의 미간에 잡힌 주름은 없어질 기미가 보이지 않았다.

'기기괴괴가 저런 고절한 검법을 만들었다고?'

한백하는 머리가 복잡해졌다. 내기는 둘째 치고 소운휘의 검법은 결코 평범하지 않았다. 초식이 상승의 무리로 가득했다. 외공과 내공을 극대화해 역량을 발휘하는 해악천의 무공과는 완전히 궤를 달리했다.

'…아니야. 그럴 리가 없어.'

장담할 수 있었다. 이건 절대로 해악천이 만든 무공이 아니라, 대종사급의 검객이 만든 검법이었다. 그녀는 해악천을 쏘아붙이듯이 쳐다보았다.

해악천은 소운휘를 쳐다보며 묘한 미소를 짓고 있었다.

"클클."

'남천검객 그놈을 떠올리게 하다니.'

그는 소운휘의 신위에 남천검객과의 일전을 떠올렸다. 다시는 돌아오지 않을 그와의 일전을 말이다.

* * *

—이야, 이제 대주네. 출세했네, 출세했어.

　호윤의 허벅지 지혈이 끝나고 나서야 뒤늦게 돌아온 소담검이 호들갑을 떨었다. 녀석의 말대로 나는 모두가 지켜보는 앞에서 패혈단주 구상웅으로부터 공식적으로 대주직이 통과되었다는 공언을 받을 수 있었다. 한정된 백 초식보다 훨씬 빠르게 승부를 냈기에 누구도 이견을 내지 못했다.

　나와 겨뤘던 두 명의 상급 무사들 역시 깨끗하게 승복했다. 심지어 원수를 대하듯이 그렇게 전의를 불태우더니, 이제는 한 사람의 검수로 인정해주었다.

　"자네는 충분히 대주의 자격이 있네."

　"나 역시 인정하네. 전도유망한 검수를 만난 듯허이."

　호의적으로 바뀐 그들이었다. 검수는 검으로 대화를 나눈다. 그리고 무인은 무로써 교분을 다진다. 새삼 그 말이 이해가 갔다. 정사를 떠나서 이들 역시도 무인이었다.

　—우리더러 도와주지 말라고 해서 걱정했는데, 이제 곧잘 하네.

　—그래도 상대의 기감을 느끼는 훈련은 더욱 필요해 보인다. 검의 소리를 들을 수 없었다면 꼼짝없이 뒤를 당했다.

　남천철검이 냉정하게 분석해줬다.

　녀석의 말이 맞았다. 검의 소리를 듣는다는 이점이 없었다면 위험했던 것은 부정할 수 없었다.

　—거참 빡빡하네. 실력을 제한하고 이 정도쯤 했으면 칭찬도 해줘야지. 안 그래?

　—으음. 그건….

　'아니, 남천의 말이 맞아. 목표는 이루지 못했으니까.'

일류 고수 둘을 상대로 전력을 다하지 않고 꺾었다. 하지만 원래의 목표는 이루지 못했다. 저들과 상대하면서 오직 하단전의 내공과 검술만으로 이기는 것이 목표였는데, 상대의 검의 소리를 들었고 단검술마저 사용했다. 더 위로 올라가기 위해서는 스스로에게 엄격할 필요가 있었다. 안 그래?

―자식, 요새 좀 무인다워졌다.

―좋은 현상이다.

여섯 달 동안 많은 생각을 했다. 막연히 힘과 권력을 가진다는 것은 추상적인 목표였다. 그냥 강해지는 것은 의미가 없다. 이왕 무인으로서 포부를 가진다면 적어도 중원 팔대 고수 정도는 꿈꿔야 하지 않겠는가. 기기괴괴 해악천은 통과 지점에 불과했다.

―갈 길이 머네.

그래, 아직은 요원하다. 하지만 일 년 만에, 회귀 전에는 꿈도 꾸지 못했던 대주가 되지 않았는가. 계속 앞으로 나아간다면 혹시 모를 일이었다.

―히히, 어쨌거나 내기도 이겼으니까, 저 깜장 마녀한테 뭐 하나 배울 수 있겠다.

소담검의 말대로 내기는 이겼다. 내 대결이 끝난 후 곧바로 담예화가 나왔다. 내기도 있었고 스승들 간에 알게 모르게 자존심도 걸려 있기에 그녀 역시도 대주직을 신청할 수밖에 없었다. 그러나 결과는 안타깝게도 실패로 돌아갔다. 담예화는 분전했지만 오십여 초식 만에 상급 무사들의 합공에 패하고 말았다. 그때 혈수마녀 한백하의 표정을 잊을 수가 없다. 주름 정도가 아니었다.

―너무 풀이 죽었는데.

녀석의 말처럼 담예화는 죄인처럼 고개를 들지 못하고 있었다. 저런 모습을 보니까….

─왜, 미안하기라도 하냐?

미안할 게 뭐 있나. 조금 안타까울 뿐이다. 그게 다다. 내기에 졌다고 설마 혈수마녀가 그녀를 때려죽이기라도 할까. 해악천이라면 그러고도 남았을 거다.

─그래도 여섯 달 만에 저 정도 성취는 대단한 거다.

남천철검은 담예화를 칭찬했다. 확실히 그녀의 무공 성취는 도무지 여섯 달 배웠다고는 믿기지 않을 만큼 훌륭했다. 게다가 다행스럽게도 그녀는 상급 무사와의 대련을 십이 초식 버틴다는 조건에는 부합하여 상급 무사로 인정받았다.

'문제는… 저 녀석이지.'

"쯧쯧."

해악천의 혀 차는 소리가 들려왔다. 표정이 썩 좋지 않았다. 그가 왜 이런 반응을 보이는지는 이해가 갔다. 파파파파팍! 송좌백의 대결이 벌써 육십 초식을 넘어가고 있었다. 자신감 넘치게 나보다 더 빨리 끝내보겠다며 나갔는데, 포부가 이뤄지지 않았다.

"멍청한 녀석."

해악천은 녀석에게 몰입하고 있었다. 어찌 보면 송좌백은 그의 진정한 전인이라고 할 수 있었다. 적어도 나와 비슷한 결과가 나오길 바랐을 텐데, 그러기는커녕 점점 위태로워졌다.

─운이 없는 것 같다.

남천철검의 말에 동의했다.

나의 대결이 있고 난 후 상급 무사들은 신중해졌다. 특히 저 녀석도 해악천의 제자라는 인식 때문에 그런지 더욱 조심스럽게 송좌백을 견제하면서 겨루고 있었다. 덕분에 점점 대결이 길어졌다.

"빌어먹을!"

송좌백 녀석의 거친 목소리가 여기까지 들렸다. 빨리 끝내야 한다는 압박감 때문에 원래 실력을 발휘하지 못하고 있었다. 이러다 백 초식을 넘기면 대주직은 날아간다.

―그럼 미친 노인네한테 죽겠네.

아마도 그러지 않을까. 그래도 그동안 정이 들었는지 녀석이 통과했으면 싶은데, 뭔가 불안했다. 저러다가 초식을 넘길 것 같았다. 그때였다. 파팍! 송좌백이 거리를 벌리려던 상급 무사의 허리띠를 잡았다. 권사인 상급 무사가 송좌백의 얼굴에 연달아 권을 날렸는데, 그것을 억지로 참더니 녀석이 놀라운 기지를 발휘했다. 부웅! 허리띠를 잡고서 상급 무사를 집어 던져버렸다. 그것도 자신을 향해 달려오는 다른 상급 무사를 향해 말이다. 예상치 못한 돌발 행동에 둘이 부딪치면서 바닥에 몸을 구르고 말았다.

―덩칫값은 하네.

내공도 그랬지만 해악천이 외공 하나만큼은 기가 막히게 훈련시켰다. 그래서 순수한 완력으로는 나 역시 감당하기 힘들었다. 부딪쳐서 넘어진 상급 무사들이 재빨리 일어나려 했지만 이미 늦었다.

"어딜 일어나려고!"

퍼퍼퍼퍼퍽! 그때는 송좌백의 속사포 같은 권초가 그들을 덮쳤다. 합공을 당하면서 얼마나 열이 받았었는지 송좌백은 사정을 봐주지 않고 그들에게 주먹을 날렸다.

"그만! 그만!"

결국 두 상급 무사는 항복하고 말았다. 척! 송좌백이 개선장군이라도 된 것처럼 주먹을 위로 추켜올렸다. 한데 누구 하나 환호성을 지르지 않았다. 주룩! 한쪽 눈은 부어 있고 쌍코피를 흘리고 있었는데, 승자의 기백이 느껴지지 않았다. 입술 위로 닿는 코피를 혀로 핥아서야 알아차렸다.

"씨발, 코피."

"쯧쯧."

그런 송좌백을 보면서 해악천이 혀를 차며 못마땅해했다.

"못난 놈 같으니. 망신살이 뻗치는구나."

욕을 먹으면서도 대주직을 얻은 것이 만족스러웠는지, 녀석은 히죽거리면서 좋아했다. 뭐, 본인이 만족했으면 다행이다.

[저 새끼들이 차륜전을 하면서 도망치지만 않았어도 너보다 훨씬 빨리⋯.]

다만 전음으로 내게 해명은 그만했으면 좋겠다. 이제 마지막은 송우현이었다. 해악천이 신경질적으로 녀석에게 말했다.

"흥! 네놈의 망할 형처럼 했다간 며칠 동안 굶을 줄 알아라."

송우현이 인상을 찡그렸다. 대머리에 눈썹도 거의 다 빠져서 녀석이 인상을 쓰니까 정말 험악해 보였다. 고개를 끄덕인 송우현이 성큼성큼 단상 앞으로 걸어갔다.

"도경! ⋯강채지!"

벌써 두 명이나 대주직을 받은 것에 위기감을 느낀 걸까. 패혈단주 구상웅이 전법을 바꿨다. 검에는 검수들, 권에는 권사들로 배치하던 것을 이번에는 검수 한 명과 권사 한 명을 불렀다.

—내가 볼 땐 둘 다 병장기를 다루는 녀석들로 하려던 거, 미친

늙은이 눈치 보느라 한 명은 권사로 한 것 같은데.

내가 봐도 그런 것 같다. 셋 다 대주직을 가져가는 건 바라지 않는 모양이다.

해악천이 심기가 불편했는지 인상을 쓰다가 이내 콧방귀를 뀌었다. 녀석을 믿는가 보다.

"시작하라!"

구상웅의 외침과 함께 대결이 시작되었다. 시작하자마자 권사인 강채지라는 상급 무사는 송우현의 뒤쪽으로 빠졌다. 그리고 검수인 도경이라는 자는 정면에 섰다. 주공격은 검을 쓰는 도경이 하고 강채지라는 권사가 빈틈을 노리는 전법을 쓰려는 것 같았다. 붕붕! 도경이 일부러 위협을 주려는 것처럼 검을 크게 휘둘렀다.

바로 그때였다. 파파파파파! 갑자기 송우현이 도경을 향해 달려갔다. 도경이 다급히 송우현의 가슴으로 검을 찌르며 거리를 벌리려 했다. 그런데 송우현은 그것을 피하지 않았다.

"뭐 하는 거야!"

송좌백이 놀라서 소리를 쳤다. 푹! 검이 송우현의 가슴 위쪽을 파고들었다. 그런데 깊이 파고들지 않았다. 녀석이 피하지 않는 바람에 도경이 힘을 뺀 것인지, 아니면 송우현의 근육이 두꺼워서 그런 것인지는 알 수 없었다.

퍽! 그때 송우현이 도경의 양팔을 붙잡았다.

"이놈이!"

벗어나기 위해 검을 뽑으려는 순간, 송우현이 머리로 박치기를 해버렸다. 쾅!

'…?!'

전혀 예상하지 못한 공격에 뒤에 있던 강채지란 권사마저도 넋을 놓고 말았다.

송우현이 녀석의 양팔을 놓았다.

"흭!"

강채지의 얼굴이 하얗게 질려버렸다. 상급 무사 도경의 이마가 함몰되다시피 안으로 뭉툭 들어가 있었다. 심지어 피가 흘러내려 얼굴을 덮고 있었다. 쿵! 눈까지 뒤집힌 도경은 그대로 바닥에 엎어지고 말았다. 어처구니없는 상황에 나조차 할 말을 잃었는데, 머릿속으로 소담검의 혀를 내두르는 소리가 들려왔다.

—…쟤 굶기면 안 되겠는데.

송우현은 대주직을 통과했다. 심지어 단 한 번의 박치기만으로 통과했다. 녀석의 박치기에 질려버린 강채지라는 상급 무사가 싸워 보지도 않고 항복 선언을 해버렸다. 무인의 자존심이고 뭐고 간에 송우현 녀석이 두려웠던 것 같다.

—나 같아도 안 한다.

이마가 함몰되어서 저 지경이 되었는데, 누가 대결하고 싶겠는가. 모두가 녀석을 두려워하는 눈빛으로 바라보았다. 정작 당사자는 무표정한 얼굴로 눈만 멀뚱멀뚱 뜨고 있었다.

"크하하하하하핫."

이 결과에 흡족해하는 것은 오직 해악천뿐이었다. 그렇게 마지막은 뒤숭숭해진 분위기로 직위 시험이 마무리되었다. 직위 시험이 끝나자마자, 뒤에서 관전하고 있던 각 파벌의 단주들이 우리가 있는 곳으로 우르르 몰려왔다.

"어르신, 경하드립니다."

"제자분들을 훌륭하게 가르치셨습니다."

이런 것을 보면 사존이라는 위치가 가진 위세를 알 수 있었다. 인사치레든 아니든 간에 모두가 해악천의 비위를 맞추느라 정신이 없었다. 세가 없어도 이 정도인데, 해악천이 제대로 세를 갖춘다면 과연 어떻게 될까?

"…경하드립니다, 사존."

혈수마녀 한백하도 무리를 이끌고 와서 인사했다. 감정을 추슬렀는지 원래의 얼굴로 돌아와 있었다. 그녀의 인사에 해악천이 의기양양해진 얼굴로 그녀를 향해 웃어 보였다.

"클클클. 자네도 제자를 잘 키웠더군."

역시 미친 노인네다웠다. 제자인 담예화가 대주 직위에 떨어져서 심기가 불편할 텐데 그것을 대놓고 속을 긁어댔다.

하지만 그녀는 미동조차 하지 않았다. 오히려 화제를 돌렸다.

"권의 종사이신 사존께서 검에도 조예가 깊으신 줄은 처음 알았습니다."

그 말에 해악천의 한쪽 눈썹이 치켜 올라갔다. 한백하가 무슨 의도로 그 말을 한 것인지 알아차렸기 때문이다.

'당신의 검법이 아닌 것 같다.'

그녀의 눈빛은 이 말을 하는 것 같았다. 어느 누구도 검법에 대해서 의문을 품지 않았는데, 그녀는 검법의 본원이 해악천이 아니라고 확신하는 듯했다. 내기에서도 졌고 해악천이 심기를 불편하게 만든 것을 되갚아주고 싶었던 걸까? 뭐 그렇다고 해도 해악천이 시치미를 뗀다면 어찌할 수 없는 문제였다.

그때 해악천이 입을 열었다.

"천하의 혈수마녀도 눈썰미가 떨어지는군."

"네?"

"남천검객의 검법도 알아보지 못하다니 말이야."

'…!!'

예상치 못한 폭탄 발언에 혈수마녀 한백하뿐만이 아니라, 주변에 있던 단주들마저 놀라서 입을 다물지 못했다.

〈2권에 계속〉

절대 검감 1

초판 1쇄 인쇄일 2022년 7월 4일
초판 1쇄 발행일 2022년 7월 11일

지은이 한중월야

발행인 윤호권
사업총괄 정유한

편집 김지연 **디자인** 김지연 **마케팅** 명인수 **일러스트** 스튜디오이너스
발행처 ㈜시공사 **주소** 서울시 성동구 상원1길 22, 6-8층(우편번호 04779)
대표전화 02-3486-6877 **팩스(주문)** 02-585-1755
홈페이지 www.sigongsa.com / www.sigongjunior.com

글 ⓒ 한중월야, 2022

ISBN 979-11-6925-026-9 04810
      979-11-6925-025-2 (SET)

*시공사는 시공간을 넘는 무한한 콘텐츠 세상을 만듭니다.
*시공사는 더 나은 내일을 함께 만들 여러분의 소중한 의견을 기다립니다.
*잘못 만들어진 책은 구입하신 곳에서 바꾸어 드립니다.